# 古典文獻研究輯刊

## 四 編

潘美月・杜潔祥 主編

### 第 25 冊

## 《字彙》編纂理論研究

巫 俊 勳 著

國家圖書館出版品預行編目資料

《字彙》編纂理論研究／巫俊勳著 — 初版 — 台北縣永和市：
花木蘭文化出版社，2007〔民96〕

目 4+316 面：19×26 公分
（古典文獻研究輯刊 四編：第 25 冊）
ISBN：978-986-6831-23-2（全套精裝）
ISBN：978-986-7128-95-9（精裝）
1. 字彙－研究與考訂 2. 中國語言－文字
802.286                                          96004329

ISBN - 9867128959

9 789867 128959

古典文獻研究輯刊
四 編 第二五冊                          ISBN：978-986-7128-95-9

## 《字彙》編纂理論研究

作　　者　巫俊勳
主　　編　潘美月　杜潔祥
企劃出版　北京大學文化資源研究中心
出　　版　花木蘭文化出版社
發 行 所　花木蘭文化出版社
發 行 人　高小娟
聯絡地址　台北縣永和市中正路五九五號七樓之三
　　　　　電話：02-2923-1455／傳眞：02-2923-1452
電子信箱　sut81518@ms59.hinet.net
初　　版　2007 年 3 月
定　　價　四編 30 冊（精裝）新台幣 46,500 元

# 《字彙》編纂理論研究

巫俊勳　著

## 作者簡介

巫俊勳，一九六五年生，苗栗人。輔仁大學中文博士，主要著作《字彙編纂理論研究》、〈從細明體與標楷體之筆畫差異論標準國字之規範與書寫〉、〈《說文解字》解說用字之字形歧異探析——以段注本為範圍〉、〈明代大型字書編輯特色探析〉等，現任職於國立花蓮大學中國語文學系。

## 提　　要

　　明代萬曆年間，字書編輯風氣鼎盛，依部首編排之楷書字書不下十種，其中最受當時所歡迎者為梅膺祚所編之《字彙》，《字彙》以後，字書之編輯或多或少都受到《字彙》之影響，《字彙》可算是集當時傳統字書之大成者，並且奠定近代字書的編輯基礎，故本文針對《字彙》之編纂理論進行研究。

　　《字彙》之編纂，主要問題有四：一是收字標準問題，二是正異體字判分之問題，三是收入之字如何詮解，四是收入之文字如何編排。本文即針對《字彙》此四項內容深入分析，以探求《字彙》在字書編纂上的繼承與創新。

　　全文分為五章：

　　第一章緒論，除說明研究之動機、範圍與方法外，並就明代萬曆年間楷書字書略作介紹，藉以說明《字彙》之出現並非偶然，更可突顯《字彙》編纂理論的後出轉精。最後再就《字彙》目前所見版本，就內文「■」之比對，推斷原刊本，並說明《字彙》版式與檢索系統搭配的用心。

　　第二章就《字彙》收字與正字原則分析：《說文》收入正重文一萬零五百一十六字，《篇海》收字五萬五千五千一百一十六，《字彙》收字三萬三千一百七十九，約為兩書的平均數，其收字之眼光必有獨到之處。而字書字數之增加，異體佔有相當之比例，判分異體並沒有絕對的客觀標準，隨著編者的不同，正異體字的判分也可能有所差異，故本文再分析列為字頭的異體類型，再與卷首所附「從古」、「遵時」、「古今通用」正字三原則比較，藉以探究卷首三原則與實際的內文編纂是否相呼應。

　　第三章探析《字彙》之文字詮解方式：字書編輯的目的，主要是作為識字的橋樑，所闡釋的範圍，不外乎形、音、義三方面，因此，如何透過字書的闡釋，讓讀者快速地認識文字，進而正確地運用文字，是字書編纂者所要面對的必要條件。就《字彙》當時的普受歡迎來看，必然有其獨到的詮解方式，故本文也針對此部分進行分析。

　　第四章分析《字彙》之分部理論：一本字書即使有獨到的文字詮解方式，若沒有良好的檢索系統，就字書的效用來說也會大打折扣，因此，如何編排收錄的文字，也是字書編纂良莠的關鍵。從明代萬曆年間《直音篇》、《類纂古文字考》、《洪武正韻彙編》、《六書賦音義》、《合併字學集篇》等各書的努力嘗試，即可見當時對理想的編排系統的殷切期望。自《字彙》建立二百一十四部的編排系統，不僅《字彙》本身深受歡迎，從《諧聲品字箋》、《元音統韻》以《字彙》為索引，《正字通》、《篆字彙》、《六書分類》、《黃公說字》，乃至《康熙字典》，都以二百一十四部為依歸，可見《字彙》分部的優越性，故本文再就《字彙》的分部理論深入探究。

　　第五章結論，總結《字彙》編纂理論的創說及對後來字書編纂的影響，並指出編纂的侷限與缺失，冀能客觀地評價《字彙》編纂理論的價值。

# 目

# 錄

# 凡　例

1、本文提及前輩學者時，凡直接教過筆者之學者皆稱師，其餘學者爲行文方便皆直稱其姓名，並無不敬之意。

2、凡電腦所無之字，本文均以細明體造字，故本文所有引文仍以細明體呈現，不另做字體變更，以求行款齊一。

3、本文所引《字彙》，均依國家圖書館所藏明刊本，若有疑義，再參照其他版本。

4、本文凡引《字彙》原文均加注集數、頁數及部首，如：烏（巳・五一・火）即表示烏字在巳集第五十一頁火部。引用其他字書則註明卷數、部首，如：《詳校篇海・一・甘》，即代表該字在《詳校篇海》卷一甘部；引用韻書則註明所在韻部，如：《韻會・虞》即代表該字在《韻會》虞韻。

5、引用《字彙》字例，首以「○」號區隔者，皆爲節引，表示僅錄「○」號以後之內容。

6、本文在引用資料方面，多以表格方式處理：凡屬全面統計性質者，則各章內依次命名；若屬舉例性質，純爲行文方便而以表格整理者，則不另命名；若表格內容龐大，則附在全文之後，改稱「附表」。

7、本文各朝年號與公元紀年都依據《中國歷史紀年表》所編對照表。

8、本文所引書名簡稱如下：

《說文》→〔漢〕許愼《說文解字》

《玉篇》→〔梁〕顧野王撰，〔宋〕陳彭年重修《大廣益會玉篇》

《增韻》→〔宋〕毛晃《增修互註禮部韻畧》

《類玉篇海》→〔金〕王太《增廣類玉篇海》

《群籍玉篇》→〔金〕邢準《增修絫音引證群籍玉篇》

《篇海》→〔金〕韓道昭《改併五音類聚四聲篇》

《韻會》→〔元〕熊忠《古今韻會舉要》

《正韻》→〔明〕樂韶鳳《洪武正韻》

《海篇心鏡》→〔明〕朱之蕃《玉堂釐正字義韻律海篇心鏡》

《正韻彙編》→〔明〕周家棟《洪武正韻彙編》

《詳校篇海》→〔明〕李登《重刊詳校篇海》

《直音篇》→〔明〕章黼《重訂直音篇》

《類纂》→〔明〕都俞《類纂古文字考》

《字學集篇》→〔明〕徐孝《合併字學集篇》

《六書賦》→〔明〕張士佩《六書賦音義》

9、本文之名詞定義：

重文：專就《說文》中之異體字而言。

正文：專指《說文》中，與重文相對應或無重文對應之正字而言。

異體：泛指通行正字之外，音義相同之其他字形而言。

正字：泛指與異體相對應或無異體相對應之通行用字而言。

# 第一章 緒 論

## 第一節 研究動機、範圍及方法

### 壹、研究動機

中華民族擁有悠久燦爛的歷史與文化，歷史文化所賴以流傳的，則是浩如煙海的文獻典籍，而文獻典籍所憑藉的，則是文字。因此文化的傳承，首在識字。基於教育的需要，系統地整理文字，編成字書〔註1〕作爲識字的教材，實屬必要。據《說文解字》載，中國第一部字書應屬周宣王時太史籀所著大篆十五篇，繼者是秦李斯的《倉頡篇》、趙高《爰歷篇》、胡母敬的《博學篇》，都是以小篆爲依據。入漢則有司馬相如的《凡將篇》，史游《急就篇》、李長《元尚篇》、揚雄《訓纂篇》、賈魴《滂喜篇》等等，都是僅錄字形，編成韻語，並無說解。第一部全面解釋字義、形構、讀音的字書則是《說文解字》。《說文》一出，即奠定字書的基本模式。嗣後，〔晉〕呂忱《字林》、〔梁〕顧野王《玉篇》、〔宋〕司馬光《類篇》、〔遼〕釋行均《龍龕手鑑》、〔金〕韓孝彥、韓道昭父子的《四聲篇海》、到明代梅膺祚的《字彙》，大致都承襲《說文》部首而有所增損。《字彙》一出，則奠定後來字書的部首規模，《字彙》一書，在當時相當風行，後來替《字彙》增補或襲用其書名的字書也很多，如：《會海字彙》、《同文字彙》、《玉堂字彙》、《文成字彙》、《霞光字彙》、《字彙補》等，均以《字彙》爲依歸。又如〔清〕張自烈的《正字通》、張玉書等編的《康熙字典》，

---

〔註1〕所謂字書，就廣義而言，凡以單字爲主，論文字之形・音・義者，都屬字書範疇；就狹義而言，則如《四庫全書・經部・小學類・字書之屬》所分，本文所稱字書，乃指狹義而言。

—1—

乃至今日的《中華大字典》、《中文大辭典》，分部也都不出《字彙》的格局，可知其在字典學上的價值。

《字彙》卷首有其從兄梅鼎祚明神宗萬曆四十三年（1615 年）序，《字彙》應即完成於此時。朱彝尊曾批評此書：「小學之不講，俗書繁興。三家村夫子，挾梅膺祚之《字彙》、張自烈之《正字通》，以爲兔園冊府，問奇字者歸焉，可爲齒冷目張也。」〔註2〕胡樸安的《中國文字學史》也承其說，認爲《字彙》、《正字通》二書，只是提供學童認識文字與查檢文字的需要，在文字學上沒什麼價值〔註3〕。誠如胡氏對文字學的定義：「以形爲主，兼聲與義而爲研究者也。」「研究文字之條例，所以指示人研究文字之方法。」若以《說文》六書爲文字學的價值判斷依據，則《字彙》確如其言。然文字學的範圍，實包括字書編輯、六書原理、文字之本形本義、文字之演變、文字之性質、文字起源、文字學史、古文字學、文字整理、民間俗體、書法等範疇，《字彙》的價值應該重新評定。而關於《字彙》的研究專著並不多，僅曾榮汾《字彙俗字研究》〔註4〕、呂瑞生《字彙異體字研究》〔註5〕二書，及鄒酆〈字彙在字典編纂法上的創新〉〔註6〕、謝美齡〈說文與字彙分部淺探〉〔註7〕、筆者〈字彙檢字收字原則探析〉〔註8〕等數文而已，《字彙》的價值仍有待大力開拓。因此，本文希望全面檢視《字彙》的編纂理論，冀能重新定位其在文字學上之價值。

## 貳、研究範圍

《字彙》全書共十四卷，內文十二卷，首末各一卷。內文分爲二百一十四部，收字三萬三千一百七十九字；首卷附〈運筆〉、〈從古〉、〈遵時〉、〈古今通用〉、〈檢字〉五項；末卷附〈辨似〉、〈醒誤〉、〈韻法直圖〉、〈韻法橫圖〉四項。本文所謂編纂理論，主要就以下四方面論述：

## 一、就收字來說

〔漢〕《說文》正文九千三百五十三，重文一千一百六十三，〔梁〕原本《玉篇》

〔註2〕詳見清朱彝尊《曝書亭集》頁 143，《四庫全書》第一三一八冊，台北：商務印書館，民國 75 年。

〔註3〕參見胡樸安《中國文字學史》頁 243，臺灣商務印書館，民國 77 年 8 月。

〔註4〕曾榮汾《字彙俗字研究》，國科會專題研究成果報告，民國 85 年 12 月。

〔註5〕呂瑞生《字彙異體字研究》，中國文化大學中國文學研究所博士論文，民國 89 年 6 月。

〔註6〕鄒酆〈字彙在字典編纂法上的創新〉，辭書研究，1998 年，三期。

〔註7〕謝美齡〈說文與字彙分部淺探〉，中興大學中文學報第八期。

〔註8〕巫俊勳〈字彙檢字收字原則探析〉，《林炯陽先生六秩壽慶論文集》，洪葉文化事業，民國 87 年。

收字一萬六千九百一十七字，〔宋〕重編的《大廣益會玉篇》收字二萬二千五百六十一字，《類篇》收字三萬一千三百一十九字，〔金〕《篇海》收字五萬五千一百一十六字，收字逐漸遞增；〔明〕《直音篇》收字四萬三千餘字，《詳校篇海》收字三萬八千二百四十四字，到《字彙》收字三萬三千一百七十九字〔註9〕，則是逐漸的遞減。可知字書字數的增加，從漢代至唐宋是文字激增的時代，元明以後增字趨緩，部分字形則遭到淘汰。就增加字來說，據王鳳陽《漢字學》的統計，新生字的增加只占百分之四十二，異體字的增加則達到百分之五十二，由此可見，所謂字數的增加，主要不是新出字增加，而是異體字增加，異體字的增加在《字彙》以後銳減，似乎是唐以前印刷術尚未出現，或是已經出現但尚未普及的緣故〔註10〕。因此，《字彙》所錄諸字，也可以作為探究新增字的依據。此外，《篇海》廣搜僻字，收字達五萬五千一百一十六字，收字與中原字書的旨趣不同。因此，《字彙》凡例云：「字宗《正韻》，已得其概，而增以《說文》，參以《韻會》，皆本經史、通俗用者。若《篇海》所輯怪僻之字，悉芟不錄。」《篇海》所收之字，往往是《字彙》刪芟的對象。

　　〔清〕吳任臣撰有《字彙補》一書，針對《字彙》缺失增補，全書也分十二集，內容為補字、補音義、較訛三部分，其中補字一萬二千三百七十餘字，所收補多是當時俗訛之字，恐即梅氏所刪之對象〔註11〕。若將兩書比較，應可更清楚地瞭解《字彙》收字的標準。

## 二、就正字原則來說

　　中國文字自秦漢以來，由篆而隸而楷，字形變動劇烈，選取正字，成為必要的工作。因此早在東漢靈帝，已設置有隸書的《熹平石經》，唐代字樣學興起，《顏氏字樣》、《群書新定字樣》、《干祿字書》、《五經文字》、《九經字樣》等，都是辨正經傳文字形體的字書。然而文字是約定俗成的，歷代用字的標準並不一致。〔宋〕張有《復古編》，根據《說文》辨正俗體的訛誤；〔元〕李文仲《字鑑》、周伯琦《六書正譌》也都是這類的性質。《字彙》廣收經史通俗之字，也定有正字之「從古、遵時、古今通用」三原則，然三原則中，何字該從古？何字該遵時？何字該古今通用？其間有無原則可尋？本文也將進一步探究卷首三原則在編纂過

---

〔註 9〕上述各字書字數的統計，《說文》據其敘中所記，《玉篇》則依據吳憶蘭《說文解字與玉篇部首比較研究》統計（東海中研所七十九碩論頁 14），《類編》則據《類篇序》中所記，《四聲篇海》則據姜聿華《中國傳統語言學要籍述論》頁 262 所計，《直音篇》據其序中所記，《詳校篇海》則據全書各部字數統計而得。

〔註10〕參見王鳳陽《漢字學》頁 542，吉林文史出版社，1989 年。

〔註11〕同註 4 頁 6。

程中所具有的作用。

## 三、就文字詮解來說

　　字書編輯的目的，主要是作爲識字的橋樑，所闡釋的範圍，不外乎形、音、義三方面，最早逐字詮釋的《說文》，採取依義、形、音的次序編排，目的是依義而析形，析形以知音，每字都有字義、字形的說明，卻不一定字字都有音注。自反切出現後，字書的編輯體例則轉爲音、義、形的次序，由音以知義，據義以析形，字音、字義是每字必備的，字形則不見得字字分析，從《玉篇》、《類篇》以下，幾乎都不脫這種格式，《字彙》凡例云：「字有體制，有音韻，有訓詁，茲先音切以辨其聲，次訓詁以通其義，末采《說文》制字之旨。迂泛不切者刪之。」也是依據音、義、形的說解模式。本文則進一步論述其音、義、形的詮釋方法。

## 四、就編排方式來說

　　《說文》依篆體的字形結構，開創了據形系聯的字書編排方式，創立了五百四十部首；《玉篇》承之，刪去其中的十一部，另增十三部，共五百四十二部；《類篇》也承襲《說文》分爲五百四十部，《龍龕手鑑》則大量刪併爲二百四十二部，《篇海》則分爲四百四十四部。《字彙》的編排，繼承了《說文》、《玉篇》、《類編》、《龍龕手鑑》、《篇海》等傳統部首的編排原則，並且進行大規模的刪併，最後分爲二百一十四部。以後的字書，如《正字通》、《康熙字典》，乃至今日的《中華大字典》均從之。因此，從五百四十部依小篆分部，到二百一十四部以楷書爲依據，其間立部與歸字的原則，必然有所演變，《字彙》凡例云：「偏傍艸入艸，月入月，無疑矣。至蔑從丫也，而附於艸，朝從舟也，而附於月，揆之於義，殊涉乖謬，蓋論其形，不論其義也。」爲了調整部首，將《說文》部首與屬字緊密的形義關係打破，僅就字形相近部分作爲歸部的依據，無疑是部首觀念的一大突破，其中細則如何，值得深究。

　　文字的構成要素，包括形、音、義三部分，字書的編排，大致不出這三者的範圍。就部次來說，《說文》據形系聯爲主，據義系聯爲輔，分爲十四卷；《玉篇》則改爲據義系聯，《龍龕手鑑》則是據音爲序，依平上去入四聲，析分爲四卷，首開以聲韻結合部首的先例；《篇海》也據音爲序，但是改用聲類，依三十六聲母編排，同聲母的部首，再依平上去入四聲爲先後的依據。不論據形、據義、據音爲序，都有不便的地方。據形則須知字形結構，據義則須知字義所指，據音則須知字音反切，若不知形構、義指、音切，則不知從何查起。因此，《字彙》改採筆劃的多寡爲順序。因筆畫的計算，字形上便可以直接區分，即使不懂字義、字音也

可以判別。故其凡例云：「立部，《篇海》以字音爲序，每苦檢閱之煩，今以字畫之多寡，循序列之。」因其方便，沿用至今。

筆畫檢索雖方便，但是二百一十四部的歸部結果，仍有不足之處。《說文》依篆文字形分爲五百四十部，因此，部首與屬字均維持一級關係〔註12〕；依楷書歸併爲二百一十四部，《說文》部首與屬字緊密的關連，必然有所鬆動；致使部分文字的部首判斷有困難。《字彙》卷首附有〈檢字〉一項：「凡字偏傍明顯者，有循圖索部，一舉手得矣。若疑難字得其部，仍照畫數於此檢之。」列有難檢字四千四百二十七字。如果將難檢字表僅僅當作索引使用，那就沒有多大的研究價值。如果把它看作部首編輯法的補充，那麼它所顯現的正是《字彙》分部法的觀念與侷限所在，便值得深入探究。

本題之研究，冀就上述四個部分，深入分析《字彙》所呈顯的編纂理論，進而探究其理論的價值與影響。清代《說文》學大盛，《字彙》受盡貶抑並不意外。但是《字書》的功用，就是要作讀者與文字之間的橋樑，而文字主要在記錄語言，因此，字書如何因應實際語言的需要而適切調整，遠大於保留文字的原始形態。《字彙》所呈顯的，正是這類轉變的嘗試。尤其是二百一十四部配合筆劃的編輯法，更被後來字書奉爲圭臬，在在都顯現出《字彙》編纂理論的價值所在。

## 參、研究方法與步驟

文字是歷時漸變而約定俗成的，字書的出現，則是一代文字的整理，因此，字書編纂理論的探析，就時代來說，當從歷時與共時雙管齊下。就歷時來看，漢字歷經甲骨文、金文、籀文、篆文、隸書、楷書等變化，其間的變化如何在字書中呈現？就共時來看，《字彙》所收錄的文字，就其當代文書用字來說，所收是否完備？因此，本文採取溯源比較的方式，上溯其源，下探其流，期能呈現《字彙》編纂理論的時代特性。

又字書的編纂，必然經年累月，前後往往體例不一，本文採歸納方式，就全文逐字建卡，尋其條例，究其系統，再就其系統條例檢視全書是否一致，進而評析其條例及有無齟齬之處。

故本文採以下之步驟：

1. 基本資料的建立：將《字彙》全書三萬三千餘字逐字檢閱建卡，並注明各類屬性，再輸入電腦建立基本資料庫。

---

〔註12〕詳見拙作《說文解字分部法》頁291，輔仁大學中研所碩士論文，民國83年。

2. 將《說文》以降之重要字書，與《字彙》逐一比對，依各類屬性的差異分別建檔。可分爲兩個層次：一是以字爲單位，考索自《說文》以降的字書資料；一是以部首爲單位，以同部首的字，考查歷代字書收字的增減情形。

3. 參考資料的建立：依研究之需求，廣泛搜集國內外相關的參考資料，並依相關性質分別輸入電腦，建立不同需求的各類檔案資料。

4. 就《字彙》的收字、正字、文字詮解及分部等方面進行學理分析，建立原則並進行檢討，進而統整出有系統的編纂理論。

# 第二節　《字彙》成書時代之字書編輯概況

梅膺祚字誕生，安徽宣城人，其生平史傳未載〔註13〕。據梅鼎祚〈字彙序〉載，約生於明萬曆初年〔註14〕，少學易，爲諸生誦通，入國子監，受朝廷廩養。承家學，精治六書之學〔註15〕，故纂成《字彙》一書。

梅氏以其易學爲基礎，將《字彙》全書悉以數多寡排列，就歷來字書的編輯發展來看，《說文》、《玉篇》、《龍龕手鑑》、《篇海》有其承繼性，金允子之《字典部首通考》〔註16〕、呂瑞生《歷代字書重要部首觀念研究》〔註17〕都有深入的分析，本文不再贅述；而明代萬曆年間，字書編輯風氣鼎盛，就當時字書編輯來看，《字彙》的出現，也有其脈絡可尋。

梅鼎祚序於萬曆四十三年（西元1615年），故本節僅討論萬曆年間，成書於萬曆四十三年以前之字書。

〔註13〕《明史·藝文志》僅記載「梅膺祚字彙十二卷」，對梅膺祚此人並無記載，據《字彙》載，梅膺祚乃宣城人，今查《宣城縣志》，於梅氏家族記載頗詳，如梅鼎祚之父輩梅守德、梅守義、梅守恭、梅守默、梅守箕⋯⋯，其祖父輩梅繼先、梅繼芳、梅繼英、梅繼勳、梅繼恩⋯，同輩梅錦祚、梅元祚、梅嘉祚、梅台祚、梅咸祚、梅國祚⋯就是沒有梅膺祚的生平記載，僅著錄「字彙梅膺祚」五字而已。僅能得知梅氏在宣城是望族而已。（《宣城縣志》，清李應泰等修、章綬等纂，《中華方志叢書》所收，成文出版社，民國74年。）

〔註14〕《禮記·曲禮》上：「人生⋯四十曰強而仕。」（十三經注疏本，臺北：藍燈出版社，頁16）而梅鼎祚萬曆四十三年〈字彙序〉云：「誕生方彊年，行且謁仕。」可知膺祚其時年約四十左右，則約生於萬曆初年。

〔註15〕梅鼎祚序云：「先太中晚嗜字學，有所訓屬未成書，鼎祚不類，尠所涉，無以贊茲舉，有媿徐鼎臣之于弟楚金多矣。」可知膺祚完成《字彙》亦是完成先人訓屬。

〔註16〕金允子《字典部首通考》，台灣師範大學國文研究所碩士論文，民國82年1月。

〔註17〕呂瑞生《歷代字書重要部首觀念演變研究》，中國文化大學學中國文學研究所碩士論文。

## 壹、據《篇海》改編之字書

### 一、《玉堂釐正字義韻律海篇心鏡》〔註18〕：

〔明〕朱之蕃撰，刊於萬曆三十年（公元 1602 年），全書編輯特色如下：

1. 全書編輯分上下兩層，上層包括〈篆書義〉、〈六書〉、〈五音〉、〈四聲〉、〈定聲方位〉、〈分聲清濁〉、〈切韻字訣〉、〈字母切韻法〉、〈辨聲要訣〉、〈調聲掌訣〉、〈字學正訛〉、〈字母辨〉、〈字子辨〉、〈字義兼音〉、〈平聲〉、〈仄聲〉、〈平仄〉、〈韻律〉、〈諸經難字〉、〈分毫字義〉等內容；下層則是〈秦漢篆千文〉及依部首編排之字書。

2. 上層內容除〈韻律〉依四聲韻部編排，屬韻書性質外，其餘內容都屬附錄性質。

3. 下層將《篇海》之部首重新據義編次，分為天文、時令、地理、人物、聲色、器用、身體、花木、宮室、鳥獸、飲食、干支、卦名、文史、珍寶、人事、衣服、數目、通用等十九項。（如書影一）

### 二、《重刊詳校篇海》〔註19〕：

〔明〕李登所撰，刊於萬曆三十六年（公元 1608 年）。全書部首、部序一如《篇海》，收字約三萬八千二百四十四字，較《篇海》少約一萬七千餘字。《字彙》尸部尹字下云：「李氏《詳校篇海》：古音允，今音引，似非。」可知此書為梅氏所參考。其書之編輯特色在收字、注音、歸部三方面，將其凡例與《字彙》凡例做一比較：

表一：《字彙》與《詳校篇海》凡例比較表

| 項目 | 《詳校篇海》凡例 | 《字彙》凡例 |
|---|---|---|
| 收字 | 一、古文鐘鼎籀篆，難使民間通習，秦漢以來亦既變為楷隸以便民，至今從而不改，乃舊為《篇海》者，往往錄入而又往往失真，今於可存者存之，其左右停分彎環圓轉不可施之於楷隸者不載也。<br>一、《篇海》舊本亦有分辨每類，先書正字，其餘常作十號以別之，如古文釋道二藏之類。其最可咲者，則於俗間省手浪傳等字亦具載之，並著其音義，視正文或相倍篋濫甚矣，今亦未敢盡削，但有音有義不甚差異者存之，其餘有音無義，字畫差異者，徒災木而無用，去之。 | 一、字宗《正韻》，已得其概，而增以《說文》，參以《韻會》，皆本經史。通俗用者，若《篇海》所輯怪僻之字，〔如䰀〢䫞類〕悉芟不錄。<br>一、古文諸書及釋典，有有音而闕義者，亦有音義俱闕者，並存之以俟博雅。 |

〔註18〕《玉堂釐正字義韻律海篇心鏡》〔明〕朱之蕃撰，萬曆壬寅（三十年）博古堂刊本，國家圖書館藏。

〔註19〕李登《重刊詳校篇海》五卷，《續修四庫全書》據北京大學圖書館藏萬曆三十六年趙新盤刻本影印，上海古籍出版社。

| 項目 | 《詳校篇海》凡例 | 《字彙》凡例 |
|---|---|---|
| 注音 | 一、字音不可不確，舊本《五音篇海》有切而無音，《海篇直音》有音而無切，一有差謬，便難訂證，今本既用反切，又加直音，不厭重復者，直欲人呼字確當而無差失也。 | 一、音字，經史諸書有音者無切，有切者無音，今切矣，復加直音，切直音中有有聲無字者，又以平上去入四聲互證之。如曰某平聲，某上聲，某去聲，某入聲，至四聲中，又無字者，則闕之。中有音相近而未確者，則加一近字曰音近某。 |
| 歸部 | 一、偏傍山則山，水則水，無相混也，頗有字非部頭，直以形似而附載之者，如丫頭非艸，而收在艸部，舟傍非肉而反從月傍之類，本書亦有仍舊本者，第注曰形似附錄。 | 一、偏傍艸入艸，月入月，無疑矣，至蔑從丫也，而附於艸，朝從舟也而附於月，揆之義殊涉乖謬。蓋論其形，不論其義也。 |

兩書在收字理念、注音方式、歸字方法上等都有神似之處，可見《字彙》在編輯體例方面，深受《詳校篇海》影響。（如書影二）

在《字彙》之後有屠隆訂正之《篇海類編》〔註20〕，題宋濂撰，屠隆訂正，據《宣城縣志》卷廿六有關於屠隆之記載：

> 屠隆字長卿，四明人，與沈懋學同登第，以婚姻居宣最久，嘗偕梅鼎
> 祚汎舟城東，著緋衣，作漁陽三撾。

屠隆與梅鼎祚交好，可能也與梅膺祚認識，而屠隆訂正的《篇海類編》，部序與《海篇心鏡》相近，收字、音釋、字次都與李登《詳校篇海》一致，而凡例十二則，幾乎將《字彙》凡例全數納入，也就是說，《字彙》凡例適用於《篇海類編》，當然也適用於《詳校篇海》，更可證明《字彙》編輯體例上承《詳校篇海》的痕跡。

# 貳、據《正韻》改編之字書

## 一、《類纂古文字考》〔註21〕：

〔明〕都俞撰（以下簡稱為《類纂》）刻於明萬曆二十四年（公元 1596 年），全書編輯特色有三：

1. 全書據形分為三百一十四部：其凡例云：「余覽《正韻》一書，刪蕪舉要，正義辨音，一洒千古之陋，真盛世同文之典矣，第以韻收而不以形類，稽疑者不能

---

〔註20〕《篇海類編》二十卷，題宋濂撰，屠隆訂正，《四庫全書存目叢書》據北京圖書館藏明刻本影印，台南，莊嚴出版社。

本書內容除部次外，與李登《詳校篇海》無異，如果真是宋濂所撰，便是《詳校篇海》改編《篇海類編》了，《四庫全書存目提要》云：「其書取韓道昭五音篇海以部首之字，分類編次，舛陋萬狀，無論宋濂本無此書，即以所引之書而論，如田汝耔、都俞、李登、湯顯祖、趙銘、章黼、楊時喬、劉孔當、趙宧光，皆明正德至萬歷時人，濂何從見之。」因此，《篇海類編》稱宋濂撰，應是託名而名。

〔註21〕都俞《類纂古文字考》五卷，《四庫存目叢書》據華東師範大學圖書館藏明萬曆二十四年刻本影印。

遂得，茲悉從偏旁分爲諸部，俾窺《正韻》者不若望洋，蓋竊比從周之意。」因此全書將《洪武正韻》之字依部首重新排列。凡例又云：「《玉鍵》之作，於《正韻》良有裨益，但音義闕然，若塵飯塗，靡得而用之也，況傳訛頗多，不可枚舉，若鼠、殼之不立部，致索者茫然，釋番之附於采，令觀者莫辨，又若月之與月，西之與襾，顛倒錯亂，莫此爲甚，不媿管見，敢一僭及，惟高明者原之。」其分部主要是針對《玉鍵》分部的不當而進行改革，《玉鍵》今已不可見〔註22〕，全書分爲三百一十四部：

(1) 據楷書字形，立有「叀、𠁁、與、厽、寒」等非字部首，及「尙、攸」等聲符部首。

(2)「火灬、水氷、心小」等變體部首分立兩部。

(3) 末立雜部，依筆畫數多寡編排。

(4) 部次或據形或據義，並無一定原則。

2. 部中字次凡屬字五十字以上之部首，均依筆畫爲序，並說明筆劃計算之方法：「其計畫也，不以畫之轉折爲數，而以筆之起落爲數，如𠃌、乚之類，俱作一畫。」

3. 卷首附有〈辨疑略指〉及〈切字要訣〉，〈辨疑略指〉列字形相近之字六十一組一百二十二字，其凡例云：「字之點畫最爲森嚴，韻以形分，用隨義異，世儒不察，往往亂其音聲，紊其書法，有讀系爲糸者，有寫毌爲母者，諸如此類，何可具述集中，凡稍涉疑似者，悉於本字下詳註辨別，其尤大彰明不可僭者，取一百二十二字，列于卷首，覽者亡土苴眎焉。」與《字彙・辨似》序：「字畫之辨，在毫髮間，注釋雖詳，豈能徧覽，茲復揭出點畫，似者四百七十有奇，比體竝列，彼此相形，俾奮之士一目了然，無魚魯之謬也。」兩者目的相同。(如書影三)

**二、《洪武正韻彙編》**〔註23〕：

〔明〕周家棟輯（以下簡稱《正韻彙編》），序於萬曆壬寅三十年（西元 1602年）。是編收字一以《洪武正韻》爲主，間有所增。全書分爲二百三十九部〔註24〕。

---

〔註22〕《正韻彙編》序云：「海篇部目浩繁，每以一部而搜全卷，觀者苦之，是編部本《玉鍵》，而直以數彙之，如偏旁在一即探一部可得，不必他求，故稱便也。」既稱「部本《玉鍵》」，則部首應與《玉鍵》相同，但是都俞所斥「鼠殼之不立部」，在《正韻彙編》卻有鼠殼二部，因此《玉鍵》之分部如何仍不可得知。

〔註23〕周家棟輯《洪武正韻彙編》四卷，《四庫全書存目叢書》據北京大學圖書館藏萬曆三六年趙新盤刻本影印。

〔註24〕《四庫全書總目提要・小學類存目一》云：「其書取《洪武正韻》以偏旁分八十部。」

主要編輯特色：

1. 立部亦依據楷書字形，立有「刂、夅、甶」等非字部首，及「軑、殳、攴」等聲符部首，部末設有雜部。

2. 部次與《難字直音》一樣，也是依筆劃數編排，其凡例云：「是編部本《玉鍵》而直以其數彙之。」惜《玉鍵》已佚，不可考。部中字次不論字數多寡，也都依筆劃排列，只有最後雜部隨意編排，沒有次序。梅鼎祚序稱《字彙》「其崇其終，悉以數多寡」，早《字彙》十二年的《正韻彙編》，已經就是這種編排方式了。

3. 注音方式，先直音再反切：其凡例云：「直音有聲矣，而五方多有未合反切於聲確矣，初學有所未通，是編兼而用之，其韻下一字撮本字之首字註之，即直音也，又下二字為反切，使能等者由反切以正音，而不能等者，由直音以求切，第以求其便識耳，如常用之字，止有反切，不復贅也。」

4. 間或訂正《正韻》點畫：其凡例云：「字畫毫釐之別，即判兩體，蒙師不察，以訛襲訛，商商ㄍㄧㄍ，混而罔辨，童而習之，白首不知也，是編點畫一宗《正韻》，而《正韻》或誤者，間或訂之，其註曰：韻作某者，即《正韻》也，以別於所訂耳。」如卑、鬼二字，《正韻》作「甲、鬼」，《正韻彙編》改作「卑、鬼」〔註25〕。（如書影四）

### 三、《六書賦音義》〔註26〕：

張士佩撰（以下簡稱《六書賦》），序於萬曆三十年（公元1602年），全書也是將《洪武正韻》依部首重新編輯，分為八十五部，末列雜部，部次據義為次，主要編輯特色：

1. 所立八十四部都是部中字數較多者：目錄雜字下注云：「雜字數不敷四句難為部者，同零字為雜部。」也就是要立為部首，屬字要超過十六字以上。

2. 部中屬字以賦體編排，四字一句，八字一韻；字數若不足，以其他字少的部首附見補足。

3. 說解先反切再直音，再釋義釋形，最後以「○」號將異體字區隔。如卷一水部

---

誤以第四卷的部首數為全書的部數。

〔註25〕卑與鬼二字，從《廣韻》、《集韻》到《洪武正韻》都以「甲、鬼」作為正字，改以「卑、鬼」為正字，應該是明代中葉以後的事。《字彙》認為「甲、鬼」都是俗字，是就明末來說，若因此說宋人多用俗字，是不正確的。

〔註26〕張士佩《六書賦》二十卷，《四庫全書存目叢書》據清華大學圖書館藏明萬曆刻本影印，卷首有張士佩萬曆三十年序，及蘇進萬曆三十三年序。書應成於萬曆三十三年之後。

涓字下云：「平聲先韻，圭淵切，音與娟同，小流滴也，从口从肉，俗从月○消同。」（如書影五）

## 參、其他類字書

### 一、《大明同文集》〔註27〕

〔明〕田藝蘅撰，序刻於明萬曆十年（公元 1582 年），卷首云：「夫謂之大明云者，一以紀聖世文教之盛，一以昭古今字學之成也；謂之同文云者，經傳子史同一書也，則同一文也，則同一解也，其有不同焉者，繁簡結構之少異其制耳，平上去入同一文也，則同一母也其有不同焉者，南北風氣清濁重輕之稍異其音耳，形雖不同而義實同，聲雖不同而書實同，稽之保氏，肄之小學，達于里巷，考于朝廷，豈特車同軌行同倫而已哉，殆見貫今古，合華夷，而書亦莫不同其文矣。」全書五十卷，主要特色有二：

1. 全書內容楷書、篆文、古文、草書混列，卷一為太極、陰陽、易卦等圖。
2. 依部首編排，統計全書部首為四百四十四，各部之下又立七百七十二小目，如大部之下又立「太、夫、扶、介、夰、亦、央、夭、夨、吳」等目。全書多據聲符歸部，故立有聲符部首，如艮部，收錄「恨、硍、銀、垠、根、痕、齦、跟、鞎、艱、狠、佷、很、眼、限、懇、墾、褪」等字，《四庫提要》云：「是編割裂《說文》部分而以其諧聲之字為部母，如東字為部母，即以棟涷之屬從之，顛倒本末，務與古人相反。」以聲符歸部雖非部首歸部的主要方式，但是在歷來字書部首刪併過程中，以聲符歸部卻是一種權宜辦法，立有聲符部首也不是始於《大明同文集》，在《龍龕手鑑》龍部，收入「聾、龑、龓、龐、籠、礱、襲、壟、壠、讋」等從龍得聲字，又立有「名、亭、寧」等部，收入都是以「名亭寧」為反切上字的字，也已算是聲符部首了。《大明同文集》以聲符歸部反到提供後來字書編輯更寬廣的空間。（如書影六）

### 二、《書文音義便考私編》附〈難字直音〉〔註28〕

〔明〕李登撰，是書刻於明萬曆十五年（公元 1587 年），據韻次始東終陌編排。值得注意的是所附〈難字直音〉的編排方式，其序云：「書以韻編，本取便考，但恐未得其音不知何韻猶未便於檢尋，為是先音難字於前，以偏傍畫數自少至多

---

〔註27〕田藝蘅《大明同文集》五十卷，《四庫存目叢書‧經部》第一九一冊，據北京大學圖書館藏明萬曆十年汪以成刻本影印，台南，莊嚴出版社。
〔註28〕李登《書文音義便考私編》五卷‧附〈難字直音〉一卷，《四庫存目叢書》據故宮博物院圖書館藏明萬曆十五年陳邦泰刻本影印，台南，莊嚴出版社。

為序，諧聲易識者不載，若字雖易識而別音不一者，特載之，無偏傍者俱在末雜部中，編內每韻各列見溪群疑等字母者，蓋於各韻又分各音知切韻者，自應契會亦自知次第先後不煩盡，檢如不知者，無庸執泥，但以韻求之，無不得也。」主要特色有三：

1. 編輯以偏傍畫數，自少至多為序：部首依筆劃排列，所見最早應為明弘治十一年（1498 年）《篇韻貫珠集・檢五音篇海捷法總目》〔註29〕，將《篇海》四百四十四個部首依筆劃多寡排列，《難字直音》則是以部首統字，各部再以筆劃數多寡排列。全篇共分一百六十九部（含雜部七部），是所見最早部首依筆劃多寡排列之例。

2. 「人亻、刀刂、手扌、水氵、犬犭、心忄、火灬、玉王、衣衤、肉月」等等變體部首分立。

3. 最後立雜部，雜部又分「一、丨、丿、丶、乛、乚、亅」七項（其中「乛」包含「亅」），其實就是七個單筆部首，各以書成終筆為歸入依據，首開依筆形筆順歸部之例。（如書影七）

### 三、《合併字學集篇》〔註30〕

徐孝輯《合併字學篇韻便覽》，分《合併字學集篇》與《合併字學韻篇》兩部分，《字學集篇》序於萬曆三十四年（公元 1606 年），據部首編輯，《韻篇》據韻次編排，本文就《集篇》部分介紹。全書分為二百部，主要特色：

1. 卷末設連身部，其凡例云：「舊篇海原設篇旁四百四十四部，今刪其二百四十四部，外增連數數畫一部，通共二百零一部。」將無法歸部的字依筆劃多寡編排。

2. 部次是將二百部或據義或據形，編成七言韻語。字次則是屬字字數多的依筆劃多寡，每一筆劃數都另起新行；字數較少的則雜亂無次。

3. 注音採直音方式，釋義簡略。如卷一金部釘字下云：「掂旌、掂命二切，又音頂，鉄釘。」（如書影八）

### 四、《重訂直音篇》〔註31〕

章黼撰（以下簡稱《直音篇》），吳道長重訂，卷首有章黼天順庚辰（西元1460年）誌語，吳道長重訂則有「萬曆丙午仲秋校刻練川明德書院」牌記（萬曆三十六

---

〔註29〕釋真空《篇韻貫珠集》，明弘治戊午原刊本，國家圖書館善本書室藏。
〔註30〕徐孝輯《合併字學篇韻便覽》二十三卷（存二十二卷），《四庫存目叢書》據西北師範大學圖書館藏明萬曆三十四年張元善刻本。
〔註31〕《重訂直音篇》明章黼撰，吳道長重訂，《續修四庫全書》據北京圖書館藏明萬曆三十四年明德書院刻本影印，上海古籍出版社。

年，公元 1608 年），故置於此處。全書七卷，搜集四萬三千餘字，分爲四百七十五部，末爲雜部。主要編輯特色：

1. 全書編次，始一終亥，據形系聯爲主，據義爲輔；部中屬字則依韻部先後，同韻部之字依平上去入排列。

2. 注釋簡略，或直音，或反切，如卷一一部而字下云：「如支切，頯毛，又汝也，又語助。」或元字：「音原，始也，本也，長也，首也，大也。」（如書影九）

### 五、《五侯鯖字海》〔註32〕

全書二十卷，題爲湯顯祖撰，分爲七百零八部，陳繼儒序云：「取《海篇》原本，遵依《洪武正韻》參合成書。」卷首附蒼頡始製文字、伏羲始分六書、歷代字分體、諸家篆式、篆隸字傍、字分四聲、方位、清濁、平仄、五音、六律、切韻要法及〈集類四聲輕清重濁字法切要詳辯〉、〈分毫字辯〉，〈五經難字〉等。主要編輯特色：

1. 分部或依形符（如金部刀部），或依聲符（如卓部屬部），因此，有些字分據形符與聲符歸部，如悼字，分別歸入人部與卓部。

2. 部次依《篇海》之例，據聲編次；字次字數多者依筆劃多寡。

3. 卷首〈分毫字辯〉辯析同形符而聲符形近（如細紐絪絪）、同聲符而形符形近之字群（如裯裯裌裌）。

《宣城縣志》卷廿六也有關於湯顯祖的記載：

> 湯顯祖字義仍，臨川人，與沈懋學、梅鼎祚交，爲孝廉。

湯顯祖與梅鼎祚交好，應該也與屠隆、梅膺祚等熟識，前述屠隆訂正的《篇海類編》，卷首也錄有〈倉頡始製文字〉、〈伏羲始分六書〉、〈歷代字分八體〉等附錄，因此，《字彙》或許也有受到《五侯鯖字海》的影響。（如書影十）

## 肆、小　結

綜上所述各書，各書之特色，如：

1. 收字：有的將《洪武正韻》重新依部首編排，如《類纂》、《正韻彙編》、《六書賦》，有的針對《篇海》增減，如《直音篇》、《詳校篇海》，有的則是綜合兩者，如《字學集篇》及《五侯鯖字海》。

2. 部首數各依己意編輯，多如《五侯鯖字海》七百零八部，少如《六書賦》八十五部。

---

〔註32〕湯顯祖《五侯鯖字海》二十卷，題曰湯海若訂正，《四庫存目叢書》據湖北省圖書館明刻本影印。

3. 部次已有開始採行筆劃數，如《難字直音》與《正韻彙編》；字次全部依筆劃數，如《正韻彙編》。

4. 釋音反切與反切並列，如《正韻彙編》、《六書賦》、《詳校篇海》。

5. 附錄設立普遍，如〈難字直音〉可以算做《書文音義便覽》的難字索引，〈六書賦序〉是《六書賦》的全文索引；《類纂》所附〈辨疑略指〉及〈切字要訣〉等。

　　上述各項特色，在《字彙》中都可以看到，因此，《字彙》可以說是集萬曆年間各字書之特色於一身，也難怪《字彙》一出，即為大家所接受了。

# 第三節　《字彙》之版本與流衍

## 壹、《字彙》之刻本

　　《字彙》明末清初曾風行一時，年希堯康熙庚寅（公元 1700 年）《五方元音·序》云：「字學一書，書不一家，近世之所流傳，而人人奉為拱璧者，莫如《字彙》。蓋以筆畫之可分類而求，悉數而得也，於是老師宿儒、蒙童小子，莫不群而習之。」〔註33〕自《康熙字典》出後，才漸漸不受重視而致湮沒。清代康熙、雍正、乾隆、嘉慶、同治年間均有刻本〔註34〕。今就各圖書館書目著錄、私人收藏或著述提及整理如下：

### 一、明刻本

　　國家圖書館善本書室藏明萬曆乙卯（公元 1615 年）江東梅氏原刊本。（簡稱原刊本）版本內容：

1. 首卷書扉題「天集」，卷末書扉題「地集」，序末鈐有白文「梅鼎祚印」「梅氏禹金」二印，首末卷首鈐有「吳興劉氏嘉業堂藏書記」印，〈韻法直圖〉書末有「旌邑劉完初刻」。

2. 首卷先〈目錄〉，再〈凡例〉、〈運筆〉、〈從古〉、〈古今通用〉、〈檢字〉依次編排；末卷則先〈辨似〉，再〈醒誤〉、〈韻法直圖〉、〈韻法橫圖〉。

3. 版心：序上白魚尾，首末卷均上下雙白魚尾，內文十二卷則由上而下依次遞刻長約兩公分的黑框，無魚尾。

---

〔註33〕轉引自張其昀《中國文字學史》頁 162，江蘇教育出版社，1994 年 6 月。

〔註34〕姜聿華《中國傳統語言學要籍述論》頁 280，北京書目文獻出版社，1992 年 12 月；呂瑞生《字彙異體字研究》第二章第三節收錄達十八種，中國文化大學中文研究所博士論文，民國 89 年 6 月。

4. 序每半葉六行，行十二字，目錄以下則每半葉八行，行十六字，內文則半葉八
　　行，行十二字，雙行夾注，每行二十四字。（如書影十一）

　　此外王重民《中國善本書提要》著錄明末刻本，北京大學圖書館藏；《香港中
文大學圖書館善本書目》、日本《內閣文庫漢籍分類目錄》、《尊經閣文庫漢籍分類
目錄》、《京都大學人文科學研究所漢籍分類目錄》、韓國成均館大學學校中央圖書
館之《古書目錄》也都著錄有明刊本。

## 二、康熙時刻本

　　康熙戊辰（公元 1688 年）靈隱寺刊本，上海辭書出版社影印出版，北京國際文
化出版之《字典彙編》第十四冊亦收入。（簡稱靈隱寺本）

1. 序前有〈重刻字彙題辭〉，署「康熙戊辰浴佛日靈隱碩揆道人原志題并書」文末
　　有白文「釋原志印」及朱文「碩揆」兩印。

2. 梅鼎祚序末也鈐有白文「梅鼎祚印」「梅氏禹金」二印，各卷首鈐有「中華書局
　　圖書館珍藏」印，寅集末有「靈隱禪堂流通」一行。

3. 版心、每半葉行數、字數均與原刊本同，惟序第五葉作上黑魚尾，與他葉單白
　　魚尾不同，又此葉原刊本有「二子士人士杰」，此處作「二子士倩士杰」〔註35〕。
　　（如書影十二）

　　此外，李師添富藏有康熙己卯（公元 1699 年）西湖鏡月堂刊本；日本《東京大
學東洋文化研究所漢籍分類目錄》著錄，康熙十年（公元 1671 年）西泠怡堂主人刊
本；《尊經閣文庫漢籍分類目錄》則著錄有清康熙版。

## 三、雍正時刻本

　　雍正十一年（公元 1733 年）金陵槐蔭堂梓行，梅膺祚音釋，劉永懋重訂，韓國
成均館大學學校中央圖書館之《古書目錄》著錄（簡稱槐蔭堂本）。此本感謝金彰柱
學長提供數頁影本，僅就著錄及所見略述。

1. 四周單邊，半葉十九點五乘以十一點三公分。

2. 刊記：「雍正十一年新鐫」、「梅誕生先生原本」「字彙」、「金陵槐蔭堂梓行」。

3. 版心：序無魚尾，首卷上黑魚尾，內文與原刊本同。

4. 序半葉七行十二字，與原刊本不同；目錄以下則八行與原刊本同。（如書影十三）

## 四、同治時刻本

　　同治七年（公元 1868 年）紫文閣刊本，《中國學術名著題要》提及。

---

〔註35〕詳見呂瑞生《字彙異體字研究》頁 6（同註 1）。

## 五、其　他

1. 寶綸堂重鎸本，上海古籍出版社《續修四庫全書》據華東師範大學藏本影印。（簡稱寶綸堂本）

    （1）各卷首鈐有「寶綸堂重鎸」印，末集末鈐此印，「宣城梅膺祚誕生音釋」下加「重訂」二字。

    （2）版心、半葉行數字數都與原刊同。（如書影十四）

2. 崇文堂重訂本，筆者近日於廟會舊書攤所得。（簡稱崇文堂本）

    （1）半郭高二十一點五公分，寬十四點五公分，版面較各本為大。

    （2）首卷書扉有首卷目錄與「前函檢字便覽」，各卷書扉也都有各卷目錄；鈐有「崇文堂圖書」印。梅鼎祚序後鈐有白文「梅鼎祚印」朱文「梅氏禹金」二印，朱文印與各本不同。

    （3）首葉題「宣城梅誕生先生原本」「崇文堂重訂字彙」。

    （4）版心：序上黑魚尾，首卷凡例以下雙黑魚尾，與各本都不同；內文則同原刊本。

    （5）每半葉：序七行，行十五字；首卷九行，行十八字，與各本都不同，因此各本首卷計四十四葉，本書則只有三十六葉；內文則與原刊本同。（如書影十五）

以上兩本均未知其確切年代。〔註 36〕此外，《八千卷樓書目》及《江蘇省立國學圖書館現存書目》著錄有古杭雲棲寺流通處刊本；錢劍夫《中國古代字典概論》所載有金閶會文堂藏板；日本《京都大學人文科學研究所漢籍目錄》著錄有鹿角山房刊本，均未知其確切年代。

上述多是圖書目錄或私人著述，著錄明至清代的《字彙》刻本。如果清初時真如年希堯所稱人手一冊，各朝也都有刻本，為何清代以來各藏書志幾乎找不到《字彙》的踪影〔註 37〕，又原刊本有「吳興劉氏嘉業堂藏書記」，繆荃孫等著之《嘉業堂藏書志》也沒有著錄，如果不是繆荃孫等人未及見到此書，便是此書在當時已微不足道，不受重視，因此，能夠保存下來的便更少了。

就所見原刊本、靈隱寺本、槐蔭堂本、寶綸堂本及崇文堂本等五種版本分析，

---

〔註 36〕寶綸堂曾於雍正九年刊行過《嶺西水陸兵記》二卷（同註 2 頁 21），崇文堂則遍尋不著其記載，清末有崇文書局，兩者應無關係。

〔註 37〕以廣文書局所收近百種書目，除《八千卷樓書目》及《江蘇省立國學圖書館現存書目》著錄外，僅《千頃堂書目》著錄「梅膺祚字彙十二卷，又首末二卷」、《世善堂藏書目錄》錄有「梅氏字彙十四卷」及謝啓昆《小學考》據《千頃堂書目》著錄而已。

原刊本、靈隱寺本、寶綸堂本,從序到內文版式都極爲相近,如果國家圖書館所藏是原刊本,靈隱寺本、寶綸堂本都是就原刊本加以翻刻;槐蔭堂本序文重排刻印,其餘是就原本加以翻刻,僅首卷版心將上下白魚尾改爲上黑魚尾;崇文堂本則是將序和首卷都重刻,內文則是翻刻。因此,各本與原刊本接近度,應是靈隱寺本、寶綸堂本一級,槐蔭堂本次一級,崇文堂本又更次一級。

## 貳、原刊本考索

各本內文都據原刊本翻刻,呂瑞生比較原刊本、靈隱寺本、寶綸堂本間的差異,認爲國家圖書館藏應確爲原刊本〔註38〕,有其獨到之處,惟仍有兩個疑點須澄清:

### 一、原刊本的錯誤不少,如:

| 字　頭 | 出　　處 | 原刊本 | 靈隱寺本 | 寶綸堂本 | 崇文堂本 | 備　　註 |
|---|---|---|---|---|---|---|
| （1）戈 | 卯・三十・戈 | 六書正譌:從戈才聲,弋有傷害之義 | 弋有傷害 | 弋有傷害 | 弋有傷害 | 六書正譌:戈有傷害之義。 |
| （2）打 | 卯・三六・手 | 丁雅又 | 丁雅切 | 丁雅切 | 丁雅切 | 「又」爲「切」之誤 |
| （3）犯 | 巳・七六・犯 | 从弓 | 从弓 | 从弓 | 从弓 | 从「弓」爲是 |
| （4）瘣 | 午・三九・疒 | 作瘣 | 作瘣 | 作瘣 | 作瘣 | 「瘣」應作「瘣」 |
| （5）穀 | 午・九九・禾 | 从穀从禾 | 从殼从禾 | 从殼从禾 | 从穀从禾 | 穀爲殼之誤 |
| （6）胃 | 未・七八・肉 | 音冒 | 音冒 | 音冒 | 音冒 | 「冐」爲「冒」之誤 |
| （7）臬 | 未・九五・自 | 大與槷同 | 又與槷同 | 又與槷同 | 又與槷同 | 「大」爲「又」之誤 |
| （8） |  | 昔義 | 音義 | 音義 | 音義 | 「昔」爲「音」之誤 |
| （9）輓 | 酉・七七・車 | 六書正書 | 六書正譌 | 六書正譌 | 六書正譌 | 「書」爲「譌」之誤 |
| （10）輻 | 酉・七九・車 | 輻:同輻 | 輻:同輻 | 輻:同輻 | 輻:同輻 | 「輻」爲「輻」之誤 |
| （11）醁 | 酉・一一二・酉 | 殷　罕 | 殷日罕 | 殷日罕 | 殷日罕 | 原刊本漏「日」字 |
| （12）釋 | 酉・一一六・釆 | 又與釋同 | 又與釋同 | 又與釋同 | 又與釋同 | 「釋」爲「釋」之誤 |
| （13）齁 | 亥・八十・鼻 | 魺字之爲 | 魺字之譌 | 魺字之譌 | 魺字之譌 | 「爲」爲「譌」之誤 |

以上十二字例中,除「戈、釋」二字各本都錯誤外,其餘十一字原刊本都錯,崇文堂本錯了「穀、犯、胃」三字,寶綸堂本錯「輻」一字,靈隱寺本十一字都對。因此,即使原刊本,也仍存有不少的錯誤存在。再者,錯誤愈少,並不代表就是原刊本,也只能說,國家圖書館所藏是最好的版本而已。

---

〔註38〕同註34頁22。

## 二、原刊本直音之字，偶有黑框■，初步統計有五十四字，如下：

表二：原刊本黑框■與各本對照表

| 字　頭 | 出　　　處 | 原刊本加黑框 | 靈隱寺本 | 寶綸堂本 | 崇文堂本 |
|---|---|---|---|---|---|
| （1）且 | 子・三・一 | 又七也切音■ | 跙 | 跙 | 跙 |
| （2）亨 | 子・十四・二 | 又叶渠當切音■ | 祕 | 忝 | 亨 |
| （3）儷 | 子・四一・人 | 戶賄切音■ | 會 | 會 | 會 |
| （4）剖 | 子・六三・刀 | 普偶切音■ | 掊 | 掊 | 掊 |
| （5）副 | 子・六五・刀 | 又叶孚迫切音■ | 劈 | 劈 | 劈 |
| （6）劼 | 子・七二・力 | 竹洽切音■ | 箚 | 箚 | 箚 |
| （7）嚼 | 丑・二八・口 | 火乖切音■ | 咼 | 咼 | 快 |
| （8）坐 | 丑・三九・土 | 徂果切音■ | 座 | 座 | 座 |
| （9）塞 | 丑・四七・土 | 悉則切音■ | 色 | 色 | 色 |
| （10）埲 | 丑・四三・土 | 蒲孔切音■ | 逆 | 逆 | 逆 |
| （11）外 | 丑・五七・夕 | 五塊切音■ | 壞 | 壞 | 懷 |
| （12）夜 | 丑・五七・夕 | 又叶羊貨切音■ | 和 | 和 | 和 |
| （13）夥 | 丑・五八，夕 | 胡果切音■ | 火 | 火 | 禍 |
| （14）巢 | 寅・四三・巛 | 鋤交切音■ | 樵 | 樵 | 樵 |
| （15）打 | 卯・三五・手 | 丁雅切音■ | 一 | 物 | 答 |
| （16）探 | 卯・五二・手 | 方苟切音■ | （空白） | 否 | 否 |
| （17）撲 | 卯・六一・手 | 蒲角切音■ | 一 | 僕 | 勃 |
| （18）斜 | 卯・七七・斗 | 又叶徐蹉切音■ | （空白） | 殊 | 蹉 |
| （19）施 | 卯・八一・方 | 又叶詩戈切音■ | （空白） | 科 | 跎 |
| （20）曓 | 辰・九・日 | 丑被切音■ | 詔 | 詔 | 劙 |
| （21）暖 | 辰・九・日 | 又叶乃卷切音■ | 念 | 念 | 暆 |
| （22）東 | 辰・二三・木 | 德紅切音■ | 詔 | 詔 | 劙 |
| （23）歪 | 辰・七十・止 | 烏乖切音■ | （空白） | 煨 | 威 |
| （24）殘 | 辰・七四・歹 | 財艱切音■ | 澯 | 潺 | 潺 |
| （25）浞 | 巳・十四・水 | 鋤角切音■ | 捉 | 族 | 捉 |
| （26）澎 | 巳・三十・水 | 皮休切音■ | 彪 | 漉 | 彪 |
| （27）爇 | 巳・六二・火 | 如悅切音■ | 熱 | 熱 | 熱 |
| （28）犥 | 巳・七五・牛 | 昌來切音■ | 釵 | 嫠 | 釵 |
| （29）瘤 | 午・四三・疒 | 瘡裂也，一曰■瘤 | 疾 | 疾 | 疾 |
| （30）竨 | 午・一〇八・立 | 火乖切，音■ | 咼 | 咼 | 咼 |

| 字　頭 | 出　　　處 | 原刊本加黑框 | 靈隱寺本 | 寶綸堂本 | 崇文堂本 |
|---|---|---|---|---|---|
| （31）纊 | 未・三三・糸 | 匹卦切音■ | 帕 | 帕 | 拍 |
| （32）翊 | 未・六十・羽 | 又■入切音揖 | 夷 | 夷 | 一 |
| （33）聽 | 未・七四・耳 | 又叶儻娘切音■ | 汀 | 汀 | 鐋 |
| （34）絥 | 未・七七・肉 | 匹絳切音■ | （空白） | 胖 | 滂 |
| （35）肶 | 未・八一・肉 | 於靴切音■ | 癅 | 癅 | 斜 |
| （36）能 | 未・八一・肉 | 奴登切音■ | 瘔 | 瘔 | 才能之能 |
| （37）膟 | 未・八九・肉 | 力懷切音■ | 來 | 來 | 來 |
| （38）膗 | 未・八九・肉 | 鉏懷切音■ | 才 | 才 | 才 |
| （39）舜 | 未・一百・舛 | 輸順切音■ | 瞋 | 瞋 | 瞬 |
| （40）蓺 | 申・四九・艸 | 除炎切音■ | 潛 | 潛 | 又昨炎切音潛 |
| （41）虞 | 申・五五・虍 | 又■胡公切音紅 | 叶 | 叶 | 叶 |
| （42）虪 | 申・五四・虍 | 昨誤切音■ | 祚 | 祚 | 祚 |
| （43）貰 | 酉・四三・貝 | 又叶詩戈切音■ | 敨 | 敨 | 敨 |
| （44）賒 | 酉・四五・貝 | 又叶詩戈切音■ | 科 | 科 | 敨 |
| （45）赦 | 酉・五十・赤 | 又叶詩戈切音■ | （空白） | 多 | 貰 |
| （46）趍 | 酉・五五・走 | 逡須切音■ | 蛆 | 蛆 | 蛆 |
| （47）輇 | 酉・七六・車 | 魚倫切音■ | 裙 | 裙 | 羣 |
| （48）遮 | 酉・九五・辵 | 又叶之戈切音■ | 租 | 者 | 初 |
| （49）邪 | 酉・九九・邑 | 又叶徐蹉切音■ | 娷 | 娷 | 豪 |
| （50）閏 | 戌・二二・門 | 儒順切音■ | 順 | 潤 | 潤 |
| （51）難 | 戌・四五・隹 | 又叶迺絹切音■ | （空白） | 念 | 歡 |
| （52）頑 | 戌・六九・頁 | 五還切音■ | 還 | 刓 | 刓 |
| （53）餳 | 戌・八七・食 | 徐盈切音■ | 情 | 情 | 情 |
| （54）驟 | 亥・十一・馬 | 鉏救切音■ | 懋 | 博 | 奏 |

　　上列五十四字中，（41）虞字「又■胡公切音紅」，「叶」字刻了左半的口字，右半為黑框，應是漏刻。其餘五十三字，僅（29）癛字「一曰■癛」，與翊字「又■入切音揖」二字不是直音，應該也是漏刻的緣故。其餘五十一字都是直音部分缺字，如果也把它們看作漏刻可能並不恰當。《字彙》凡例云：

　　　　音字，經史諸書有音者無切，有切者無音，今切矣，復加直音，切直
　　　音中有有聲無字者，又以平上去入四聲互證之。如曰某平聲，某上聲，某
　　　去聲，某入聲，至四聲中，又無字者，則闕之。中有音相近而未確者，則
　　　加一近字曰音近某。

這些方框中的直音，是否即《字彙》「闕之」的字。如（19）施、（43）貰、（44）賒、（45）赦四字，都叶詩戈切，為審母歌部字，《洪武正韻》歌部並沒有審母字，只好從闕；又如（7）嚼、（30）齰二字，都是火乖切，為曉母皆部字，《洪武正韻》皆部也沒有曉母字，只好從闕。如果這個說法成立，便可以有以下幾點推論：

1. 國家圖書館所藏確為原刊本，也顯示出梅膺祚在直音部分的謹慎，後來的翻刻本便針對這些闕字一一增補。

2. 靈隱寺本仍有「（15）打、（16）探、（17）撲、（18）斜、（19）施、（23）歪、（34）胖、（45）赦、（51）難」等九字未補，而寶綸堂本各字都有補入，且所補的字除「（25）泥、（26）澪、（28）犝、（48）遮、（50）閏、（52）頑、（54）驟」七字外，其餘都與靈隱寺本相同，時代應在靈隱寺本之後。

3. 崇文堂本各字都有補入，靈隱寺本未補的九字，崇文堂本所補與寶綸堂本完全不同，顯然兩者的關係不大，其中「（2）亨、（7）嚼、（11）外、（13）夥、（20）馬、（21）暖、（22）東、（31）紙、（32）翊、（33）聽、（35）肥、（36）能、（44）賒、（47）輆、（48）遮、（49）邪、（54）驟」等十七字與靈隱寺本不同，崇文堂本用了更多自己的意思重訂。

　　但是，若從另一個角度來看，（13）夥字下云：「胡果切，音■。」《洪武正韻》卷九哿韻胡果切下至少有「禍夥髁輠」等字，《字彙》午集示部禍字下云：「胡果切，和上聲。」酉集車部輆下云：「胡果切，音禍。」亥集骨部髁字下云：「又胡果切，音禍。」；又如（50）閏字下云：「儒順切，音■。」《正韻》卷十一震韻儒順切下有「閏潤」二字，《字彙》巳集水部潤字下云：「儒順切，音閏。」梅膺祚在夥字胡果切、閏字儒順切下，不太可能找不到直音，如果不是刻工失誤，那麼國家圖書館所藏也未必是梅氏原刻本。不過，就時代而言，出現最早應無疑義。

　　梅鼎祚序於萬曆四十三年（1615 年），稱「二子士倩士杰能讀父書而梓行之。」有梅氏原刻本自無疑義，李万健稱「《字彙》一書，僅萬曆四十三年一年就出現八種坊刻本」〔註39〕，如果這個說法可信，國家圖書館所藏或即八種坊刻本之一。各本就整體錯誤多寡、印刷品質而言，國家圖書館所藏確是最好的版本，故本文仍以此本為底本，遇有疑義再參酌他本。

## 參、《字彙》刻本之特色

　　《字彙》刻本最大的特色，便是版心除了右上刻卷名，右下刻葉次外，還搭配

〔註39〕李万健《中國古代印刷術》頁 56，河南大象出版社，1997 年 4 月。

有檢索功能的精心設計。凡例云：

> 復於卷首，各具一圖，圖每行分十格，卷若干篇，圖若干格，按圖索
> 之，開卷即得。

每卷開頭列一圖，每行十格，格內大字爲部首，小字爲筆劃數。一行代表十葉，由右而左遞增；一格代表一葉〔註40〕，一至十由上而下遞增。版心也由上而下，依次留長約兩公分的全黑框格，代表零到九，從書側面，便可看到由上而下，十葉一個循環的黑色線段。因此，欲檢索一字，只要從卷首圖中查出屬於第幾行第幾格，便可在書側第幾循環第幾線段加一找到該葉，如欲查尋塌字，字在丑集土部十畫，丑集卷首如下：

| 口 |  | 三 |  | 四 |  | 五 |  |  | 六 |
|---|---|---|---|---|---|---|---|---|---|
|  |  | 七 |  |  | 八 |  | 九 |  |  |
|  | 十 |  | 十一 |  | 十二 |  | 十三 |  | 十四 |
| 十五十六 | 十七十八 | 口 | 三四 | 五六七 | 八九 | 土 | 二三 | 四 | 五 |
| 六 | 七 | 八 |  | 九 |  | 十 | 十一 |  | 十二 |
| 十三 | 十四 | 十五至二十 | 士 | 夂 | 夂 | 夕 | 四至十一 | 大 | 二 |
| 三四 | 五六 | 七 | 八九 | 女 | 三四 |  | 五 |  | 六 |
| 七 |  | 八 |  | 九 |  | 十 |  |  | 十一 |
| 十二 | 十三 | 十四十五 | 十六至廿一 |  |  |  |  |  |  |

土部十畫在第五行第第七格（第四十七葉），從書側第五循環第八線段即爲土部十畫。現今許多中外字典也有利用書側劃線或塗色幫助檢索，《字彙》在三百八十幾年前即有如此精準方便的查閱方法，梅膺祚在追求查檢便利的用心，更可見一斑了。

再細究附圖與內文之葉次，圖中每格所代表的範圍，並不是指雕版的葉面，而是指裝訂後翻開之兩面，即前一葉的後半與後一葉的前半，如前述第五行第七格，實指第四十六葉後半與第四十七葉前半而言。因此，也可以推論，卷首附圖可能是先將內文裝訂完成後再編製的。

---

〔註40〕《字彙》卷首附圖每格所代表的葉次，是指翻開後所見的兩面，亦即前葉的後半加本葉的前半，與雕版的葉次不同，如口部四畫在圖中第五格，實際卻是第四葉的後半。由此也可證明圖應是內文刊刻完成後再編寫的。

# 肆、《字彙》之流衍

## 一、《字彙》之增補本

### 1、《字彙補》

吳任臣撰，其凡例云：

> 任臣以誦讀之餘，徧搜典籍，閱書幾及千種，僭爲增益，一曰補字，一曰補音義，一曰較訛，雖學慚窺豹，而志在續貂，起宣城于九原，知不我罪也。

本書志在補《字彙》之不足，全書補字一萬二千三百七十一字，補音義五千五百二十五條，較訛二百六十九條。

目前常見版本有二：一是上海辭書出版社與《字彙》合併出版之《字彙補》，有康熙五年嚴沆序及吳任臣例言，版心有「彙賢齋」三字（以下即稱此本爲彙賢齋本，如書影十六）；另《四庫存目叢書》第二一五冊《元音統韻》亦收入，編爲第二十三至二十八卷，卷首無序，例言較彙賢齋本少三則，次第也不同，版心刻有「愼思堂」三字（以下即稱此本爲愼思堂本，如書影十七）。兩種版本除例言外，在內文部分也有不同，以釋音爲例，彙賢齋本有缺音義之字，或黑框，或空白，愼思堂本則增入切語、直音，如：

| 字頭 | 彙 賢 齋 本 | 愼 思 堂 本 | 出 處 |
|---|---|---|---|
| （1）斱 | 亭匠切，音■■見《篇韻·拾遺》。 | 亭匠切，見《篇韻·拾遺》。 | 卯·斤 |
| （2）羿 | ■■切，音 ，皷名… | 他合切，音榻，皷名… | 未·拾遺 |
| （3）舡 | 切，音■，舟名… | 平基切，音皮，舟名… | 未·拾遺 |
| （4）岼 | 切，音 ，人名… | 培京切，音平，人名… | 寅·拾遺 |
| （5）鐲 | 切，音 ，刺也… | 唱姑切，音初，刺也… | 戌·拾遺 |
| （6）鎜 | 切，音 ，人名… | 叶架切，音夏，人名… | 戌·拾遺 |
| （7）忬 | ■■■ 切，音■，逆也。 | 以定切，音孕，逆也。 | 卯·心 |
| （8）冠 | 無可切，音■，義闕。 | 無可切，義闕。 | 卯·冗 |

例（1）至（7）彙賢齋本黑框或空格部分，愼思堂本都標有切語或直音（如書影十六·十七），例（8）則是彙賢齋本作「音■」，愼思堂本則直接刪去。彙賢齋本序於康熙五年，愼思堂本附於《元音統韻》，而《元音統韻》序於康熙五十三年，顯然愼思堂本對彙賢齋本有所修正。前述《字彙》各版本間也有同樣的情形，因此，《字彙補》兩種版本的差異，也可作爲判定《字彙》版本先後的參考。即國家圖書館所藏《字彙》應是各版本中時代最早的。

## 2、《正字通》

作者歷來有〔清〕張自烈與廖文英兩種說法，據顧景星《黃公說字》〔註41〕卷首有趙嶷序所載，則《正字通》之作者應是張自烈，其序云：

> 丁酉秋（順治十四年，公元 1657 年）晤張爾公自烈於金陵之道濟堂，出其《字彙辨》，嶷謂爾公著述每用辨字，既犯物議，亦數見不鮮，爾公遂易名《正字通》，謂其旁通事理，以附于通典通考之別例云。因嶷談字有所取證，下索存編，謹以所閱《字彙》數百字報爾公起例中，參輯諸家，有方密之趙國子姓字，後廖氏得之，改序更例，姓字泯矣。歲月荏苒，炯炯在懷。方從青原而示寂，張托盧阜以終化。

由序中可知趙嶷與張自烈熟識，張自烈將《字彙辨》改名《正字通》，也是趙嶷之建議。《正字通》原序有提及趙嶷之姓字，但廖文英刊行時卻改序更例，趙嶷對此事久久不能釋懷（如書影十九）。可知《正字通》確是張自烈撰，廖文英刊行〔註42〕。《正字通》凡例云：

> 字書譌以益譌，擬釐正成編，各部諸字本詁詁備載，某字古作某，籀作某，篆作某，隸作某，俗作某，俗作某，凡舊本分部分畫，古籀譌俗，散見各部者，并歸本部本字，後詳爲考定，如昔李鉉刪正六藝謬字例，盡削舊本之舛譌，獨存六書之可信從者，不令眩後學見聞巳。又慮四方沈涵《字彙》日久，不仍存舊說，彼此是非，必不著故，部畫次第如舊，闕者增之，誤者正之，未可與各坊翻刻同日語。

又云：

> 經史子集諸字，舊本偶遺者，循各部增入，識「舊本闕」三字。

所稱「舊本」即《字彙》，亦即本書是針對訂正《字彙》闕誤遺漏而作，因此分部列字一如《字彙》，各字下再就《字彙》的內容增刪補正，因此，雖不稱名《字彙》，仍可視爲《字彙》的增訂本。

《正字通》也曾流行一時，當時刊刻也不少，目前可見版本，仍有弘文書院刊本、芥子園刊本、潭陽成萬材刊本、清畏堂刊本等四種之多〔註43〕，本文僅以北京國際文化出版公司所影印出版的清畏堂刊本爲據（如書影十八）。

---

〔註41〕顧景星《黃公說字》，《四庫全書存目叢書》所收，台南：莊嚴出版社。

〔註42〕《正字通》作者，據黃沛榮〈正字通之版本及其作者問題〉一文考證，《正字通》眞正作者是張自烈，廖文英則是刊行之人。（《第九屆中國文字學全國學術研討會論文集》頁 35 至 61，民國 87 年）

〔註43〕詳見黃沛榮〈正字通之版本及其作者問題〉一文，同前註。

### 3、顧景星《黃公說字》

其凡例云：

一、移《字彙》各部不合六書者，本義以〇別之。

一、補字亦〇以別之。

一、《字彙》部中溷入者附分，如人部、尸部、儿部之類。

一、新附立部，如丫、犮。

一、分部字畫悉如《字彙》。

一、部中字畫亦如《字彙》，譌謬者各正之，不復比叙如舊本。

一、《字彙》雖有譌謬，皆沿前人，今不復瑣引，恐滋藤蔓。

一、《正字通》原本論辨詳確者，不復贅錄，仍附本字于各畫之下，以便
稽查。

可見也是繼《正字通》之後，針對《字彙》說字之作。卷首趙嶷序中除說明《正字通》更名之由外，也對《黃公說字》推崇備至，其序云：

> 嶷三歷江漢，茲重覿于武昌，有《黃公說字》一書，嶷驚喜踴躍，
> 受而讀之，一端細繹，不勝引繩，探其蘊奧，未易更僕。僕嘗竊論《字
> 彙》盛行七十餘年，緇流雲水，亦必束同梵策，《正字通》出有功于前賢，
> 《黃公說字》出有功于萬世，黃公于梅、張二氏，人未謀面，鬼可通神，
> 使《說字》大行，為前人掩愆彰功，剔微闡義，此顧氏之心，而亦梅氏、
> 張氏之心也。

故此書也可視為針對《字彙》增修之作。(如書影十九)

### 4、《康熙字典》

〔清〕張玉書等奉敕編，其凡例云：

> 《正字通》所載諸字，多有未盡，今備采字書、韻書、經史子集來歷
> 典確者，竝行編入，分載各部各畫之後，上加增字以別新舊。

全書絕大部分依據《正字通》編次，新增之字都附在各部各畫之後，並且加一「增」字予以標明，因此，本書是在《正字通》的基礎上增補刪定的，廣義來說，也是《字彙》的增修補訂本。

《康熙字典》一出，狹著御製的威勢，很快便取代《字彙》、《正字通》的地位，流通的版本也不少〔註44〕，本文僅就世界書局影印《四庫全書薈要》所收之《康熙字典》為據。

---

〔註44〕詳見李淑萍《康熙字典及其引用說文與歸部之探究》第二章第三節，中央大學中研所
博士論文，民國89年。

5、《文成字彙》

本書序於乾隆壬戌（公元 1742 年），據其序稱，本書乃據武陵陳扶搖《廣字彙》一書增補三千六百餘字，並於內文中，每部之後皆標一「補」字，並列出所補之字。〔註45〕

6、《會海字彙》

本書照錄《字彙》原文，把所補入的字，標出「補」字，附列各部之後，實際為《字彙》的增訂本。〔註46〕

此外，《宣城縣志》著錄有梅士倩（梅膺祚長子）《增訂字彙》；日本《尊經閣文庫漢籍分類目錄》與韓國成均館大學《古書目錄》都著錄有《增補字彙》，清張自烈撰；《文成字彙》序與《尊經閣文庫漢籍分類目錄》有《廣字彙》，應該都是《字彙》的增訂本。另《三教經書文字根本》〔註47〕末附有〈重增字彙總目錄〉，分十六卷三百部，《重增字彙》則是依《字彙》命名卻不依其分部者，惜僅有目錄不見全書。

## 二、《字彙》之節本

1、《改正玉堂字彙》

民國四年上海錦章圖書局有石印本，書前序云：

> 《字彙》之有奚囊，自崇禎癸酉（公元 1633 年）歲予刻，始與宣城本毫無異同，因攜遠弗便，遂祖王氏巾箱之學，束卷僅半尺許，度不甚累重，載之行笥驢背中，誠為快事。年來翻刻甚多，以訛傳訛，竟失本來音義，求識字而反為字誤，欲得解而反為解惑，每為之嘆息而不可藥救。偶遊白下，同人謂予曰：「君年雖臺而目力尚強，何不重正其訛，以全初志乎？」予曰：「然。」遂亟為考訂授梓，以公四方之識正字者，聊述其概云爾。康熙庚午（公元 1690 年）仲冬古杭知足子漫題。

據此序，可知《玉堂字彙》始刻於崇禎癸酉（公元 1633 年），《改正玉堂字彙》刻於康熙庚午（公元 1690 年）兩書皆為古杭知足子所作，前者為年輕之作，後者則為九十以後所作。〔註48〕兩書都是巾箱本。謝啓昆《小學考》卷二六引陳溟子〈同文字彙序〉，內容與此序同，疑《同文字彙》與《玉堂字彙》為同一本書。

---

〔註45〕詳見呂瑞生《字彙異體字研究》頁23。
〔註46〕引自劉葉秋《中國字典史略》頁135，北京中華書局，1992年2月。
〔註47〕《三教經書文字根本》，阿摩利諦等撰，《罕見韻書叢編》收入，香港長城文化公司出版。
〔註48〕《說文》老部臺字下云：「年八十曰臺。」而《改正玉堂字彙》利集老部臺字云：「年九十曰臺」，其序稱臺，應為九十以上。

本書分元、亨、利、貞四集，元集前有總目，收字、部首、部次、字次悉如《字彙》，說解簡略，如一部丁字下云：「鼎平聲，十干名，值也，當也，又姓，又叶音爭。」

遠較《字彙》爲少，無反切，僅用直音，直音多與《字彙》不同，序中稱「與宣城本毫無異同」，應指直音而言，除直音外，應可算《字彙》之節本。（如書影廿）

### 2、《字彙》

傅斯年圖書館藏，存利、貞兩集，書前有「耶穌會中華省」印，本書版心題爲《字彙》，是否爲眞正書名則不可得知。分卷與《玉堂字彙》相同，注解比《玉堂字彙》還要簡略，如利集玉部玨字，《考正玉堂字彙》云：「音粟，琢玉工也，與玉字異，又國名，又姓。」此本則云：「音粟，琢玉工也，又姓。」應可視爲《玉堂字彙》之節本。（如書影廿一）

### 3、《考正字彙》

民國四年上海廣益書局發行，文華書局石印本，封面題「增補攷正字彙」，內文則題「鴻寶齋攷正字彙」。書前序云：

> 儒者稽古貴通經，通經之學首重訓詁，程其功則小學，造其極即大儒。《玉堂字彙》一書，係國初陳溪子先生所著，閱時既久，坊間種種翻刻，破體俗筆，義舛音乖，不但無裨，且多滋誤，今特逐加釐訂，繕寫一通，易直母爲橫列，取其醒目也，挨次稽查，庶無遺漏云。中華民國元年壬子夏鴻寶齋主人書。

本書是民國元年（公元 1912 年）鴻寶齋據《玉堂字彙》考正，除直音部分外，其餘都與《攷正玉堂字彙》相同。最大的特色在於排版，改半葉十二直行爲十五橫列，每列版心部分註明該列部首及筆劃，與現今通行的字典比較，只差沒有標點符號而已。（如書影廿二）

以上三書都據《玉堂字彙》考正，從崇禎癸酉（公元 1633 年）成書，到民國四年（公元 1915 年）仍有《攷正玉堂字彙》和《攷正字彙》相繼出版，可見《玉堂字彙》雖是《字彙》之節本，到民國初年仍相當受到重視。

## 三、其　他

### （一）將《字彙》改編為索引

#### 1、《字彙數求聲》

清虞德升撰，卷前小引云：

儀象生而數出，律呂具而聲成，數也聲也，皆理氣之自然，非智力之能強也，有不交資互用哉。獨是帙既以諧聲名，自宜我用我法，一以聲求可也，復假宣城之畫數者何，良以宇內之灑珠璣出辭氣者，率局方隅凤習不究中土元音，自非情深風雅，藝擅詞壇，霏隻字而玉戛金敲，走寸毫而商移徵易，之騷人韻士，幾不知平上去入之作何調，牙舌咽唇之應誰屬，一旦出中州音韻，強之使諧，不猶欲其入而閉之門乎，用是，借數畫之成規，作諧聲之將伯，不特於字之已識者，一屈指而來前，即於所未識者，纊畫計之而已得，名之曰數求聲，不過因彼畫數得我聲音，亦皆理氣之出於自然，非人之智力所能強也，雖借用之庸何傷。

又云：

> 就數求聲法：數乃本帙借刻《字彙》諸字之畫數，聲即本帙諧聲定五十有七，提綱之總聲，數求聲者，數此畫數，以求所諧之聲。

> 求之之法何如，如欲檢一伻來之伻字，不知應屬何聲，先於此借刻之《字彙》子集人部五畫中查得此字矣，即於此字注內驗其有「乙中崩」三字，便知此字在本帙排定之乙冊第三聲中字之內，然後竟取乙冊於本冊小目錄內查第十三聲崩字母字，隨向卷中字頂大圈上逐一數至十三，即得崩音，崩音得而伻字出矣，何捷如之。

因此，本書一依《字彙》分卷、分部、收字，將各字之說解刪去，改注該字在《諧聲品字箋》中的位置，《字彙》不再是字書，而是《諧聲品字箋》的檢字索引。《諧聲品字箋》清虞咸熙撰，虞德升編，其凡例云：

> 《字彙》之分部數畫法簡易，已幾家傳戶頌矣，但可執字查音，不能從音檢字，先子以五十七聲統千五百音，千五百音統數萬餘字，因母求子，捷若探囊，復仍《字彙》分部之方，繫以求聲之法，從形得聲，疾如應響，俾人知其音而不識其字者，從聲以尋見其字，而不辨其音者，依形而檢，形聲兩考，無不識之字矣。

《字彙》只能以形求聲，《諧聲品字箋》則改以聲檢字，若不知音則無從查起，只得借助《字彙》，亦可見《字彙》在當時之受到重視。《字彙數求聲》，傅斯年圖書館藏（如書影廿三），《諧聲品字箋》，《四庫全書存目叢書》收入經部第二一七、二一八冊。

## 2、《元音統韻‧類音》

陳藎謨、陳獻可、胡含一、范廷瑚等撰《元音統韻》，分〈通釋〉、〈檢字〉與〈類音〉、統韻、〈古韻疏〉、〈唐韻疏〉五部分，其中卷三至卷八為〈檢字〉與〈類

音），〈檢字〉即《字彙》首卷之〈檢字〉，〈類音〉與《字彙數求聲》採相同的方式，分集、分部、收字都參照《字彙》，然後將各字說解刪去，改列該字在《統韻》的位置，如子集｜部中字下云：「平公徵五o去貢徵五o去貢徵七」即中字有三音，一在〈統韻〉平聲公韻徵五（即知母），一在去聲貢韻徵五，一在去聲頁韻徵七（即澈母）。因此，〈類音〉也是一部將《字彙》改爲韻書索引的著作。本書《四庫存目叢書》據康熙五十三年（公元 1714 年）范廷瑚刻本收入經部第二一五冊（如書影廿四），卷末附吳任臣《字彙補》。

## （二）依《字彙》編輯的篆文字書

### 1、《篆字彙》

清佟世男輯，卷首梁佩蘭序云：

> 若偉夫佟使君之爲篆字攷也，攷本重篆而冠正字於其上，使閱者知某字某篆，或一字而一篆，或一字而數篆，至數十篆，諸凡鐘鼎金石錄、古文大小篆，無不備載，蓋其綜覽之博，攷核之精，釋詁之詳，翻切之確，統河洛之理數，妙陰陽之配合，窮物類之蕃變，通天人之精微，眞篆學之全書也。

全書以《字彙》爲底本，逐字加上古文篆體，說解採直音方式，釋義簡單。可惜並未注出篆體來源，《四庫全書存目提要》云：

> 其書本梅膺祚《字彙》各繫以篆文，篆文所無之字，則依楷書字畫以意之，不可以爲典據也。

因此，本書之篆文收錄雖豐富，卻不一定精確。

全書另一特點，不僅在分卷、分部、收字都依據《字彙》，即版式也參考《字彙》配合檢索，每卷前附一圖，每行七格，版心則由上而下刻黑框，《字彙》十格一循環，《篆字彙》則七格一循環，也是難得一見的雕版方式。本書《四庫全書存目叢書》收錄經部第二○四冊。（如書影廿五）

### 2、《六書分類》

傅世垚《六書分類》也是依《字彙》編次，各字僅注直音，再逐字加上篆文，《四庫提要》云：「其書分部一依梅膺祚《字彙》之例，每字以小篆古文次於楷書之後，古文之學，漢魏後久已失傳，後人所譯鐘鼎之文，什九出於臆度，確然可信者無幾，況古器或出剝爛之餘，或出僞作，尤不足爲依據，謂之好古則可，謂有當於古義則未然也。」對此書頗不以爲然，不過，此書每個篆文都注明出處，與《篆字彙》相較，更有其參考價值。本書《四庫全書存目叢書》收錄經部第二○三冊。（如書影廿六）

### 3、襲用《字彙》之名的韻書

如《同音字彙》，全書依韻分爲三十六部，類聚同音同聲符之字，各音首字僅作標示，不立音讀，說解解略，全書收字不到五千，屬於常用字韻書。本書《罕見韻書叢編》收入。（如書影廿七）

此外，《字彙韻補》、《分韻字彙撮要》〔註 49〕應該也是依《字彙》命名的韻書之作，因未見其書，僅附記於此。

以上僅就所見依《字彙》命名之作，或清初與《字彙》有關之字書略作說明，已可見其所受之重視。今日《中文大辭典》等各類字典辭典，分部都參考《字彙》二百一十四者，不勝枚舉。朱彝尊在〈重刊玉篇序〉、〈字鑑序〉、〈汗簡序〉都大力抨擊《字彙》〔註50〕，顯然沒有認清字書編輯的發展趨勢，因此，重刊《玉篇》仍然無法動搖《字彙》及其體例的流行。

---

〔註49〕同註 13 頁 30。

〔註50〕朱彝尊〈重刊玉篇序〉云：「宋儒持論以灑埽應對進退爲小學，由是《說文》、《玉篇》皆置不問，今之兔園冊子，專考稽於梅氏《字彙》、張氏《正字通》，所立部屬，分其所不當分，合其所必不可合，而小學放絕焉。」（《曝書亭全集》卷三十四，臺灣中華書局《四部備要》。

〈字鑑序〉云：「字學之不講久矣，舉凡《說文》、《玉篇》、《佩觿》、《類篇》諸書，俱束之高閣，習舉子業者，專以梅氏之《字彙》、張氏之《正字通》奉爲兔園冊，飲流而忘其源，齊其末而不揣夫本，乖謬有難畢舉也已。」（同上）

〈汗簡跋〉云：「小學之不講，俗書繁興，三家村夫子，挾梅膺祚之《字彙》，張自烈《正字通》以爲兔園冊，問奇字者歸焉，可爲齒冷目張也。」（同上，卷四十三）

# 第二章　字彙之收字與正字原則

## 第一節　《字彙》之收字標準

如前章所述，《說文》收字正文九千三百五十三，重文一千一百六十三，〔宋〕重編的《大廣益會玉篇》收字二萬二千五百六十一字，《類篇》收字三萬一千三百一十九字，《篇海》收字五萬五千一百一十六字，收字逐漸遞增；〔明〕《直音篇》收字四萬三千餘字，《詳校篇海》收字三萬八千二百四十四字〔註 1〕，到《字彙》收字三萬三千一百七十九字，則是逐漸遞減，《字彙》收字必然有其取捨的標準，其凡例云：

> 字宗《正韻》，已得其概，而增以《說文》，參以《韻會》，皆本經史。通俗用者，若《篇海》所輯怪僻之字，如[illegible]之類，悉芟不錄。

由此凡例，可知《字彙》收字的標準，主要以《正韻》爲主，以及《說文》、《韻會》所收經史用字；至於通俗用字，若非怪僻之字，也予以收入。至於通俗所用怪僻之字，則悉芟不錄。再就凡例所述，也可推測出《字彙》收字的方法，主要是在既有的韻書、字書基礎上，再參酌經史及其他典籍而成，以下分述之。

### 壹、收字之來源

#### 一、《正韻》、《說文》、《韻會》〔註 2〕之字是收入的主要對象

《正韻》、《韻會》兩者收字皆約一萬二千六百餘字〔註 3〕，《說文》九千三百五

〔註 1〕詳見第一章第一節註 9。
〔註 2〕黃公紹《古今韻會》今已佚，故以下所稱《韻會》，皆爲熊忠的《古今韻會舉要》。
〔註 3〕《正韻》凡例云：「舊韻原收九千五百九十字，毛晃增二千六百五十五字，劉淵增四

十三字，都是《字彙》收入的主體。以金部爲例，《正韻》金部字收入二百五十一字〔註4〕，《字彙》都收入；《說文》收錄二百一十八字〔註5〕，除金字、琴字的重文「釜、鏖」，以及「鋆」作「鉤」外，其餘《字彙》都收入。

## 二、來源於其他的字書

《字彙》全書收入三萬三千一百七十九字，相較於《正韻》、《韻會》、《說文》之收字，仍多出二萬餘字。而這些字的主要來源：

### 1、《大廣益會玉篇》

全書收字二萬二千五百餘字，收入从金之字四百七十四字〔註6〕，除「鑿、鑫、金、鏖、鋆、釹、鍛、鐵、閹、鏒、鎺、鑿、鑛、釱」等十四字外，其餘都收入。

### 2、《類篇》

本書收字三萬零九百四十三字，以金部爲例，收錄六百二十八字，《字彙》僅「釹、鐕、鐺、釜、釩、鑛、鋞、鑵、釦、鏷、鏢、鍛、鍛、鏗、鏊、釚、鑵、鄁、鏦、鈏、鏉、鈇、鐵、鑒」等二十五字未收錄，《類篇》應該也是《字彙》收字的參考之一。

### 3、《詳校篇海》

本書收字三萬八千二百四十四字，金部收錄七百九十四字，《字彙》金部七百一十五字中，有七百一十五字見於該書，只有「釟、鉭、鍭、鑵」四字不在該書範圍，也就是《字彙》的收字幾乎不出《詳校篇海》的範圍。

---

百三十六字，今一依毛晃所載，有關略者以它韻參補之。」合計則爲一萬二千六百八十一字。（《洪武正韻》，《四庫全書》第二三九冊頁6，台北：商務印書館）

《古今韻會舉要》凡例稱，《禮部韻略》元收九千五百九十，禮韻續降、禮韻補遺凡三百四十四字，毛氏韻增、平水韻增凡二千一百四十二字，今增凡六百七十六字，合計爲一萬二千七百五十二字。惟就各卷首字數統計，應爲一萬二千六百三十五字。（《古今韻會舉要》，北京：中華書局，2000年）

〔註4〕《正韻》依韻編輯，字數統計困難，本文依周家棟輯《正韻彙編》之金部統計，另周家棟又新增十八字，《字彙》亦皆收入。（《正韻彙編》，《四庫全書存目叢書》第一九一冊，莊嚴出版社。）

〔註5〕《說文》金部（大徐本）正文一百九十七字，重文十三字，新附七字，應爲二百一十七字，惟重文十三字中，「翌、玨、厠、楑、饒」五字不从金，他部从金之字「錦、鉤」二字，他部从金之重文則有「釜、釘、鉛、鏷、鏖、鐕、鑿、鏥、鑵、鑶」等十字，故爲二百二十五字。

〔註6〕《玉篇》金部收字四百七十二字，另琴部琴字重文「鏖、閹」二字亦从金。合計爲四百七十四字。

《字彙》所收《正韻》未收之字，其中異體字又佔了相當的比重。以金部為例，明指為異體者即有一百零六字〔註7〕。再加上實為異體而《字彙》未註明者，則比率更高，如：

鉱：古猛切，音礦，金銀銅鐵璞也。（戌・三・金）

鋙：古猛切，音礦，金璞也。（戌・七・金）

鑛：古猛切，音礦，鑛鐵。（戌・十八・金）

礦：古猛切，國上聲，金銀銅鐵璞石也，徐曰：「銅鐵之生多連石也。」（午・八一、石）

金部鉱、鋙、鑛三字都是礦的異體，就說解形式來說，卻是三個不同的字。

### 三、來源於其他典籍

#### 1、來自《顏氏家訓》

繰：《顏氏家訓》：「吳人呼紺為禁，故以糸傍作禁代紺字。」（未・四六・糸）

爈：古無此字，《顏氏家訓》：「吳人以火傍作庶為炙字。」（巳・五八・火）

梶：《顏氏家訓》：「吳人呼盞為竹簡反，故以木傍作展以代盞字。」（辰・四六・木）

氉：古無此字，《顏氏家訓》曰：「吳人以既下作毛為髻字。」（辰・八三・毛）

鎃：古無此字，《顏氏家訓》：「吳人以金傍作患為鐶字。」（戌・十四）

鑵：古無此字，《顏氏家訓》：「吳人呼鑊為霍，故以金傍作霍代鑊字。」（戌・十八・金）

以上六字都來自《顏氏家訓》卷六：

> 或問曰：「《東宮舊事》何以呼鴟尾為祠尾？」答曰：「張敞者，吳人，不甚稽古，隨宜記注，逐鄉俗訛謬造作書字耳。吳人呼祠祀為鴟祀，故以祠代鴟字：呼紺為禁，故以糸傍作禁代紺字：呼盞為竹簡反，故以木傍作展代盞字：呼鑊字為霍字，故以金傍作霍代鑊字：又金傍作患為鐶字：木傍作鬼為魁字：火傍作庶為炙字、既下作毛為髻字、金花則金傍作華，窗扇則木傍作扇，諸如此類專輒不少。」

其中「槐、鏵」二字另有義，僅「窗扇則木傍作扇」的「楄」字未收而已，可見梅

---

〔註7〕《字彙》金部明指為異文者，計一百三十二字，來自《說文》之重文計有「釜、釻、銛、銕、鉤（《說文》作𨥥）、鎯、鋙、鐪、鏨、鐯、鎡、鐵、鍏、鑛、鈘、鉈」等十六字（「鑢、鑯」二字《說文》為重文，《字彙》未列為異體，「鈘、鉈」二字，《說文》為正文，《字彙》改為異體）：來自《正韻》之異體則有「針、鉊、鍬、鑒、鋼、鐮、鏺、鐺、鑕」等字，《字彙》新增之異體多達一百零六字，所佔比率甚高。

膺祚對《顏氏家訓》的重視。

　2、來自石鼓文

　　（1）㷀：同上（憐），見周宣王石鼓文。（卯・二三・心）

　　（2）獻：見周宣王石鼓文，薛作獻字。（巳・八二・犬）

　　（3）圁：見周宣王石鼓文，音義未詳。（子・七七・匚）

　　（4）熒：見周宣王石鼓文，音義無考。（巳・六二・火）

　　（5）旇：石鼓文旛旇，音義與翰同。（戌・八二・飛）

石鼓文字，各字書多未收錄，《字彙》則收錄石鼓文四十九字，也顯示梅膺祚對石鼓文字的重視。

## 貳、怪僻之字，悉刪不錄

　　《字彙》收字大部分都來自其他字書或韻書，討論刪去之字也僅能就字書或韻書來討論，而凡例稱「若《篇海》所輯怪僻之字，悉刪不錄」，因此，本文即以《篇海》為主，再參以《說文》、《玉篇》、《類篇》等書，探討《字彙》的刪字原則。

　　《篇海》收字五萬五千餘字，《字彙》至少刪去二萬二千字以上，以《篇海》首部金部為例，《篇海》金部收錄一千零三十一字，較《字彙》多出了三百二十九字，《字彙》刪去之字或有音無義，或為異體，或為釋藏之字，或為罕用字，以下分述之。

## 一、刪字之類型

　1、刪去有音無義之字，如：

　　（1）釕：之酉切。

　　（2）鉾：與隆切。

　　（3）鑗：翌恕切。

　　（4）鈦：他大池大二切。

　　（5）鋆：於厥於勿二切。

　　（6）鑫：希吟呼龍二切。

　　（7）釬：音杵。

　　（8）鉥：音舟。

　　（9）鋅：雌資二音。

　　（10）鑫：寶玉二音。

　　（11）鏃：修秀𣸣三音。

（12）鐥：古文，音注，字出於《類篇》。（謹案：今本《類篇》無此字。）

（13）鐩：音血，出《川韻》。

（14）鎙：音鎌，出《川韻》。

　　以上僅就《篇海》各種注音形式舉例，其中（3）（6）二字《玉篇》收入，「鑿」作「翌怒切」，「鑫」作「呼龍切，又許金切。」也都是有音無義之字，《字彙》幾乎都刪去。

### 2、刪去異體

　　《字彙》雖收入不少異體字，但是刪去的則更多。刪去《玉篇》金部的十四字中，除上述鑿鑫二字外，另有七字明指為異體：

（1）金：古文。

（2）（3）䥣䥝：並古文（琴）。

（4）鈞：古文（鈞）。

（5）鈣：同上（鍋）。

（6）鑿：同上（鑒）。

（7）鐵：俗文（鐵）。

另「鈠、鎦、鑼、鈇、鎪」五字雖未明指為異體，深入分析仍是異體：

| 字頭 | 《玉篇》說解 | 備　　　　註 |
|---|---|---|
| （1）鈠 | 營歷切，器也。 | 《字彙》鍛字云：「營隻切，音役，小矛。」鈠鍛為異體，《字彙》有鍛無鈠，《玉篇》有鈠無鍛。 |
| （2）鎦 | 大口切，說文：酒器，亦作罶。 | 《字彙》鎦字下云：「大口切，音豆，酒器。」鎦應為異體，《字彙》有鎦無鎦，《玉篇》有鎦無鎦。 |
| （3）鑼 | 力戈切，銼鑼。 | 《字彙》鑼字下云：「魯戈切，音羅，小釜，一曰溫器。俗作鐪，非。」又鑼字下云：「力戈切，音羅，挫鑼，小釜。」鐪字下云：「與鑼同，銼鐪，小釜也。」鑼、鑼、鑼、鐪應為異體，《字彙》有鑼無鑼，《玉篇》有鑼無鑼。 |
| （4）鈇 | 時計直賴二切，鉗也。 | 《篇海》作「特計直賴二切，在項曰鉗，在足曰鈇。」與《字彙》鈇字：「大計切，音第，以鎖加足，在頸曰鉗，在足曰鈇，《史·平準書》敢私鑄鐵器煮鹽者，鈇左趾。又度柰切，音代，義同。」鈇鈇二字音同義同，疑為異體。 |
| （5）鎪 | 宿由切，鋌也。 | 《字彙》鎪字下云：「息流切，音脩，鉏鋌。又息救切，音秀，鍛也。」鎪、鎪疑為異體。 |

刪去《類篇》之二十五字，也有二十三字爲異體：

| 字　頭 | 《類　篇》　說　解 | 備　　註 |
|---|---|---|
| （1）鈐 | 諾叶切，《博雅》：「正也。」 | 《玉篇》以鈐爲鑈之異體。 |
| （2）鐌 | 陟略切，斫謂之櫡，或从金。 | 「鐌」爲「櫡」之異體。 |
| （3）錞 | 都昆切，錞釪，如鍾以和鼓，錞或作鐏。 | 「錞」爲「錞」之異體。 |
| （4）釜釜 | 奉甫切，《說文》：「鍑屬。」或省文。 | 釜字《字彙》未收。 |
| （5）鎭鈏 | 陟刃切，《說文》：「博壓也。」古作鈏。 | 鈏字《字彙》未收。 |
| （6）鐻鑛 | 臼許切，鍾鼓之柎也，亦作鑛。 | 鑛字《字彙》未收。 |
| （7）錏錏 | 於加切，《說文》：「錏鍜，頸鎧也。」或从惡。 | 錏字《字彙》未收。 |
| （8）鐟鐟 | 徒弔切，燒器，或作鐟。 | 鐟字《字彙》未收。 |
| （9）釚釚釚 | 渠尤切，弩機謂之釚，或从丩，从仇。 | 釚字《字彙》未收。 |
| （10）鎛鎛 | 伯各切，十二辰頭鈴鍾也，或省鎛。 | 鎛字《字彙》未收。 |
| （11）鋙鏢鋙 | 偶舉切，《說文》：「鉏鋙也。」一曰白錫謂之鋙，或不省，亦从吾。 | 鏢字《字彙》未收。 |
| （12）鈠<br>（13）鍛 | 營隻切，小矛，或从役。 | 《字彙》鈠字下云：「營隻切，音役，小矛。」鈠鍛即鈠之異體，鈠鍛《字彙》都未收。 |
| （14）鏨銚 | 普患切，器系，或从兆。 | 鏨字《字彙》未收。 |
| （15）鑗犁 | 良脂切，黑金也，或作犁。 | 犁字《字彙》未收。 |
| （16）钁钁 | 班麋切，《說文》：「耡屬。」 | 钁字《字彙》未收。 |
| （17）釾鋣鋣 | 余遮切，《說文》：「鏌釾也。」或从牙，从耶。 | 鋣字《字彙》未收，僅於鋣下注曰：「俗作鋣。」 |
| （18）鐵鐵鐵 | 他結切，《說文》：「黑金也·或省，古作鐵。」 | 鐵字《字彙》未收。 |
| （19）鍛鍛 | 所介切，《說文》：「鈂有鐔也。」或作鍛。 | 鍛字《字彙》未收。 |
| （20）鈷鈒 | 訖業切，《說文》：「組帶鐵也。」或从刼。 | 鈒字《字彙》作鈒。 |
| （21）銍銍銍 | 陟栗切，《說文》：「獲禾短鎌也。」或从室，隸作銍。 | 銍字《字彙》未收。 |
| （22）鑥 | 朗可切，曳釣也。 | 《字彙》鄌字下云：「來可切，音裸，釣也，出《異字苑》。」鑥鄌二字應爲異體。 |
| （23）鎞 | 蒲計切，治刀使利。 | 《字彙》鎞字下云：「北激切，音壁，鎞土犁耳。又必益切，音辟，義同。又蒲計切，音避，治刀使利。」鎞鎞二字應爲異體。 |

可見《字彙》刪去《玉篇》、《類篇》之字，大部分都是異體。刪去《篇海》之字，異體也不少，如：

| 字　頭 | 《篇　海》　說　解 | 備　　註 |
|---|---|---|
| （1）鐕鏊鑋鏊 | 四古文證字。 | 六字都是「證」之異體。 |
| （2）鏊 | 音證，唐武后作。 | |
| （3）鏊 | 音證，驗也。 | |
| （4）鈚 | 徒悶切，頑也，不利也。 | 鈍之異體 |
| （5）釸鈞 | 古鈍切，三十斤也 | 《字彙》僅收鈞字。釸為異體。 |
| （6）鈸 | 蒲末切，樂器也。 | 以上三字都是鈸之異體。 |
| （7）鈸 | 蒲末切，樂器也。 | |
| （8）鈸 | 音跋，鈴鈸也。 | |
| （9）鎈 | 音夵，大鑿平木器也。 | 《字彙》鎈下云：「倉紅切，忽，大鑿平木器。俗作鎈。」兩者為一字。《字彙》於注中說明為俗字。 |
| （10）鑪 | 於刀切，《說文》曰：「溫器也。」 | 此字《說文》作鑪。 |
| （11）鐋 | 他浪切，工人治木器。 | 《字彙》：「鐋：他浪切，湯去聲，平木器。」則「鐋鐋」應為異體。 |
| （12）鍈 | 人絹切，柔銀也。 | 《字彙》：「鍈：人絹切，軟去聲，柔銀。」鍈鍈也是異體。 |

《篇海》之對於異體字之說解，往往並未註明，因此需要更精細的判斷，如上舉十二組字例，除例（1）直指為古文，例（5）正異體字並列外，其餘都各有音義詮釋，需從說解中再加以判斷是否為異體。

### 3、刪去釋藏用字

《篇海》多收釋藏之字，《字彙》則多刪去，如：

（1）鈚：新藏作鈍。

（2）鎈：音夵，新藏作鎈。

（3）鉓：舊藏作舒。

（4）鑩：於加切，出藏經。

（5）鋼：無敢切，出真言。

（6）鏺：亡犯切，在經咒。

（7）鏃：誤，舊藏作鈎鎖千佛名，出《賢愚經》中。

（8）錐：舊藏作錘，又直追切。

釋藏之字有些也是異體，因來源特殊，故另立一類。此類之字《字彙》也未必盡刪，如金部鉄字：「《經音義》云：宜作斴，在《阿含經》」；鉼字：「夷斟切，音淫，見釋典。」；鐲：「初角切，音齪，鐵鐲，見釋典。」仍有少數釋典釋藏字收入。

4、刪去罕用字

除上述三類外，有些有音有義的罕用字，《字彙》也沒有收入，如《類篇》的鍈、鐵二字：

（1）鍈：楚教切，鑿也。（「鍈」《集韻》去聲效韻作「鍐」）

（2）鐵：徒結切，利鐵也。

《篇海》中此類之字也不少，如：

（1）鍈：音隩，溫器。

（2）鈽：初加切，魚器也。

（3）鋜：宜斤切，馬飾器。

（4）鏑：直芮切，曲刀削竹也。（此字出自《廣韻》去聲祭韻，林尹認爲是鏑字之誤。〔註8〕）

## 二、刪字原則之可能來源

上述四類《字彙》的刪字原則，在《詳校篇海》的凡例中，已可見其大概：

> 舊本動稱釋藏，若謂其字，鄭重不可易者，不知釋氏之書，本皆梵書，如蠶、如蟲，並未嘗作中國字也，及傳入中國，逐一就中國字書譯出，其字之可異者，亦其徒輯錄之妄，未足據也，道藏中亦有其徒纂揑而諸載籍不經見者，存其一二，未敢濫收。

又云：

> 《篇海》舊本亦有分辨每類，先書正字，其餘常作十號以別之，如古文、釋道二藏之類；其最可咲者，則於俗間省手浪傳等字亦具載之，其今亦未敢盡削，但有音有義不甚差異者存之，其餘有音無義、字畫差異者，徒災木而無用，去之。

《詳校篇海》的刪字原則，一是「道藏新字而諸載籍不經見者」、二是「有音無義」、三是「字畫差異」之異體，《字彙》的刪字原則與之相近。再觀察《詳校篇海》收錄而《字彙》未收的字，或爲有音無義之字（如：鉾，音杵；鈦，他大切，音太。）或爲異體字（如：釜，同釜；鈂，音沉，同鈂。）可見《字彙》的收字又比《詳校篇海》更爲嚴謹。

---

〔註8〕參見《廣韻》頁379，臺北：黎明文化公司，林尹校訂。

## 參、收字之檢討

從以上之比較，《字彙》所謂收字與刪字兩者之間並非截然劃分：

### 一、就刪併角度來說

1、《字彙》大量刪去《篇海》的異體，也收入不少《篇海》所無之異體，如：

（1）釟：俗鈀字。

（2）釛：俗鈗字。

（3）鍔：同鐬。

（4）鍐：古無此字，《顏氏家訓》：「吳人以金傍作患爲鐶字。」

（5）鑺：古無此字，《顏氏家訓》：「吳人呼鑊爲霍，故以金傍作霍代鑊字。」

上述五字都是異體，《篇海》都未收入。

2、大量刪去有音無義之字，也有收入少量闕音或闕義之字，如：

（1）牰：居侯切，音勾，義闕。（巳・六八・片）

（2）臯：古考切，音杲，義闕。（午・四五・白）

（3）頗：王仲宣〈羽獵賦〉：「潰頸破頗。」《注》：「音遏，義闕。」（戌・七二・頁）

（4）黼：見劉子政〈請雨華山賦〉，音義無考。（亥・六八・黃）

其凡例云：

古文諸書及釋典，有有音而闕義者，亦有音義俱闕者，並存之以俟博雅。

以古文諸書及釋典爲標準，「頗、黼」二字自應收入，但是「牰、臯」二字並未註明出處，似乎就沒有收入的必要。

### 二、就收入標準來說，收錄的標準不同也有差異

#### （一）就更寬泛的標準來說

《字彙》未收之字，仍有可補入者，如〔清〕吳任臣《字彙補》，其凡例云：

但簡冊浩繁，掛漏時有，即如十三經注疏，二十一史音釋，以及《本草》、《山海經》、《七緯》、《逸周書》、《莊》、《列》、《管》、《荀》、《亢倉》、《呂覽》、釋、道二藏諸書，或奇字見遺，或音義固備，任臣以誦讀之餘，徧搜典籍，閱書幾及千種，僭爲增益。

取材範圍不同自有可增益之空間。《字彙補》補字一萬二千三百七十一字，卻未必是來源於上述各書，絕大部分之字來自於歷代字書或韻書，以金部爲例，《字彙補》收入一百一十八字，雖然注中都沒有提到《篇海》，卻有九十三字出自《篇海》，如：

| 《字 彙 補》 | 《篇 海》 |
|---|---|
| 釺：之酉切，音肘，義闕。 | 釺：之酉切。 |
| 鈨：刃雨切，音乳，義闕。 | 鈨：音乳。 |
| 鏩：力鹽切，音鎌，出《川韻》。 | 鏩：音鎌，出《川韻》。 |
| 鏫：曉哲切，音血，出《川韻》。 | 鏫：音血，出《川韻》。 |
| 鐯：照恕切，音注，出《類篇》。 | 鐯：古文，音注，字出於《類篇》。 |
| 鑫：邦卯切，音寶，義闕；又五局切，音玉，見《篇韻》。 | 鑫：宝玉二音。 |
| 鑢：於刀切，音鏖，《說文》：溫器。 | 鑢：於刀切，《說文》曰：「溫器也。」 |
| 鐭：鈎鎖，千佛名，出《賢愚經》，音未詳。 | 鐭：誤，舊藏作鈎鎖千佛名，出《賢愚經》中。 |
| 鋥：宜斤切，音銀，馬飾器。 | 鋥：宜斤切，馬飾器。 |
| 鍤：初加切，音杈，魚器。 | 鍤：初加切，魚器也。 |

其餘二十五字不見於《篇海》者，來源有：

1、《玉篇》計二字

（1）金：《玉篇》：「古金字，或作金。」

（2）鎦：同鏐，見《顧氏玉篇》。

《字彙》未收《玉篇》之字，《字彙補》也未必全收，如「鬮、鑗、鑿、鏞、鈥」等五字，《字彙補》也未收入。

2、《集韻》，計五字

（1）鐾：古文琴字，見《集韻》，亦作鍙、鋻、鋆。

（2）鐻：《集韻》：「與虡同。」

（3）鑵：與鑺同，見《集韻》。

（4）鍒：《集韻》：「與鍐同。」

（5）鋴：古鎮字，見《集韻》。（謹案：此字《集韻》作鋴。）

3、其他出處，計十五字

（1）鉇：與鍦同，《荀子》：「宛鉅鐵鉇，慘如蠭蠆。」

（2）鏍：《吳越春秋》：「季孫拔劍鏍中，缺者大如黍米。」o疑即鍔字。

（3）鈴：渠合切，拑平聲，出釋典。

（4）鉧：母朗切，音莽，柳子厚有〈鈷鉧潭記〉，《集韻》鈷鉧，溫器，字本作鏋，范成大《驂鸞錄》：「鈷鉧，熨斗也，潭之形似之。」

（5）鈈：《博古圖・周淮父卣銘》：「錫貝山鈈。」音義未詳。

（6）鍼：古斬切，音減，《諸書字考略》：「今粵中鍼銀用此字。」○案即錽字之誤。

（7）鋧：古電切，音鑑，《五音集韻》：「踢毛毬。」

（8）鑋：武后所製證字，見《後山叢談》○《集韻》又作鑋。

（9）䥑：古琴字，見《說文長箋》。

（10）鑿：古文校字，見《金鏡》。

（11）鑢：章奢切，音遮，《七修類稿》：「鑢鑢，俗語也。」

（12）䥫：古鑿字，《漢隸釋・張公神碑》：「刊䥫涿厚。」

（13）鑋：巨兩切，音勞，《六書略》：「鉛屬。」

（14）鏈：音義闕，郭忠恕《佩觿》：「鎗鏈之鏈，其備率有如此者。」

（15）鐝：《韻會小補》：「與飴同。」

## 4、不注出處，計三字

（1）鐗：古典切，音簡，兵器○俗用字。

（2）鑫：與珍字同，古文。

（3）鉎：音未詳，王審知鑄大鐵錢，俗謂之鉎。

若就收字類型來看，以上四類，幾乎都是異體或音闕義闕之字，也就是《字彙補》所收之字，大部分都是《字彙》不收之字，《四庫提要》稱其「多收俗字，未爲精核。」〔註9〕就《字彙》的去取標準來說，誠爲的論。

《康熙字典》對《字彙補》的補字也有所批評，其凡例云：

> 《字彙補》一書，考校各書，補諸家之所未載，頗稱博雅，但有《字彙》所收誤行增入者，亦有《正字通》所增仍爲補綴者，其餘則專從《海篇大成》、《文房心鏡》、《五音篇海》、《龍龕手鑑》、《搜眞玉鏡》等書，或字不成楷，或音義無徵，徒混心目，無當實用，今則詳考各書，入之備考，庶無以僞亂眞之弊。

認爲《字彙補》所收之字，若不是重複收入《字彙》、《正字通》已收之字，便往往收入不成楷、音義無徵之字。這樣的批評仍有可議之處：一是《正字通》廖文英序於康熙九年，而《字彙補》吳任臣自序於康熙五年，因此，《字彙補》的增字自然與《正字通》無關；一是《康熙字典》正編仍增入大量《字彙補》所收之字，以金部爲例，各畫「增」字後所增字數有八十三字，其中有二十二字直接稱引《字

---

〔註9〕參見《四庫提要・小學類存目二・元音統韻》下。

彙補》：

（1）鈀：《字彙補》同鉋，《荀子·議兵篇》：「宛鉅鐵鈀，慘如蜂蠆。」

（2）鉥：《字彙補》：「與鈮同，絡絲柎也，與鈝字異。」

（3）鈲：《字彙補》：音義未詳，《博古圖·周淮父卣銘》：「錫貝山鈲。」

（4）鈯：《字彙補》：「古文鈴字。」註詳四畫。

（5）鉖：《字彙補》：「音未詳，王審知鑄大鐵錢，俗謂之鉖劧。」

（6）鋓：《字彙補》：古乞切，音吉，錢氏《桑海遺錄·序》：「機械鋓軋。」

（7）鍛：《字彙補》：鍛字之譌。

（8）鍟：《字彙補》：陟栗切，音窒，刈也。

（9）鑫：《字彙補》：古文珍字，詳玉部五畫。

（10）鎝：《字彙補》：「古文證字。」註詳言部十二畫。

（11）鎄：《字彙補》：音袁，人名，〈郭正域墓誌銘〉：「壻朱蘊鎄。」

（12）鑠：《字彙補》：音未詳，刺也，三國史註引〈諸葛恪別傳〉曰：恪嘗獻權馬，先鑠其耳。

（13）鍊：《字彙補》：音未詳，鉤鎖，千佛名，出《賢愚經》。

（14）鏷：鏷字重文，見《字彙補》。

（15）鐔：《字彙補》：即鍔字，《吳越春秋》：「季孫拔劍之鐔中，缺者大如黍米。」

（16）鑿：《字彙補》：「古文校字。」註詳木部六畫。

（17）劚：《字彙補》：「古文初字。」註詳刀部五畫。

（18）鐾：《字彙補》：「音避，治刀使利也。」○按：即鐴字之重文。

（19）鏀：鐵字之譌，見《字彙補》。

（20）鑪：《字彙補》：與虞同，見《集韻》○按：今本《集韻》作鑪。

（21）鑿：《字彙補》：古文鑿字，《漢隸釋·張公神碑》：「刊鑿涿摩。」

（22）鐧：《字彙補》：「古典切，音簡，兵器。」

有些則是稱引其他字書典籍，但是也都見於《字彙補》，計三十五字，如下：

1、源自《說文》

（1）釜：《說文》釜本字。

（2）鐡：《說文》鑒本字。

（3）鐓：《說文》徒對切，音憝，矛戟柲下銅鐏也…○按：《詩》今本作錞。

2、源自《玉篇》

（1）金：《玉篇》古文，金字註詳部首。

（2）鈠：《廣韻》營隻切，音役，《玉篇》器也，《集韻》小矛，或作鍛。
（3）鋆：《玉篇》古文鈞字，註詳四畫。
（4）鏊：《玉篇》古文琴字。註詳玉部八畫。
（5）鐢：《玉篇》翌恕切，音豫，義闕，《集韻》同鐭。
（6）鑫：《玉篇》呼龍切，音訇，又許斤切，音歆，義竝闕。

3、源自《集韻》

（1）鈚：《集韻》普患切，音襻，器系，與鋬同。
（2）鈉：《集韻》同釻。
（3）鋆：《集韻》同鈞。
（4）鈴：《集韻》諾叶切，音捻…《集韻》隸作鑷，亦作鉗。
（5）鍒：《集韻》與鏉同。
（6）鋫：《集韻》良脂切，音黎，黑金也，本作鏫，《玉篇》作鑗。
（7）鋴：《集韻》鎮古作鋴，註詳十畫。
（8）鋣：《廣韻》以遮切，音邪，同釾，《呂氏春秋》：「長劍期乎斷，不期乎鏌釾。」
（9）鐚：《集韻》同鏂。
（10）鐵：《集韻》鐵古作鐵…。
（11）鏄：《集韻》同鑮。
（12）鐇：《集韻》陟略切，音礡，與櫡同ｏ按：《廣韻》作鐯，詳前鐯字註。
（13）鐭：《集韻》與鉏鋙之鋙同。
（14）鐻：《集韻》臼許切，音巨，與簴同，鍾鼓之柎也…。
（15）鑵：《集韻》同銚。
（16）鑰：《集韻》諾叶切，音捻，《博雅》正也，或省作鑷，亦作鉗…ｏ按：《易・姤卦》作金柅。

4、源自《五音集韻》

（1）鋬：《五音集韻》普患切，音襻，器系。或作鈚。
（2）鍚：《五音集韻》他浪切，音儻，工人治木器。ｏ按：即錫字之譌。
（3）鐜：《五音集韻》都回切，音�，同鐓。

5、源自《篇海》及其相關字書

（1）鋀：《篇海》宜斤切，音圻，馬飾器。
（2）鈘：《篇海類編》初加切，音叉，魚器。

（3）鍃：《海篇》音缸，酒器也。

### 6、源自其他典籍

（1）鑋：《後山叢談》唐武后所製證字。

（2）鑘：《十六國春秋》辛攀父鑘尚書郎。音未詳。

（3）鏈：音未詳，《佩觿集》：「鎗鏈之鏈，其備率有如此者。」

（4）璒：《說文長箋》古文琴字。註詳玉部八畫。

上述三十五字，雖都指明出處，也都見於《字彙補》。可見《字彙補》仍是《康熙字典》最重要的增字參考依據。

再就《康熙字典》增字內容來看，《康熙字典》所增之字，大部分也都是古文、異體之類，如金部《字彙補》未收之字：

（1）鎀：《玉篇》宿由切，音修，鋌也。

（2）鉏：《釋名》鉏，殺也，言殺草也。音未詳。

（3）鉈：音未詳，《唐書・車服志》景龍中，腰帶垂頭於下名鉈尾，取順下之義。《宋志》鉈尾即今之魚尾。

（4）鋚：《說文》以周切，音由，鐵也…○按：《玉篇》、《集韻》譌作鋚，音條，誤，互詳鋚字註。

（5）鍑：《說文》鍑本字。

（6）鑣：《說文》鏢本字。

（7）銍：《唐韻》、《集韻》並脂利切，音至，《說文》羊箠也，端有鐵；《廣韻》田器也…《說文》本作銍，各韻書俱譌作銍，又譌作銍，並非。

（8）銷：《玉篇》銷作銷，詳後銷字註。

（9）璹：《玉篇》古文琴字，註詳玉部八畫。

（10）釒：《集韻》金古作釒，詳部首。

（11）釛：《集韻》同礦。

（12）釚：《集韻》同鈗。

（13）鍴：《集韻》除芮切，曲刀也，削竹也○按：《字彙》作鍴，入十二畫，譌。

（14）鍘：《集韻》、《類篇》並槎轄切，音札，斷草刀也○按：《廣韻》、《正韻》作鏉。

（15）鈄：《五音集韻》鈄本字。

（16）鋚：焦竑〈略記字始〉武后證改作鋚。

（17）鈘：《類篇》與鍛同。

（18）鎐：揚子《方言》錐謂之鎐，註《廣雅》作銘○按：即鐕字之譌。

（19）鍏：《博雅》低也，音釋鍏是聞反○按：此字韻書不載。

（20）鍪：《韻會》迷浮切，音謀，鞪鍪者，鍪也，《後漢‧袁紹傳》：「脫兜鍪
抵地。」…○按：即鍪字之譌。

（21）鏷：左思〈蜀都賦〉：「屏栗鏷發」，註謂栗板拆鏷而發也○按：即鏷字之
譌。

（22）鏡：揚子《方言》：「鏡，飽也。」鏡音映○按：當作鏡。

（23）鑿：《六書略》：「唐武后改證字作鑿。」

（24）鑐：《博雅》：「鑐，瓶也。」○按：韻書不載，此字疑即鑪字之譌。

（25）鑼：《廣韻》彼為切，《集韻》班麋切，竝音陂，耜屬，與鑼同。

（26）鑸：《唐韻》魯戈切，《集韻》、《韻會》盧戈切，竝音贏……○《集韻》
或作贏鏍，《字彙》譌作鑸。

上述二十六字《字彙補》未收錄，除前三字外，其餘都是異體。而這些異體的來源，
主要是從各字書、韻書注中提及的古文或異體，或典籍異文，故其凡例云：

> 集內所載古文，除《說文》、《玉篇》、《廣韻》、《集韻》、《韻會》諸書
> 外，兼采經史音釋及凡子集，字書於本字下既竝載古文，復照古文之偏旁
> 筆畫，分載各部各畫，詳註所出，便於考證。

將各字書、韻書注中提及的古文或典籍異文立為字頭，字書的收字量便會大量增加，
《康熙字典》全書收字四萬七千零四十三字〔註10〕，比《字彙》多出一萬三千餘字，
收字的標準也比《字彙》寬泛許多。

## （二）就更嚴謹之標準來說

如張自烈之《正字通》，依其六書觀點出發，《字彙》未收而增補之字，據其篇
首目次統計，全書不過三百七十二字，而《字彙》所收之字被斥為譌俗之字，則字
數眾多。以金部為例：

### 1、增補僅六字〔註11〕

（1）釖：鐔本字，篆作釖，見《六書故》，舊本闕。

（2）鉧：同鏷，柳宗元有〈永州鈷鉧潭記〉，范成大《驂鸞錄》曰：「鈷鉧，

---

〔註10〕左大成〈漢語大字典的收字問題〉：「據湖北收字組同志 1967 年反復核查統計，《康熙
字典》正編（包括列目古文、增文）、補遺、備考，所收楷書單字，除去重收字七十
一字，加上已經附列而未單獨列目的古文十九個，收字總數實際為四七○四三個。」
辭書研究，1987 年第一期。

〔註11〕《正字通》目次稱金部「增大字四」，核對全文則為六字。

熨斗也，潭之形似之。」舊本闕。

（3）銤：鉥字之譌，舊註音述，長銳也，與鉥義近，改作銤，非。（謹案：今本《字彙》無此字。）

（4）鏴：鏴本字，篆作鏴，《六書故》：「篆作鏴。」舊本譌省作鏴。

（5）鏑：與鏑同，舊本闕，《說文》作鏑，詳前鏑註。

（6）鐕：則參切，音簪，《說文》：「可綴著物者。」今俗謂之釘，《禮・喪大記》君棺用雜金鐕，《註》：所以椓著裏。」从朁，篆作鐕，舊本譌作鐕，附十二畫，誤。

2、斥為譌俗之字則不少，如：

| 《字　　彙》 | | 《正　字　通》 | |
|---|---|---|---|
| 釚 | 同上（觓） | 釚 | 觓字之譌，舊註：同上，俗別作鈗，竝非。 |
| 釩 | 孚梵切，音泛，杯也ｏ又上聲峰犯切，拂也。 | 釩 | 譌字，舊註音泛，杯也，又上聲峰犯切，拂也，啫非，六書無釩，互見後鋄註。 |
| 釮 | 前西切，音齊，利也ｏ | 釮 | 譌字。 |
| 錀 | 龍春切，音倫，金也。 | 錀 | 譌字，舊音倫，金也，誤。 |
| 鉶 | 戶經切，音形，祭器。 | 鉶 | 鉶字之譌，舊註音形，祭器，誤分爲二。 |
| 釙<br>釛 | 匹角切，音潑，金釙。<br>胡得切，音劾，金也。 | 釙<br>釛 | 竝俗字。 |
| 釟<br>釞 | 布拔切，音八，治金也。<br>得立切，音的，銛也。 | 釟<br>釞 | 竝俗字，舊本沿《篇海》誤。 |
| 鈉 | 奴盍切，音納，打鐵也。 | 鈉 | 俗字，舊註音納，打鐵，誤。 |
| 鍛 | 營隻切，音役，小矛。 | 鍛 | 俗字，舊註音役，小矛，泥。 |
| 鋕 | 支義切，音志，銘也。 | 鋕 | 俗字，經史通作志，或作誌，俗加金，舊註音志，銘也，誤。 |

《字彙》金部自注爲譌字僅四字：

（1）鈂：鈗字之譌。

（2）鉤：餉字之譌。

（3）鉫：鐵字之譌。

（4）鏍：鏍字之譌。

注爲俗字僅九字：

（1）釜：俗鬴字。

（2）釽：俗鈠字。

（3）鈲：俗鈠字。

（4）鈎：俗鉤字。

（5）鋉：與鍱同，此俗字也。

（6）鎭：俗鎭字。

（7）鐕：俗璿字。

（8）鐷：俗鐷字。

（9）鑄：俗鑄字。

被《正字通》斥爲譌字者，多達七十九字，斥爲俗字者更高達一百九十八字，兩者已佔《字彙》金部收字的百分之三十八，依《正字通》之標準，《字彙》所收實屬浮濫。

因此，論斷《字彙》收字之是非，若取決於論者的批評角度，就《說文》、《正韻》、《正字通》觀之，《字彙》收字實屬浮濫；若就《篇海》、《字彙補》觀之，則又嚴謹許多。這樣的比較意義不大，應就《字彙》本身收字原則來檢視，其間則仍有討論的空間。如：

1、有異體卻沒有正字：

如金部收入鐷字，注云「俗鐷字。《字彙》卻未收「鐷」字。

2、正字注中提及異體，卻未列爲字頭，如：

（1）蔯：池鄰切，音陳，蓳蔯，茱也。亦作蔯。（申・四四・艸）

（2）关：與笑同，亦作关。（子・五十・八）

（3）媓：徒郎切，音唐，女字。亦作媓。（丑・七九・女）

（4）勳：許云切，音熏，能成王功曰勳。從熏從力，俗作勳。（子・七二・力）

（5）寷：敷戎切，音豐，大屋也。俗作寷。（寅・十五・宀）

上述五字，注中所稱異體「蔯、关、媓、勳、寷」都未立爲字頭，《字彙》既收入不少異體，那麼注中提及又未斥爲非的異體，也應該收入列爲字頭。

3、卷首稱古今通用，卻往往只收入其中一個，如：

（1）吕古召今

（2）鬼古鬼今

（3）懺古懺今

都只收錄古字「吕、鬼、懺」而未收今字「召、鬼、懺」；又如：

（1）石古石今

（2）伮古作今

（3）丽古麗今

只收今字「石、作、麗」而不收古字「石、伮、丽」，既稱古今通用，則兩字都應該收入。

# 第二節　《字彙》之收字種類

　　《說文》收字正文九千三百五十三文，重文一千一百六十三，所謂正文，指的是與重文相對，或沒有相對重文的字，或少數同義異形的部首（如儿、百等字），也就是今所稱之正字；所謂重文，則是指有相對正文的字，也就是現今所稱之異體字。《字彙》收字三萬三千一百七十九字，也包含了正字與異體兩部分，以下分述之。

## 壹、正　字

### 一、正　例

　　《字彙》凡例云：

> 　　字有體制，有音韻，有訓詁，茲先音切以辨其聲，次訓詁以通其義，末采《說文》制字之旨。中有迂泛不切者刪之。

依此原則，則《字彙》每字下之訓釋，應俱備釋音、釋義、釋形三個要項，但是凡例又云：

> 　　字有畫異而音義同者，於本字下切之釋之，而以同音同義之字列於下，註曰同上。如刉气、似侣之類也；至音義同矣，而畫有多寡不一者，仍屬於各部中，註曰同某。如冑伷、僻舛之類是也。
>
> 　　程邈變篆而楷也，古意猶存，代降於今，日趨便簡，故有古文俗字之殊，然皆不可去也。如分雨之雨，古作网，則註曰古兩字，全備之備，俗作俻，註曰俗備字，餘可類推。

凡是字形不同而音義相同者，或字體演變造成古今不同字形，《字彙》則僅註明為某字之異體，不加音釋，因此，是否對該字「切之釋之」，便可作為該字是否為正字的判斷依據，亦即凡各字頭下均加以釋音釋義者，不論是否詮釋形構，或註明異體，都應視作正字，如：

　　（1）人：而鄰切，音仁，人為萬物之靈，《詩·周頌》：「宣哲維人。」又同人，

卦名；又左人，複姓…。（子・十五・人）

（2）坡：普禾切，破平聲，坂也。（丑・三九・土）

（3）㷋：徐心切，集平聲，繹理也ｏ从工口，亂也，从又寸，分理也，皆會意，彡聲，俗作尋。（寅・七七・彡）

（4）㤜：因往切，音枉，邪曲也，又姓ｏ古文作狂。（卯・三・心）

## 二、變　例

凡例又云：

古文諸書及釋典，有有音而闕義者，亦有音義俱闕者，並存之以俟博雅。

有些典籍用字，只在該典籍中出現，有些甚至闕音、闕義，找不到相對應的通行正字，這些字，也應該視爲正字：

1、見於古文諸書，如：

（1）匧：見周宣王石鼓文，音義未詳。（子・七七・匚）

（2）燹：見周宣王石鼓文，音義無考。（巳・六二・火）

（3）豧：見周宣王石鼓文，音義未詳。（酉・三八・豕）

（4）㠯：見揚子雲〈蜀都賦〉，音義未詳。（寅・四六・己）

（5）茇：見楊子雲〈蜀都賦〉，音義未詳。（申・九・艸）

（6）詧：見王文考〈夢賦〉，音義未詳。（酉・十一、言）

（7）𪏰：見劉子政〈請雨華山賦〉，音義無考。（亥・六八・黃）

（8）頯：王仲宣〈羽獵賦〉：「潰頸破頯。」注：「音遏，義闕。」（戌・七二・頁）。

2、見於釋典、釋藏，如：

（1）佇：直呂切，音佇，見釋典。（子・二六・人）

（2）㑚：奴何切，音那，見釋典。（子・二七・人）

（3）縊：覓筆切，音密，見釋典。（未・四三・糸）

（4）鉼：夷斟切，音淫，見釋典。（戌・二・金）

（5）𦶜：湯何切，音佗，出釋典。（申・二十・艸）

（6）鶄：自經切，音情，出釋典。（亥・五四・鳥）

（7）甖：於京切，音罌，見釋藏。（午・十八・瓦）

3、不注出處

義闕之字，如：

（1）亠：徒鉤切，音頭，義闕。（子・十三・亠）

（2）朐：居侯切，音勾，義闕。（巳・六八・片）

（3）臬：古考切，音杲，義闕。（午・四五・白）

「一」始見於《龍龕手鑑》，立爲部首，有音無義，沒有相對正字，故以正字視之；
「朐、臬」二字有音無義，無法推求正字，也置於此。

## 二、俗用字

（1）吥：舖杯切，音丕，相爭之聲。俗字。（丑・八・口）

（2）綁：古無此字，俗音榜上聲，作綁笞之字。（未・三四・糸）

（3）賠：古無此字，俗音裴，作賠補之字。（酉・四六・貝）

「吥、綁、賠」三字都是後起俗用字，沒有相對的正字，因此，仍應視爲正字。

## 貳、異　體

《字彙》，雖刪去《篇海》大量怪僻之字，仍然收錄各種異體。《字彙》對於異
體的詮解，往往只註明爲某字的異體而不再音釋，究其全書異體釋語，除凡例稱
「同」、稱「古」、稱「俗」外，亦有稱「正字」、「本字」，「籀文」，「篆文」、「隸文」、
或稱「即」、稱「省」、稱「譌」之例，以下分述之。

## 一、稱「同」之例，即凡例所稱「畫異而音義同者」

### （一）「同上」或「同某」

正異體字部首相同，筆劃數也相同者，則異體排在正字之後，注曰：「同上」；
若部首不同或部首以外的筆劃數不同，則注曰「同某」，如：

（1）鑒：同上（鑑）。（戌・十八・金）

（2）鑑：同上（鑑）。（戌・十八・金）

（3）仃：同行。（子・十六・人）

（4）俓：同徑。（子・二八・人）

（5）嚌嚑：並同上（嚌）。（丑・二六・口）

（6）搯揱：並同上（抄）。（卯・四四・手）

（7）欥歈：並同吷。（辰・六四・欠）

（8）蛕蛕：並同蚘。（申・六一、虫）

（9）丗：同上（世），三十年爲一世，故从卅从一。（子・三・一）

（10）吳：同上（吳），案《說文》吳从口从矢，矢音仄，又音劣，《吳志》：「無
　　　口爲天，有口爲吳，乃借爲吳字。」又《類苑》曰：「古文自變隸法，
　　　已錯亂，後轉爲楷字，愈譌舛，殆不可考。」字書吳字本从口从矢，

　　　　　非从天也，今言有口為吳，無口為天，其謬甚矣。（丑・六・口）

（11）焱：同炇○从火教省聲。（巳・五四・火）

（12）馘：同馘。《六書正譌》：「从有惑聲，俗作或，非，通用郁，乃扶風邑名，郁夷，从邑。」（卯・三二・戈）

（13）啅：同上（啄），李太白〈放鷹詩〉：「寄言燕雀莫相啅，自有雲霄萬里高。」（丑・十七・口）

（14）嗸：同上（嗷），《詩・小雅》：「哀鳴嗸嗸。」（丑・二四・口）

（15）魶：同鰨，范鎮《東齋筆錄》：「蜀有魶魚，善緣木，有聲如啼兒。」《集韻》作鰨。（亥・三一、魚）

（16）虻：同蝱，《莊子》：「蚊虻噆膚。」。（申・五七・虫）

（17）坌：同上（坋）。又竝也，相如〈哀二世賦〉：「坌入宮之嵯峨。」（丑・三九・土）

（18）忻：同欣，又姓○又叶虛言切，音軒，…。（卯・三・心）

（19）毣：同上（毧）。又末各切，音莫，好也。（辰・八一、毛）

（20）濢：同上（濢）○又取猥切，催上聲，清也。（巳・三九・水）

（21）鼥：同鼥○又蒲撥切，音跋，鼠肥者。（亥・八十・鼠）

（22）琗：同璀○又七內切，音萃，珠玉光…。（午・六・玉）

（23）劜：同上（勒）○又古弼字。（子・六九・力）

（24）声：同上（磬）本音慶，俗作聲字。（丑・五四・士）

（25）婑：同上（娞），又同媁。（丑・七四・女）

（26）嚬：同嚬○又與嚬同。（丑・三十・口）

　　1. 《字彙》全書以此類說解者約有三千六百字，就說解形式來說，例（1）到（4）兩字只注「同上」或「同某」，即不再做任何說明，例（5）到（8）則是兩個異體筆劃與正字都一樣，因此兩字並列，注「竝同上」或「竝同某」，例（9）到（12）則對異體字形加以分析，例（13）到（16）則是引用文獻書證。

　　2. 就異體的內容來說，例（1）到例（16）異體與正字彼此音義全同，例（17）到（22）則是該異體又另有音義，例（23）到（26）則是又作為他字的異體。《字彙》凡例稱「畫異而音義同者」稱同上，如果以「畫異而音義同者」為異體之定義，那麼例（17）到（26）正、異體字間所具有之音義並非全同，算不算異體呢？裘錫圭認為：

　　　　異體字就是彼此音義相同而外形不同的字。嚴格地說，只有用法完全
　　相同的字，也就是一字的異體，才能稱為異體字。但是一般所說的異體字
　　往往包括只有部分用法相同的字。嚴格意義的異體字可以稱為狹義異體

字，部分用法相同的字可以稱爲部分異體字，二者合在一起就是廣義異體

字。〔註12〕

依裘氏之定義，「異體字就是彼此音義相同而外形不同的字」與《字彙》凡例「畫異而
音義同者」，兩者內涵相同，亦即屬狹義之異體字，例（1）到（16）都屬此類；例（17）
到（26）《字彙》前段釋爲「同」，後段另釋其他音義，則只是部分用法相同的字，屬
部分異體字。因此，從廣義的異體字角度來看，較能釐清《字彙》異體字之實況。

3. 此類稱同之字，往往有成組類化之趨勢，如：例（1）與（2），與監結合之
部首，部首或在左或在下；例（3）與（4），則是從「亻」之字與從「彳」之字有互
通的情形，呂瑞生根據《字彙》稱「同」與稱「俗」之字，歸納出二百一十五則異
體字例〔註13〕，對異體字的認識有相當之助益。

## （二）與某同

《字彙》凡例又云：

> 字有多音多義而同者止一音一義，註曰：與某字同某切。如番字有孚
> 艱切、符艱切、補禾切、蒲禾切、鋪官切五音矣，而僠字止補禾切一義，
> 註曰：「與番同，補禾切。」餘倣此。

即「字有多音多義而同者止一音一義」有專用釋語，如：

（1）伵：與拗同，於教切。（子·二一·人）

（2）勼：與句同，居侯切。（子·七三·勹）

（3）玒：與汀同，平聲。（寅·五六·干）

（4）僠：與番同，補禾切。（子·四十·人）

例（1）拗有於巧切、於教切、乙六切三音（卯·四一·手），（2）「句」字有居御切、
求於切、居侯切、居許切、居候切五音（丑·一·口），例（3）「汀」字有平、去二
音（巳·一·水），「伵、勼、玒」三字只與其中的一音相同。這類也是屬於部分異
體字的範疇，所不同的是，前者正字的使用範圍小於異體，此處則是異體的使用範
圍小於正字。

《字彙》全書稱「與某同」並不止此一類，呂瑞生歸納爲五種情形：

1. 註明異體字與正字某一音同。

2. 註明異體字與正字某一義同。

3. 註明異體字與正字某一音義同。

---

〔註12〕詳見裘錫圭《文字學概要》頁233，臺北：國文天地，民國84年。
〔註13〕詳見呂瑞生《字彙異體字研究》第七章。文化大學中研所博士論文，民國89年。

4. 異體字另有他義。

5. 不注音義。〔註14〕

前四類都是狹義異體字，第五類則與前項稱同之例一致。當然這只是一種傾向，相同的說解形式，內涵未必一致，如：

（5）仛：音託，與託同。（子・十七・人）

（6）匝：作答切，咨入聲，與帀同。（子・七六・匚）

（7）价：與介同。（子・十八・人）

（8）俆：與徐同。（子・二八・人）

（9）亩：與廩同。《說文》：「从入从回象屋形，中有戶牖，以防蒸熱。」（子・十五・亠）

（10）嚞：與哲同，《說文》哲，从三吉。（丑・三一・口）

（11）俈：與嚳同，《史記・三代世表》：「帝俈。」（子・二八・人）

（12）俍：與良同，《莊子》：「上乎天而俍乎人。」（子・二八・人）

（13）个：與箇同，又東西廂也，《左傳》：「使賔饋於个而退…。」（子・四・丨）

（14）個：與箇同，又偏也。（子・三一・人）

（15）刖：與恤同○又蘇骨切，音窣，搔摩也，俗从阝誤。（子・八四・卩）

（16）撑：與橕同。又去聲丑鄧切，以柱撐物也。（卯・五九・手）

（17）剠：與黥同○又與掠同○又力讓切，音亮，奪也。（子・六四・刀）

（18）鄝：與鄩同○又與鄐同。（酉・一○三・邑）

例（5）仛字，先釋音，再注「與託同」，而言部託字下云：「他各切，音橐，寄也，委也，信任也。」只有一音而已；例（6）巾部帀字下云：「作答切，咨入聲，周也，遍也○」也是一音而已，因此，「仛託、匝帀」二組也是同音同義，與前項稱「同」者一例。例（7）到（18）的說解形式與前項稱「同上」或「同某」之例一致，應是同類型之異體字。所差只是前項狹義異體字佔大部分，此處則是部分異體字居多。《字彙》全書依此方式說解者約有千字之多。

## 二、稱「古」之例：

凡例稱「程邈變篆而楷也，古意猶存，代降於今，日趨簡便，故有古文俗字之殊。」那麼古文便是指隸變之後，與通行楷書相對應的篆文字體而言，而《字彙》為楷書字典，所稱之古，則為據篆形楷化的字形而言，也就是陳士元所稱之古，乃

---

〔註14〕同註13，頁260。

楷書之舊，非籀篆之古法〔註15〕。《字彙》全書稱古之例，有二，一稱「古文某字」，一稱「古某字」，如：

（1）亙：古文恆字。（子‧十三‧二）

（2）鈾：古文宙字。（戌‧三‧金）

（3）弃：古棄字。（寅‧六八‧廾）

（4）倄：古儌字。（子‧三三‧人）

（5）朏：同上（朔）古文。（辰‧十七‧月）

（6）對：同上（對）古字，漢文帝：責對者以爲言多非誠，故去其口而從土，徐曰：「土，事也，取事實也。」（寅‧十七‧寸）

（7）萈：古文龍字○从丫。（申‧二十‧艸）

（8）忈：古文仁字，唯仁者能服眾心，故千心爲仁。（卯‧一‧心）

（9）从：古從字○陸佃云：「二人向陽爲从，向陰爲北，士之趨嚮不可不愼也。」（子‧十七‧人）

（10）仝：古同字。从人四从工，與仝字異，仝音全，从入。（子‧四八‧入）

（11）漧：古文乾字，燥也，《楚辭》：「后土何時而得漧。」（巳‧三二‧水）

（12）飌：古文風字，《周禮》：「飌師。」（戌‧八二‧風）

（13）宍：古肉字，陳音〈彈歌〉：「斷竹續竹，飛土逐宍。」（寅‧六‧宀）

（14）劗：古剪字，《前漢‧嚴助傳》：「劗髮文身之民。」（子‧六八‧刀）

（15）徠：古文來字，又徂徠，山名。（寅‧七九‧彳）

（16）鸂：古文難字○又呼旱切，音漢，鳥名。（亥‧五六‧鳥）

（17）富：古福字○又芳逼切，音拂，滿也○《六書正譌》：「从高省从田，高有厚之義，田所以厚生也，會意。」（午‧二六‧田）

（18）鷃：古鴨字○又烏南切，音安，鳥名。（亥‧五一‧鳥）

（19）咠：古文壽字，又古作疇字。（丑‧二十‧口）

（20）伩：古文奴字，又與侮同。（丑‧六五‧人）

　　1. 《字彙》訓釋古字的方式，與前述稱同之例相近，就說解形式來說，例（1）到（4）兩字只注「古文某字」或「古某字」，例（5）（6）兩字則是古字筆劃與正字一樣，因此稱「同上」，例（7）到（10）則對古字字形加以分析，例（11）到（14）則是引用文獻書證。

　　2. 全書稱「古文某字」者近四百字，稱「古某字」者也有二百字，凡例稱「日

---

〔註15〕〔明〕陳士元《古俗字略‧序》：「其所謂古，乃楷書之舊，非籀篆之古法也：其所謂俗，則楷書之變，鄉俗誤用而不察耳。」《四庫存目叢書‧經部》第一九○冊頁1。

趨便簡，故有古文俗字之殊」，而古文所舉之例「両」字，內文稱「古兩字」，則兩者釋語雖不同，內容實無分別。

3. 與稱同之例相似，古文與正字間音義也不一定全同，如：例（1）到（14）是狹義異體字，例（15）到（18）則是該古文另有音義，例（19）（20）則作為他字的異體，也就是部分異體字。

4. 至於古字之來源，除《說文》〔註16〕外，《詳校篇海》可能也是重要來源，如：

| 《字　　彙》 | 《詳　校　篇　海》 |
| --- | --- |
| 仺：古文倉字。（子・十八・人） | 仺：古文倉字。（五・人） |
| 僉：古文企字。（子・二六・人） | 僉：古文，音企，義同。（五・人） |
| 倆：古文兵字。（子・二七・人） | 倆：古文兵字。（五・人） |
| 坐：古文齊字。（子・十三・二） | 坐：從濁，前西切，古文齊字。（四・ム） |
| 㝨：古文松字。（辰・三六・木） | 㝨：松古文。（三・木） |
| 姿：古文姣字。（丑・六五・女） | 姿：古巧切，音皎，古文姣。（二・女） |
| 畖：古文畛字。（午・二七・田） | 畖：止忍切，音畛，古文，同義。（二・田） |
| 籴：古文米字。（寅・十八・小） | 籴：古文米字。（四・小） |
| 攴：古文旰字。（巳・六五・父） | 攴：匈于切，音吁，古文旰字。（三・父） |
| 彡：古祥字。（寅・七六・彡） | 彡：古祥字。（四・彡） |
| 戃：古常字。（卯・二一・心） | 戃：禪濁，辰羊切，音常，古常字。（四・心） |
| 臂：古治字。（未・九十・肉） | 臂：音地，古治字，理也。（五・肉） |
| 匨：古藏字。（子・七七・匚） | 匨：從濁，俎郎切，古藏字，又作郎切，音藏，注古文。（三・匚） |
| 夅：古萬字，又蟲名。（巳・六五・父） | 夅：無販切，古萬字，又蟲名。（三・父） |

上舉各字《字彙》對各字的詮釋都與《詳校篇海》一致。另《字彙》收《亢倉子》古字六字：

（1）峇：與悖同，《亢倉子》古字。（寅・三・子）

（2）炙：與害同，《亢倉子》古字。（巳・五一・火）

（3）皁：古終字，《亢倉子》所製。（午・四五・白）

（4）鵥：古爲字，《亢倉子》所製。（酉・一○六）

（5）蘷：古共字，《亢倉子》所製。（戌・五五・非）

（6）馘：古孰字，《亢倉子》所製。（亥・十七・高）

---

〔註16〕同註13。

這六字都見於焦竑《俗書刊誤・卷七》：「《亢倉子》奇字：弩爲、夅終、峷悖、炙害、夅萬、夋共、盯聽、猷孰。」另「夅、盯」二字，《字彙》作「夅：古萬字，又蟲名。」來自《詳校篇海》；而「盯」注云：「古無此字，周伯溫以此代聽字，官府聽事處也。」則來自周伯琦《六書正譌》。可見《字彙》對古字的收錄，並不專主一家之說。

5. 《字彙》收錄的古字也有成組的情形，如：

（1）孚：古文子字。（寅・二・子）

　　　寀：古文字字。（寅・三・子）

（2）咢：古文壽字。（丑・二一・口）

　　　撟：古文擣字。（卯・六一・手）

（3）厽：古文齊字。（子・十三・二）

　　　唪：古文嚌字。（丑・十五・口）

　　　泲：古文濟字。（巳・二一・水）

　　　剆：古劑字。（子・六四・刀）

（4）巢：古巢字。（寅・四三・巛）

　　　勦：古勦字。（子・七二・九）

　　　摷：古摷字。（卯・六二・手）

　　　璅：古璅字。（午・十三・玉）

　　　篥：古篥字。（未・十八・竹）

　　　繰：古繰字。（未・四八・糸）

　　　翼：古翼字。（未・五五・网）

　　　謜：古謜字。（酉・二九・言）

　　　轈：古轈字。（酉・八二・車）

上述各組，相同的字形變化，採取相同的說解術語，可見《字彙》的古字，在訓釋上也有一致性。

## 三、稱「俗」之例：

（1）並：俗竝字。（子・四・一）

（2）俾：俗俾字。（子・二八・人）

（3）苍：同上（花）俗字。（申・四・艸）

（4）間：同上（閒）俗字。（戌・二・門）

（5）攜攜：竝俗攜字。（卯・六二・九）

（6）剺剺：並俗剺字。（子・六七・刀）

（7）燃：俗然字，然已从火傍，復加火，非古制字意矣。（巳・五九・火）

（8）匢：同上俗字，徐鉉曰：「丙非聲，義當从內會意，疑傳寫之誤。」（子・七八・匸）

（9）澁：俗澀字，《唐書》：「徐彥伯爲文強澁，杜詩囊空羞澁。」皆用此字。
　　　（巳・三六・水）

（10）倏：俗倏字，《靈寶經》：「倏欻之間。」（子・三一、人）

（11）鋏：與鍱同，此俗字也。（戌・十・金）

（12）咋：與咋同，俗字。（丑・十九・口）

（13）炗：炅字省文，俗字也。（巳・四八・火）

（14）煥：煥字省文，俗字。（巳・五十・火）

（15）虬：俗虯字，又姓。（申・五六・虫）

（16）肯：俗肎字。肯綮；又可也，《詩・邶風》：「惠然肯來。」○（未・七七・肉）

1. 《字彙》收入以俗字列爲字頭者約六百字，說解形式與稱同之例一致，例（1）（2）只注「俗某字」，例（3）（4）即俗字與相對應之正字部首筆劃都相同，則注「同上俗字」，例（5）（6）則是兩個異體筆劃與正字都一樣，因此兩字並列，注「竝俗某字」，例（7）（8）則對俗字字形加以分析，例（9）（10）則是引用文獻書證，例（11）到（14）則是先以其他異體述語指明與正字關係，再點出俗字。

2. 稱俗之例，仍有狹義異體字與部分異體字之別，如例（1）到（14）屬狹義異體，例（15）（16）說明該俗字又另有音義，屬部分異體字。

3. 就俗字內涵來說，《字彙》凡例稱「日趨便簡，故有古文俗字之殊」，俗字則是日趨便簡之結果。若進一步分析，《說文》所稱之俗字，在《字彙》已轉爲正字，如「躬、塊、肩」等字，在《說文》是俗字重文，在《字彙》則是正字說解；有些則早期是正字，如「卑」字，從《玉篇》、《廣韻》、《集韻》、《類篇》以至《洪武正韻》，都以「𤰞」爲正字，從小篆「𤰞」到隸書「𤰞」〔註17〕，梅氏改以「卑」爲正字，可見《字彙》俗字未必是後起之字，曾榮汾說：「所謂的正俗，是代見更迭，未必恆常不變，今日之正，可能爲昔日之俗，昔日之俗，可能爲今日之正，文字約定俗成，隨時而易。」〔註18〕《字彙》俗字也充分反應這種情形。

---

〔註17〕小篆字形依《說文》，隸書字形依顧南原《隸辨》（北京中國書店據康熙五十七年玉淵堂版影印，1982），《隸辨》卑字「𤰞卑」二形都有，但以作「𤰞」者居多。

〔註18〕詳見曾榮汾《字彙俗字研究》頁89。

4. 俗字也有成組的情形，呂瑞生〈異體字例表〉〔註19〕已一一列出，本文則不贅述。

## 四、稱「正」之例

（1）㭠：散正字。（卯・七二・攴）

（2）繖：繖正字。（未・四八・糸）

（3）卨：卯正字，與卨字上畫連者不同，卨音酉。《六書正譌》：「卨，闢戶也，從二戶象門兩闢形，因聲借為寅卨字，為日出物出之義。」（卯・三三・戶）

（4）宷：審正字，又定也，謂也。從釆，釆即辨字，宷之意也，與寀宷字不同，宷從爪從木。《六書正譌》：「俗作審，非。」（寅・十・宀）

（5）寶：寶正字，《六書正譌》：「從宀玉會意，缶聲，隸作寶，通，俗作寶，非。」（寅・十二・宀）

（6）叜：叟正字，老人之稱，《六書正譌》：「人老則以手掭之，故從又手也，從宀即掭也，會意，與丈字同意，俗作叟、傁，竝非。」（子・九十・又）

（7）甞：陳羊切，音常，探味也。從甘尚聲，物甘故甞之，此正字也，俗作嘗，亦通用。（午・二一、甘）

（8）虞：同虞。按：《六書正譌》：「此為正字，別作虞、簴，竝非。」（申・五六・虫）

（9）粽：同上（糕）。此字當為正。（未・二二・米）

（10）籭：同上（簁）。此字玄為正。（未・十七・竹）

（11）鋏：同鋸。此字當為正。（戌・十二・金）

上列各字所稱「正字」或「正」其內容並不全然相同：

1. 例（1）（2）皆稱「某正字」，「正字」乃指符合初形本義，但非通行之用字，細究之，兩者內容仍不盡相同，比較《說文》與《字彙》㭠散二字之解釋：

| 《說　文》 | 《字　　　彙》 |
|---|---|
| 㭠：分離也，從林從攴，林，分㭠之意也。（七下・林） | 㭠：散正字。（卯・七二・攴） |
| 散：雜肉也，從肉㭠聲。（四下・肉） | 散：蘇簡切，薩上聲，疏離而不聚也，又不自檢束為散人，又姓，文王四友散宜生。又相關切，音姍，琴曲廣陵散。又所晏切，山去聲，分離也，布也，又佽器，〈禮器〉：「賤者獻以散。」鄭康成曰：「五升曰散。」孔穎達曰：「散者，訕也，飲不自節為人謗訕也。」（卯・七二・攴）<br>散：蘇簡切，音傘，《六書正譌》：「雜肉也。」。俗作散，非。（卯・七四・攴） |

〔註19〕同註13。

　　㪔、散二字，各有本義，散「俗作散」應是隸變之結果，梅氏將其分爲二字，值得商榷。段玉裁於散字下注云：「從㪔者，會意也，㪔，分離也，引伸凡㪔皆作散，散行而㪔廢矣。」亦即散本義爲雜肉，引伸爲分離，散本義不用而以引伸義行之，並取代㪔字，因此，依段玉裁假借三變之說法，「散」取代「㪔」是訛字冒稱假借之結果，而「繖」取代「繖則只是隸變之關係。

　　2. 例（3）（4）（5）（6）則稱某正字，又引《六書正譌》詳加解釋，此「正字」仍是指符合初形本義而未通行之字，其間仍有差異。例（3）（4）丣来二字皆爲《說文》正篆，惟「丣」做「卯」是隸變之結果，「来」與「審」在《說文》說解爲：「来，悉也，知来諦也，从宀釆。審，篆文来，从番。」（二下・釆）二者是正文與重文的關係，審爲篆文，段注云：「然則来古文籀文也，不先篆文者，从部首也。」亦即《字彙》以古籀之「来」爲正字，而以篆文「審」爲通行之字；例（5）寚、寶二字，《說文》說解爲：「寶，珍也，从宀玉貝，缶聲。寚，古文寶，省貝。」（七下・宀）《字彙》以古文爲正字，而以篆文爲通行之字，與例（4）乍看有別，其實無差。例（6）夋字，《說文》作「夋」（三下・夂），《字彙》以「夋」爲正字，「夋」爲俗字，則是採信《六書正譌》的看法、惟《六書正譌》將篆文「𡕛」字之火字上筆與宀字連接，則成篆文「𡕛」字，而夋字則从「灾」取意改爲从「宀」取意，應是筆誤而強爲立說。

　　3. 例（7）嘗字，《六書正譌》未收，《說文》僅有嘗字（五上・旨），《類篇》：「辰羊切，《說文》：口味之也，一曰：試也，一曰：秋祭名，亦姓，或作甞。」（五中・旨）《增修校正押韻釋疑》卷二陽韻：「嘗：口味之也，試也，也，秋祭名，字从旨，或从甘，非。」《詳校篇海・一、甘》：「禪，濁，辰羊切，音常，誠也，秋祭也，也，探味也，試也，正作嘗。」以上各書均以嘗字爲正字，而《洪武正韻》卷五陽韻：「甞，秋祭，又探味也，試也，也，古作嘗。」以甞爲正字，嘗爲古字，似是《字彙》所本。惟《字彙》嘗字下云：「辰羊切，音常，《說文》：口味之也。又秋社祭名…o从旨尙聲，旨，美味也，味美故口嘗之，會意。」（丑・二六・口）全不理會「甞」字，似又以「嘗」爲通行之字。

　　4. 例（8）（9）（10）（11）皆稱「同某」，或引《六書正譌》，或曰「當爲正」，此處所稱之「正」應指符合初形本義而言。
上列十一字所稱之正字，多屬符合初形本義但非通行之字，對《六書正譌》多所徵引，但並非全盤接受，如酉部醯字：「虛宜切，音希，酢也，酸也，《論語》：或乞醯焉。〈曲禮〉：醯醬處內o按：《說文》以此字爲正，《六書正譌》以醯字爲正，各有取義。」（酉・一一三）醯、醯二字，皆以爲正。至如艸部蓄字：「旨而切，

音支，《說文》不耕田也，……○徐鍇曰：從艸從巛從田，田不耕則艸塞之故從巛，巛音灾，周伯溫以甾字為正而以葘為非，未達《說文》之旨矣。」（中・十八）尸部尻字：「即居字○從尸得几而止，是居也。與尻字不同，尻從九，周伯溫以此字為居處之正字，而以居字讀作踞字，非今所宜也。」（子・五七）周伯溫以「甾、尻」為正，《字彙》皆不從。

另如虫部之蝬字：「與蜙同○從速為正。」（中・七二）走部趗字：「同趚○按：此字從次為正。」（酉・五一）兩字所稱之「正」則是符合初形本義，且為通行之字，「蜙、趚」二字各有音義訓釋，不屬異體範疇。

又如走部赳于權切，音員《說文》：趄田易居也，謂以田相換易也。《左傳》作爰田，《國語》作轅田，皆假借，此乃正字也。」（酉・五三）此處所稱「正字」乃與假借字相對，亦即趄、爰、轅三字，各有本義，並不牽涉異體的問題。

## 五、稱「本」之例

（1）刑：刑本字。（子・六十・刀）

（2）歺：歹本字。（辰・七一・歹）

（3）瑟：琴本字，飾以玉故從玉，隸作琴。（午・四・玉）

（4）覃：覃本字，從早，古厚字，覃字從鹵，鹵之味早則長也，會意。（亥・六一、鹵）

（5）㸚：牢本字，《說文》：「從牛冬省，取其四周帀也。」（巳・七三・牛）

（6）仅：付本字○《六書正譌》：「又，手也。從手持物以對人曰仅，俗從寸，非。」（子・十六・人）

（7）曹：曹本字，《六書正譌》：「獄兩曹也，棘在廷東也，從曰，治事者也，俗作曹，非。」然今皆用曹，故注詳於曹。（辰・十六・曰）

（8）憿：儌本字，徐鉉曰：「憿從心，今多作儌，非。」（卯・二五・心）

（9）狸：獮本字，秋田也，《北史・承根詩》：「世道衰陵，淳風始緬，衢交問鼎，路盈訪狸。」○《六書正譌》：「俗作獮，非。」（巳・八八・犬）

（10）龝：秋本字，禾穀熟收成之時也○從禾龜聲，龜音焦，隸作秋、秌。（亥・八八・龜）

（11）罻：狒本字也，見王文考〈夢賦・注〉。（午・六七・目）

（12）仦：眾本字，三人為仦，會意○又與派同。（子・二十・人）

（13）棓：棒本字，又連枷也○又房鳩切，音浮，星名，《星經》：「紫宮前四星曰天棓。」○又蒲枚切，音裴，姓也。（辰・三七・木）

1. 本字之說解形式，例（1）（2）僅註明爲某字之本字，例（3）到（8）則加注本字之字形結構分析，例（9）（10）（11）則加釋字義或引用書證。

2. 稱本字之例，仍有少數只是部分異體，如例（12）（13），本字都另有音義。

3. 就本字之內涵而言，《字彙》凡例云：「畫異而音義同者，各於本字下切之釋之。」「本字」則指有音義訓釋之正字，而內文各字頭下又有直訓爲「本字」，且不再詮釋音義，則屬異體，兩者之內涵並不相同。全書稱「本字」者約一百四十字，呂瑞生認爲此類「義指符於初形本義之字」〔註20〕，其間仍有差別：

1、大部分稱本字者都是篆文楷化，而且有成組之趨勢，如：

（1）𢀩：差本字。（寅・四五・工）

𤩿：瑳本字。（午・十三・玉）

（2）㫄：旁本字。（卯・八十・方）

𢹂：搒本字。（卯・四九・手）

（3）㑔：便本字。（子・三四・人）

𢯎：挭本字。（卯・五十・手）

（4）𣀈：敫本字，此篆體也，隸作敫。（卯・七三・攴）

𣪠：擊本字。（卯・六二・手）

（5）𢧵：戩本字。（卯・三二・戈）

𣂼：斮本字。（卯・七九・斤）

（6）懪：㦊本字。（卯・二九・心）

擧：擧本字。（卯・六五・手）

瀑：瀑本字。（巳・四六・水）

爆：爆本字。（巳・六三・火）

（7）𣳚：決本字。（巳・九・水）

𤣶：玦本字。（午・三・玉）

𦈢：缺本字。《六書正譌》：別作缺，非。（未・五十・缶）

（8）嶙：嶙本字。（寅・四十・山）

燐：燐本字。（巳・六一、火）

遴：遴本字。（酉・九七・辵）

鄰：鄰本字。（酉・一〇七・邑）

驎：驎本字。（亥・十二・馬）

〔註20〕同註13，頁60。

2、有些則是說明字組間的演變關係，如：

　　茐：蔥本字。（申・十六・艸）

　　蔥：蔥本字。（申・三五・艸）

兩則本字說明由「茐→蔥→蔥」的演變關係。

3、至於本字之來源，大部分來自《說文》，部分則來自《六書正譌》〔註21〕。至於稱「本字」之例，則多來自李登之《詳校篇海》，如「嶙：嶙本字」，《說文》、《六書正譌》都未收入，《詳校篇海》卷四山部：「嶙：嶙本字。」則是《字彙》所本，若進一步比較，《字彙》所收一百四十餘例中，半數以上見於《詳校篇海》，也都釋為「本字」，可見《詳校篇海》對《字彙》之影響。

# 六、稱「籀」之例

　　《說文・敘》云：「及宣王太史籀著大篆十五篇，與古文或異。」《字彙》承其說，於竹部籀字下云：「直又切，音宙，史籀周宣王太史，作大篆，故稱籀文。」因此，《字彙》之籀文，也包含了石鼓文，分述如下：

1、籀　文

　　（1）伢：籀文仿字。（子・二十・人）

　　（2）牆：籀文牆字。（巳・六七・爿）

　　（3）牆：亦籀文牆字。（巳・六七・爿）

　　（4）邕：籀文邕字，上從川，象壘塞川之形。（寅・四三・巛）

　　（5）叡：籀文敢字，從受古聲（子・九一、又）

　　（6）厈：籀文厂字。又疑旰切，音岸，水厓高也，俗作岸。（子・八五・厂）

　　（7）晉：籀文晉字。（寅・三・子）

　　（8）豚：籀文豚字。（酉・三六・豕）

　　（9）庌：籀文宇字。（寅・五九・广）

　　（10）毛：籀文禿字。（辰・八一、毛）

　　（11）爎：七亂切，音竄，灼爎也，出籀文。（巳・六二・火）

　　（12）鱻：籀文鮓字。（亥・四一、魚）

　　（13）諙：下戒切，音械，怒聲。《六書正譌》：「籀文話字。」（酉・二八・言）

　　（14）遬：蘇谷切，音肅，謹而不放之謂…。本籀文速字。（酉・九五・辵）

　　（15）璽：想里切，音徙，印也，…。《說文》從土，所以主土，籀文玉，今從之。（午・十三・玉）

---

〔註21〕詳見註13，頁60。

　　1.《字彙》注爲籀文者計九十五字，說解方式大都如上列（1）（2）二例稱「籀文某字」，例（3）則因字次緊接在後再加一「亦」字；少數則如（4）（5）二字加注字形分析；例（6）則詞義除籀文厂字外，另又作岸字；例（13）（14）則是詞義已有轉變，故於注中說明爲籀文某字；土部壐字下云：「斯氏切，音徙王者印也，壐所主土，故从土，籀文从玉。」例（15）壐字云「今从之」，則壐字《字彙》已視爲正字。

　　2. 在所收九十五字中，其中九十一字來自《說文》，僅（9）（10）（11）（12）四字來自《篇海》。見於《說文》的九十一字中，僅（5）（7）（8）三字《說文》未稱爲「籀文」〔註22〕。

　　《說文》籀文字數爲二百二十五字〔註23〕，《類篇》收錄一百四十六字〔註24〕，到《字彙》卻僅剩九十五字，除前述刪去怪僻之字中有籀文外，有些雖收錄卻不再視爲籀文，有兩種情形，一是仍視爲異體，一則轉爲正字，如：

| 編號 | 《說　　　文》 | 《字　　　彙》 |
|---|---|---|
| （1） | 四：陰數也，象四分之形。兇，古文四如此，三：籀文四。（十四下・四） | 三：古四字 |
| （2） | 艱：土難治也，从堇艮聲，囏，籀文艱，从喜。（十三下・堇） | 囏：與艱同，《周禮》：「喁萬民之囏阨。」又周懿王名。 |
| （3） | 鞀：鞀遼也，鞉，鞀或从兆聲，磬，籀文鞀，从殸召。（三下・革） | 磬：與韶同，《周禮》：「大磬祀四望。」（辰・七八・殳） |
| （4） | 籩：竹豆也，从竹邊聲，匽，籀文籩。（五上・竹） | 籩：卑眠切，音鞭，竹豆，面徑尺，柄尺，其實容四升。（未・二十・竹）　　匽：補堅切，音邊，竹豆○亦作籩。（子・七八・匸） |
| （5） | 匛：棺也，从匸久聲，柩，或从木，匶，籀文从舊。（十二下・匸） | 匛：巨又切，音舊，棺也，在牀曰尸，在棺曰匛○《六書正譌》：「从匸象形，久聲，隸作柩。」（子・七六・匸）另柩字下云：「與匶同，《白虎通》：柩，久也，久不復變也。」（辰・二八・木）　　匶：巨又切，音舊，在牀曰尸，在棺曰匶，《周禮》：「及葬，執纛以與匠師，御匶而治役。」（子・七八・匸） |

---

〔註22〕詳見註13，頁58。
〔註23〕詳見潘重規《中國文字學》頁132，臺北：東大圖書公司，民國79年。
〔註24〕詳見孔仲溫《類篇研究》頁178，臺北：學生書局，民國76初版。

| 編號 | 《說　　文》 | 《字　　彙》 |
|---|---|---|
| (6) | 副：判也，从刀畐聲《周禮》曰：副辜祭。副，籀文副。（四下・刀） | 副：芳故切，音富，貳也，佐也，稱也，又后夫人祭服之首飾，編髮爲之者，《詩・鄘風》：「副笄六珈。」又姓○又符遇切，音拂，裂也○又叶孚迫切，音劈，圻副難產也，《詩・大雅》：「不圻不副。」○又普逼切，音霹，剖也，〈曲禮〉：「爲天子削瓜者副之。」〈注〉：「既削又四析之，乃橫斷之。」○又敷救切，音覆，義同○又方六切，音福，義同。（子・六五・刀）<br><br>副：必歷切，音壁，以牲胸肆而磔之也。《周官・宗伯》：「以副辜祭四時百物。」（午・三十・田） |

前三字《字彙》也是釋爲異體，但不稱籀文，後三字則都以正字的方式注解，其中最後一例，篆文副字詞義已轉變，籀文副字則紀錄原義。

### 2、石鼓文

（1）圉：見周宣王石鼓文，音義未詳。（子・七七・匚）

（2）燹：見周宣王石鼓文，音義無考。（巳・六二・火）

（3）衘：見周宣王石鼓文，疑是衛字，此恐譌。（申・八五・行）

（4）旞：石鼓文：旞旟，音義與翰同。（戌・八二・飛）

（5）慫：同上（憐），見周宣王石鼓文。（卯・二三・心）

（6）導：即導字，見周宣王石鼓文。（寅・十八・寸）

（7）㴰：即流字，見周宣王石鼓文。（巳・二九・水）

（8）避：五可切，音我，周宣王石鼓文：「避車既工。」（酉・九五・辵）〔註25〕

（9）衍：見周宣王石鼓文，注云：「衍，籀文道字。」（申・八三・行）

（10）獻：見周宣王石鼓文，薛作獻字。（巳・八二・犬）

（11）翰：見周宣王石鼓文，郭云：「籀文翰从飛。」（戌・八二・飛）

（12）漫：見周宣王石鼓文，鄭云：「漫即漫字。」（巳・三八・水）

（13）驕：見周宣王石鼓文：鄭音劑。（亥・十一・馬）

（14）叚：周宣王石鼓文：王云：籀丞叚淖淵文，皮字借作被音。（子・九十・又）

（15）炭：見周宣王石鼓文：薛、鄭本皆闕而不音，施云：「按《說文》古爔字，

---

〔註25〕避字石鼓文作「![避]」，〔明〕陶滋《石鼓文正誤》（四庫存目叢書所收，序於嘉靖十二年）、楊慎《石鼓文音釋》（四庫存目叢書所收，序於正德十六年）、焦竑《俗書刊誤》（四庫全書所收，序於萬曆三十八年）等書都隸定作「避」，《字彙》從之。

與此相類。」（午・七十・矢）

(16) 𡴝：見周宣王石鼓文，施云：《說文》呼骨反，矣也，薛作華字，鄭云即
　　　拜字。（寅・三九・山）

(17) 㺇：見周宣王石鼓文，郭云：「㺇籀文族字。」鄭云：「㺇疑即族字，借作
　　　鏃耳。」（午・七十・矢）

(18) 𩔖：見周宣王石鼓文，薛作憂，鄭云：「今作夒。」（卯・二八・心）

(19) 𡭟：見周宣王石鼓文：鄭云：「今作治字。」施云：「按《古文孝經》治字
　　　作𡭟，與此小異。」（寅・十八・寸）

石鼓文自唐代現世，其時代眾說紛紜〔註26〕，《字彙》則認爲是周宣王時物，故其
文字也是籀文。《字彙》收錄石鼓文四十九字，其說解方式：例（1）（2）或稱音義
未詳，或疑爲譌字；例（3）（4）（5）則直指爲某字；例（6）（7）則稱注爲某字，
但不言何人所注；例（8）（9）（10）（11）（12）則引證注家，（13）（14）（15）則詳
列各注家異說。薛即薛尚功，著有《歷代鐘鼎彝器款識法帖》二十卷，其中卷第十
七即爲石鼓文〔註27〕；郭即郭忠恕，著有《釋石鼓文》〔註28〕；鄭即鄭樵，著有《石
鼓文考》三卷〔註29〕；施即施宿，著有《石鼓音》一卷〔註30〕；王疑爲王厚之，著
有《石鼓文釋音》〔註31〕。

## 七、稱「篆」之例

(1) 競：篆文兢字。（子・四八・儿）

(2) 勱：篆文勵字。（子・七一、力）

(3) 疄：篆文疄字。（午・三十・田）

(4) 歸：篆文肄字。（午・七十・矢）

(5) 靁：篆文靁字。（亥・七八・靁）

---

〔註26〕石鼓文之時代，歷來有周文王、周成王、周宣王、秦時物、秦襄公、秦文公、秦繆公、
　　　　秦靈公、漢時物、元魏世祖時物、宇文周時物，今之學者多認爲是秦時之物，詳見
　　　　那志良《石鼓通考》頁21。
〔註27〕薛尚功《歷代鐘鼎彝器款識法帖》，《四庫全書・經部》冊二二五，臺灣商務印館。
〔註28〕郭忠恕除《佩觽》三卷，《汗簡》七卷外，另有《釋石鼓文》，見那志良《石鼓通考》
　　　　頁305。
〔註29〕陳振孫《直齋書錄解題》卷三：「石鼓文考三卷，鄭樵撰，其說以爲石鼓出于秦，其
　　　　文有與秦斤、秦權合者。」梅氏引證鄭說，時代則不採信。(《直齋書錄解題》，臺灣
　　　　商務印書館，人人文庫特五八一，頁88。)
〔註30〕《宋史・藝文志》載有施宿《大觀法帖總釋》二卷，又《石鼓音》一卷。(《宋史》，
　　　　臺北：世界書局。)
〔註31〕王厚之著有《石鼓文音釋》，見那志良《石鼓通考》頁306。

（6）曐：篆文星字。（辰・十二・日）

（7）曐：篆文星字，按：曐本三圈像形，非口也，今依楷書收入本部。（丑・
　　二四・口）

（8）屮：篆文之字，象芝草形。（寅・二六・屮）

（9）迚：篆文走字。《說文》：「从夭止，夭止者，屈也。」徐鍇曰：「迚則足
　　屈，故从夭。」《六書正譌》：「止即趾字，會意，俗作走，非，然今
　　時通用走矣。」（酉・五一、走）

（10）冒：篆文阜字，《史・上林賦》：「冒陵別島。」（戌・二九・阜）

1. 全書字頭下直訓爲篆文者，不過十字，前六字都只訓爲「篆文某字」，（7）
（8）兩字則補述構形，（9）（10）兩字則引用書證，十字都是篆文楷化的結果。

2. 全書直訓爲篆文之字雖然只有十字，但是《字彙》在各字釋形項下，也屢稱
「篆作某」或「篆从某」，如：

乃：曩海切，柰上聲，辭之緩…。篆作ㄋ，象氣出之難也，籀又作弜，亦作
　　酒。（子・七・丿）

徙：想里切，西上聲，遷移也…。篆文作迻〔註32〕，今轉爲徙。（寅・八十・
　　彳）

曹：財勞切，皂平聲，局也，輩也…。篆从兩東。（辰・十四・日）

皀：許良切，音香，穀之馨香也。食、鄉等字从此，小篆作香，隸作香。
　　（辰・十四・日）

競：具映切，鯨去聲，盛也，彊也…。篆从二言二几。（午・一一〇・立）

但是與注文相對應的字頭，即使是異體，卻沒有釋作「篆文某字」，如下：

ㄋ：古文乃字，與上弓字不同。（寅・六九・弓）

迻：與徙同，移也。（酉・八六・辵）

轈：曹本字。（辰・十六・日）

香：同香。（亥・六九・黍）

競：同競。（酉・二五・言）

或稱古文、或稱本字，或稱同，與注文所稱篆文並不相符。

3. 至於篆文之內涵，《字彙》於篆字下注云：

篆：柱衍切，纏上聲，篆書，史籀作大篆，程邈作小篆。又盤曲也。

---

〔註32〕迻各本皆作趑，然趑下云：「昌石切，超也，行也。又想里切，音徙，義同。」與徙
　　字字義不同，而迻字下云：「與徙同，移也。」（酉・八六・辵）又「徙從」二字也
　　是「迻趑」之變，故「趑」應爲「迻」之誤。

《説文》：「篆書著於竹，故从竹。」（未・十一・竹）

以小篆爲程邈所作，乃依據《説文・敘》「三曰篆書，即小篆，秦始皇使下杜人程邈所作也」而來，而隸字下又注云：「隸書者…或言程邈獄中所造，出於徒隸」（戌・三九・隶），則程邈既作小篆，又作隸書矣。段玉裁認爲「秦始皇使下杜人程邈所作」一句，應移至「秦隸書」下〔註33〕，爲可信之説，《字彙》篆字之注有誤。

## 八、稱「隸」之例

竈：隸文竈字。（午・一〇七・穴）

貟：隸文員字。（酉・四二・貝）

1、全書字頭直訓隸文之字僅此二例，而儿與卩字下云：

> 儿：人字在下之文，象兩足端立之形。按：楷與隸同，人在上則作人，在傍則作亻，在下則作儿，若篆則均一無二矣。（子・四五・儿）

> 卩：即卩字，又思廉切，音纖，姓也。按：篆文音卩者作㔾，音纖者作丮，音異形亦異，自隸變而楷遂通爲一矣。（子・八二・卩）

從其按語，可知梅氏認爲文字之演變爲由篆而隸而楷，由篆而隸變，未必是單一發展，因此可能一個篆體對應多個隸文，如乎字下即引《六書正譌》「隸別作虖呼通。」（子・七・丿），因此，此處之隸文，應即隸變所產生之異體。

2、全書只有兩個隸文異體，顯然與事實不符，因此內文中多有「隸作某」之說明，主要有三種情形：

（1）注中隸文爲楷書正字

> 与：古與字。一勺爲与，《六書正譌》：「寡則均，故从一勺會意，隸作與，俗作与，非。」（子・二・一）

> 俻：即備字。《説文》：「从用茍省。」隸作備。毛氏曰：「今俗作俻。」（子・三八・人）

> 劓：籀文則字。《六書正譌》：「古之重器，莫如鼎，其輕重制度有定式，故从鼎而从刀者，所以裁制之也，有等劓之義焉，會意，隸作則。」（子・六七・刀）

> 寠：寶正字，《六書正譌》：「从宀玉會意，缶聲。隸作寶，通；俗作寶，非。」（寅・十二・宀）

> 龝：秋本字，禾穀熟收成之時也。从禾龜聲，龜音焦，隸作秋、秌。（亥・八八・龜）

---

〔註33〕參見段玉裁《説文解字注》十五卷上，洪葉出版社，1998年。

歃：與吹同，《周禮》…o隸作吹。（亥・八八・龠）

鸳：呼瓜切，化平聲，艸木鸳英o隸作華，俗作花。（子・三八・人）

启：區里切，音起，明星謂之启明…o从戶从口，所以開者也，會意，隸別
　　作啓。（丑・五・口）

卝：古猛切，國上聲，金玉函於石未冶鍊者也…o隸作礦，俗作礦、鑛。（子・
　　八一・卜）

声：丘正切，音慶，石樂。《六書正譌》：「籀文加殳作殸，所以擊也，隸作
　　磬，聲字从此。」（丑・五四・士）

前六字隸文「與、備、則、寶、秋、吹」便是「与、偹、剕、審、鸳、歃」的楷書正
字；後四字所稱隸文則都依正字詮釋，則形成「畫異而音義同之字」，都有音義訓釋。

（2）注中隸文仍為異體

以：羊里切，夷上聲，用也，與也…o篆从反巳，隸作㠯。（子・十八・人）

刕：鄰知切，音離，割也，又姓o从三刀，會意，荔、珕字从此，隸作劦。
　　（子・六十・刀）

匛：巨又切，音舊，棺也，在牀曰尸，在棺曰匛o《六書正譌》：「从匚象形，
　　久聲，隸作柩。」（子・七六・匚）

夬：古邁切，音怪，決也o隸作夬。（子・九十・又）

注中所稱之隸文，也列為字頭，但都釋為另一字之異體，如下：

㠯：養里切，音以，古文已字，與以通，故今又作以字。（寅・四五・己）

劦：與劉同，鄰溪切，揚子雲〈長楊賦〉：「分劦單于。」（子・六五・刀）

柩：與匶同，《白虎通》：「柩，久也，久不復變也。」（辰・二八・木）

夬：夬本字。（丑・六十・大）

（3）隸文未收錄

匚：敷方切，音方，受物之器…o《六書正譌》：「本古方字，借為受物之器，
　　隸作匡。」（子・七六・匚）

豙：研計切，音詣，豕怒毛豎也o《六書正譌》：「从辛者，剛也，下从豕，會
　　意，故借為剛毅字，有果決之義，隸作毅，通。」（酉・三六・豕）

注中所稱隸作之「匡、毅」二字，字彙都未收入。

3、注中稱「隸作」之字，有列為字頭者，也有捨棄者；列為字頭，可以是正字，也
　　可以是異體，列為異體卻又釋為古文、本字等其他異體述語，因此，此處所舉兩
　　則「隸文某字」實屬多餘。

## 九、稱「即」之例

（1）羌：即羌。（子·四八·儿）

（2）冨：即富字。（子·五三·宀）

（3）氕：即刉字。（辰·八五·气）

（4）夰：即亦字，人之臂下曰夰，象人兩夰之形。（丑·六十·大）

（5）宐：即宜字，从宀之下，一之上，多省聲。（寅·六·宀）

（6）躲：即射字，矢發於身而中於遠，故从矢从身。（午·七十·矢）

（7）屰：即乍字。《說文》：「从屰从一」，徐鍇曰：「出屰得一則止，暫止也。」（子·十七·人）

（8）巛：即川字，《說文》：「〈巜之水，會爲巛也。」（寅·四二·巛）

（9）胇：即胇字，毛氏从肉。（辰·十七·月）

（10）罪：即辠字，秦始皇以辠字似皇，乃改爲罪。（未·五三·网）

（11）坑：即阬字，孔安國《書傳·序》：「焚書坑儒。」又姓。（丑·三九·土）

（12）尊：即導字，見周宣王石鼓文。（寅·十八·寸）

（13）漱：即流字，見周宣王石鼓文。（巳·二九·水）

（14）倃：即男字，見釋典。（子·二七·人）

（15）織：即織字，見釋藏。（未·四一、糸）

（16）挼：即捼字，又蘇回切，音綏，繫也。（卯·四五·手）

（17）嚮：即向字，又兩階謂之嚮，又與響同，《漢書》：「天下嚮應。」又與饗同，《漢·宣紀》：「上帝嘉嚮。」（丑·三一、口）

（18）嚭：即噽字，又人名，《春秋》有伯嚭，伯犁之孫也，爲吳太宰。（丑·三一、口）

　　1. 全書稱「即某字」約六十字，就說解類型來說，前三字只指出「即某字」，例（4）至（10）補充說明該字字形結構或由來，例（11）至（15）則爲古籍釋典用字，（16）至（18）爲廣義之異體。

　　2. 就稱即之內涵來說，有些是依篆文楷化，如例（1）（4）（6）（7）（8）（12）（13）等，有些則是後造異體，如例（2）（10）（14）（15）等，前者與稱「本字」者無異，後者與「俗字」無異，因此，《字彙》稱「即某字」其內涵並不一致。

## 十、稱「譌」之例

（1）獣：斀字之譌。（巳·八六·犬）

（2）獒；縠字之譌。（巳·八五·犬）

（3）覔；覓字之譌。（酉・一・見）

（4）銕：鐵字之譌。（戌・八・金）

（5）牫：牫字之譌。（巳・七一・牛）

（6）涞：按：此字乃渠字之譌，李如眞引《方言》：杷，宋魏之間謂之涞挈。今
考《方言》乃渠挈，非涞挈也。（巳・二十・水）

（7）泭：按：此字或洰之譌，故《集成》一云洰同，一云本作洰但從來已久存
之。（巳・五・水）

（8）竘：俗以此作竑字傳寫之譌也。（午・一○八・立）

（9）蠡：俗以此作蠡魚魚字，按：蠡魚形似魚，故名魚，俗加虫，譌矣。（申・
七二・虫）

（10）榇：俗柰字，果也。柰本从木，傍又加木，俗字之譌也。（辰・四二・木）

（11）尣：字本从尢，見尢部，俗作九，譌。（子・十九・人）

（12）唌：莫干切，音曼，欺也o按：此字當作嘄，恐傳寫之譌。（丑・二十・口）

（13）肒：五寡切，音瓦，斷足也o按：此字似譌，宜從瓦。（未・七六・肉）

（14）頢：王文考〈夢賦・注〉：「五怪切，音外，義闕。」o按：此字字書俱無，
恐是頢字，或傳寫者譌。（戌・七七・頁）

（15）虦：疑疏字之譌。（申・五六・虍）

（16）牪：牫字譌矣，復作冄，譌甚。（巳・七二・牛）

（17）茐：字本作蔵，後譌作蓢，今又作茐，其譌甚矣。（申・十七・艸）

（18）鎊：同鎊。鎊己譌矣，復加艸，譌甚。（戌・十六・金）

1. 《字彙》全書稱譌之字，約一百三十餘字，就說解形式來說，多釋為「某字
之譌」如前五例，（6）（7）則直接以按語說明，（8）到（11）則是俗寫之譌，（12）
（13）（14）則是雖加音釋，按語仍懷疑是譌字，（15）則是直疑為譌字，（16）（17）
則是譌字之譌字，故「其譌甚矣」。

2. 就譌誤的層次來說，第一類是疑為譌字，如（7）（12）（13）（14）（15），
第二類是譌字，如（1）（2）（3）（4）（5）（6），第三類則是譌字之譌字，如（16）
（17）二字。

3. 就譌字產生的原因來說，主要是傳寫之譌，或筆劃改變，如（5）（7）（13）
（16），或譌為形近部件，如（1）（2）（3）（4）（6）（8）（11）（12）（14）（15）（17）；
有些則是後人妄加偏傍，如（9）（10）二字。

4. 凡例稱「怪僻之字，悉刪不錄」，這些譌字似乎沒有收錄的必要，既是譌字，
到底算不算異體，似乎都有再討論的空間。

## 十一、稱「省」之例

（1）犿：狿字省文。（巳・七七・犬）

（2）畫：盡字省文。（午・五十・皿）

（3）灾：烖字省文，俗字也。（巳・四八・火）

（4）煥：煥字省文，俗字。（巳・五十・火）

（5）筑：筑字之省。（未・二・竹）

（6）纜：纜字之省。（未・四八・糸）

（7）螽：蠡字之省，《前漢・匈奴傳》有谷螽王○谷音鹿。（申・七六・虫）

（8）爁：本字中从品，三口也，此省文。（巳・六二・火）

（9）玃：疑即玃字省文。（巳・八八・犬）

（10）蕨：亡結切，音滅，帊幞也，又蓋蕨，又禪被○又與幦同，此即幰字省文。
（寅・五四・巾）

《字彙》此類約二十餘字，或稱「省文」，如（1）（2）（3）（4）（8）（9）（10），或稱「某字之省」，如（5）（6）（7）；與正字相較，或減省筆劃，如（5）（7），或減某一部件，如（1）（2）（3）（4）（6）（8）（9）（10）。而（3）（4）二字下均指為俗字，則此類應可併入俗字一項。

## 十二、其　他

（1）丶：佛書伊字如艸書下字，王維詩：「三點成伊猶有想。」（子・五・丨）

（2）刂：刀在旁之文，呂虔夢三刀為益州者以此。（子・五八・刀）

（3）阝：偏傍阜字。（戌・二九・阜）

（4）攵：攴字在傍之文。（卯・六七・攴）

例（1）是佛書的草書楷化，例（2）（3）（4）則是部首之變形。


## 參、收字種類之檢討

綜上所述，《字彙》直訓為異體之字，超過六千字，幾佔全書收字百分之二十，可見《字彙》在編輯過程中，雖「怪僻之字，悉刪不錄」，仍然保留了大量的異體資料，對研究異體來說，仍有相當的助益。但仍有幾點美中不足之處，如下：

## 一、通行正字不止一個

凡例云：「畫異而音義同者」則稱「同」，內文槃下云：「即穀字，《篇海》分注非。」（辰・四六・木）對於異體，《字彙》認為應註明清楚，不宜各注音義，全書也收入六千餘字的異體，但是仍有實是異體卻各有音切者，如上節所引之「鈲、鈇、

鑛」三字，都是「礦」的異體，就說解形式來說，卻都是正字，又如：

（1）䑘：失正切，音勝，織絹具。（辰・五六・木）

　　　䑗：詩證切，音滲，機持經者。从舟从桼。（辰・四八・木）

（2）𦩘：陟遙切，音招，且也。（未・一〇三・舟）

　　　朝：之遙切，音昭，且也…。从舟，中从日。（辰・十八・月）

「䑘䑗」、「𦩘朝」都是隸變與篆文楷化所造成的異體，《字彙》也在隸變之字下註明原來形構，兩字卻仍是正字的說解形式。又如：

（3）𡨧：徐心切，集平聲，繹理也。从工口，亂也，从又寸，分理也，皆會意，彡聲，俗作尋。（寅・七七・彡）

　　　尋：徐心切，集平聲，繹理也，搜求也，仍也，繼也。中从工从口，俗作几誤。（寅・十七・寸）

（4）㪅：古衡切，音耕改也，歷也。又去聲居孟切，再也。俗作更。（卯・六九・攴）

　　　更：古衡切，音耕，改也，歷也，經也…。（辰・十四・日）

（5）絥：師加切，音沙，絹屬。亦作紗。（未・三五・糸）

　　　紗：師加切，音沙，絹屬，夏用紗，冬用絹…。（未・二八・糸）

（6）乚：于謹切，音隱，匿也。今作隱。（子・九・乙）

　　　隱：於謹切，因上聲，蔽也，安也，藏也，私也…。（戌・三八・阜）

例（3）「𡨧」字下已注云「俗作尋」，（4）「㪅」字下也注「俗作更」，但是「尋、更」二字下仍詳細訓釋，則兩字都視同正字；（5）（6）兩組也是相同的情形，與凡例所稱不合。

《正字通》對這種情形即有所調整，以前述七字爲例：

（1）䑘：同䑗（辰・木）

（2）𦩘：舊註：「音招，且也。」按《說文》朝作𦩘，篆作𣄶…。（未・舟）

（3）𡨧：同尋。（寅・彡）

（4）更：俗㪅字，舊本音訓重出，詳攴部㪅註。（辰・日）

（5）絥：同沙，俗加氵。（未・糸）

（6）乚：隱本字，《說文》：「匿也，象迆曲隱蔽形。」…（子・乙）

六組字例《正字通》都將其中一字判爲異體，可見《字彙》在正異體字的判分上，仍不夠嚴密。

## 二、收字之種類如上所述多達十餘種，其間之界域中卻不一定有客觀之標準，如：

### 1、稱「同」之字，與稱「古」或稱「俗」之字相通

凡例以「畫異而音義同者」稱「同」，以篆楷演變分古文俗字，兩者判分之依據，不在同一層次，前者以兩字之字形差異判分，後者依字體演變立論，後者實已包括在前者之內，不論是古文或俗字，也都是「畫異而音義同者」，因此同一系列之異體，有些稱「同」，有些則稱「古」或稱「俗」，如：

| 字形變化 | 稱　同 | 稱古或稱俗 |
|---|---|---|
| （1）𠷎 → 壽 | 𦾓：同薵。（申・三七・艸）<br>𣪘：同𣫂。（卯・七四・攴）<br>𣪘：同𣫂。（辰・七八・殳） | 𠷎：古文壽字。（丑・二一、口）<br>𢰅：古文擣字。（卯・六一、手）<br>𤆀：古文鑄字。（巳・六十・火） |
| （2）參 → 叅 | 𣗿：同槮。（辰・五四・木）<br>𤛓：同犙。（巳・七五・牛）<br>𤳔：同𤳔。（午・三十・田） | 𣽈：俗滲字。（巳・三六・水）<br>毵：俗毿字。（辰・八三・毛）<br>𢶉：同摻，俗字。（卯・五八・手） |

2. 稱「本字」與「正字」、「篆文」的界域不清，如：

| 字形變化 | 甲・稱本字 | 乙・稱正或篆文 |
|---|---|---|
| （1）㪚 → 散 | 𩆍：霰本字。（戌・五一、雨） | 㪚：散正字。（卯・七二・攴） |
| （2）粦 → 粦 | 嶙：嶙本字。（寅・四十・山） | 𤳌：篆文𤳌字。（午・三十・田） |
| （3）㞢 → 土 | 𢗌：志本字。（卯・三・心） | 㞢：篆文之字。（寅・二六・屮） |
| （4）𠰼 → 更 | 𠊓：便本字。（子・三四・人） | 𠰼：同哽。（丑・十八・口） |

3. 稱「即」也包含古字與俗字兩類，如：

| 字形變化 | 甲・稱「即某字」 | 乙・稱本字或俗字 |
|---|---|---|
| （1）羋 → 羊 | 𦍋：即羌。（子・四八・儿） | 羋：羊本字。（未・五六・羊） |
| （2）𠛱 → 列 | 𣳚：即洌字。（巳・十九・水） | 烮：烈本字。（巳・五四・火） |
| （3）氵 → 冫 | 况：即況字。（子・五四・冫） | 决：俗決字。（子・五四・冫） |
| （4）㕣 → 公 | 㳂：即沿字。（巳・四・水） | 兊：俗兌字。（子・四七・儿） |

例（1）（2）兩組稱「即」之字與稱「本」之例同，例（3）（4）兩組則與稱「俗」之例同。

如上述三種情形，字形的變化方式相同，但是所稱異體的名稱不同，顯然這些

異體所指稱的對象並不是截然畫分的，彼此間仍有交集存在，將前述十二類異體圖示如下：

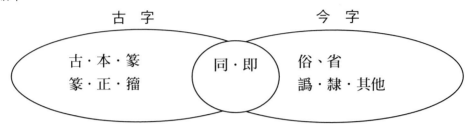

稱「古」、「本字」、「本字」、「正字」、「篆文」者屬古字範圍；稱「俗」、「省」、「隸」、「省」屬今字範圍；稱「同」、「即」則包含兩者，須再進一步分析。

《正字通》對這種情形，也偶有調整，如：

楸：斨本字，《說文》從攴從林，林，剝麻也，即分離之意。…（卯・攴）

疄：疄本字。舊註以俗書之疄為正，以疄為篆文，竝非。（午・田）

嚘：哽本字。（丑・口）

兝：羌本字，別見羊部羌註。（子・儿）

浖：冽本字，從刿，篆作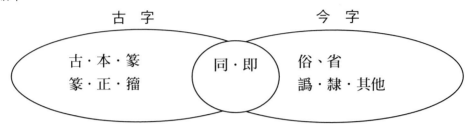。（巳・水）

上述五字，《正字通》都將《字彙》同類型變化卻有不同的異體稱名情形，做了名稱上的調整。可見《正字通》對異體的稱名統一性，也比《字彙》來得嚴謹。

### 三、相同的字形變化，正字的認定卻不同

| 字形變化 | 以 從 前 者 為 正 | 以 從 後 者 為 正 |
|---|---|---|
| （1）舟 → 月 | 臁：與艫同。（亥・三八・魚） | 䑗：同臁。（酉・四八・貝） |
| （2）丹 → 冉 | 冄：同上（丹）俗字。（子・五一・冂）<br>䌙：同絻。（丑・五七・夕）<br>聃：俗聃字。（未・七一・耳） | 耳：俗再字。（子・五一・冂）<br>䫞：同顩。（戌・六九・頁） |
| （3）畱 → 留 | 畱：俗畱字。（午・二六・田）<br>瘤：同瘤。（午・三九・疒）<br>榴：俗樏字。（辰・四八・木） | 溜：溜本字。（巳・三七・水）<br>遛：同遛。（酉・九六・辵）<br>鶹：同鶹。（亥・五六・鳥） |
| （4）叟 → 叜 | 嗖：同嗖。（丑・十九・口）<br>瘦：同瘦。（午・三七・疒）<br>獀：同獀。（巳・八三・犬）<br>䁂：同瞍。（午・六一・目） | 醙：同醙。（酉・一一二・酉）<br>颼：同颼。（戌・八一・風）<br>餿：俗餿字。（戌・八八・食）<br>嫂：俗嫂字。（丑・七九・女） |

上述四組正異體字的變化，前者所從正字卻是後者的異體，後者所從的正字卻是前者的異體。同樣的情形在《正字通》也有，如：

| 畱 → 留 | 留：俗畱字。（午‧田） | 潙：溜本字。（巳‧水） |
| | 榴：俗橊字。（辰‧木） | 遛：遛本字。（酉‧辵） |
| | 瘤：俗字。（午‧疒） | |

《康熙字典》也呈同樣的情形：

| 畱 → 留 | 留：《正字通》俗畱字。（午‧田） | 潙：《正字通》溜本字。（巳‧水） |
| | 榴：俗橊字。（辰‧木） | 鶹：《說文》鶹本字。（亥‧鳥） |

因此在異體與正字的判準上，從《字彙》到《康熙字典》，都還有討論的地方。

### 四、一字多個異體，彼此輾轉遞訓或互注為異體

《字彙》所收異體，一字往往有多個異體，大部分都以其中一個為正字，做音義訓釋，其他都訓為此字之異體，如：

（1）牖：初莊切，音瘡，在牆曰牖，在屋曰牖。（巳‧六九‧片）

窻：與牖同，鄭康成曰：窻助戶為明。（午‧一○六‧穴）

牕：俗牖字。（巳‧六八‧片）

牎：俗牖字。（巳‧六八‧‧片）

窓：同牖。（午‧一○五‧穴）

（2）髓：息委切，雖上聲，骨中脂。（亥‧十六‧骨）

隋：古髓字。（亥‧十五‧骨）

骽：同髓。（亥‧十五‧骨）

髄：與髓同，《郊祀志》：「鶴髄毒冒。」（亥‧十五‧骨）

膸：古髓字，揚子雲〈長楊賦〉：「膸余吾。」（亥‧十五‧骨）

髓：師古曰：古髓字，《前漢‧郊祀志》：「鸎鶴髓。」（亥‧十六‧骨）

髓：同髓。（亥‧十六‧骨）

「牖」字有四個異體，「髓」字有六個異體，不論異體之種類，都以「牖、髓」為依據，但是有些卻輾轉訓釋，如：

（1）畮：古畝字，《周禮》：「不易之地，家百畮。」（午‧二八‧田）

畝：同上（畮）。（午‧二七‧田）

畮：莫厚切，謀上聲，六尺為步，步百為畮…《六書正譌》：「通作畝，俗作畆，非。」（午‧二七‧田）

（2）彳：同述。（寅・七七・彳）

　　述：與徙同，移也。（酉・八六・辵）

　　徙：想里切，西上聲，遷移也。（寅・八十・彳）

（3）躬：同躬。（酉・七一・身）

　　耼：俗耼字。（未・七一・耳）

　　耼：都含切，音耽，耳曼無輪也…。（未・七一・耳）

欲識「晦、彳、躬」三字，則須先透過「畝、述、耼」三字，才能知道該字音切或釋義，並不能達到簡便的效果。有些甚至彼此釋爲異體，如：

　　巳：養里切，音以，與吕同，又止也，畢也…。（寅・四五・巳）

　　吕：養里切，音以，古文巳字，與以通，故今又作以字。（寅・四五・巳）

「巳」與「吕」互釋爲異體。《正字通》也有同樣類似的情形，如：

　　鶌：俗鶌字。舊註：音畱，鶌鶹，鳥名…，（亥・鳥）

　　鶌：鶌本字。

即使如勅定的《康熙字典》，也有這種誤差，如：

　　瘤：古文。（午・疒）

　　瘤：俗瘤字。

「瘤、瘤」兩字互爲異體，可見編輯字書，異體的判分並不是一件簡單的工作，稍一不慎，可能兩個都歸爲異體，正字卻不見了。這類例子雖不多，卻有改進之必要。

### 五、同一字卻有不同的分類

　　如前述「吕」在「以」字下稱「隸作吕」，在「吕」下則釋爲「古文」；「夬」在「叏」字下稱「隸作夬」，「叏」下則釋爲「夬本字」，讓人不知該以何者爲正。

　　以上所述都是《字彙》在編輯時，對異體處理不當之處，因此，《字彙》雖一人所作，體例仍不是十分周延。即使針對《字彙》修定的《正字通》，或在《正字通》基礎上修纂的《康熙字典》，在異體、正字的判分上也還有矛盾之處，可見異體與正字判分之不易。

# 第三節　《字彙》之正字原則

　　《字彙》收字三萬三千一百七十九字，如前節所述，其中有六千餘字爲異體，數量不可謂少，本節希望進一步探求梅氏正異體字判分之標準。《說文》主要以篆文

爲正文，以古籀爲重文〔註34〕，《字彙》則依文字當時流行的狀況，另定「从古」、「遵時」、「古今通用」三原則，立於卷首，作爲判分正字與異體的依據，以下即以卷首所收與內文所釋比較，藉以探求卷首三原則在內文應用之情形。

## 壹、从　古

卷首〈从古〉序云：

> 古人六書各有取義，遞傳於後，漸失其眞，故於古字當从者紀而闡之。

列有一百八十六組古俗字例〔註35〕，曾榮汾《字彙俗字研究》將字例與內文核對，歸納爲六類：

> A：正字注解提及俗字，並云爲非、誤者。
> B：正字注解提及俗字，然未云爲非、誤者。
> C：正字注解未提及俗字者。
> D：俗字獨立爲字頭，並注云非誤者。
> E：俗字獨立爲字頭，然未注云非、誤或直視爲正字解釋者。
> F：俗字未獨立爲字頭。〔註36〕

其中 ABC 三類是古字在內文中的收錄情形，DEF 則是俗字在內文中收錄的情形，進一步分析古字與俗字的關係（如附表一，其中「編號」即本文爲敍述方便所做之編排，「原次」則是《字彙》原來之字次），主要有三種情形：

### 一、以古字為正字

計一百七十八組（即附表一〇〇一同至一七八聲）：

#### （一）以俗字為異體

計四十三組（即附表一之〇〇一同至〇四三參），依其注釋內容：

1. 古字注中斥俗字爲非，俗字仍立爲字頭，並指明爲異體，如〇〇二兔：「ㅇ歐陽氏曰：兔从免字加一點，俗作兎，非也。」又收入兎字，並注云：「俗兔字。」此類計十九組（即〇〇一同至〇一九捼）。

2. 古字注解提及俗字但未斥爲非，或未提及俗字，俗字則獨立爲字頭，如〇二三珍字，注中未提及俗字，俗字珎仍收入，並注云；「同下俗字。」此類計二十

---

〔註34〕《說文·敍》云：「今敍篆文，合以古籀。」段注云：「許重復古而其體例不先古文籀文者，欲人由近古以改古也，小篆因古籀而不變者多，故先篆文，正所以說古籀也。」

〔註35〕一百八十六組中，「旨淫肅銜雙瓊竊」七字各有兩個俗字，所以是一百七十九個古字對應一百八十六個俗字。

〔註36〕參見曾榮汾《字彙俗字研究》頁 15（國科會專題研究成果報告，民國 85 年 12 月）。

四組（即○二○恥至○四三參）。

    3. 收錄的四十三個俗字在內文有五種稱法：

（1）稱「俗」：計三十七組，如○○一崗：「俗岡字。」

（2）稱「同」：計三組，即○一八醶：「同鹹。」○三九鰻：「同鱺。」○四○
    群：「同上（羣）。」

（3）稱「即」：僅一組，即○一九捼：「即挼字。」

（4）稱「省」：僅一組，即○三三盡：「盡字省文。」

（5）同正字形式：僅一組，即○四三絫：「倉含切，音驂，《荀子》：功絫天地。
    《揚子》：聖人有以擬天地而絫諸身。」俗字的說解也採正字的說解形式，
    惟絫字僅引《荀子》、《揚子》，應為古籍異文，故仍視為異體。

## （二）古字在內文為正字，俗字則未收入

    計一百二十一組，（即○四三凡至一六三葉），正字內容可分兩類：

    1. 古字注中斥俗字為非，俗字則未收入，如○五四迥：「o《六書正譌》：从辵
同聲，冋音坰，俗作逈，非。」卷首「迥：俗作逈。」逈字《字彙》未收入。此類
計三十五組（即○四三凡至○七七瓊）。

    2. 古字注中提及俗字未斥為非，或未提及俗字，俗字也未收入，計八十六組
（即○七八瓊至一六四囂）依其注釋又有幾種情形：

（1）注中提及俗字，並未斥為非，如○八○荔：「o本从力，《正韻》从刀。」而
    荔字未收，計三組（即○七九笑至○八一鼠）。

（2）古字注中所提俗字，與卷首所稱俗字不同，如○九三濿：「o从兩木，木，
    匹刃切，俗从林，誤。」注中所斥俗字與卷首「俗作濿」不同。此類計十
    四組（即○八三旨至○九六瓊）。

（3）古字注中未提及俗字，但分析古字字形，如一○九達：「从土从羊。」卷首
    則作「達：中从羊，俗从幸。」此類計十八組（即○九七灰至一一四竊）。

（4）古字注釋屬部分異體，因另有他義，故仍視為正字，如一一五哥：「古歌
    字，《漢·藝文志》：哥永言。…又今呼兄為哥…o从二可，長引其聲以誦
    之也，隸用歌謌。」哥為歌之古字，惟另有兄義，故視為正字，計四組（即
    一一五哥至一一八爾）。

（5）注中只釋音義，不提及俗字或分析字形結構，如一二○內字，注中僅釋音
    義，也不收入俗字。此類計四十六組（即一一九土至一六四囂）。

## （三）古字與俗字在內文中各有本義，都是正字

計十四組（即一六五妒至一七八紙）：

1. 古字與俗字都是正字，各有音義，並互斥俗作為非，如一六六派與汯，卷首「派：俗作汯」，內文則是：

派：普失切，音湃，水分流也…○俗作汯，非。

汯：古胡切，音孤，水起鴈門葰人戌夫山東北入海○俗以為宗派字，非。

派與汯兩字各有音義，注中也互斥俗作為非。此類計五組（即一六五妒至一六九蠡）。

2. 古字與俗字都是正字，而古字注中斥俗作為非，俗字注中則不及古字，如一七一芻與蒭：

芻：楚徂切，音初，芟草，又刈草…○《說文》包束草之形，中本从屮，俗又加艸作蒭，非。

蒭：楚俱切，音初，梵語，謂僧也。

芻與蒭兩字音同義異，芻字則注明俗作蒭為非，此類計四組（即一七○蚪至一七三鼇）。

3. 古字與俗字都是正字，各有音義，古字注解未提及俗字為非，如一七七睽與暌：

睽：枯回切，音奎，《說文》：「目不相視也。」《玉篇》：「目少精也。」又異也，乖也，外也；又卦名。

暌：枯回切，音奎，日入也，《玉篇》：「違也，日月相違。」

睽與暌兩字也是音同義異，兩字注中互不提及，此類計五組（即一七四姦至一七八聲）。

## 二、以俗字為正字

計四組，（即一七九菴至一八二宛）：

1. 以古字為異體，如一七九菴與庵：

菴：古庵字，又姓○又上聲烏感切，左太沖〈蜀都賦〉：「茂八區而菴藹焉。」菴藹猶翳薈也。○又去聲烏紺切，義同○又去聲衣炎切，音淹，菴草，如艾蒿，子可治疾。

庵：烏含切，暗平聲，圓屋，一曰草舍○王氏曰：「古作菴，隋唐以來作庵。」

菴字另有他義，應可視為正字，惟就圓屋一義，則是庵之異體。此類僅三組（即一七九菴至一八一荅）。

2. 古字未收錄，以俗字為正字，僅一組，即一八二宛，卷首「宛：俗作宛。」

內文卻未收「宛字，以俗字「宛」爲正字。〔註37〕

## 三、內文中古字與俗字都是異體

如一八三欙與蘖

　　欙：與不同，斫過樹根傍復生嫩條也，又姓o下從不，非木也。

　　蘖：木欙字，有屮無艸，今加艸去屮似誤。

　　不：牙葛切，岸入聲，木枿中折而復生支旁達者…。

卷首「欙：俗作欙」內文則以「不」爲正字，「欙蘖」都是異體。此類計四組（即一八三卒至一八六䕽）。

## 四、小　結

將上述各項統計如下表：

### 表一：〈從古〉分析統計表

| 項次 | 以　古　字　爲　正　字 | | | 以　俗　字　爲　正　字 | | 古字俗字都是異體 |
|---|---|---|---|---|---|---|
| | 俗字爲異體 | 俗字未收 | 俗字也是正字 | 古字爲異體 | 古字未收 | |
| 字數 | 四三 | 一二一 | 一四 | 三 | 一 | 四 |
| 合計 | 一七八 | | | 四 | | 四 |

　　1. 上述一百七十九個古字，內文收錄一百七十八字（僅宛字未收），列爲正字計一百七十一字，異體七字；俗字一百八十六字，收入六十四字，正字十八字，異體四十六字。卷首既稱「從古」，則應以古字爲正字，內文仍有七字例外，可以得知卷首並不完全依據內文編製而成，可能仍有其他依據。

　　歷來關於正俗字辯證之作，自〔唐〕顏元孫《干祿字書》以降，至明代《字彙》以前（即萬曆四十三年），不下十數家〔註38〕，與《字彙》卷首〈從古〉形式內容較接近者，則是〔元〕周伯琦《六書正譌》、李文仲《字鑑》與〔明〕焦竑的《俗書刊誤》。

　　（1）周伯琦《六書正譌》

　　《字彙》內文中屢見，如○五九虔：「o《六書正譌》：俗作虔，非。」或○五

---

〔註37〕此條疑應作「宛：俗作宛」，〔元〕李文仲《字鑑・阮》：「夗：於阮切，《說文》轉臥也，從夕從㔾，㔾音節，凡苑宛鴛怨之類從夗，俗作宛。」因此，「宛：俗作宛」似爲「宛：俗作宛」之誤。惟各本皆同，故仍立一項。

〔註38〕如〔唐〕張參《五經文字》、〔宋〕郭忠恕《佩觿》、張有《復古編》、顏愍楚《俗書證誤》、〔元〕李文仲《字鑑》、周伯琦《六書正譌》、明代如陳士元《古俗字略》等，以上詳見曾榮汾《字樣學研究》第三章。

一羌：「o俗作羗，非。」《六書正譌》：「俗作羗，非。」《字彙》未注出處，仍可在《六書正譌》找到對應，因此，《六書正譌》應是卷首〈從古〉編輯重要來源之一。惟其中仍有許多不相應處，如○八六夒：「o《六書正譌》：从夊兒聲，俗作夒，非。」與〈從古〉「俗作夒」並不相合，因此，仍有其他來源。

　　（2）〔元〕李文仲《字鑑》

　　全書析字一千零八十四字，〈從古〉所收見於此篇甚多，如前述夒字，《字鑑》：「祖紅切，鳥飛…俗作夒。」疑即《字彙》所本。

　　（3）〔明〕焦竑《俗書刊誤》

　　此書前四卷〈刊誤〉，依韻編次，刊正俗作八百三十七字，〈從古〉所收也多見此書，如○二七溫，〈從古〉溫：「俗作温」，《六書正譌》、《字鑑》未收此字，《俗書刊誤‧眞》溫：「俗作温非」。又《俗書刊誤》體例與〈從古〉也有相類似之處。如：

　　凡：俗作几，非。

　　兒：俗作児，非。

　　徇：俗作狥，非。

　　很：俗作狠，非。

　　黏：俗作粘，非。

如果將「非」字移去，其形式便與〈從古〉一般，此書序於萬曆庚戌三十八年，《字彙》內文未見稱引，但就〈從古〉所錄相同甚多，梅氏應是有參考此書的。

　　2. 第一、二類共五十四字內文注中斥俗字爲非，仍有十九字收入，又往往古俗字並列，如○一三蕊字：

　　蕊：o俗作蘂，非。

　　蘂：同上俗字。

蕊與蘂二字在內文依次編輯；又如○○八夏戛、○○九鹵鹵、○一一飧飱，古俗字都在同頁，梅氏不可能沒注意到，因此，注中釋語顯然並不影響俗字的收入，也可以推論正字的釋語與俗字的收入，應是各有不同的來源。

　　（1）古字注中直指出處

　　《六書正譌》：如○七五覷：「o《六書正譌》：俗作覰，非。」

　　毛氏：如○七○廚：「o毛氏曰：从广从壴从寸，俗作厨，誤。」毛氏即毛晃，著有《增修互註禮部韻略》（以下簡稱《增韻》），《增韻‧虞》廚：「从广从壴从寸，作厨，誤，今正。」《韻會‧虞》廚字：「o毛氏曰：从广从壴从寸，俗作厨，誤。」

《字彙》所稱「毛氏」乃轉引自《韻會》〔註39〕。

　　歐陽氏：如○○二兔：「○歐陽氏曰：兔从免字加一點，俗作兎，非也。」歐陽氏即〔宋〕歐陽德隆，著有《增修校正押韻釋疑》（以下簡稱《押韻釋疑》），《韻會・遇》兔字：「歐陽氏曰：兔从免字加一點，俗作兎，非。」○一七霸：「歐陽曰：俗从西，非。」《押韻釋疑・禡》霸：「字从雨，作覇，非。」《韻會・禡》霸：「歐陽曰：俗从西作覇，非。」因此，《字彙》所稱「歐陽氏」也是轉引自《韻會》。

　　《復古編》：如○一六雙：「《復古編》：別作𩀱、雙竝非。」《韻會・江》雙：「《復古編》：別作𩀱、雙竝非。」所斥別字與卷首俗字不同，所引《復古編》仍來自《韻會》。

　　（2）古字注中未指明出處，仍有可稽者

　　引自《六書正譌》：如○五一羌：「○俗作羗，非。」《六書正譌》羌：「○俗作羗，非。」雖不注出處，應可視爲源於《六書正譌》。

　　引自《韻會》：如○一八鹹：「○俗作醎，非是。」《韻會・咸》鹹：「俗作醎，非是。」《字彙》雖未注出處，也是源自《韻會》無疑。

---

〔註39〕《字彙》全書徵引《增韻》，稱「毛氏曰」轉引自《韻會》，稱「毛晃曰」則皆見於《正韻》：

| 《字　　彙》 | 《正　　韻》 |
|---|---|
| 喜：○毛晃曰：「喜怒之喜上聲，悅好之喜，去聲。」从壴，俗作喜，誤。（丑・二一・口） | 喜：…从壴从口，俗作喜，誤。毛晃曰：「喜怒之喜上聲，悅好之喜，去聲。」（上聲・紙韻） |
| 始：毛晃曰：「太初之始，則上聲，《易》資始大始之類是也，方始之爲始，則去聲，《禮記》桃始華蟬始鳴之類是也。」（丑・六八・女） | 始：…毛晃曰：「本初之始則上聲，《詩》自今以始，歲其有漢，《書》宣德自近始，《春秋》五始，天人之道，何所本始，《易》資始大始之類是也，方始之始則去聲，《禮記》桃始華，蟬始鳴之類是也。」（上聲・紙韻） |
| 熏：○毛晃曰：「熏炙字不从艸，古人或借用之。」（巳・五七・火） | 熏：○毛晃曰：「熏炙字不从艸，古人或假借用之。」（卷三・眞韻） |
| 褚：…毛晃曰：「祝褚，一名諸于。」大掖衣也○（申・九三・衣） | 褚：…毛晃曰：「祝褚，一名諸于。」《漢書音義》曰：「諸于，大掖衣也。」（卷十四・質韻） |
| 右：毛晃曰：「人道尚右，以右爲尊。故尊文曰右文，尊武曰右武，莫能尚者曰無出其右。」 | 右：…人道尚右，以右爲尊。故尊文曰右文，尊武曰右武，莫能尚者，亦曰無出其右。（卷九・有韻） |
| 這：倪殿切，音彥，迎也。毛晃曰：「凡此箇爲者箇，俗多改用這字。」《佩觿集》：「迎這之這爲者回之者，其順非有如此。」（酉・八九・辵） | 者：…凡　此箇曰者箇，俗多用這字。這乃魚戰切，迎也。《佩觿集》：迎這之這爲者回之者，其順非有如此。（卷九・者韻） |

引自《增韻》：上述稱「毛氏」乃引自《韻會》，仍有部分注語來自《毛韻》，如〇一七塵：「o從广從里從八從土，俗作黑，非。」《韻會‧先》塵：「o毛氏曰：當作塵，俗作塵、塵竝非。」《毛韻‧先》塵：「從广從里從八從土，俗作黑，非。凡從塵者皆然。」《字彙》不注出處，而源自《增韻》之跡甚明。（惟此段《正韻》也收入。）

（3）至於俗字收入之依據，前節已論《字彙》收字大部分都見於《詳校篇海》，附表一中所列俗字，往往也見於其中，如：

| 編　號 | 俗字 | 《字　彙》注　文 | 《詳　校　篇　海》注　文 |
|---|---|---|---|
| 〇〇一 | 崗 | 俗岡字 | 俗岡字。（四‧山） |
| 〇〇四 | 爼 | 俗俎字。 | 同上（俎）俗用。（三‧且） |
| 〇〇五 | 狠 | 俗很字。 | 與很同。（一‧犬） |
| 〇〇六 | 秘 | 俗祕字。 | 通作祕。（五‧禾） |
| 〇〇七 | 叙 | 俗字从又。敘本字，从文。 | 象呂切，音敘，俗用，述也。（五‧又） |
| 〇〇八 | 戞 | 俗夏字。 | 音甲，俗字。（一‧戈） |
| 〇一〇 | 寀 | 俗甯字。 | 詳甯。（三‧宀） |

附表一中前十個俗字，即有七字見於《詳校篇海》，也都是異體形式，亦即《詳校篇海》應是《字彙》俗字收入的重要參考來源。曾榮汾《字彙俗字研究》附錄二〈字彙俗字文獻出現頻率表〉詳列各俗字在歷來文獻中出現的情形，如《廣韻》、《集韻》、《龍龕手鑑》等，也提供《字彙》許多俗字的收字依據。但就收入數量或詮釋相近度，則不如《詳校篇海》。

（4）從以上的分析，可知〈從古〉的字例、正字的注解以及異體的來源，三者並不是同一個來源，因此〈從古〉的正字，不一定是內文的正字；注文中斥俗字為非誤，也不影響該字列為異體，其間的標準拿捏，似乎只在梅氏一心之判斷。

## 貳、遵　時

〈遵時〉序云：

近世事繁字趨便捷，徒拘乎古，恐戾於今，又以今時所尚者酌而用之。

收入一百一十三組〔註40〕，與內文收字相較，今字、古字的收錄情形（如附表二），則有如下三種情形：

## 一、以今字為正字

1. **古字為異體**，計四十九組（即〇〇一鳳至〇四九春），而古字的說解有：

〔註40〕一百零一十三組中，「明虱則然」四字各有兩個古字，所以是一百零九個今字對應一百一十三個古字。

（1）古某字：如○○四遽：「古原字，廣平之野，《周禮》：有邍師○《六書正譌》：从辵从攵，辵，登也，攵，止也，从田會意，象義缺。」計九組（即○○一夙至○○九對）。

（2）古文某字：如○一四朙：「古文明字。」，此類計十二組（即○一○天至○二一道）。

（3）籀文：如○二四臧：「籀文城字。」此類計五組（即○二二車至○二六畫）。

（4）本字：如○二九忠：「志本字，俗通从土。」此類計十三組（即一二七付至○三九糟）。

（5）篆文某字：僅一組，即○四○屮：「篆文之字，象芝草形。」

（6）即某字：僅二組，即○四一舄：「即西字，象鳥在巢上，日在西方而鳥棲，故因以為東舄之舄。」與○四二卷：「即卷字，《六書正譌》：卷，曲也，借為舒卷字，本平聲，借用捲，非。」

（7）同某：如○四五涽：「同活。」此類計五組（即○四四前至○四八復）。

（8）與某同：僅一組，即○四九旾：「與春同，从日屯聲。」

    2. **古字未收錄**：計四八組（即○五○卝至○九七囊），有的正字注中提及古字或文字構形，如○六一服：「○从舟，車服所以舟旋，故从舟。」古字即作「𦨕」；有的則僅釋音義，未提及文字構形，如○八四胃：「于貴切，音位，穀府，又西方宿名。」並未提及任何與古字「胃」有關的說明。

    3. **古字也是正字的說解形式**，計七組（即○九八厶至一○五罌），大部分是古今二字各有本義，相通用往往乃譌字冒稱假借的現象。如○九九冰與仌：

      冰：補明切，音兵，《韓詩傳》：「窮谷陰氣所聚，不洩則結為冰…。」○又魚稜切，音凝，與凝同，古文冰作仌，凝作冰，後人以冰代仌，以凝代冰○歐陽氏曰：「作氷，非，氷，省筆也。」

      仌：悲陵切，音兵，水凍為仌。《六書正譌》：「象水凝之形，水初凝文理如此，俗用，冰乃凝字。」

冰與仌各有本義，俗以冰代仌實為譌字冒稱假借。

## 二、以今字為異體

    1. **以古字為正字**僅二組，即○九九炒：「同爝。」與一○○虱：「同蝨。」今字都是異體，而以古字「爵、蝨」為正字。

    2. **以今字為異體，古字則未收入，且以另一字為正字**，也是僅二組，即一○一虱：「同蝨。」與一○二裙：「俗帬字。」今字為異體，而古文「𧝓裳」二字都未收

入，另以「蝨、帬」二字為正字。

## 三、今字未收入

1. **以古字為正字**：僅一組，即一一〇昏古活切，音郭，塞口也。《六書正譌》：隸作舌，凡浯、逜等字从此。」今字舌則未收入。

2. **以古字為異體**，僅一組，即一一一彔與彖，卷首：「彔：古作彖。」內文彖字下云：「《六書正譌》：古稑字，禾麥之采下泝彖彔也，象形，凡祿、錄等字从此，俗作彔，非。」以彖為稑之古字，今字則未收入。

3. **古字也未收入**，僅二組，即一一二才手與一一三茍蒿，內文皆未收入。

## 四、小　結

將上述各項統計如下表：

表二：〈遵時〉分析統計表

| 項次 | 以 今 字 為 正 字 | | | 以 今 字 為 異 體 | | 今 字 未 收 入 | | |
|---|---|---|---|---|---|---|---|---|
| | 古字為異體 | 古字未收入 | 古字亦為正字 | 古字為正字 | 古字未收入 | 古字為正字 | 古字為異體 | 古字未收入 |
| 字數 | 四九 | 四八 | 八 | 二 | 二 | 一 | 一 | 二 |
| 合計 | 一〇五 | | | 四 | | 四 | | |

1. 從以上內文之分析，大部分都以今字為正字，與〈遵時〉相吻合，但是仍有八字並不是以今字為正字，與卷首〈遵時〉看法不同。因此，卷首〈遵時〉也不是完全根據內文編製而成。

2. 〈遵時〉不是完全根據內文編製，〈遵時〉所錄各字也不一定會被內文所收入，因此仍有四個今字，五十三個古字未收入。

3. 雖然〈遵時〉與內文並非完全相應，但是在收入以古字為異體的四十九字中，共有八種說解型式，其中並沒有稱「俗」的字，代表古文的來源雖然複雜，但是古文和俗字仍有一定的區隔。

4. 前述〈從古〉部分，《六書正譌》是一個重要的來源，但是在〈遵時〉部分，《六書正譌》也是一個主要的駁斥對象。如〇〇三臅：「古脊字。《六書正譌》：俗作脊，非。然今通用脊矣。」又如〇三五曹：「曹本字，《六書正譌》：獄兩曹也，棘在廷東也，从曰，治事者也，俗作曹，非。然今皆用曹，故注詳於曹。」〇三七奠：「奠本字，《六書正譌》：从酋，酋，酒也，打盛酒具也，俗作奠，从大，非。然今皆从大，故注詳於大部。」與前述〈從古〉態度是截然不同的。

## 參、古今通用

卷首〈古今通用〉收錄一百四十組古今通用字例〔註41〕，其凡例云：

> 博雅之士好古，功名之士趨時，字可通用，各隨其便。

將此一百四十組字例與正字核較（如附表三），則有四種情形：

### 一、古字今字都是正字

計十四組（即○○一卣至○一四顙），又兩種情形：

1. 古字與今字都是正字說解形式，但是兩者音義相同，如○○二古字邨下云：「倉尊切，寸平聲，聚落也○徐鉉曰：今俗作村，非是。」今字村下云：「倉尊切，寸平聲，聚落也…○本作邨，《字通》云：經史無村字；《復古編》：从邑从屯，別作村，非。」然今村字通用之矣。」此類計九組（即○○一卣至○○九誩）。

2. 古字與今字音義並非完全相同，如○一三古字咢：「五各切，音鄂，謹訟也○《六書正譌》：俗作咢、噩、諤，竝非。」今字咢：「逆各切，音諤，徒擊鼓曰咢，《詩・大雅》：或欵或咢。又驚也。」此類計五組（即○一○邪至○一四顙）。

### 二、以古字為正字

計四十六組（即○一五武至○六○懽），其中今字有兩種情形：

1、以今字為異體，計二十九組（即○一五武至○四三皋），異體說解則有四種類型：

(1) 同某：如○一九需：「同需。」計七組（即○一五武至○二一鬱）。

(2) 與某同：如○二二帋：「與紙同，《初學記》：古者以縑帛依書長短隨事截之，名曰幡紙，故字从糸，後漢和帝元興中常侍蔡倫剉故布擣抄作紙，其字又从巾，又魏人河間張揖上《古今字詁》，其巾部云：紙今帋，則其字从巾之謂也。」計三字（即○二二紙至○二四疇）。

(3) 俗某字：如○二八畁：「俗卑字。」計十八組（即○二五久至○四二攜）。

(4) 即某字：僅一組，即○四三罪：「即辠字，秦始皇以辠字似皇，乃改為罪。」

2、今字未收入，如○四六冐：「烏玄切，音淵，小蟲，一曰空也○囗即古圍字，涓、睊等字从此，俗作肎，非。」俗字「肎」未收入。此類計十七組（即○四四囗至○六○懽）。

### 三、以今字為正字

計七十六組（即○六一从至一三六夢），古字也有兩種情形：

---

〔註41〕一百四十組中，包括「旣幾晦深攜鼠」六字有二個今字，因此是一百三十四個古字對應一百四十個今字。

1、以古字為異體，計五十七組：

（1）古某字：如○六三秊：「古年字，《六書正譌》：从禾千聲，俗作年，非。」
　　計十組（○六一从至○七○濃）。

（2）古文某字：如○七三昰：「古文是字，日中為正，昰，一直不移也。」計四
　　組（即○七一至○七四穭）。

（3）籀文某字：僅一組，即○七五：「籀文敢字。」

（4）篆文某字：僅一組，即○七六：「篆文走字。」

（5）某本字：如○七八炗：「光本字，从火在人上，明之意也，俗作光。」此類
　　計十組（即○七七夵至○八六鼜）。

（6）即某字：如○八八宐：「即宜字，宀之下一之上，多省聲。」計三組（即○
　　八七偝至○八九剮）

（7）同某：如一○七睹：「同覩。」此類計二十組（即○九○歺至一○九賷）。

（8）與某同：如一一六歔：「與吹同，《周禮》：籥師掌教國子舞羽龡籥。隸作吹。」
　　計八組（即一一○唰至一一七穌）。

　2、古字未收錄：如一二六以今字災為正字，而古字災未收錄，此類計十九組，
（即一一八扎至一三六夢）。

## 四、古字今字都不是正字或都未收

計四組：

（1）古字今字都是異體：僅一組，即一三七古字畮：「古畝字，《周禮》：易之地
　　家百畮。」今字畞：「俗畝字。」古今兩字都是異體。

（2）古字為異體，今字未收入：僅一組，即一三八古字罌「同上（罌）。」今字
　　喪則未收。

（3）古字今字都未收入：僅二組，即一三九蔗荒與一四○疏疏內文都未收入，
　　另以荒、疏二字為正字。

## 五、小　結

將上述各項統計如下表：

表三：〈古今通用〉分析統計表

| 項次 | 古 今 都 正 字 | | 古 字 為 正 字 | | 今 字 為 正 字 | | 古字今字都不是正字 |
|---|---|---|---|---|---|---|---|
| | 古今二字同義 | 古今二字異義 | 今字為異體 | 今字未收 | 古字為異體 | 今字未收 | |
| 字數 | 九 | 五 | 二九 | 一七 | 五七 | 一九 | 四 |
| 合計 | 一四 | | 四六 | | 七六 | | 四 |

1. 在一百四十組字例中，有的以古字為正字，有的以今字為正字，甚至古字、今字內文都未收入，〈古今通用〉也不完全是根據內文來完成的。

2. 按理正字應該只有一個，其他都是異體，但從第一類古字今字都是正字的說解形式來看，似乎顯示梅氏在選擇上的猶疑。卷首既稱古今通用，也就是古字與今字都可以通行使用，這一類字卻又最足以作為古今通用的代表。

3. 卷首〈古今通用〉的字例，內文大部分仍做了選擇，以古字為正字的四十六字，類似前述從古之例；以今字為異體的七十六字，則似遵時之例，顯示從古與遵時之間，並不是截然劃分。

## 肆、正字原則之檢討

（一）卷首三原則的字例都不完全是根據內文編製而成，〈從古〉中的字例，大部分可以在《字鑑》或《俗書刊誤》中找到，〈遵時〉與〈古今通用〉目前尚未找到相對應的資料，不過就字例與內文的差異情形來看，應該也是有所傳承的。

（二）從古、遵時是一組對立的判分原則，但是其間卻難有客觀標準。再比較卷首〈從古〉、〈遵時〉之序文，所謂「古字當從者」與「今時所尚者」，梅膺祚並沒有提出明確的判分依據。從所列字例來看，《字彙》所稱的古今，其間的區隔也不是絕對的劃分，而是相對而言，如嬰字，在〈從古〉是「嬰，俗作娭」，在〈遵時〉則是「嬰，古作㜪」，因此嬰字上有古字，下有俗字，既是古字，也是今字。如果再把古今通用納入，與從古、遵時也有交界地帶，〈從古〉：「喪：俗作丧。」，〈古今通用〉：「喿古喪今」，同一「喪」字，依從古原則，不宜使用，若依古今通用原則，則使用無妨。因此，要將卷首三原則落實在每一個字的判準上，編者的主觀判斷仍是重要依據，如本章第一節所述，《字彙》所收正字，許多仍被稍後所編之《正字通》斥為俗字，並不是文字正俗的變化快速，而是編者判分的標準不同。

《正字通》卷首也附有《字彙》正字三原則，但在〈從古〉文末多了一段文字：

> 原本「妒俗作妬、卻俗作却、荅俗作答、菴俗作庵、廈俗作庵、廝俗作廝、面俗作靣」，今查各韻書妒、妬等類，一字原有二體，非俗文也，故去之。梅氏識。（如書影十八）

〈遵時〉文末也有識語：

> 原本數字誤入俗類，今刪附於此。

此梅氏不知何人，若即梅膺祚本人，則梅膺祚在刊行之後，又對〈從古〉與〈遵時〉的內容再行調整。即使不是梅膺祚本人，從《正字通》所附的〈從古〉與〈遵時〉來看，也顯示兩個對立的概念，在實際落實到正字的選擇時，標準的拿捏並不容易。

　　（三）卷首三原則的判分雖然沒有客觀的標準，與內文也不盡吻合，但是從整體趨勢來看，仍可將上節所論異體種類略作區分：

　　1. 稱「俗」、「隸」、「譌」、「省」者，可納入從古一類。

　　2. 稱「古」、「正」、「本」、「篆」、「籀」者，可納入遵時一類。

　　3. 稱「同」或「即」者，則須進一步判斷該異體之性質。

　　4. 古字今字都有相同的音義訓釋者，雖與全書體例不合，卻是古今通用的最佳說明。

　　（四）在卷首三原則各組字例中，有些有成組的現象，如：

　　（1）○二六游：俗作游。（附表一）

　　　　　○三○遊：俗作遊。

　　（2）○五八隻：俗作隻。

　　　　　○七七雙：俗作雙。

　　（3）○二七付：古作仅。（附表二）

　　　　　○七九府：古作庎。

　　（4）○三○奄：古作奄。

　　　　　○三八電：古作電。

如前節所論，《字彙》內文所收異體，不僅稱「同」稱「俗」者可歸納字例，稱「古」稱「本字」等其他類型也可以歸納字例。而建立字例主要有兩個作用，一是有助於判斷兩字是否爲正異體字，一是作爲正字或異體的判分參考。

　　1、就判斷兩字是否爲正異體字來說，梅膺祚也瞭解這種規律，因此口字下注云：

　　　　按：口與欠相通，如嗛歉、噴歕、嘯歗、嘆歎、唉欬、喘歂、嗑歃、
　　呋欼、呴欨之類皆相通者也。（丑・一、口）

因此，可以根據這種特性，建立異體字例，再透過異體字例，便可充分掌握異體字的變化。但是，這種字例也不可以無限推擴，因此，梅膺祚又接著說：

　　　　然亦多不通者，如嘔爲歌而歐爲吐，呦爲鳴而欻爲愁，喻爲譬而歈爲
　　歌，嘍爲味而歋爲怒，各自爲義，至於吹之一字，則兩用矣，古人制字未
　　可執一論也。

從口與從欠是否可以相通，仍然要進一步對各字深入瞭解，才能做出是否爲正異體字的判斷。呂瑞生歸納《字彙》異體，建立兩百一十五則字例〔註42〕，每一則字例

―――――――――――――――

〔註42〕同註 13。

的推擴，都要很小心，如該表第一六六則，「需」為「需」之異體，然从「需」之字，卻未必都是从「需」者之異體：

嚅：同喘。（丑・二六・口）

饇：同餽。（戌・八九・食）

从「需」之字，仍可作為从「常奥」者之異體。

2、就正字或異體之判斷來說，字例也可以作為判斷之參考，如前述例（1），則可建立「凡从斿者為正，从㪗者為異體」之判分原則。同樣的，這種原則也不可以無限推擴，以呂書兩百一十五組字例來說，仍有多組是正異體互換的情形，如：

| 編號 | 呂書編號 | 正字所从 | 異體所从 | 呂書編號 | 正字所从 | 異體所从 |
|---|---|---|---|---|---|---|
| 1 | ○○九 | 言 | 口 | 一一○ | 口 | 言 |
| 2 | ○一○ | 田 | 土 | ○六八 | 土 | 田 |
| 3 | ○一一 | 阜 | 山 | ○二一 | 山 | 阜 |
| 4 | ○一六 | 豸 | 犭 | 一○六 | 犭 | 豸 |
| 5 | ○一八 | 阜 | 土 | ○二○ | 土 | 阜 |
| 6 | ○四二 | 冄 | 𠦄 | ○六七 | 𠦄 | 冄 |
| 7 | ○四五 | 乞 | 气 | ○二八 | 气 | 乞 |
| 8 | ○六三 | 霝 | 令 | 一九五 | 令 | 霝 |
| 9 | ○七一 | 曳 | 世 | ○八五 | 世 | 曳 |
| 10 | ○八七 | 童 | 同 | 一八三 | 同 | 童 |
| 11 | 一一三 | 足 | 走 | 一一四 | 走 | 足 |
| 12 | 一二三 | 鳥 | 隹 | 一六二 | 隹 | 鳥 |
| 13 | 一四○ | 叜 | 宠 | 一五三 | 宠 | 叜 |
| 14 | 一四一 | 韋 | 革 | 一五六 | 革 | 韋 |
| 15 | 一五四 | 畾 | 留 | 一八五 | 留 | 畾 |

上列十五組，同樣的部件變化，《字彙》對正異體的判分卻不同，因此，即使我們已經歸納出異體字例，也不能直接據以判分《字彙》之正異體字。

# 第三章 《字彙》之文字詮解方式

　　字書編輯的目的，主要是作爲識字的橋樑，所闡釋的範圍，不外乎形、音、義三方面，最早逐字詮釋的《說文》，採取依義、形、音的次序編排，目的是依義而析形，析形以知音，每字都有字義、字形的說明，卻不一定字字都有音注。自反切出現後，字書的編輯體例則轉爲音、義、形的次序，由音以知義，據義以析形，字音、字義是每字必備的，字形則不見得字字分析，從《玉篇》、《類篇》以下，即使專釋六書結構的專著，如《六書略》、《六書故》、《六書本義》、《六書正義》等，幾乎都不脫這種格式，《字彙》凡例云：

　　　　字有體制，有音韻，有訓詁，茲先音切以辨其聲，次訓詁以通其義，
　　末采《說文》制字之旨。迂泛不切者刪之。

除異體字外，絕大部分都是依據音、義、形的說解模式，如：

　　狐：洪孤切，音乎，獸名，鼻尖尾大，善爲妖魅，性淫多疑，死則首丘⋯○
　　　　《說文》狐從孤省，狐疑不可以合類，故從孤，狐性孤，犬性獨，羊性
　　　　群，鹿性麤。（巳・七八・犬）

　　蛬：居中切，音宮，守蛬，蟲名○按守宮蟲即蜥蜴，其血塗宮人額，有合則色
　　　　變，故名守宮，復加虫傍，殊失古制字意矣。（申・七十・虫）

先釋音，次釋義，最後再補充釋形，次序只有極少數例外〔註1〕。在釋字注文的編排上，爲使眉目清楚，《字彙》採取圈號區隔各項內容的方式，讓使用者能快速的掌握文字的音、義、形，以下即先述圈號的使用，再說明音、義、形的詮解方式。

---

〔註 1〕例如石部䃶字說解爲「元次山文：怪石臨淵，䃶䃶石顚。自注：䃶，綺競切，義近塋，《韻會》及《唐韻》以爲硯字，非。」則是直接引用書證之注音，與全書體例不符。

# 第一節　圈號之使用

## 壹、《字彙》以前字書韻書圈號之運用

### 一、字書以圈號區隔內容

#### （一）《新修絫音引證群籍玉篇》〔註2〕

　　《字彙》以前字書注中以圈號區隔內容，在〔金〕《新修絫音引證群籍玉篇》（以下簡稱《群籍玉篇》）已可見到，利用圈號區隔內文：

　1、區隔又音，如：

　　亟：去其切，屢也，从二○又去吏切，數也，遽也○又渠力切，急也○又紀力切，急也，疾也，趣也。（卷一、一部）

　　挐：女余切，《說文》云：「持也。」《韻》曰：「牽也。」○《韻》又人諸切，《說文》：「持也。」○又女加切，牽也○又尼據切，拘挐不展。（卷六‧手部）

　2、區隔字形分析，如：

　　曶：呼沒切，出氣詞也○篆文本作㆑，象氣出形。（卷九‧曰部）

　　亼：秦入切，《說文》云：「三合也。」○从入一，象三合形，合僉之類皆从此○《韻》又似入切，合也。（卷十五‧亼部）

#### （二）《六書賦》

　　〔明〕張士佩《六書賦》則以圈號區隔異體，如：

　　涓：平聲先韻圭淵切，音與娟同，小流滴也，从口从肉，俗从育○淯同。（卷一、水部）

　　盅：平聲東韻持中切，音與蟲同，器虛也○盎同。（卷十四‧皿部）

　　濟：二音在上聲薺韻則子禮切，音與擠同…○濟溼灙泲同。（卷一、水部）

### 二、韻書以圈號區隔內文

#### （一）《古今韻會舉要》

　　《韻書》一般都以圈號標識韻紐，以圈號區隔內文《古今韻會舉要》已可見到，區隔的內容主要有以六項：

　1、辨正字形

---

〔註2〕《新修絫音引證群籍玉篇》〔金〕邢準編，序於大定戊申（公元 1188 年），（《續修四庫全書》據北京圖書館藏金刻本影印。）

(1) 髡：《說文》：「鬆髮也，从髟兀聲。」…○从兀，《增韻》：「下从儿，誤，儿音人。」（卷五·元韻）

(2) 淒：寒涼也…○嚴氏曰：「淒旁二點，从仌，冰，寒也。」（卷四·齊韻）

(3) 叢：徂聰切，商濁音，《說文》：「叢聚也，从丵取聲。」…○毛氏曰：「丵上从四直，兩長兩短，从屮，非。」（卷一·東韻）

(4) 禆：將之偏副，一日冕服…○歐陽氏謂从示不从衣，非是。（卷二·支韻）

(5) 梔：《說文》：「黃木可染者，从木卮聲。」…○毛氏曰：「唯有支卮字，後人加偏旁以別之。」（卷二·支韻）

2、說明假借，如：

(1) 僖：《博雅》：「戲也。」…○《漢志》魯僖公作釐。（卷二·支韻）

(2) 淇：《說文》：「水出河內，共北山東至黎陽入河…○《列子》綦水同。（卷二·支韻）

(3) 垗：《說文》：「畔也，為田時界祭其中，从土兆聲。」…○《詩》：「以歸肇祀。」《注》：「鄭云：與兆同。」（卷十四·篠韻）

(4) 蔭：於禁切，羽清音，《說文》：「草陰地，从艸陰。」…○《左傳》：「鹿死不擇音。」杜曰：「所茠蔭之處，古音借用。」（卷二四·沁）

3、辨析俗字，如：

(1) 回：「胡畏切…○《集韻》：「俗作迴，非。」○《史記·鄒陽傳》：「墨子迴車。」歐陽氏曰：「《韻》無此迴字。」○《漢書》作回，〈蓋寬饒傳〉：「刺舉無所回避。」（卷四·灰韻）

(2) 兔：土故切，徵次清音，《說文》：「兔，獸名，象踞後其尾形。」…○歐陽氏曰：「兔从免字加一點，俗作兎，非也。」（卷十八·遇韻）

(3) 蠹：《說文》：「禾中蟲，从蟲橐聲。」…○《增韻》作蠧，誤。（卷十八·遇韻）

(4) 覷：七慮切，商次清音，同視也…○俗作覰，非。（卷十八·御韻）

(5) 處：昌據切，音與絮同，所也…○俗作処非。（卷十八·御韻）

(6) 柰：乃帶切，徵濁音，《說文》：「果也，从木示聲。」…○俗作榛奈，並非，《增韻》別出奈字。（卷十九·泰韻）

4、區隔案語，如：

(1) 瞢：謨中切，音與蒙同，《說文》：「薨，目不明也，…○案舊韻謨篷切，

明母公韻，又謨中切，明母公韻，音同韻同當併，後做此o…（卷一、東韻）

（2）洿：《說文》本作洿，水不流也，一日窊下…o案：監韻本音，洿字亦作汙，遇韻汙字亦作洿，互出，今正。（卷三・虞韻）

5、音讀辨析，如：

（1）雎：「《說文》本作䳄，鳥名…o嚴氏日：雎音趣，俗讀作沮洳之平聲者，非。」（卷三・魚韻）

（2）羽：鳥翅，又羽音，詳見虞韻羽字注，二聲合通押o舊注羽毛之羽在上聲者，誤，非是。（卷十八・遇韻）

（3）善：上演切，次商次濁音，《說文》吉也，本作…o毛氏日：凡善惡之善則上聲，彼善而善之則去聲，《孟子》「王如善之」是也；又《國語》：「郭公善善而不能用。」《詩》：「善善之功。」上字竝去聲。（卷十四・銑韻）

（4）翥：章恕切，音與著同，《說文》：「飛舉也，从羽者聲。」…o俗作上聲讀，誤。（卷十八・御）

6、標明增字或增字出處說明，如：

（1）紨：《說文》：「布也，一日麤紬，从糸付聲。」…o今增。（卷三・虞韻）

（2）栙：輕脫貌，…o毛氏韻增。（卷一、東韻）

（3）饅：饅頭，餅也…o平水韻增。（卷五・寒韻）

（4）貕：貕養，澤名，…o張氏補遺。（卷四・齊韻）

（5）夢：《說文》：「不明也，从夕瞢省聲。」…o禮韻續降。（卷一、東韻）

**（二）《古今韻會舉要小補》** 〔註3〕

其凡例云：「字音反切次序俱依《韻會舉要》，凡同音者不註音切，遇圈則別是一音也。」全書以圈號區隔又音叶音，如：

（1）空：「枯公切，《說文》：「空，竅也。」…o又江韻叶枯江切…o陽韻叶枯郎切…o董韻苦動切…o送韻苦貢切…。」（卷一、東韻）

（2）餐：千安切，《說文》：「飡，吞也，从食夊聲。」…o又本韻昨干切，《集韻》吞也，啖也…。」o元韻蘇昆切，見殘字下o先韻叶逡緣切，吞也，〈古君子行〉：「周公下白屋，吐哺不足餐。一沐三握髮，後世

---

〔註3〕《古今韻會舉要小補》〔明〕方日升撰，《四庫存目叢書》據明萬曆三十四年周士顯刻本影印。

稱聖賢。」○翰韻蒼案切，《集韻》：「餅也。」（卷五・寒韻）

## 貳、《字彙》圈號區隔之內容

《字彙》注文也大量採用圈號區隔內容，主要有以下八項：

### （一）區別異音：包括兩類，一是又音，一是叶音，如：

（1）烘：呼洪切，忽平聲，烘燎火乾也○又去聲呼貢切，義同。又胡公切，音洪，義同。

（2）深：式針切，審平聲，淺之對也，又邃也，遠也○又去聲式禁切，度深曰深○又叶書容切，音春，《易・恒・初象》：「浚恒之凶，始求深也。」（巳・二十・水）

### （二）說明四聲別義，如：

（1）積：資昔切，音迹，累也…○又資四切，音恣，儲蓄也…○凡指所聚之物而言之則去聲，取物而積累之則入聲。（午・一百・禾）

（2）杖：呈兩切，長上聲，凡杖所以扶行者○又去聲直亮切，持也…○凡殳杖几杖上聲，持之則去聲。（辰・二二・木）

（3）羽：弋渚切，音與，禽毛也…○又去聲羊遇切，義同…○毛氏曰：「俗以上聲爲宮羽字，去聲爲羽毛字。」案：《詩》蜉蝣之羽本叶上聲，《廣韻》去聲羽字下亦云羽音，然則二聲通用。（未・六二・羽）

### （三）說明制字之旨，如：

（1）七：戚悉切，親入聲，少陽數也○從一又以一衺出于其中。（子・一、一）

（2）每：莫賄切，音美，常也…○從屮毋聲。（辰・七九，毋）

（3）亅：衢月切，音黶，鉤逆者謂之亅…○象形。（子・十一、亅）

（4）亅：居月切，音厥，《說文》：「鉤識。」一曰鉤也○從反亅。（子・十一、亅）

（5）事：時吏切，音嗜，世務大曰政，小曰事…○從史省聲。（子・十一、亅）

（6）公：兵列切，音別，分也，義與別同○從重八。（子・五十・八）

（7）具：忌遇切，音懼，備也…○從目從廾。（子・五十・八）

（8）中：陟隆切，音終，朱晦菴曰：「中者不偏不倚…。」○《說文》：「從口從亅，亅者上下通也。」口以出令，亅以記其中也。

（9）乳：忍與切，音汝，《廣韻》：柔也…o《說文》：「从孚从乙，乙者，玄鳥也。〈月令〉：玄鳥至之日，祠于高禖以請子，故从乙。」又乳化之信也，故从孚。（子·九·乙）

（四）辨析字形：前者僅說明文字結構，此則是說明兩字之別，或書寫誤作，如：

（1）丳：食角切，音湴，叢生草也o上从四直兩長兩短，从卝誤。（子·五·丨）

（2）糾：居有切，音九，三股繩也…o俗从斗，非。（未·二六·糸）

（3）紙：都兮切，音低，絲滓也o與楮紙字不同，楮紙字下少一畫。（未·三十·糸）

（4）紂：渠尤切，音仇，引急也o與紈字不同。（未·二六·糸）

（5）牂：茲郎切，音藏，繫船大杙也…o毛氏曰：「从畢弋之弋，與牂賊之牂不同。」（寅·六九·弋）

（6）摯：尺制切，癡去聲，曳挽也…o與上摯字不同，摯从執持之執。（卯·五七·手）

（7）敊：昌六切，音畜，歠敊，痛至貌。又舒救切，音狩，收穫多也。與敊字不同，敊音侍。（卯·七十·攴）

（8）墐：具吝切，音覲，塗也…o毛氏曰：「下从二畫，誤。」（丑·四九·土）

（五）說明假借

（1）甌：丘剛切，音康，甌瓠，陶器o亦作康。（午·十九·瓦）

（2）絑：陟慮切，音註，著也《荀子》：「絑纊聽息之時。」o又作注纊。（未·三十·糸）

（3）絃：o又與絢同o又古作絹字，張楫曰：「絃，古絹字也。」曹憲曰：「俗用爲呼烟切，失之矣，弓弩琴瑟皆从弓。」三說竝存之。（未·三一、糸）

（4）毞：房脂切，音皮，敝屬也o通作紕。（辰·八一、毛）

（5）毒：杜谷切，音讀，害人草名…o又與瑇同。（辰·七九·母）

（六）說明異體：前者說明假借，兩者各有本義，此處則兩者音義無別，如：

（1）乚：于謹切，音隱，匿也o今作隱。（子·九·乙）

（2）瑮：力質切，音栗，玉英華羅列貌o古作璍。（午·十·玉）

（3）瑯：魯堂切，音郎，瑯邪，郡名。正作琅。（午・十・玉）

（4）珸：訛胡切，音吾，琨珸，石次玉者。亦作珸。（午・六・玉）

（5）甎：朱緣切，音專，甎甎，燒也，墼也。俗作磚。（午・十九・瓦）

（6）甀：都隊切，音對，器名。本作敦。（午・二十・瓦）

（7）晨：克盍切，音磕，閉門聲也。舊本作晨。（酉・八五・辰）

（8）证：諸盈切，音征，正行也。隸作征。（酉・八七・辵）

（9）纏：呈延切，音蟬，繞也…。或作繵。（未・四八・糸）

（10）乃：囊海切，柰上聲，辭之緩也…。篆作𠄎，象氣出之難也，籀又作𠧟，亦作迺。（子・七・丿）

## （七）辨正俗字，如：

（1）唇：之人切，音眞，驚也。俗爲口脣字，非。（丑・十四・口）

（2）壹：於戲切，音意，左太冲〈吳都賦〉：「簡其華質則壹…。」。俗作乱，非。（子・十・乙）

（3）兔：土故切，土去聲，兔口有缺…。歐陽氏曰：「兔从兔字，加一點俗作兎，非也。」（子・四八・儿）

（4）坒：毗至切，音陛，地相次有等級也。《六書正譌》：「隸作陛，非。」（丑・三九・土）

（5）坷：口我切，音可，坎坷，不平貌…。《六書正譌》：「俗作軻軻，非。」（丑・四十・土）

（6）嘆：…。《六書正譌》：「別作歎，非。」

## （八）區隔按語：

（1）尤：夷周切，音由，尤豫，不定也…。按此字楷書同而篆文異，音由者从夫曲其足，音淫者从人出門。（子・五二・宀）

（2）刁：丁聊切，音貂，古者軍有刁…。按古無刁字，《佩觿集》：「刀有都高、丁聊二反，俗別爲刁，其浮僞有如此者。」（子・五八・刀）

（3）厄：五果切，臥上聲，《說文》：「科厄，木節也。」。按此字今多作厄，《詩・大雅》：「儵革金厄。」。王逸〈九思〉：「悼屈子兮遭厄。」。《佩觿集》：「有以科厄之厄爲困厄，其順非有如此者。」。从卩音節，與己字不同。（子・八五・厂）

（4）口：苦偶切，寇上聲，言語所由出，飲食所由入…。按口與欠相通，如嗽歉、噴歕、…响欭之類皆相通者也；然亦多不通者，如嘔爲歌，

而歐為吐…噦為咮而歐為怒，各自為義，至於吹之一字，則兩用矣，古人制字未可執一論也。（丑·一、口）

（5）咢：許饒切，音囂，誼咢之聲o按此字即喝字。（丑·八·口）

（6）咈：符勿切，音佛，違也…o按咈有違戾之意，觀其制字，以一弓從兩矢，其戾可知，梁武帝改音佛，後世經史因之。（丑·九·口）

（7）嗔：亭年切，音田，盛氣也…o按《說文》嗔本音田，《五經文字》云：「振振嗔嗔。」至唐聲尚如此，今俗則以為嗔嫌字矣，郭恕先曰：「以振旅之嗔為瞋怒，其順非有如此者。」（丑·二二·口）

（8）喢：而陟切，音熱，多語o按此字音與喢相近，義亦相同，疑即喢字。（丑·二三·口）

## 參、圈號運用之價值與影響

### 一、圈號之價值

《字彙》以圈號區隔上述八項內容，其中區隔又音叶音，是《新修絫音引證群籍玉篇》與《古今韻會小補》的特色；區隔異體是《六書賦》的特點；辨析字形、說明假借、辨正俗字、區隔按語等各項，則已見於《古今韻會舉要》，可見《字彙》圈號的運用，實是集各書之特色而成，就字書龐大的內容而言，在沒有標點符號以前，以圈號區隔各項內容，對讀者參閱有相當的助益。

### 二、圈號運用之影響

#### （一）《正字通》

全書針對《字彙》修定，圈號的運用也作了調整，其凡例云：

舊本明言又叶，界埒自分，圈截嫌贅，今皆存又去圈。

將區隔又音的圈號盡皆刪去；凡例又云：

它說自為起訖，非與上文連互者，別画圈隔之。

所謂「它說自為起訖，非與上文連互者」，就實際內容而言，大部分都是區隔辨析字形部分，如：

（1）亡：o《說文》：「亾，逃也，从入从乚。」徐曰：「乚，音隱。」隸作亡，按亾專訓逃，泥。（子·亠）

（2）僧：o从曾，《說文》篆作僧，俗作僧，非。（子·人）

（3）圓：o《說文》圓从口員聲，讀若員，孫恤誤用王問切，與《說文》聲讀牴牾，今不從。（丑·口）

（4）倩：ｏ篆作倩，俗從月，作倩，非。（子・人）

（5）借：ｏ本作借，隸省作借，別作借，《古音獵要》…（子・人）

## （二）《康熙字典》：其凡例云：

> 正音之下，另有轉音，俱用空格加一又字於上，轉音之後，字或通用，則云：「又某韻書與某字通」，再引書傳一條以爲證據，字或相同，則云又某韻書與某字同，亦引書傳一條以實之，其他如或作某，書作某，俱依此例。至有兩字通用則首一條云，與某通，次一條加一又字於上，或有通至數字者，竝依此例。

即以空一格之方式，區隔又音或又義，如：

傅：《唐韻》、《集韻》、《韻集》𢾗方遇切，音付，師傅，官名…。　又同付，《史記・夏本紀》興人徒以傅土，註：索隱曰：傅即付也，謂付功屬役之事。　又姓。　又《正韻》芳無切，同敷陳也，《前漢・文帝紀》傅納以言，註：師古曰：傅讀曰敷，陳其言而納用之。　又《集韻》、《韻會》𢾗符遇切，音附，近也，…。　又至也，《詩・大雅》鳳凰于飛，翩翩其羽，亦傅于天。箋：傅猶戾也。　又麗著也，《左傳》襄六年，環城傅于堞…。　又傅別，手書也，《周禮・天官》八成經邦治，四曰聽稱責以傅別，註：稱責謂貨予，傅別謂券書也…。　又著名籍，給公家徭役也，《前漢・高帝紀》蕭何發關中老弱，未傅者悉詣軍，註：服虔曰，傅音附，師古曰：傅，著也，言著名籍給公家徭役也…。　又同附曲意黨同曰傅會。又草名，《爾雅・釋草》疏傅，一名橫目，草蔓延生。　又叶方味切，音廢，班固〈西都賦〉惇誨故老，名儒師傅，講論乎六藝，稽合乎同異。《說文》相也，從人專聲。（子・人）

傍：《唐韻》步光切，《集韻》、《韻會》蒲光切，𢾗通旁，《說文》近也，《廣韻》側也。　又姓，唐北地羌豪傍企本。　又《集韻》補朗切，音綁，左右也…。　又《廣韻》、《集韻》、《韻會》、《正韻》蒲浪切，音膀方遇切，《正韻》倚也，《集韻》亦近也，或作並傍。　又《正韻》補耕切，音綳，《詩・小雅》四牡彭彭，王事傍傍，《朱傳》傍傍，然不得已也。（子・人）

「傅」字以空格區隔二個又音，一個叶音，八個又義；傍字則以空格區隔三個又音，一個又義。《字彙》一音多義並不以圈號區隔，《康熙字典》以空格區隔又音與又義，就使用者來說，眉目清楚，更爲方便。《康熙字典》也使用圈號，不過只用來區隔按語而已。

## 第二節　《字彙》之釋音方式

### 壹、歷來字書之釋音方式

　　字書釋音的方法，《說文》僅在部分字下說明「讀若某」或「讀與某同」並沒有逐字注音，反切出現後，才確立每字注音的體例，而注音的方式主要有三：

　　1. 注出反切：有稱「某某反」，或作「某某切」者〔註4〕，以〔梁〕顧野王的《玉篇》言部警字為例，《原本玉篇零卷》作「居影反」，宋代重編的《大廣益會玉篇》作「居影切」，又如南唐徐鍇《說文繫傳》，也在每字末加入反切，如卷一示部福字下注云：「夫木反」，宋初大徐本《說文》則作「方六切」。《類篇》以下，大部分字書也都是如此以反切做為注音方式。

　　2. 注出直音：以直音方式注音，在《原本玉篇零卷》即已零星出現，如糸部纊字下云：「音曠。」《大廣益會玉篇》則有較多的直音出現，但仍不是釋音的主要方式，《龍龕手鑑》、《篇海》也都是同樣的情形。明代以直音方式注音則有漸多的趨勢，如《新校經史海篇直音》、《直音篇》、《類纂》、《字學集篇》、《五侯鯖字海》等都是。

　　3. 反切加直音：《玉篇》、《經典釋文》等書，或以反切，或以直音釋音，未見一字下以反切與直音並陳者。反切與直音並陳的釋音方式，出現甚晚，周家棟輯《正韻彙編》凡例云：

　　　　直音有聲矣，而五方多有未合，反切於聲確矣，而初學有所未通，
　　　　是編兼而用之。其韻下一字撮本字之首字註之，即直音也，又下二字為
　　　　反切，使能等者由反切以正音，而不能等者，由直音以求切，第以求其
　　　　便識耳。

已經採用直音加反切的注音方式，不過並沒有全書採用，同時張士佩所編《六書賦》則是全書都採反切加直音的方式。李登《詳校篇海》凡例也說：

　　　　字音不可不確，舊本《五音篇海》有切而無音，《海篇直音》有音而
　　　　無切，一有差謬，便難訂證，今本既用反切，又加直音，不厭重復者，直
　　　　欲人呼字確當而無差失也。

與《六書賦》相同，採取反切加直音的注音方式。不過，以上三書的說解形式略有差異，以金部鈕字為例：

---

〔註4〕參見林尹《中國聲韻學通論》頁215，臺北：黎明文化公司。

| 書　　名 | 序　　年 | 例字：金部鈕字 | 備　　註 |
|---|---|---|---|
| 《正韻彙編》 | 萬曆三十年 | 有韻，紐，女九切 | 註明韻部，再直音，再反切 |
| 《六書賦》 | 萬曆三十年 | 上聲，有韻，女九切，音與紐同 | 註明韻部，再反切，再直音 |
| 《詳校篇海》 | 萬曆三六年 | 女九切，音紐 | 先反切，再加直音 |
| 《字彙》 | 萬曆四三年 | 女九切，音紐 | 先反切，再加直音 |

　　以反切與直音並列，應是萬曆年間才流行的注音方式，從說解形式來看，《字彙》應是承襲《詳校篇海》的注音方式。

　　至於又音的處理方式，各字書多以「又某某切」或「又音某」注之，《字彙》則採取《古今韻會小補》的方式，每一又音或叶音都以圈號區隔。

## 貳、《字彙》之釋音方式

### 一、本　音

　　本音釋音之方式：都是反切加直音，〈凡例〉云：

> 音字，經史諸書有音者無切，有切者無音，今切矣，復加直音，直音中有有聲無字者，又以平上去入四聲互證之。如曰某平聲，某上聲，某去聲，某入聲，至四聲中，又無字者，則闕之。中有音相近而未確者，則加一近字曰音近某。

依此原則，直音之方式有三：

### （一）先立反切，再以同音之字直音，如：

　　（1）斤：居銀切，音巾，《漢志》：「十六兩為斤。」…。（卯・七八・斤）

　　（2）訸：戶戈切，音和，平也。（酉・十二・言）

　　（3）戛：古黠切，音甲，戟也…。（卯・三一・戈）

　　（4）爇：秦冉切，音漸，爇爇，火炎上貌…。（戌・十五・金）

《字彙》以同音之字直音，方法承襲自《詳校篇海》，但用語卻比較單純，以上舉四字為例，在《詳校篇海》便有四種說解形式：

　　（1）斤：居銀切，音巾，十六兩為斤…。（卷一、斤部）

　　（2）訸：音和，平也。（卷一、言部）

　　（3）戛：訖黠切，聲同甲，轢之也，戟也…。（卷一、戈部）

　　（4）爇：從濁秦冉切，讀如漸，爇爇，銳進貌。（卷一、金部）

除例（1）相同外，例（2）只有直音而沒有切語，例（3）稱「聲同某」，例（4）

（5）稱「讀如某」。就形式而言，《字彙》較《詳校篇海》單純統一。但是例（4）《詳校篇海》強調濁上轉去的變化，即凡例所稱「凡濁音上聲皆讀如去聲」之例，《字彙》並沒有特別註明。

## （二）先立反切，再以四聲證之

即凡例稱「直音中有有聲無字者，又以平、上、去、入四聲互證之」，如：

（1）丁：當經切，的平聲。（子・一、一）

（2）犬：苦泫切，圈上聲，狗有懸蹄者…。（卯・四八・犬）

（3）滲：所禁切，森去聲，漉也…。（巳・三十・水）

（4）絕：情雪切，全入聲，斷也，奇也…。（未・三二・糸）

這種方法也來自《詳校篇海》，如例（2）（3）（4）都出自《詳校篇海》：

（2）犬：苦泫切，音圈上聲，狗有懸蹄者，又通稱。（卷一・犬部）

（3）滲：所禁切，音森去聲，滲漉也…。（卷四・水部）

（4）絕：澄濁情雪切，音全入聲，…。（卷三・糸部）

《字彙》只是刪去一個「音」字而已。

## （三）先立反切，再釋以音近之字

即凡例所稱「中有音相近而未確者，則加一近字曰音近某」，如：

偡：丈減切，音近湛。（子・三五・人）

舓：徂兗切，音近全上聲，與吮同，以口欶也，欶音朔。（未・九九・舌）

讉：吾困切，音近混，順言謷弄曰讉。（酉・二五・言）

以上三字《詳校篇海》作：

偡：丈減切，舊如湛。（卷五・人部）

舓：從濁徂兗切，讀如全去聲，與吮同，以口欶也，欶音朔。（卷四・舌部）

讉：古困切，音棍，順言謷弄貌。（卷一・言部）

前兩字也是濁上轉去的問題，舓字《詳校篇海》讀去聲，《字彙》仍讀上聲，似乎《字彙》之濁上尚未消失。

## 二、又 音

### （一）又音的決定

〈凡例〉云：

> 字有本音而轉為別音者，則先本音而轉次之。如中正之中，本平聲而轉為中的之中，則去聲，中正之正，本去聲而轉為正月之正。則平聲先後

固自有辯，平仄之序，非所論矣。

韻書依平、上、去、入編輯，一字多音出現的次序當然也是四聲的次第，《字彙》將一字多音滙聚在一起，以本音爲首，其餘又音次之，並不以四聲排序。如：

(1) 蒳：乃感切，南上聲，草長弱貌。又那含切，音南，草名。（申・二二・艸）

(2) 瘵：仗句切，音住，痴瘵不達。又平聲，長魚切，瘢也。」（午・三九・疒）

「蒳」以上聲爲本音，以平聲爲又音；「瘵」則以去聲御韻爲本音，以平聲魚韻爲又音。

## （二）又音的注解方式

與本音也略有不同，全書約七千條又音，主要類型有三：

1. 若又音與本音僅是四聲之別，通常作「又某聲，某某切」不加直音，如：

(1) 嫈：於命切，音映，《說文》：「小心態。」…。又平聲，於京切，義同。（丑・七九・女）

(2) 但：徒亶切，壇上聲也，徒也…。又去聲，杜晏切，姓也…。（子・二二・人）

2. 若又音與本音不是四聲相承，注解與本音方式相同，反切之後再加直音，或四聲相承，或音近字，如：

(1) 宿：蘇玉切，音夙，止也…。又息救切，音秀，姓也…（寅・十・宀）

(2) 富：芳故切，音付，備也…。又敷救切，否去聲，義同。（寅・十一、宀）

(3) 媠：咨邪切，音嗟，女名。又蘇可切，音近鎖，女貌。（丑・七九・女）

3. 引書注音，如：

(1) 分：敷文切，音芬…。又《古音附錄》：「分讀作筐，見《集韻》。〔註5〕」（子・五九・刀）

(2) 听：匹智切，音譬，喘聲。舊本音汙〔註6〕。（丑・十二・口）

以上三種方法仍是來自《詳校篇海》，如：

---

〔註5〕楊慎《古音附錄》作：「分，或讀作匡，見《集韻》。」《集韻》文韻下云：「分匡：方文切，《說文》別也，从八刀，刀以分別物也。一曰與也，周禮作匡。」乃以匡讀作分，而非以分讀作匡，楊慎似爲誤讀，而梅膺祚改匡爲筐，似乎也不對。

〔註6〕《詳校篇海》卷一口部听字下云：「匹智切，音譬，與嚊同，喘聲，舊本音汙。」《字彙》所稱「舊本」疑抄錄《詳校篇海》而來。而《詳校篇海》所指舊本則是《四聲篇海》，其卷二口部听字下云：「胡肝切，与嚊同。

（1）讒：床濁鋤咸切，音虥，佞也，…又去音湛，注同。（卷一、言）

（2）猚：魯猥切，音壘，亦作蜼，猴屬，又直皆切，音崖，水名…。（卷一、犬部）

（3）綷：將遂切，音採，五彩備也…又取猥切，音催上聲…又子聿切，音卒，亦周也。（卷三‧糸部）

（4）呬：匹智切，音譬，與齂同，喘聲，舊本音汙。

（5）鉌所諫切，音訕，精金，又音策，鐵器。（卷一、金部）

例（1）以四聲相承釋之，所差只是《詳校篇海》釋以同音之字，《字彙》釋以切語而已；例（2）（3）則是反切加同音之字或四聲相承之字；例（4）則是《字彙》直接所承；例（5）則是《詳校篇海》只有直音，《字彙》則再加上切語「恥格切」三字。

## （三）又音的編排

一字往往有多個又音，又音的編排，則依上述三個原則的次第編排，如：

（1）橫：胡盲切，音宏，縱之對也…○又去聲戶孟切，不順理也…○又姑黃切，音光，漢長安北有橫門。（辰‧五六‧木）

（2）分：敷文切，音芬，賦也…○又上聲府刎切，《史‧佞倖傳》…○又房問切，音問，名分也…○又叶膚容切，音風…○又叶膚眠切，音篇…○又《古音附錄》：「分讀作筐，見《集韻》。」（子‧五九‧刀）

## 三、叶　音

## （一）叶音的注音方式

〈凡例〉云：

> 叶音必援引以實之，但出五經者，人所共曉，止揝一二句足矣。如列史諸子，及歷朝詩賦等書，必兩音相諧始顯，故多收上下文，不厭其煩。

全書引用叶音近二千五百條，都引原典證明，如：

（1）巘：語寋切，年上聲，山形似甑，又山峯也○又叶魚軒切，音言，《詩‧大雅》：「陟則在巘。」謝靈運〈山居賦〉：「九泉別澗，五谷異巘。抗北嶺以葺館，瞰南峯以啓軒。」（寅‧山‧四二）

叶音的說解形式與又音相近，僅多一「叶」字而已，如：

（2）寸：村困切，村去聲，十粟為分，十分為，寸十寸為尺…○又叶上聲倉順切，白樂天〈齊物詩〉：「青松高百尺，綠蕙低數寸。同生大塊間，長短各有分。長者不可退，短者不可進。」（寅‧十五‧寸）

（3）海：呼改切，音醢…○又叶虎洧切，音毀…○又叶火五切，音虎…○又

叶許旣切，音戲…。（巳・十五・水）

（4）侯：胡茂切，音後…o又叶後五切，戶上聲…。（子・三一、人）

（5）桐：徒紅切，音同…o又叶徒黃切，音近唐。（辰・三二・木）

## （二）叶音的排列

叶音多列在又音之後，如：

（1）壇：唐蘭切，憚平聲，祭場也，封土爲壇，除地爲場…o又上演切，音善…o又杜晏切，音憚…o又叶徒沿切，音田，桓居〈山儼賦〉：「周覽八極，還崦華壇，氾氾濫濫，隨天轉旋。」o又叶徒黃切，音唐，屈原〈九歌〉：「蓀壁兮紫壇，播芳椒兮成堂。」（丑・五一、土）

（2）枕：章錦切，斟上聲，臥薦首者，又姓o又去聲職任切，以首鵒物…o又持林切，音沈，擊物杙也o又叶古坎切，音感，《易・坎・三爻》：「險且枕入于坎窞。」o又叶知險切，音近展，《釋名》：「枕，檢也，所以檢項也…。」（辰・二五・木）

（3）施：申之切，音詩，用也…o又式至切，音試，布也…o又延知切，音移，《孟子》：「施從良人之所之。」o又以智切，音異，及也…o又叶石遮切，音蛇，《詩・王風》：「彼留子嗟，將其來施施。」o又叶尸是切，音矢，《論語》：「君子不施其親。」又叶湯何切，音拖，《莊子》：「何少何多，是謂謝施。」…o又叶詩戈切，音■〔註7〕，漢高祖〈戚夫人歌〉：「橫絕四海，又何奈何，雖有矰繳，尙安所所施。」（卯・八一、方）

# 參、音切之來源

## 一、本音之來源

源自《洪武正韻》：《字彙》凡例稱「字宗正韻」，字音也多以《正韻》爲主，如：

| 《正　　韻》 | 《字　　彙》 |
|---|---|
| 東（德紅切）：涷蝀冬霙 | 東：德紅切，音多（辰・二三・木）<br>涷：德紅切，音多（巳・十八・水）<br>蝀：德紅切，音東（申・六七・虫）<br>冬：德紅切，音東（子・五四・冫）<br>霙：德紅切，音冬（戌・四七・雨） |

---

〔註7〕原刊本此處作■，靈隱寺本空白，寶綸堂本作「科」，崇文堂本作「跎」，詳見第一章第三節。

　　《正韻》德紅切以東字爲首，收涷棟冬霥四字，《字彙》東涷棟冬霥五字都是德紅切，直音部分則是最常用的東冬二字，東冬二字則互爲直音。與《正韻彙編》凡例稱「其韻下一字撮本字之首字註之，即直音也。」兩者方法相同。

　　源自《詳校篇海》：《正韻》收字不過萬餘，《字彙》仍有兩萬餘字源於他處。如上所引，《字彙》切語與直音多來自《詳校篇海》，因此，《正韻》未收之字，則多以《詳校篇海》爲據，如：

| 字例 | 《詳校篇海》 | 《字　彙》 | 字例 | 《詳校篇海》 | 《字　彙》 |
|---|---|---|---|---|---|
| 釓 | 居又切，音救 | 居又切，音救 | 鈷 | 公土切，音古 | 公土切，音古 |
| 鈄 | 匹角切，舊音潑 | 匹角切，音潑 | 鈮 | 乃里切，音你 | 乃里切，音你 |
| 釟 | 布拔切，音八 | 布拔切，音八 | | | |

　　上舉五字，《正韻》都未收入，《字彙》的注音都與《詳校篇海》相同，因此，《字彙》不僅在注音的方式依循《詳校篇海》，在注音的內容方面也多所參考。

　　若《正韻》與《詳校篇海》注音有所不同，《字彙》則多依《正韻》，如：

| 字例 | 《洪　武　正　韻》 | 《詳　校　篇　海》 | 《字　彙》 |
|---|---|---|---|
| 釰 | 以忍切 | 余忍切，音引 | 以忍切，寅上聲 |
| 鉤 | 居侯切 | 古侯切，音勾 | 居侯切，苟平聲 |
| 鋸 | 居御切 | 居慮切，音句 | 居御切，音據 |
| 鍒 | 而由切 | 如周切，音柔 | 而由切，音柔 |
| 鐘 | 陟隆切 | 職容切，音中 | 陟隆切，音忠 |
| 銃 | 羽敏切 | 余準切，音允 | 羽敏切，音允 |

　　上列六字《正韻》反切與《詳校篇海》不同，《字彙》多從《正韻》。

　　以上所述，僅是就通例而言，並非全篇如此，如：

| 字例 | 《洪　武　正　韻》 | 《詳　校　篇　海》 | 《字　彙》 |
|---|---|---|---|
| 釦 | 苦候切 | 苦苟切，音口 | 苦偶切，音口 |
| 錟 | 徒監切 | 徒甘切，音談 | 徒藍切，音談 |

　　《字彙》反切與《正韻》、《詳校篇海》都不一樣，應該另有所據。

## 二、又音之來源

　　《字彙》收入又音約七千則，《洪武正韻》仍是主要來源之一，如：

| 字例 | 《洪武正韻》 | 《詳校篇海》 | 《字彙》 |
|---|---|---|---|
| 錘 *01 | 灰韻：直追切，權也。<br>賄韻：主藥切，鍛器，《莊子》：在爐錘之間。<br>隊韻：直類切，錘謂之權，即秤錘也。<br>隊韻：之瑞切，鍛器，《莊子》：在爐錘之間。 | 澄濁直追切，音，垂秤錘也，亦作鎚。又之瑞切，音贅，鍛器也，《莊子》：「在爐錘之間。」 | 直追切，音垂，稱錘〇又直類切，音墜，義同〇又主藥切，追上聲，鍛器，《莊子》：「在爐錘之間。」 |
| 錠 *02 | 敬韻：徒逕切，錫屬。<br>敬韻：丁定切，豆有足曰錠，無足曰鐙。 | 定濁徒徑切，音定，錫屬，又豆有足曰錠，無足曰鐙。 | 徒徑切，音定，錫屬〇又丁定切，音釘，豆有足曰錠，無足曰鐙。 |
| 鈦 | 霽韻：大計切，以鎖加足…<br>泰韻：度柰切，銕鉗械足者。 | 定濁徒蓋切，音太，又大計切，音第，鐵鉗也，以鎖加足在頸曰鉗，在足曰鈦。 | 大計切，音第，以鎖加足，在頸曰鉗，在足曰鈦〇又度柰切，音代，義同。（戌・一、金） |
| 鐔 | 侵韻：徐心切，劍鼻。<br>覃韻：徒含切，劍鼻，又劍口，又劍環。 | 定濁徒甘切，音譚，劍口，…。又邪濁徐林切，音尋，注同。 | 徒含切，音疊，劍鼻，人握處之下…〇又徐心切，音尋，姓也。 |
| 銚 | | 之遙切，音招，錐也〇又徒聊切，音條，義同。 | 之遙切，音招，錐也〇又徒聊切，音條，義同。 |
| 鏒 | | 桑感切，聲同傘，鐵器貌，《玉篇》：「金鏒。」又倉含切，音杂，鐵鏒，馬口中鐵。又去七紺切，音慘，鋤也。 | 桑感切，三上聲，《玉篇》：「金鏒。」〇又倉含切，音參，鐵鏒，馬口中鐵。又去聲七紺切，鋤也。 |
| 鐴 *03 | | 鐴：北激切，音壁，鐴土犁耳〇又必益切，音辟，注同〇<br>鎞：並濁蒲計切，音避，治刀使利。 | 鐴：北激切，音壁，鐴土犁耳〇又必益切，音辟，義同〇又蒲計切，音避，治刀使利。 |
| 錘 | | 於葉切，音靨，椎錘，田器也。又烏含切，音庵，溫器。 | 於葉切，音靨，椎錘，田器也〇又烏含切，音庵，溫器。 |

*01：之瑞切與主藥切同義，《字彙》刪之瑞切。
*02：《詳校篇海》只收一音。
*03：《詳校篇海》鐴二字，《字彙》合爲一字，故鐴字下增一音。

　　前四字《字彙》又音反切都依《正韻》，後四字《正韻》未收，反切則來自《詳校篇海》，與本音之情形類似。

## 三、叶音之來源

　　近二千五百則的叶音，雖然都徵引原典爲證，叶音的依據，則可能另有所據。如《韻會小補》：

| 《韻會小補》東韻空字 | 《字彙》空字（午‧一〇三‧穴） |
|---|---|
| ○又江韻叶枯江切，徐幹〈思室〉：「良會無有期，中心摧且傷，不聊憂殄食，嗛嗛常饑空。」吳才老《韻補》：「古叶江通陽，餘倣此。」 | ○又叶枯江切，音羌，徐偉長雜詩：「良會無有期，中心摧且傷，不聊憂殄食，嗛嗛常饑空。」 |
| ○陽韻叶枯郎切，《詩》：「小東大東，杼柚其空，糾糾葛屨，可以履霜，佻佻公子，行彼周行。」 | ○又叶枯郎切，音康，《詩‧小雅》：「小東大東，杼柚其空。」東叶當。 |

　　《字彙》所引兩則叶音都見於《韻會小補》，吳才老《韻補》僅收「枯江切」〔註8〕，《韻會小補》應是提供相當的參考依據。

　　另引《易》之部分，《讀易韻考》〔註9〕則佔有相當重要的部分，如德字，收入七個叶音（寅‧八二‧彳），除「○又叶得各切，多入聲，《易林》：酒爲懽伯，除憂來樂，福善入門，使我有德。」一則見於《韻會小補》外，其餘都見於《讀易韻考》：

| 《讀易韻考》 | 《字彙》 |
|---|---|
| 卷一：乾道乃革，乃位乎天德，與時偕極，乃見天則，皆韻。 | ○又叶丁歷切，音的，《易‧乾‧文言》：「飛龍在天，乃位天德。」叶與時偕極。 |
| 卷一：君子以懿文德，德音篤，叶小畜。 | ○又叶都毒切，音篤，「易‧小畜‧象」：「君子以懿文德。」叶小畜。 |
| 卷三：不恒其德，德音兜，叶或承之羞。 | ○又叶當侯切，音兜，「易‧恒‧三爻」：「不恒其德，或承之羞。」 |
| 卷三：又晉音津，叶自昭明德，德音登。 | ○又叶都騰切，音登，《易‧晉‧象》：「明出地上，晉，君子以自昭明德。」晉音津。 |
| 卷六：雜物撰德，德音帝，辨是與非，非，音廢。 | ○又叶丁計切，音帝，《易‧繫辭》：「雜物撰德，辨是與非。」非，音廢。 |
| 卷六：又德平聲，音堆，叶復以自知。《淮南子》：「萬民猖狂，不知東西。含哺而遊，鼓腹而熙。交被天和，食于地德。」 | ○又叶都回切，音堆，《淮南子》：「萬民猖狂，不知東西。含哺而遊，鼓腹而熙。交被天和，食于地德。」 |

有的則來自陳第《毛詩古音攷》或楊慎的《古音叢目》，如：

　　（1）思：○又叶先齊切，音西，《毛詩古音攷》：「凡詩之思，皆讀西。」（卯‧五‧心）

---

〔註8〕見〔宋〕吳棫《韻補》頁42（北京中華書局，1987年影印宋本出版）
〔註9〕《讀易韻考》〔明〕張獻翼撰，序於萬曆七年，（《四庫存目叢書》收入經部第二〇九冊，台南，莊嚴出版社）

（2）信：○又叶書容切，音舂，《易・坎・象》：「水流而不盈，行險而不失其信。」盈音容，出《古音叢目》。

## 肆、釋音方式之檢討

《字彙》承襲《詳校篇海》反切加直音的釋音方式，從本音與又音的釋音形式，到反切的來源，《詳校篇海》對《字彙》都佔有相當重要的參考地位。就體例來說，《字彙》也作了相當的調整，也比《詳校篇海》有一致性。但就《字彙》本身來看，仍有體例不一的地方。

一、濁上之字，《詳校篇海》都特別註明，如前述，《字彙》仍註為上聲，有些則直接以去聲直音，如：

　　（1）珺：渠殞切，音郡，齊玉。（午・六・玉）

　　（2）菌：具隕切，音郡，地蕈之小者…。（申・十七・艸）

　　（3）窘：巨允切，群上聲，迫也，又困也。（午・一〇五）

　　（4）郡：具運切，群去聲，郡，群也，人所群聚也…。（酉・一〇二・邑）

切語「渠殞、具隕、巨允」同音〔註10〕，但是直音部分，「郡」是「群去聲」，變成以去聲的「郡」字標注上聲的「渠殞、具殞」二切，上聲與去聲已無差別，或許表示《字彙》的部分濁上已轉為去聲，但梅氏並未特別標明，則又不如《詳校篇海》來得謹慎。

二、凡例稱「直音有有聲無字者，又以平上去入四聲互證之」，以四聲相承之字直音，是因為找不到同音之字，內文以四聲互證之例頗多，卻不一定都是找不到同音之字，如：

　　（1）丈：呈兩切，長上聲，十尺曰丈…（子・一、一）

　　（2）仗：呈兩切，長上聲，兵器。（子・十七・人）

　　（3）杖：呈兩切，長上聲，几杖所以扶行者○（辰・二二・木）

「丈仗杖」三字都是「呈兩切」，依東多互為直音之例，三字都直音作「長上聲」，則與全書體例不合。

三、又音若四聲相承，依例應釋作「又某聲某某切」，但是例外之處頗多，如龍字下釋云：

〔註10〕「渠殞、具隕、巨允」三切語都是上聲群母軫韻，而《字彙》「允：羽敏切，音隕」（子・四五・儿）、「隕：○又羽敏切，音允」（戌・三六・阜），兩字都是羽敏切，且互為直音，故上列三切語用字不同，但都同音。

（1）龍：盧容切，弄平聲…o又上聲力董切…。（亥·八六·龍）

則盧容切、力董切、弄（盧貢切）為相承之四聲，但儱字下云：

（2）儱：力董切，音隴…o又盧容切，音龍…o又盧貢切，音弄…。（卯·二八·心）

又音都以反切加直音方式，與全書體例不合，應改作「儱：力董切，音隴…o又平聲盧容切…o又去聲盧貢切…。」

四、叶音通常都排在又音之後，不過，偶爾也有例外，如：

方：敷房切，放平聲，四方…o又叶方中切，音封，《易·恒·象》：「君子以立不易方」，叶雷風。…o又叶密其切，音墨，《易·未濟·四爻》：「震用伐鬼方，三年有賞于大國。」o又叶甫妄切，音放，《易·未濟·象》：「君子以慎辨物居方」，叶火在水上；《詩·周南》：「不可方思。」o又與祊同，祭名，《詩·小雅》：「以社以方。」o又蒲光切，音旁，《荀子》：「方皇周浹於天下。」o又文紡切，音罔，方良。（卯·八十·方）

「蒲光、文紡」二切屬又音，應移至「又叶方中切」之前，方與全書體例相合。

五、《字彙》收入叶音約二千五百則，就當時的古音學理論，採用叶音之說本無可厚非，但是廣引《讀易韻考》之說則值得商榷。如：

| 編號 | 《字　　　　彙》 | 《讀　易　韻　考》 |
|---|---|---|
| （1） | 六：o又叶許及切，音衾，《易·坤》初六叶堅冰至，至音窒o又叶力救切，流去聲，《易·比》上六叶比之无首，首音狩。（子·五十·八） | 初六，六音衾，叶堅冰至，至音窒。（卷一）<br>上六，六音瀏，叶比之无首，首音狩。（卷一） |
| （2） | 九：o又叶平聲居尤切，《易·同人》：「上九，同人于郊。」郊音鳩，…o又叶區里切，音起，《易·噬嗑》：「初九，屨校滅趾，无咎。」咎音以；〈夬〉：「初九，壯于前趾，无咎。」咎音否。（子·九·乙） | 上九，九平聲，同人于郊，郊音斜叶。（卷一）<br>初九，九音起，无咎，咎音以，叶屨校滅趾。出《韻經》。（卷二）<br>初九，九音起，叶壯于前趾，為咎，咎音否，叶勿恤。恤音徒叶（卷三） |
| （3） | 貞：又叶止良切，音張，《易·恆·五爻》：「恆其德貞，婦人吉，夫子凶。」凶音荒。（酉·四二·貝） | 恆其德貞，貞音張，夫子凶，凶音荒，叶。（卷三） |
| （4） | 吉：o又叶乞約切，音礭，《易·晉·上爻》厲吉，叶晉其角。（丑·三·口） | 厲吉，吉音礭，叶晉其角，出《洪武正韻》。（卷三） |
| （5） | 咎：o又叶渠尤切，音求，《易·大有·初爻》：「匪咎，艱則无咎。」叶初九，九平聲o又叶羊里切，音以，《易·噬嗑·初爻》无咎叶屨校滅趾o又叶奇寄切，音忌，《周易》无咎多此音。（丑·十·口） | 初九，九音鳩，匪咎，艱則无咎，咎音求，皆平聲叶。（卷一）<br>初九，九音起，无咎，咎音以，叶屨校滅趾。出《韻經》。（卷二） |

上所引五例，「六、九、貞、吉、咎」五字都是《周易》卦爻辭的固定用字，並沒有叶韻的問題，《字彙》釋爲叶韻實屬牽強。這些叶音都見於《讀易韻考》，《四庫提要》評《讀易韻考》云：「《易象傳》實有韻，至於象詞、繫詞之類，則無常格，亦如《淮南子》諸書，偶然叶讀耳，獻翼一舉而韻之，非惟漢魏以下之音雜然並陳，甚至釋氏之偈言，道家之章咒，亦泛引以證聖經，殊傷蕪雜。」亦即該書的叶音非常寬泛，廣列叶音的《韻會小補》也少有引用，《字彙》卻多所採用，可見梅氏對叶音的態度不夠嚴謹。因此，《正字通》凡例云：

> 舊本引《周易》、《釋名》、《白虎通》、《六韜》、《三略》忝叶韻，世傳《九經韻覽》，王肅、陶弘景、晁說之諸人，讀《易》皆然，新安朱子據吳棫《補韻》叶四詩，未嘗明指《書》、《易》用叶之誤，陳第《毛詩屈宋古音考》、楊慎《轉注古音》及《字彙》所載，《瓊林雅韻》引《易》叶韻者頗眾，然四詩與樂律通，被之管絃，登之朝廟，聲音自然之韻具備，騷、賦、《易林》、樂府歌謠，四、五、六、七言詩，非變音諧韻不可。《易》、《書》、《語》、《孟》，宜正音，不宜盡限韻，諸家凡《易》象九叶音起，帝叶音丁，天叶汀，《論語》季隨，隨音妥，叶下騧，騧音窫，皆可謂迂謬之甚，即如吳棫《補韻》，書目言《尚書》賡歌、五子歌皆韻，《易》象、小象、雜卦皆韻，爻辭不韻，《毛詩》風、雅、商、魯頌皆韻，周頌不韻，《周禮》量銘、祭侯文皆韻，《左》、《國》繇詞、歌謠皆韻，《戰國策》、《三略》、《六韜》間有韻語，據吳氏此說，諸經非盡用韻明甚，《尚書》、《周禮》、《左》、《國》、凡用韻者，僅見於歌、銘、諺、謠，它皆不用韻，況吳氏言《易》爻、周頌不用韻，雖頌與風、雅同類，宜韻者亦不韻，讀經不必強叶，又明甚。《釋名》、《白虎通》、依聲寓義，雖似叶韻，然義廣則聲不能兼，聲拘則義從而窒，依者近似亂眞，寓者失全得半，皆不可爲典要，諸家因近似之音，盡改本文之音以求叶，不知古聖賢立言垂訓，辭近指遠，前用宜民，非沾沾求合七音四聲，如後之騷、賦、樂府，音諧韻叶而後快，故是編自詩、歌、銘、贊、謠、諺叶韻外，凡舊本引《周易》、《禮記》、《釋名》、《白虎通》強叶者，各存說於本註，不載叶音，非立異排俗，理不可誣也。

對《字彙》廣採叶音的作法也不贊同，因此，只保留「詩、歌、銘、贊、謠、諺」等叶韻，凡是《字彙》引《周易》、《禮記》、《釋名》、《白虎通》強叶者，都不載叶音，只保留原文，可見《正字通》在叶音問題上，態度比《字彙》嚴謹許多。

六、《字彙》音切來源不一,卻未注明出處,若對字音有疑義,則須遍查各書,有
其不便之處,因此,《康熙字典》凡例云:

> 音韻諸書,俱用翻切,人各異見,未可強同,今一依《唐韻》、《廣韻》、
> 《集韻》、《韻會》、《正韻》爲主,同則合見,異則分載,其或此數書中所
> 無,則參以《玉篇》、《類篇》、《五音集韻》等書,又或韻書所無,而經、
> 傳、《史》、《漢》、《老》、《莊》諸書,音釋所有者,猶爲近古,悉行采入,
> 至如《龍龕》、《心鏡》諸書音切,類多臆見,另列備考中,不入正集。

各字的音切都注明來源,就使用者來說,查一書而知歷來韻書、典籍之音切,充分
發揮字書釋音的功能。從《字彙》承繼《正韻彙編》、《六書賦》、《詳校篇海》等書
建立的反切加直音的釋音方式,到《康熙字典》再注明音切的出處,傳統字書的釋
音方式(出處加切語加直音)才算完成。

以上謹就《字彙》釋音之方式及其音切可能來源略作敘述,至於《字彙》之音
切所反映之音系,以及與卷末所附〈韻法橫圖〉、〈韻法直圖〉之間的關聯,又是另
一龐大複雜的音學問題。尤其《字彙》反切直音多據李登《詳校篇海》,而《韻法橫
圖》作者李世澤爲李登之子,可見《字彙》的音系與李登父子應有密切關係,惟已
非本文範圍,故不列入討論。

# 第三節 《字彙》之釋義方式

## 壹、釋義之內容

### 一、從字義與詞義角度來看

《字彙》收字三萬三千一百七十九字,並在每字之下說明意義,這些意義當然
就是這些字的字義。但是從「詞是語言的最小意義單位」〔註11〕的角度來看,《字彙》
每字底下所做的詮釋也都是詞義。因爲,不論各字的字義是否曾在歷代的文獻中出
現過,這些字義應該都已經在語言中使用〔註12〕,縱使這些字義有可能是訓詁家想
當然耳、望文生訓所產生的〔註13〕,也應該可以在語言中使用,因此,這些字義也

---

〔註11〕參見王力《中國現代語法》頁33,山東教育出版社《王力文集》第二卷,1984年11
月。

〔註12〕文字是記錄語言的工具(參見注11頁28),因此,文字的產生是因應語言的需要,
如果字的意義是語言中所沒有的,那麼便是先造好字等著被語言使用,顯然與文字
發展的原則違背。

〔註13〕詳見孔仲溫《類篇字義析論》頁6,臺北:學生書局,民國83年1月。

是詞義。中國古代並沒有字和詞的分別，〔註14〕稱字義並無不可，但是對於諸多的複音詞總覺得有扞格之處，以「詞」作爲語言單位名稱的時代雖晚〔註15〕，但是用來詮釋《字彙》的釋義卻相當吻合，故本文以詞義視之。

## （一）單音詞

由一個字構成，古漢語單音詞佔大多數，《字彙》大致仍維持這種情形，如：

(1) 映：於命切，英去聲，明相照也。（辰・四・日）

(2) 深：式針切，審平聲，淺之對也…。（巳・二十・水）

(3) 福：方六切，音復，祐也，德也，休也，善也，祥也，百順之名也…。（午・八八・示）

(4) 迷：綿兮切，音彌，惑也，亂也，遮也。（酉・八八・・辵）

## （二）複音詞

《字彙》往往在各字頭下，列出由兩個字以上構成的複音詞，再予以解釋，或直接以複音詞闡釋，如：

(1) 觓：多殄切，音典，觓犙，劣貌。（子・七二・力）

(2) 犙：力展切，音輦，觓犙，劣貌。（子・七三・力）

(3) 勪：烏加切，翁上聲，勪氼，屈強貌。又烏項切，音樣，勪傾，多力貌。（子・七一、力）

(4) 氼：乙黠切，音軋，勪氼，屈強貌。（子・六八・力）

(5) 懬：力董切，音隴，懬悢，不調也。又盧容切，音龍，懬悢，多惡也。又盧貢切，音弄，懬悢，性狠也。

(6) 螪：尸羊切，音商，螪羊。（申・七二・虫）

(7) 勢：始制切，音世，勢力，威勢，權勢，形勢…。（子・七二・力）

(8) 勑：洛代切，音賴，勞勑也，答其勤曰勞，撫其至曰勑。（子・七十・力）

## 二、從文字學的角度來看

每一字所呈現出來的詞義，基本上可以有本義、引申義及假借義三類，《字彙》

---

〔註14〕參見王力《中國語法理論》頁12，山東教育出版社《王力文集》第一卷，1984年11月。

〔註15〕呂叔湘《語文常識》：「古時候所謂『詞』是虛字的意思，用做語言單位的名稱，好像是從章士釗的《中等國文典》（1907）開始。」，見《呂叔湘文集》第五卷頁40，北京：商務印書館，1993年。

釋義時往往羅列多個義項，因此本義、引申義、假借義並陳其中，欲完全釐清三者之別並不容易。黃季剛先生認為：

> 凡字於形、音、義三者完全相當，謂之本義；於字之聲音相當，意義相因，而於字形無無關者，謂之引申義；於字之聲音相當，而形義皆無關者，謂之假借義。〔註16〕

**孔仲溫先生進而歸納三者的特質為**〔註17〕：

| 本 義 的 特 質 | 引 申 義 的 特 質 | 假 借 義 的 特 質 |
| --- | --- | --- |
| 1. 本義為初造字時的始義。 | 1. 引申義為本義的派生義。 | 1. 假借義是以聲音為寄生條件。 |
| 2. 本義應與本形相應。 | 2. 引申義為字義運動的主體。 | 2. 假借義與本義、引申義無關。 |
| 3. 本義應與本音相應。 | 3. 引申義與本義的字音相應。 | 3. 假借義與字形無關。 |
| 4. 本義所指為一事一物而缺乏概括性。 | 4. 引申義與本義的字形不相當。 | 4. 假借義為古書中最難解讀的一種字義。 |

　　從形、音、義三方面去討論字形與詞義之間的關連，進而判斷該詞義的屬性，是相當周延的方法。

## （一）本　義

　　一般而言，本義只有一個，只要本義確立，其他詞義不是引申義便是假借義。但是要確定那一個是本義並不容易，王念孫認為「《說文》之訓，首列製字之本意，而亦不廢假借。」段玉裁同樣也認為「字各有本義，許書但言本義。」〔註18〕兩人都以《說文》所列首義為本義。但是《說文》所列是否即為本義，段玉裁偶爾也有不同意見，如宀部家字下注云：「按此字為一大疑案，豭省聲讀家，學者但見從豕而已，从豕之字多矣，安見其為豭省耶？何以不云豭聲而紆回至此耶？竊謂此篆本義乃豕之凥也，引申假借以為人之凥，字義之轉移多如此。」即以許說為引申義。若再加上以甲金文考釋的成果來檢視《說文》釋義，本義的比例必然下降。因此，除了《說文》所載以外，形義能密切聯繫的才可視為本義，如：

　　（1）竢：詳子切，音似，待也，立而待之也。《漢賈誼傳》：「竢罪長沙。」
　　　　　（午・一○九・立）

　　（2）竘：丘羽切，驅上聲，健也；一曰治也，謂治作也。（午・一○九・立）

　　（3）筆：壁吉切，音必，所以書也，許叔重云：「楚謂之聿，吳謂之不律，燕

---

〔註16〕參見黃焯《聲韻訓詁筆記》頁 47，臺北：木鐸出版社，民國 72 年。
〔註17〕同註 13 第 78、114 頁。
〔註18〕王說見段玉裁《說文解字注・序》；段說見魚部鱣字下注，洪葉出版社，民國 87 年。

謂之弗，秦謂之筆。」《釋名》：「筆，述也，述事而書之也，秦將蒙恬所造…。」（未・四・竹）

(4) 筵：夷然切，音延，《說文》：「竹席也。」又筵席，重日筵，單日席。《周禮・春官》司几筵注：「筵亦席也，鋪陳曰筵，藉之曰席。」謂設席之法，筵鋪于下，席加于上，所以爲位也；又經筵，王者講書處。（未・七・竹）

(5) 訩：許容切，音匈，訟也，眾言也。又上聲許拱切，嚇也。（酉・十六，言）

(6) 霸：普伯切，音拍，與魄同，月始生霸霸然也…。从月霝聲，歐陽曰：俗从西，非，《六書正譌》：「今俗以爲王霸字，而月霸乃用魄字，非本義矣，王霸只當借用伯字，而月魄當用霸字，其義始正。」（戌・五二・雨）

(7) 效：胡孝切，爻去聲，象也，學也，傚也，法也，功也，驗也，勉也，致也，又獻也，進也，《曲禮》：「效馬效羊者右牽之，效犬者左牽之。」《六書正譌》：「本義象也，餘皆假借，別作効、傚，竝非。」（卯・七十・攴）

以上各字不論注明與否，釋義都與《說文》相同，應都是造字時之本義。至於後起或《說文》所無之字，如：

(1) 竚：直呂切，音苧，久立也，又企也。（午・一〇八・立）
(2) 㟴：苦猥切，音餒，㟴然，獨立貌。（午・一〇九・立）
(3) 竛：七肖切，鍪去聲，立貌。（午・一〇九・立）
(4) 竩：宜寄切，音詣，善也。本作誼。（午・一〇九・立）
(5) 竷：以智切，音異，正也。又古儀字。（午・一〇九・立）

雖不見於《說文》，就其形義觀之，應該也都是本義。

## （二）引申義

(1) 竟：居慶切，音敬，窮也，終也，已也，《說文》樂曲盡爲竟；又地界也，《禮・喪大記》：「在竟內則俟之，在竟外則殯葬可也。」《六書正譌》：「別作境，非。」又姓…。从音从人。（午・一〇八・立）

「樂曲盡」是竟的本義，而「窮也、終也、已也」是由樂曲盡引申而來，又如：

(2) 世：始制切，音勢，王者易姓受命爲一世，又父子相代一世，《孟子》：「夏后殷周之世。」又當時爲當世，《孟子》：「生斯世也。」又姓，戰國

時秦大夫世鈞。

（3）丗：同上，三十年爲一世，故從卅從一。（子・三・一）

世之本義爲「三十年」，王者易姓受命與父子相代是其引申義〔註19〕。《字彙》不僅列出引申義，更列爲首義。

### （三）假借義

（1）章：止良切，音張，明也，昭也，表也，采也，程也，文也；又大材木曰章，《漢貨殖傳》：「木千章。」又成事成文曰章，《孟子》：「不成章不達。」又條也，漢約法三章；又周章，怔營貌；又與慞同，懼也；又與嫜同，舅姑謂之尊章；又大章，堯樂名；又總章，舜明堂名；又建章，漢宮名；又印章，《漢官儀》：「吏秩比二千石以上，銀印龜紐，其文曰章，刻曰某官之章，二百石以上，銅印鼻紐，其文曰印，刻曰某官之印；又章奏，《漢雜事》云：「凡群臣書通於天子者四，一曰章，二曰奏，三曰表，四曰駁議。」又〈謚法〉：「溫克令儀曰章。」，又姓ｏ從章從十，十，數之終，樂竟名。（午・一〇八・立）

章之本義爲「樂竟名」，梅氏只在最後分析字形時說明字之本義，其餘所述都是假借義，又如：

（2）唐：徒郎切，音堂，國名，本帝堯舊都，周成王以封弟叔虞爲唐侯，南有晉水，至子燮乃改國號曰晉，後徙曲沃，又徙居絳，今山西太原平陽是也。又魯地，《春秋》：「公及戎盟于唐。」又大言也，又荒唐，廣大無域畔也；又莽蕩貌；又兔絲曰唐，夏生，苗如絲蔓，延木上生，實如蠶子，《詩・鄘風》：「爰采唐矣。」又廟中路亦曰唐，《詩・陳風》：「中唐有甓。」又姓。（丑・十五・口）

（3）載：子海切，音宰，年也，唐虞曰：載取物終更始之義ｏ又去聲作代切，勝也，又事也，〈虞書〉：「熙帝之載。」《詩・小雅》：「俶載南畝。」又成也，〈虞書〉：「乃賡載歌。」又則也，《詩・小雅》：「載號載呶。」又典籍曰載籍，取記載之義；又始也，《詩・豳風》：「春日載陽。」《孟子》：「自葛載。」又滿也，《詩・大雅》：「厥聲載路。」又語助，又姓ｏ又昨代切，音在，舟車運物也ｏ又當益切，音帶，

---

〔註19〕《說文》三上卅部世字下云：「三十年爲一世。」段注云：「按父子相繼曰世，其引申之義也。」

與戴同，〈月令〉：「載以弓韣。」…。（酉・七六・車）

《說文》：「唐：大言也，从口庚聲。」本義爲「大言」，作爲國名實爲假借。《字彙》不僅列出假借義，更列爲首義。載字《說文》釋爲「乘也，从車𢦒聲。」段玉裁注云：「乘者，覆也，上覆之則下載之，故其義相成，引申爲凡載物之稱…又假借之爲始，才之假借也，才者艸木之初也，夏曰載，亦謂四時終始也，又假借爲事…。」《字彙》以「年」爲首義，也是「載」的假借義。

引申與假借各人認定未必相同，畢竟形義之間的相關度判分並沒有絕對的標準，因此引申與假借的界域，也就不是那麼的截然劃分，《字彙》釋義也往往兩說並列，如：

> 黽：母耿切，音猛，蛙黽，怒鳴聒人…。又美允切，音閔，勉也，《詩緝》嚴氏曰：「力所不堪，心所不欲而勉強爲之曰黽。」孫季昭《示兒編》：「黽，蛙屬，蛙黽之行，勉強自力，故曰黽勉…」。《六書正譌》：「鼃本義，借爲黽勉字，別作僶、勔，竝非。」（亥・七四・黽）

黽字本義爲蛙屬，並無疑義，但作爲黽勉之義，依《示兒編》的說法，屬於字義的引申，《六書正譌》則視爲假借，亦即，引申與假借的判分，往往隨著詮釋者的理解不同而有不同的結果。《字彙》兩種說法並列，似乎沒有確切判分引申與假借的企圖。

## 貳、釋義之方式

### 一、互　訓

凡以古今雅俗之語，同義之字，相當之事，互相訓釋者，謂之互訓[註20]：

1. 以同義或義近之單音詞訓釋，如：
   (1) 灼：職略切，音酌，燒也，炙也，昭也…。（巳・四八・火）
   (2) 珍：之人切，音眞，貴也，重也，寶也…。（午・三・玉）
   (3) 琱：職流切，音周，玉也。（午・四・玉）
   (4) 筒：徒紅切，音同，竹也，…。（未・五・竹）
   (5) 載：子海切，音宰，年也，…。（酉・七九・車）

2. 以該字之聯綿詞或義近之複音詞訓釋，如：
   (1) 才：牆來切，音裁，才能，又用也，質也，力也，又天地人爲三才，又

---

〔註20〕互訓之定義，參見陳師新雄《訓詁學》（臺北：學生書局）第四章，以下義界、推因亦同。

與同…。（卯・三五・手）

（2）茱：尚朱切，音殊，**茱萸**。（申・十・艸）

（3）蘥：以勺切，音藥，**雀麥**，一名**燕麥**…。（申・五一・艸）

（4）趢：盧含切，音婪，趢趄，走貌。（酉・五四・走）

上述四字所釋，「才能、茱萸、趢趄」都是聯綿詞。

## 二、義　界

　　凡就一事一物之外形、內容、性質、功用各方面，用語句說明其意義者，謂之義界。

### 1、稱「某名、某類、某屬、某器」

（1）豻：莫干切，音瞞，豕屬。（酉・三八・豕）

（2）鵻：都回切，音堆，雀屬。（亥・四七・鳥）

（3）麆：專於切，音諸，鹿類。（亥・六三・鹿）

（4）鈒：布拔切，音八，金類。（戌・四・金）

（5）筐：胡夾切，音狹，竹器。（未・六・竹）

（6）茳：師庚切，音生，地名，在魯。（申・八・艸）

（7）秇：戶戈切，音禾，草名。（申・八・艸）

（8）篎：彌笑切，音妙，藥名。（未・六・竹）

### 2、稱「謂、為、曰」

（1）醮：之輦切，酒苦謂之醮。（酉・一一四・酉）

（2）纈：胡得切，音覈，衣領內謂之纈。（未・四九・糸）

（3）腑：斐古切，音撫，臟腑，心、脾、肝、肺、腎為五臟；小腸、胃、膽、大腸、膀胱、命門為六腑。（未・八五・肉）

（4）仌：悲陵切，音兵，水凍為仌。（子・十七・人）

（5）腋：夷益切，音亦，左右肘脅之間曰腋。（未・八五・肉）

（6）騜：姑黃切，音光，馬旋毛在脊曰闒騜。（亥・十二・馬）

### 3、稱「聲、貌」

（1）戽：克合切，音榼，閉戶之聲。（卯・三四・戶）

（2）戽：疎祖切，音所，伐木聲也。（卯・三四・戶）

（3）戲：虛宜切，音希，相笑貌。（卯・三三・戈）

（4）驫：補尤切，音彪，馬走貌。（亥・十二・馬）

### 4、其　他

（1）仰：魚兩切，娘上聲，舉首望也，又心慕之辭，又姓。（子・十八・人）

（2）詷：徒貢切，音洞，船板木，又船纜所繫。（卯・三一・戈）

（3）笄：古兮切，音雞，簪也，所以固髮者，女子年十五而笄。（未・五・竹）

## 三、推　因

推求詞語得名之根源，說明事物命名之所以然，稱為推因。《字彙》少有採用推因方式釋義，大部分都是引自《釋名》或其他典籍，如：

（1）軸：直六切，音逐，車持輪者，即轂也。《釋名》：「軸，抽也，入轂中抽出也。」又卷軸…。（酉・七四・車）

（2）筆：壁吉切，音必，所以書也，許叔重云：「楚謂之聿，吳謂之不律，燕謂之弗，秦謂之筆。《釋名》：「筆，述也，述事而書之也，…。」（未・四・竹）

（3）匶：巨又切，音舊，棺也，在牀曰尸，在棺曰匶。《六書正譌》：「從匚象形，久聲，隸作柩。」（子・七六・匚）另柩字下云：「與匶同，《白虎通》：柩，久也，久不復變也。」（辰・二八・木）

## 四、闕而不論

《字彙・凡例》云：

古文諸書及釋典，有有音而闕義者，亦有音義俱闕者，並存之以俟博雅。

因此，書中部分字都釋以「義闕」、「音義未詳」或只列出處，如：

（1）亠：徒鉤切，音頭，義闕。（子・十三・亠）

（2）茫：見揚子雲〈蜀都賦〉，音義未詳。（申・九・艸）

（3）巼：見揚子雲〈蜀都賦〉，音義未詳。（寅・四六・己）

（4）詟：見王文考〈夢賦〉，音義未詳。（酉・十一・言）

（5）貒：見周宣王石鼓文，音義未詳。（酉・三八・豕）

（6）倻：奴何切，音那，見釋典。（子・二七・人）

## 參、書證之運用

## 一、就引用書證的形式來說

包含兩類，一是釋音後，直接稱引原書釋義，一是釋音義後，再引書證義：

1、直接引書證義：即釋音之後，直接引用書證，如：

（1）睇：大計切，音第，《說文》：「目小視也。」（午·五九·目）

（2）菅：古忽切，音骨，《山海經》：「嶓冢之山，有草焉，其葉如蕙，其本如桔梗，黑華而不實，名曰蓇蓉。」（申·三一、艸）

（3）用：余頌切，容去聲，《說文》：「用，可施行也。」《廣韻》：「使也，貨也，通也，以也，庸也。」《增韻》：「器用也。」《淮南子》：「人有四用。」《楞嚴經》：「六用不行。」…。（午·二二·用）

（4）痔：丈几切，池上聲，《說文》：「後病也。」《增韻》：「隱瘡也。」《莊子》：「舐痔得車。」（午·三五·疒）

例（1）（2）只引一書釋義，例（3）（4）有的則連續徵引數書。

### 2、釋義後再引書證，如：

（1）眯：莫禮切，音米，物入目中，《莊子》：「簸糠眯目。」（午·五七·目）

（2）瞁：古伯切，音革，閉目貌，《神異經》：「八荒有毛人，見人則瞁目開口。」（午·五九·目）

（3）䁬：力地切，音利，視也，郭景純〈江賦〉：「䁬霧褉於清旭。」（午·六二·目）

（4）砡：牛六切，音玉，齊頭貌，《字林》：「齊也。」（午·七二·玉）

## 二、就引證的來源來說

### 1、引用文獻書證，如：

（1）忡：昌中切，音充，憂也，《詩·召南》：「憂心忡忡。」（卯·二·心）

（2）工：古紅切，音公，官也，〈虞書〉：「百工惟時。」；又匠也，《周禮》：「國有六職，百工與居一焉。」又功力也，〈虞書〉：「天工，人其代之。」又巧也；又善其事之謂工，《詩·小雅》：「工祝致告。」（寅·四四·工）

（3）詢：須倫切，音荀，咨也，《左傳》：「咨親為詢。」（酉·十四·言）

（4）恔：胡孝切，音效，快也，《孟子》：「於人心獨無恔乎。」（卯·七·心）

（5）狃：古送切，音項，飛至也，揚子雲〈甘泉賦〉：「登椽欒而狃天門。」（未·六十·羽）

（6）噡：徒感切，醰上聲，豐厚貌，《漢郊祀歌》：「群生噡噡。」（丑·十八·口）

（7）揳：與絜同，《荀子》：「不揣長，不揳大，約其大小也。」○（卯·五

三・手）

（8）囦：古淵字，郭景純〈江賦〉：「灛溔囦泫。」（丑・三四・口）

## 2、引用注疏書證，如：

（1）乏：扶法切，煩入聲，無也…；又《周禮・春官》：「車僕大射共三乏。」
《注》：「乏一名容，以皮爲之，以容人也，王之大射必張三侯，每
侯有乏，使持旌告獲者容之，以避矢也。」〇…（子・七・丿）

（2）仂：歷德切，音勒，數之餘也，《禮・王制》：「祭用數之仂。」《注》：
「什一也。」《疏》：「以爲分散之名。」（子・十六・人）

## 3、引用字書、韻書，如：

（1）扗：倉先切，音千，《倉頡篇》：「三里曰扗。」（丑・三八・土）

（2）踸：丑錦切，琛上聲，《說文》：「踸踔，行無常貌。」（酉・六三・足）

（3）詎：臼許切，渠上聲，《字林》：「未知詞也。」又豈也，止也，止也…。
（酉・十三・言）

（4）寯：子峻切，音俊，《玉篇》：「才雋也。」（寅・十四・宀）

（5）鑊：胡郭切，音穫，《說文》：「鐫也。」《廣韻》：「鼎鑊。」《增韻》：「釜
屬。」（戌・十六・金）

（6）忋：七鴆切，音沁，惻也，《集韻》：「悷也。」（卯・三・心）

（7）恌：丁了切，刁上聲，《集韻》：「垂心。」《玉篇》：「憂也。」…〇（卯・
二・心）

（8）广：以冉切，音剡，因巖爲屋，《增韻》：「棟頭曰广。」〇（寅・五八・
广）

（9）掙：〇又側併切，音諍，《中原雅音》：「掙，剉也。」（卯・四九・手）

# 肆、一字多義與多字一義之詮解

## 一、一字多義之詮解

即一個字形承載多個義項，有兩種情形，一是一音多義，一是歧音義異：

### 1、一音多義

則依序列出，至於其排序之原則，並不一定以本義排最前，似乎是以最常用之
義列前，而姓氏則排最後，如：

（1）曾：咨登切，音增，乃也，則也；又與增同，《孟子》：「曾益其所不能。」
又曾孫，重孫也，按《左傳》：「哀三年，曾孫蒯瞶敢告皇祖文王、

烈祖康叔。」則自曾祖以下之孫，皆得稱曾孫矣；又姓，曾參之後
。（辰・十五・曰）

（2）最：將遂切，音醉，凡要；又尤也，勝也，優也；又殿最，軍功上曰
最，下曰殿；又聚也。（辰・十五・曰）

（3）尊：租昆切，卒平聲，卑之對也；又重也，高也，貴也，敬也，長也，
一曰高氷，一曰君父之稱；又姓，《風俗通》：「尊盧氏之後。」又酒
器也，《周禮》：「六尊：犧尊、象尊、著尊、壺尊、太尊、山尊，以
待祭祀賓客。」；又與宗通用，《古音附錄》：「古有尊盧氏，或作宗
盧，賈逵以宗盟爲尊盟，《穀梁》以伯宗爲伯尊。」又《太玄》：「日
飛懸陰，君道隆也，進以欏疏制于尊也…。」（寅・十七・寸）

（4）陽：移章切，音羊，陰陽，陰氣流行則爲陽，陽氣凝聚則爲陰，總是一
氣分而爲二，而造化五行，萬物終始，無不管於是矣；又日爲太陽，
山之東爲朝陽，山之西爲夕陽；又十月爲陽月，十月坤用事，嫌于
無陽，故名陽月；又《爾雅》：「太歲在癸曰昭陽。」又亢陽，張皇
自大之貌；又陽陽，自得貌，《詩・王風》：「君子陽陽。」又文章貌，
《詩・周頌》：「龍旂陽陽。」；又姓，周景王封少子於陽楚，子孫因
邑爲氏；又高陽、巫陽、歐陽、青陽、濮陽、陵陽、魯陽、華陽，
俱複姓也。（戌・三四・阜）

### 2、歧音義異

一字有多個音讀，則以「。」號區隔，如：

（1）敦：都昆切，音墩，怒也，詆也，又大也，厚也，又勉也，詿何也，迫
也，又姓。又都困切，音頓，豎也，又《爾雅》：「太歲在子曰困敦。」
又丘一成曰敦丘。又徒孫切，音豚，亦大也，又敦煌，郡名，杜林
云：「古瓜洲地。」。又杜本切，音囤，渾敦，不開通貌。又都回切，
音堆，敦琢也，聚也，又獨處不移之貌，《詩・豳風》：「敦彼獨宿。」
又治之也《詩・魯頌》：「敦商之旅。」。又都內切，音對，盛黍稷
之器，《禮・內則》：「敦牟巹匜，盟會用以盛血。」《周禮》：「若合
諸侯則共珠盤玉敦。」。又徒官切，音團，亦聚也，《詩・大雅》：「敦
彼行葦。」。又丁聊切，音彫，與彫同，《詩・大雅》：「敦弓既堅。」
《荀子》：「天子敦弓，諸侯彤弓，大夫黑弓。」。又知允切，音準，
布帛幅廣也。又徒到切，音導，覆也，《周禮》：「每敦一几…。」（卯・
七二・攵）

（2）不：博木切，音卜，非也，未也。又敷勿切，音弗，與弗同。又俯九
切，音否，與否同。又敷救切，否去聲，義同。又方鳩切，否平聲，
夫不，鴀也，亦作鳺鴀。又房鳩切，音浮，姓也，《晉書》：「汲郡人
不準。」。又芳無切，音孚，與柎同，花下萼足也…。（子・二・一）

（3）增：咨登切，則平聲，益也，加也，重也，眾也。又去聲子孕切，剩也。
（丑・四九・上）

（4）女：偶許切，音語，未嫁謂女，已嫁謂婦，若父母於子，雖嫁亦曰女；
又婺女，宿名；又姓。又去聲魚據切，以女嫁人曰女，《孟子》：「涕
出而女於吳。」。又忍與切，音乳，爾女也。（丑・六五・女）

若是歧音義同，則稱「義同」，如果是與他字同義，則稱「與某同」，如：

（1）禔：章移切，音支，福也，安也。又杜兮切，音題，義同。又常支切，
音時，義同。（午・八八・示）

（2）筵：與籭同。又想里切，音洗，義同。（未・十四・竹）

## 二、多字一義之詮解

1. 兩字完全同義，即異體字，已如前章所述，不再贅述。

2. 僅一義相同，其凡例云：

> 字有多音多義而同者止一音一義，註曰：與某字同某切。如番字有孚
> 艱切、符艱切、補禾切、蒲禾切、鋪官切五音矣，而膰字止補禾切一義，
> 註曰與番同補禾切，餘倣此。

如：

勾：與句同，居侯切。（子・七三・勹）

句：居御切，音據，文詞止處曰句。又求於切，音渠，國名；又須句，地
名，僖公二十二年，春，公伐邾，取須句。又居侯切，音鉤，曲也，拘
也；又句芒，神名，少昊氏之子曰重，為木官，有功德於民，至春祀之，
〈月令〉：「其神句芒。」又句吳，地名，《前漢・地理志》：「太伯初奔荊
蠻，號句吳。」。又居許切，音舉，方也，《莊子》：「履句屨者知地形。」
。又居候切，音構，句當，又與彀通，謂引滿也，《詩・大雅》：「敦弓既
句。」又姓，孔子弟子句井疆，又《華陽國志》：「王平、句扶、張翼、
廖化竝為大將軍，時人曰：前有王句，後有張廖。」（丑・一・口）

句有居御切、求於切、居侯切、居許切、居候切四音，勾僅與居侯切同義。

## 伍、釋義方式之檢討

（一）廣釋詞條：如前引「章」字，即已詮釋「約法三章、周章、尊章、大章、總章、建章、印章、章奏」等八個詞條；又如落字：

> 落：歷各切，音洛，草曰零，木曰落，皆衰謝也。落字从艸．則草衰亦曰落，凡物隕墜皆曰落，人死亦曰落，〈虞書〉：「放勳乃徂落。」又人所聚居謂之村落；又官室既成祭之曰落，故曰落成；又始也，《詩．周頌》：「訪于落止。」，又釁鐘曰落，《左傳》：「饗大夫以落之。」又鑿落，飲器；又桑落，酒名；又碧落，天也；又磊落，魁礧貌；又冷落，蕭索貌；又拓落，不偶貌；又落落，難合也；又與籠絡之絡同，《莊子》：「落馬首。」又與經絡之絡同，《漢．藝文志》：「血脉經落。」又姓；又落下，複姓。

除說明落字詞義的引申脈絡外，更詮解「徂落、村落、落成、鑿落、桑落、碧落、磊落、冷落、拓落、落落」等十個詞條，因此，《字彙》所釋部分已有詞典的雛型。

但是各義項的排列，有的以本義在前，有的以引申義在前，有的更以假借義列爲首義，如果字書的目的在說字，似乎就應該像段玉裁所說，「說字必用其本義，凡說經必因文求義，則於字或取本義，或取引申假借。」〔註21〕顯然《字彙》是以最通俗的用法列爲首義，是否爲本義並不是最主要考量，對使用者而言，如果只是要知道該字的用法，《字彙》的編排有其便利性；如果想要進一步瞭解該字的初形本義，《字彙》就不一定能順利達成。

（二）《字彙》廣引書證，進一步讓義項詮解成爲三證（字韻書證、文獻書證、注疏書證）配合，通過書證強化釋義功能，是《字彙》釋義的一大特色。〔註22〕但是在引證過程中仍有有美中不足之處，主要有二：

### 1、對引文出處註明體例不一

有的書名、篇名詳細註明，有的只列書名，有的只列篇名，有的只列作者，讀者要回查原典並不容易。如：

（1）不：o又房鳩切，音浮，姓也，《晉書》：「汲郡人不準。」（子．一．一）

（2）檦：方小切，音表，表也，《北史》：「檦其門閭。」（辰．五九．木）

（3）俊：祖峻切，音儁，智過千人曰俊，〈蘇綽傳〉：「萬人之秀曰俊。」（子．二七．人）

---

〔註21〕同註19九上彡部鬖字注。
〔註22〕參見林玉山《中國辭書編纂史略》頁84，中州古籍出版社，1992年5月。

「不準」見《晉書》卷三,《字彙》不注卷數,回查不易;又如欜字,出自《北史》,但是《北史》卷八十四〈李顯達傳〉、〈張年傳〉、〈劉仕儁傳〉、〈秦族傳〉、〈張元傳〉、〈楊慶傳〉等作「表其門閭」,卷八十四〈張昇傳〉、〈王崇傳〉、〈郭文恭傳〉,以及卷八十五的〈李几傳〉、〈張安祖傳〉,則作「標其門閭」,《字彙》所引不知出自何處。而〈蘇綽傳〉見《北史》卷六十三以及《周書》卷二十三,均作「萬人之英曰隽。」與《字彙》所引不同,《古今韻會舉要》震韻俊下云:「《北·蘇綽傳》:萬人之秀曰俊。」似是《字彙》所本,而梅氏刪去「北」字,只注〈蘇綽傳〉,想回查原典並不容易。故《康熙字典》凡例云:

> 《正字通》援引諸書,不載篇名,考之古本,譌舛甚多,今俱窮流溯源,備載某書某篇,根據確鑿,如《史記》則《索隱》、《正義》兼陳,《漢書》則師古、如淳夶列,他若郭象註《莊》,高誘註《呂》,悉從原本,不敢妄增,其間字有兩音,音有兩義,則夶采無遺,如或有音無義,有義無音,則又寧缺無僞,偶有參酌,必用按字標明,古書具在,不可誣也。

在引用書證時,《康熙字典》大部分都注出書名、篇名,方便讀者回查原典。

### 2、引用書證有些可能是轉引,並非直接來自原典,如:

> (1) 鑊:胡郭切,音穫,《說文》:「鑴也。」《廣韻》:「鼎鑊。」《增韻》:「釜屬。」(戌·十六·金)
>
> (2) 街:居諧切,音皆,《說文》:「四通道路。」徐曰:「街,猶偕也,竝出之意。」《風俗通》云:「街,攜也,離也,四出之路,攜離而別也。」
>     (中·八四·行)

鑊字連引《說文》、《廣韻》、《增韻》三書為證,街字引《說文》、徐鉉、《風俗通》為證,而《古今韻會舉要》藥韻、佳韻:

> 鑊:《說文》:「鑴也,从金蒦聲。」《廣韻》:「鼎鑊。」《增韻》:「釜屬。」
>
> 街:《說文》:「四通道也。」徐曰:「街,猶偕也,竝出之意。」《風俗通》云:「街,攜也,離也,四出之路,攜離而別也。」

「鑊、街」二字的詮解與《字彙》相近,《字彙》應是參考《韻會》所做的說解。《詳校篇海》凡例云:「自有文字以來,何字不有出處,苟得博覽者,悉從出處錄入,夫復何憾。然必待張華、杜預其人,亦難其人哉。從來注字書者,非不博也,乃或相沿而不自知其辨者,亦多有之,今固不能免也,總俟後人之訂正云。」可見編著字書者,要能每字都引證原來出處,有其困難,因此,《字彙》的引書多來自《韻會》,也是可以理解的。

# 第四節　《字彙》之釋形方式

　　《說文》依據篆文建立逐字分析字形結構，並據以分部的體例，往後字學發展便有兩條主要途徑：一是以承繼《說文》以篆體爲基礎的六書學，從鄭樵《六書略》、楊桓《六書統》、戴侗《六書故》、趙撝謙《六書本義》、周伯琦《六書正譌》、魏校《六書精蘊》、王應電《同文備考》、吳元滿《六書正義》等，都依篆體分析字形；一是從依部首觀念改以楷書編輯的字書，從顧野王《玉篇》、司馬光《類篇》、釋行均《龍龕手鑑》、韓道昭《篇海》、李登《詳校篇海》，都俞《類纂》、周家棟《正韻彙編》等等。楷書字書對於分析字形，從《玉篇》開始就著墨甚少，《字彙》則是其中對字形分析著墨最多者，並且都以「○」號區隔，顯示《字彙》對字形分析仍相當重視。

## 壹、《字彙》對六書定義

### 一、六書之定義之來源

　　自許慎於《說文‧敘》爲六書下定義：

> 保氏教國子先以六書，一曰指事，指事者，視而可識，察而見意，二
> 一是也；二曰象形，象形者，畫成其物，隨體詰詘，日月是也；三曰形聲，
> 形聲者，以事爲名，取譬相成，江河是也；四曰會意，會意者，比類合誼，
> 以見指撝，武信是也；五曰轉注，轉注者，建類一首，同意相受，考老是
> 也；六曰假借，假借者，本無其字，依聲託事，令長是也。

歷來學者對許慎的詮釋並非全盤接受，至明代，對六書重新界說者不下數十家，〔明〕趙宦光《六書長箋》即序列班固、衛恒、賈公彦、張參、徐鍇、張有、鄭樵、戴侗、楊桓、劉泰、余謙、周伯琦、王鏊、何喬新、王應電、朱謀㙔、僧眞空、焦竑引熊來朋、張位、吳元滿等二十家的說法〔註23〕，梅膺祚在日部書字下也對六書作了詮釋，但不是梅氏的創說，而是節錄自張位《問奇集》的〈六書大義〉〔註24〕：

---

〔註23〕《六書長箋》，《四庫存目叢書》經部第一九七冊，據崇禎四年刻本影印。

〔註24〕朱光家《字學指南》（序於萬曆二十九年）卷首有〈六書解義〉，注云：「原有注釋，義多不暢，故別錄而分解。」所稱「原有注釋」即張位《問奇集》之〈六書大義〉（序於萬曆十八年），並稍改其中文字如下：

一曰象形，謂寫其跡也，如日字象口中從一，陽數；月字象冂中從二，陰數；田字象用十，中象井田形體之制；中字象物初出有枝莖之類是也。

二曰指事，謂直著其事，如人言爲信，人目爲見，兩戶相向爲門，兩手齊下爲拜之類是也。

三曰會意，謂從意之所向而會通之，因合文以成其義，如止戈爲武，人爲爲僞，力

## 表一：《問奇集》與《字彙》六書定義對照表

| 《問奇集》六書大義 | 《字彙》書字下《周禮》六書 |
|---|---|
| 一曰象形，謂寫其跡也，如：日字從口從一，陽數，月字從刀從二，陰數，田字象四，口十阡陌之制，屮字象物初出有枝莖之類是也。 | 一曰象形，如：日字从口从一，陽數，月字从刀〔註25〕从二，陰數之類是也。 |
| 二曰指事，謂直著其事而可知也，如：人目爲見，鼻臭爲齅，兩戶相向爲門，兩手齊下爲拜之類是也。 | 二曰指事，如：人目爲見，鼻臭爲齅之類是也。 |
| 三曰會意，謂合文以成其義也，如止戈爲武，力田爲男，女帚爲婦，人言爲信，人爲爲僞，吏於人爲使之類是也。 | 三曰會意，如：力田爲男，人言爲信之類是也。 |
| 四曰諧聲，謂本一字以定其體而附他字以諧其聲也，如：江河左從水以定其體，而諧聲在右，鵝鴨右從鳥以定其體，而諧聲在左，裘裳諧聲在上，簾箔諧聲在下，園圃諧聲在內，徽輿諧聲在外之類是也。 | 四曰諧聲，如：江河，左从水以定其體，而諧聲在右，鵝鴨右从鳥以定其體，而諧聲在左之類是也。 |
| 五曰轉注，謂一字數義，展轉注釋可通用也，如：長久長字長則物莫先焉，故又爲長幼之長，長則有餘，故又爲長物之長，如行止行字，行則有蹤跡故又爲德行之行，行則有次序，故又爲周行之行，如數目數字有數則可數，故又爲數往之數，有數則密矣，故又爲疎數之數，又音促，罟亦密矣又有本其意特轉聲用之者，如以女妻人爲妻之類是也，舊考老轉形之說非也。 | 五曰轉注，如：長久長字爲長幼之長，又爲長物之長，行止行字爲德行之行，又爲周行之行之類是也。 |
| 六曰假借：謂本無其字，因字聲意而借用之也，如：能，豪獸也，今借爲賢能英豪之類，此聲借也，如內外之內，作收內之內，伯仲之伯作王伯之伯，有惡而可惡，有好而可好之類，此意借也，又如占卜之爲占奪，女子之爲尔女，房舍之爲取舍，肉骨之爲肉好之類，借聲不借義是也。 | 六曰假借，如：占卜之爲占奪，房舍之爲取舍之類，但借聲不借義是也。 |

田爲男，持帚爲婦之類是也。

四曰諧聲，謂本一字以定其體，而附他字以諧其聲，如江河左从水以定其體，而諧聲在右；鵝鴨右从鳥以定其體，而諧聲在左；裘裳諧聲在上，簾箔諧聲在下，園圃諧聲在內，徽輿諧聲在外之類是也。

五曰轉注，謂一字數義，展轉注釋可通用也，如長久之長又轉爲上聲，而注其長幼之義，則莫敢爭先，又轉爲去聲，而注其長餘之義，則人知多寡；而行止之轉注爲德行，爲周行，他可類推已。

六曰假借：謂本無其字但有其聲，因借聲意而用之，如：能，豪獸也，今借爲才能賢能之類，此聲借也；如內外之內，借作收內之內，伯仲之伯借作王伯之伯，有惡可惡曰惡，有好（上聲）可好曰好之類，此意借也；如占卜之假爲占奪，女子之假爲爾女，肉骨假爲肉（音受）好，房舍假爲取舍，但借聲不借義是也。

本書改變之內容與《字彙》所錄稍有不同，《字彙》六書定義內容未受此書影響。

〔註25〕「从刀」各本《字彙》均作「从月」，今據張位《問奇集》改。

從上表可知，《字彙》六書之例字說解都取自《問奇集》，除了假借張位分「借、意借、借聲不借義」三類，《字彙》僅舉「借聲不借義」一項爲例外，其餘五書立義都相同。趙宧光《六書長箋》所錄各家，除趙氏本人外，其餘時代大都在《字彙》之前，因此，《字彙》選擇張位的〈六書大義〉作爲的六書內容，必然接受張位的詮釋，因此，本文即以張位〈六書大義〉視爲《字彙》之六書定義。

## 二、六書定義之檢討

### （一）六書之名稱與次第

自東漢三家六書說至《字彙》，各家六書名稱與次第可整理如下表〔註26〕：

表二：《字彙》以前六書名稱與次第一覽表

| 作　者 | 書　名 | 六書次第與名稱 | 備註（名稱次第全同者列於此） |
|---|---|---|---|
| 〔漢〕班固 | 《漢書藝文志》 | 象形、象事、象意、象聲、轉注、假借 | 〔南唐〕徐鍇《說文繫傳》 |
| 〔漢〕鄭眾 | 《周禮注》 | 象形、會意、轉注、處事、假借、諧聲 | |
| 〔漢〕許慎 | 《說文解字敘》 | 指事、象形、形聲、會意、轉注、假借 | 〔晉〕衛恒《四體書勢》 |
| 〔唐〕魏徵等 | 《隋書・經籍志》 | 象形、諧聲、會意、轉注、假借、處事 | |
| | 〔宋〕《廣韻》 | 象形、會意、諧聲、指事、假借、轉注 | 〔明〕朱之蕃《海篇心鏡》 |
| | 〔宋〕《玉篇》〔註27〕 | 象形、會意、形聲、指事、假借、轉注 | 〔金〕韓道昭《篇海》〔明〕湯顯祖《五侯鯖字海》 |
| 〔宋〕鄭樵 | 《通志六書略》 | 象形、指事、會意、轉注、諧聲、假借〔註28〕 | |
| 〔宋〕張有 | 《復古編》 | 象形、指事、會意、諧聲、假借、轉注 | 〔明〕趙撝謙《六書本義》〔明〕吳元滿《六書總要》 |

---

〔註26〕本表參考〔明〕趙宧光《六書長箋》及林尹《文字學概說》頁52（正中書局，民國83年），以及今仍可見之各字書、韻書而編製，《廣韻》、《玉篇》屬附錄性質，故不列著者，劉泰、余謙、朱謀㙔、焦竑不知出自何書，故不列書名。

〔註27〕今本《大廣益會玉篇》卷首所附〈新編正襄足註玉篇廣韻指南〉已改「諧聲」爲「形聲」，其餘定義不變，故另立一行。

〔註28〕鄭樵《通志・六書略》序云：「小學之義，第一當識子母之相生，第二當識文字之有間，象形、指事，文也；會意、諧聲、轉注，字也；假借，文字俱也。」（此段文字王應麟《困學紀學》也收入此段文字）與內文六書次第不同，序中所指乃文與字之別，不牽涉六書次第，故本表採其內文次第。

| 作　者 | 書　名 | 六書次第與名稱 | 備註（名稱次第全同者列於此） |
|---|---|---|---|
| 〔元〕載侗 | 《六書故》 | 指事、象形、會意、轉注、諧聲、假借 | |
| 〔元〕楊桓 | 《六書統》 | 象形、會意、形聲、指事、轉注、假借 | |
| 〔元〕楊桓 | 《六書溯源》 | 象形、會意、指事、轉注、諧聲、假借 | |
| 〔元〕周伯琦 | 《說文字原》 | 象形、指事、諧聲、會意、轉注、假借 | |
| 〔元〕李從周 | 《字通》 | 象形、會意、轉注、指事、假借、諧聲 | 〔元〕《古今韻會舉要》 |
| 〔元〕劉泰 | | 象形、會意、指事、轉注、形聲、假借 | |
| 〔元〕余謙 | | 象形、形聲、指事、會意、轉注、假借 | |
| 〔明〕僧眞空 | 《篇韻貫珠集》〔註29〕 | 象形、指事、形聲、會意、轉注、假借 | |
| 〔明〕王應電 | 《同文備考》 | 象形、會意、指事、諧聲、轉注、假借 | |
| 〔明〕張位 | 《問奇集》 | 象形、指事、會意、諧聲、轉注、假借 | 〔明〕朱光家《字學指南》、袁子讓《字學元元》、朱謀㙔、焦紘、梅膺祚《字彙》 |

　　1. 就名稱來說，宋以後許慎所定名稱，象形、指事、會意、轉注、假借五書名稱都沒有異說，形聲則另有諧聲之說，且使用之學者較形聲爲多，亦即鄭眾「諧聲」之名在宋、元、明之際，仍普遍爲大家所接受，李從周《字通‧序》云：

　　　　書有六體，或指其事，或象其形，或諧諸聲，或會以意，或轉注相授
　　也，或假借相成也。

從「指其事、象其形、諧諸聲、會以意」的詮釋系統來看，稱諧聲有其系統一致性。

---

〔註29〕《篇韻貫珠集》首引《四聲篇海》之說，序則引周伯琦《說文字原‧序》，並改諧聲爲形聲，故列於此。

　　並序云：「書學有六，盈天地之間者皆物也，裁成輔相天地之化者，皆事也，故象形爲先而指事次之，指事者，視而可識，上下是也；人之五事曰貌言視聽思，聲蘊於言，意萌於思，故形聲會意又次之，形聲者，以事物配聲，齒从止，旨从匕是也，會意者，比類合意，兩人爲从，兩火爲炎也。形也，事也，聲也，意也，合而爲文字矣，未盡者，則轉注以足其意，假借者以足其聲，轉注者，反側取義，變形成類，側山爲𠃋，倒出爲帀」是也；假借者，本無其字，依聲託事，令長是也。」

2. 就次第來說，張位採用了班固之次序，當時如朱光家《字學指南》、袁子讓《字學元元》、朱謀㙔、焦紘等，都採用這個次第，可見這是萬曆年間所流行的次第，《字彙》不僅在收字釋義方面從俗，對六書內容的選取亦然。

## （二）六書之內容

各家之說前輩學者論述已多，本文不再贅述。著述立說，只要言之成理，自成系統，便有其價值，而張位之六書說，就其系統本身仍有三大缺失：

（1）依楷書析字不當：象形以日、月二字爲例，自《說文》以來各家均無疑義，但是卻分析爲「日字從口從一，陽數，月字從几從二，陰數」，根據楷書字形分析，與許愼《說文・敘》所斥「馬頭人爲長，人持十爲斗，虫者屈中也」相類；許愼依篆文分析干支十數字以陰陽五行說解，已遭後人批評，張位又依據楷書字形再與陰陽五行之說搭配，其訛誤尤甚。

（2）指事與會意之間的界域不明：張位指事定義爲「謂直著其事而可知也」，會意定義爲「謂合文以成其義也」，看似有別，但是指事以「人目爲見，鼻臭爲齅，兩戶相向爲門，兩手齊下爲拜」爲例字，會意以「止戈爲武，力田爲男，女帚爲婦，人言爲信，人爲爲僞，吏於人爲使」爲例字，兩者之間都是合文以成義，據其例字，指事實已包含在會意之中，趙宧光《六書長箋》即批曰：「見齅拜三字竝會意門字。」且「直著其事」意義也隱晦難辨，據以判準指事與會意之別有其困難，因此，同一「信」字，張位歸會意，朱光家則改爲指事〔註30〕，依此分類，徒增困擾。

（3）轉注與假借仍有所混淆：轉注是「一字數義，展轉注釋可通用」者，以「長久長字，長則物莫先焉，故又爲長幼之長，長則有餘，故又爲長物之長；如行止行字，行則有蹤跡，故又爲德行之行，行則有次序，故又爲周行之行；如數目數字，有數則可數，故又爲數往之數，有數則密矣，故又爲疏數之數，又音促，罟亦密矣。又有本其意特轉聲用之者，如以女妻人爲妻之類是也」爲例，則轉注有兩個條件，一是意義之引申，一是歧音以別義，兩個條件符合才是轉注。假借則是「本無其字，因字聲意而借用之」，並分爲「聲借、意借、借聲不借義」三類，其中意借一類，所舉「內外之內，作收內之內，伯仲之伯作王伯之伯，有惡而可惡，有好而可好之類」之例，兩義之間都有意義關聯，也都是歧音別義的類型，與前述轉注之例無別，因此，轉注只是假借中的意借一項而已。

前述三項缺失，《字彙》承襲了前兩項，第三項依《字彙》所舉字例，似乎僅

---

〔註30〕詳見註24。

以「借聲不借義」一項爲假借，那麼轉注與假借之界域則爲「有意之引申，且歧音別義」者爲轉注，「借聲不借義」者爲假借，已改進張位轉注只是假借之一項的缺失。即使如此，這樣的判分仍有缺失，因爲「有義的引申，且語音不變者」並沒有納入系統中。

因此，《字彙》以張位《問奇集》的〈六書大義〉作爲書字六書的定義，並不恰當。即使已有所調整，仍是一個界域不明的六書系統。

## 貳、內文構形分析之對象與作用

《字彙》凡例稱「末採《說文》製字之旨」，因此，往往於各字下分析各字之形構，並且都以「○」號區隔。雖然《字彙》並沒有在每字下都作字形分析，但就所錄資料，仍有相當值得討論的地方。

### 一、分析之對象

#### （一）就整字與部件來說：

1. 就整字結構做分析，如：

（1）七：○从，一又以一衺出于其中。（子・一、一）

（2）亅：○象形。（子・十一、亅）

（3）丂：○《說文》：「ㄅ上礙於一也。」此字古文作丂，又作巧。（子・一、一）

（4）呂：○《六書正譌》：「呂，脊肉也，象形，借爲姓及律呂字，俗作膂，非。」（丑・七・口）

（5）每：○从屮毋聲。（辰・七九，毋）

（6）具：○从目从廾。（子・五十・八）

（7）桒：○《說文》：「从卒卉聲，拜字从此。」（子・八一、十）

（8）歙：○《六書正譌》：「从久酓聲，酓，古歠字，俗作飲，非。」（辰・六八・欠）

前四字是分析獨體字之形構，後四字則是分析合體字之組成，其中例（1）（2）（5）（6）則是於「○」號後直接加注說明，例（3）（4）（7）（8）則是引用書證。

2. 就個別部件做說明，如：

（1）媵：○从舟。（丑・七八・女）

（2）嫌：○女子多嫌疑，故从女。（丑・七九・女）

（3）壿：○从士與从土者不同。（丑・五五・士）

（4）悉：o毛氏曰：「从釆，釆音辨，與采字不同。」（卯‧九‧心）

（5）圖：o徐鍇曰：「圖，規畫之也，故从囗。」（丑‧三六‧囗）

（6）尺：o《說文》：「从乙，乙所識也。」（寅‧二一、尸）

（7）夋：o从允聲。（丑‧五五‧夂）

（8）事：o从史省聲。（子‧十一‧亅）

（9）祇：o《六書正譌》：「从氏聲，俗用作衹敬字，非。」（申‧八八‧衣）

（10）究：o《說文》：「九聲。」俗作宄，非。（午‧一〇三‧穴）

前六字乃針對意符做說明，後四字則針對聲符做說明；其中例（1）（2）（3）（7）（8）於「o」圈號後直接說明，例（4）（5）（6）（9）（10）則是引用書證。

## （二）就正字與異體來說

（1）媵：以證切，音孕，送女從嫁o从舟。（丑‧七八‧女）

（2）羕：餘亮切，音恙，蕩羕，水長貌o《六書正譌》：「从永羊聲，別作漾，乃水名。」（未‧五六‧羊）

（3）巛：同上（淵），《說文》：「淵或省水，象形，左右岸也，中象水貌。」（巳‧二一、水）

（4）虍：與虐同，象形，虎足反爪人也。（申‧五四‧虍）

（5）垒：徂兮切，音齊，古文齊字。《說文》：「禾麥吐穗上平也。」徐鍇曰：「生而齊者莫若禾麥，二，地也，象形。」（子‧十二‧二）

（6）仝：古同字。从人从工，與全字異，全音全，从入。（子‧十七‧人）

（7）㘩：喪本字，从哭从亡，《六書正譌》：「俗作喪，非。」然今皆从喪，故注詳於上。（丑‧二一、口）

（8）屮：篆文之字，象芝草形。（寅‧二六‧屮）

（9）寷：寶正字，《六書正譌》：「从宀玉會意，缶聲，隸作寶，通，俗作寳，非。」（寅‧十二‧宀）

（10）甾：籀文邕字，上从川，象壘塞川之形。（寅‧四四‧巛）

（11）躲：即射字，矢發於身而中於遠，故从矢从身。（午‧七十‧矢）

（12）檖：俗柰字，果也。柰本从木，傍又加木，俗字之譌也。（辰‧四二‧木）

上舉十二例，前二字屬正字說解形式，後十字則是十種異體說解形式，各類異體都有可能在該字下做字形分析，亦即《字彙》並不專為某一類字做字形分析，而是視其需要而定。

## 二、說解字形之作用

### （一）單字構形分析

1、楷書字形經過隸變，與篆文並不相應，因此《字彙》加注構形分析，如：

（1）丹：ο丹乃石名，其字從井中一點，象丹在井中。（子・六・丶）

（2）亂：ο从爪从幺从冂从又从乙。（子・十・乙）

（3）保：ο毛氏曰：「篆文从人从子从八，蓋象人抱子形。」（子・二九・人）

（4）黃：ο从日从茨聲，日初出則光高則黃。（亥・六八・黃）

（5）康：ο《說文》：「从米庚聲。」《六書正譌》：「本穀皮也，借爲康樂字，別作糠、穅，竝非。」（寅・六二・广）

（6）膌：ο从舟。（寅・五二・巾）

（7）朕：ο从舟从羑。（辰・四八・木）

（8）曹：ο篆从兩東。（辰・十四・曰）

（9）蘽：ο上从丫。（申・五十・艸）

（10）朕：ο从丹。（辰・十八・月）

以上十例，篆文經隸變後，字形已有所轉變，因此《字彙》加以說明篆文之構形。前五字針對整字做說明。後四字則僅針對部分部件做說明，其中（6）（7）（8）兩字字形分析與歸部無關，（9）（10）兩字則是針對形近歸部做補充說明。

2、楷書字形並沒有太大變化，但是梅氏可能認爲構字的意義隱晦，有必要再進一步說明，因此加注分析構形，並進一步說明每個部件在整字構字時代表的意義，如：

（1）丫：ο从丶从丨，象物開之形，或作椏。（子・四・一）

（2）丏：ο象壅蔽之形，沔、眄等字从此。（子・二・一）

（3）宮：ο从宀，深屋也，从呂，脊也，脊身中故从呂。（寅・八・宀）

（4）乳：ο《說文》：「从孚从乙，乙者，玄鳥也。〈月令〉：玄鳥至之日，祠于高禖以請子，故从乙。」又乳化之信也，故从孚。（子・九・乙）

（5）參：ο《六書正譌》：「从人諧聲，从彡髮貌，別作鬖，非。」（子・十七・人）

（6）博：ο从十專聲，專，布也，十，成數也，總博之義。（子・八一、十）

（7）件：ο从牛，牛大故可分。（子・十八・人）

（8）嬾：ο《六書正譌》：「女性多怠，故从女，別作懶、孏，竝非。」（丑・八三・女）

（9）柰：ο徐鉉曰：「當从示乃得聲，示，蘇合切。」（辰‧二六‧木）

（10）祇：ο《六書正譌》：「从氏聲，俗用作祇敬字，非。」（申‧八八‧衣）

以上十例篆文楷化後，字形變化不大，《字彙》也都予以詮釋字形。前六字分析整字構形，（1）（2）兩字分析獨體之之構形，（3）（4）兩字說明兩個部件會合之意，（5）（6）兩字則說明諧聲；後四字則僅針對部分部件，（7）（8）兩字說明意符之作用，（9）（10）兩字則指明聲符。

3. 篆文構形已有所省變者，《字彙》也往往加注說明，如：

（1）丨：ο从反丨。（子‧十一‧丨）

（2）竹：ο字書从倒艸，竹，艸也，而冬不死，故从倒艸。（未‧一‧竹）

（3）尢：同上（尣），加一點爲尢豫字，周伯溫曰：「从犬曲其足而首尙弱，象形，人行則犬子每豫在前，故謂遲疑不決爲尢豫，因借聲爲尢異字。」經史尢異字皆加點矣。（寅‧十九‧尢）

（4）了：ο《說文》：「从子無臂。」（子‧十一‧丨）

（5）木：ο《六書正譌》：「从木中平，象形，或作橪，通；別作梫、蘗，竝非；又萌木、甹木皆北字，支子謂之木子，亦取此義；又魚列切，別作孼，非。」（辰‧十九‧木）

（6）佞：ο从女信省，徐鉉曰：「女子之信，近於佞也。」《六書正譌》：「从人从女从二，二古上字，以女子之道事上，佞之道也。」（子‧二三‧人）

（7）虞：ο从虎省，吳聲。（申‧五五‧虎）

（8）衃：ο从血甹省聲。（申‧八二‧血）

（9）匇：ο从包省。（午‧二五‧勹）

（10）穀：ο穀省聲。（酉‧五十‧赤）

以上十例都是篆文構形即已有所省變，前三字是變體字，其中（1）（2）兩字是以全字之反倒爲造字之方法，例（3）則是改部部分筆劃；後七字則都是省體，其中（4）（5）兩字說明獨體的減省筆劃，（6）到（10）則是合體字的部件減省筆劃，（6）（7）（9）兩字減省意符筆劃，（8）（10）則減省聲符筆劃，（9）（10）則只針對減省部件做說明。

## （二）相同構字部件之字組分析

前述三項都是針對單字構形分析，此則在某字下，說明與此字構形相關的各字，如：

（1）舀：ο凡惄、蹈、舀、綹之類，皆从臽，臽音由，上从爪，下从杵臼之臼；

凡陷、諂、閻、欲之類皆从臽，音陷。（巳・三十・水）

（2）欽：ｏ从欠，《說文》凡由口出者皆从欠，若吹、歌、欷、歔、歐、歎之類是也。與欬字不同。（辰・六六・欠）

（3）开：ｏ从兩手，凡弃、栞、枅、豜、銒、岍、汧、雃、硏、姸等字皆从此。俗作开，非。（寅・五六・干）

（4）广：凡屋之類，如廳、廂、廊、廡、庠、序等字皆从广。《六書正譌》：「凡廛、廚、廄等字从此，俗混作厂，非。」（寅・五八・广）

（5）又：ｏ按篆文又字像右手之形，故字多取義于手，凡在字上如右、有等字，及帚、叟等字；在字下如雪、彗等字，皆又字也；至丑、尹、君等字，又穿而取義，中橫一畫，俱宜穿出；又如夬、史、丈等字，亦皆又字，右撇俱當穿左。（子・八九・又）

（6）攵：支字在傍之文，凡从支者皆然。郭恕先曰：「用攵代文，將无混旡，若斯之流，便成兩失。」（卯・六七・攴）

（7）卩：Ｏ《六書正譌》：「象骨卩之形，古之符卩所以示信，半在內半在外，取象於骨卩，故又借爲符卩字，隸作節。」毛氏曰：「凡从卩之字，偏旁作弓、巴、邑、卩，與阝不同，阝音邑。」（子・八二・卩）

（8）日：凡昏、旦、明、晦、朝、暮、旱、暵之類，皆从日，旨字从甘，書、者、魯、習、皆、智皆从日，自今省作白，日與曰不同，曰者，上畫缺，日字从口从一。（辰・一・日）

（9）麤：ｏ凡讒、纔等字从此，俗作麄，从二兔，非。（辰・八十・比）

（10）冄：ｏ《六書正譌》：「毛冄冄也，象形。凡那、聃字从此，俗作冉，非。」（子・五一・冂）

上舉十例，（1）（2）兩字在合體字下類聚部分組成部件相同的字，（1）是類聚以「臽」爲聲符之字，（2）則是類聚以「欠」爲意符之字；（3）（4）兩字則是類聚以該字爲組成部件之字，（3）是以「开」爲聲符之字，（4）則是以广爲意符之字；例（5）（6）則是說明該部件在不同位置有不同的字形；例（7）（8）則是辨析字形相近部件之差異，（9）（10）則是辨正俗寫錯字。

（三）說明文字孳乳演化，如：

（1）韮：ｏ韭字象形，俗加艸頭。（韭・六六・韭）

（2）羦：ｏ今或作莧，按《六書正譌》：「莧，胡官切。」音桓，其文乃丫頭，非艸，見有一點如兔字，非見，謂是山羊細角，象形，羊傍又後人所

加也。（未・五八・羊）

（3）午：o周伯溫曰：「午，古杵字，借爲子午字，後人加木作杵以別之。」（子・八十・十）

（4）紀：o按紀古作己，网目之縷也，象錯綜之形，因聲借爲戊己彼己字，既爲借義所奪，後又加糸作紀以別之，其實一字也。（未・二六・糸）

（5）右：o…〈周書〉：「左右先王。」凡言左右之者，謂於其左右而扶助之也，後加人爲佑。（丑・二・口）

（6）廳：o毛氏曰：「聽事言受事察訟於是，漢晉皆作聽，六朝以來始加广。」（寅・六六・宀）

（7）藏：o徐鉉曰：「《漢書》通用臧字，从臣戕聲，後人加艸。」（中・四五・艸）

（8）鳴：o按此字本只作鳥，鳥以其名自呼，故曰鳥呼，後人加口。（丑・二二・口）

（9）刁：o按古無刁字，《佩觽集》：「刀有都高、丁聊二反，俗別爲刁，其浮僞有如此者。」（子・五八・刀）

（10）亨：…與烹同…o按古惟亨，後人加一畫作享獻之享，加四點作烹飪之烹。（子・十四・亠）

前四字是加形以明本義，例（1）（2）是累增字，（3）（4）兩字則是本字爲假借義所專故加意符以明本義；（5）（6）兩例則是加意符以明引申義，（7）（8）則是加意符以明假借義，（9）（10）兩例則是改變筆形或增加點畫以紀錄分化之詞義。

## （四）訂正錯字，如：

（1）墐：具吝切，音覲，塗也…o毛氏曰：「下从二畫，誤。」（丑・四九・土）

（2）芈：食角切，音涊，叢生草也o上从四直兩長兩短，从卯誤。（子・五・丨）

（3）丟：丁羞切，音兜，一去不還也o俗从丿，非。（子・四・一）

（4）膚：o《說文》：「从肉，盧省聲。」俗从慮，誤。（未・九三・肉）

（5）有：《說文》：「从月从又。」《增韻》从肉，誤。（辰・十六・月）

（6）奉：o从手从廾丰聲，後人傍加人作俸祿字，加手作捧承字，贅矣。（丑・六二・大）

（7）鱻：俗以此作蠡魚魚字，按蠡魚形似魚，故名魚，俗加虫，謬矣。（中・七二・虫）

前三例辨正筆劃，（4）（5）兩例則是辨正部件，（6）（7）兩例則是辨俗字累增之誤。

（五）辨似字形，如：

（1）几：o字無鉤挑，與几案字不同，殳字從此，俗用几，非。（子·五六·几）

（2）曰：o從冂從二，冕冣之上，冑之下從此，與子曰字不同。子曰字上缺。（子·五一·冂）

（3）墫：七倫切，音逡，與蹲同o從士，與從土者不同。（丑·五五·士）

（4）摰：o與上摯字不同，摯從執持之執。（卯·五七·手）

（5）坉：o按此字與宀部宅字畫同而音異義異。（丑·四一·土）

（6）讋：o二字文同而音義異。（酉·二七·言）

（7）丣：云九切，音有，闔戶為丣，日入時也o《六書正譌》：「後人以此字類卯，故借酉字別之，酉乃古酒字，象器中半水，既以酉字為丣字，復加水旁作酒字，凡留、柳等字諧聲者，皆從丣，醴醪等字會意者，皆從酉，二字不可混用。」（子·五·一）

（8）昧：o凡沫、妹、昧、眛等字，當從本末之末，則音末，凡從午未之未，則音妹。（辰·四·日）

（1）（2）是兩字筆劃相似，（3）（4）兩例兩字部件相似，（5）（6）兩例則是兩字部件相同而組合位置不同，（7）（8）則是辨字組之相似。《字彙》不僅在內文辨似字形，卷末更附有〈辨似〉與〈醒誤〉，其〈辨似〉序云：

> 字畫之辨在毫髮間，注釋雖詳，豈能徧覽，茲復揭出點畫似者，四百七十有奇，比體竝列，彼此相形，俾奮藻之士，一目了然，無魚魯之謬也。

收錄二字辨二百零九組、三字相似七組、四字相似五組、五字相似二組，合計二百二十三組，即在辨析字形之別；又〈醒誤〉序云：

> 此數字余童時習焉而不知，蓋緣坊間書本所誤也，今醒之矣，敢以質於鴻博。

列有易混之字三十三組，可見梅膺祚對字形辨似之重視。

## 參、釋形之來源

如前章所述，《字彙》書字下所引六書定義不足為據，內文各大字下之字形分析，也不是依書字下之定義而衍釋，而是廣引各家之說，主要有《說文》及李陽冰、徐鉉、徐鍇之說，以及毛晃《增修禮部韻略》、歐陽德隆《押韻釋疑》、張有《復古編》、黃公紹《古今韻會》、周伯琦《六書正譌》及《洪武正韻》等書，前章論正俗字之說解來源，對《增修禮部韻略》、《押韻釋疑》、《復古編》、《古今韻會》、《六書正譌》等書已有所討論，此處不再贅述，僅就《說文》系統部分進行討論。

## 一、《說文》

丂：o《說文》：「丂上礙於一也。」此字古文作亐，又作巧。（子・一、一）

玨：吉岳切，音覺，《說文》：「二玉相合爲一玨。」徐曰：「雙玉曰玨。」o亦作
　　瑴。（午・二・玉）

暨：o《說文》：「从旦既聲。」（辰・十一、日）

疑：o《說文》：「从子止匕，矢聲。」（午・三一、疋）

灋：古法字，《說文》：「平之如水，故从水；廌，所以觸不直者去之。故从廌从去。」
　　（巳・四六・水）

徐鉉校《說文解字》（大徐本）與徐鍇《說文繫傳》（小徐本），兩者在字形分析上不盡相同〔註31〕，《字彙》在引用《說文》之字形分析時，並不是偏從一家，前引各字因大、小徐本一致，並無偏向的問題，有些引用大徐本，有些則引用小徐本，有些則既不是大徐本，也不是小徐本，而是其他字書或韻書所引，如：

表三：《字彙》引《說文》各家異同表

| | 《字　彙》 | 備　註 |
|---|---|---|
| （1） | 㕟：同上（淵），《說文》：「淵或省水，象形，左右岸也，中象水貌。」（巳・二一・水） | 小徐本「貌」作「也」。此處依大徐本作「貌」。《韻會》未收此字。 |
| （2） | 奧：牢本字，《說文》：「从牛冬省，取其四周帀也。」（巳・七一、牛） | 小徐本作「冬省聲」，此與大徐本同。《韻會》也與大徐本同。 |
| （3） | 男：o《說文》：「从田从力，男用力於田也。」（午・二五・田） | 小徐本作「从田力」，此與大徐本同。《韻會》與小徐本同。 |
| （4） | 下：o《說文》：反上爲下，《禮記解》：人在一上爲上，人在一下爲下。（子・二・一） | 大徐本作「底也，指事。」小徐本作「从反上爲下。」（一上部）《字彙》依小徐本。惟此字《韻會》馬韻下字下云：「…从反上爲下…《禮記解》：人在一上爲上，人在一下爲下。」《字彙》此段文字應是節錄自《韻會》。 |
| （5） | 彝：o《說文》：「从互，象形，與爵相似，从糸，糸，綦也，廾持米器中實也。」俗作彞，非。（寅・七五・彑） | 大、小徐本均作「从糸，糸，綦也，廾持米器中實也，互聲，此與爵相似。」與《字彙》所引不同，《韻會》支韻彝字：「《說文》宗廟常器也，从糸，糸，綦也，廾持米器中實也，从互，象形，與爵相似，互聲，會意o」這段文字應是《字彙》所本，《字彙》將前後兩段文字對換，並刪去「互聲，會意」四字，依《韻會》所引，則「从互」既是象形，再說「互聲，會意」便不合理。 |
| （6） | 沙：o《說文》：「从水少，水少沙見也。」（巳・六・水） | 大徐本作「从水从少」，小徐本作「从水少聲」，《韻會》作「从水少」，《字彙》依《韻會》。 |

〔註31〕大、小徐本有多種不同版本，今大徐本以華世出版社影印之宋刊本《說文解字》爲依據，小徐本則以華文書局影印之祁刻本《說文繫傳》爲依據。

| | 《字　　　彙》 | 備　　　註 |
|---|---|---|
| （7） | 祝：o《說文》：「祝祭主贊詞者，從人口從示，一日從兌省。」徐曰：「按《易》：『兌，悅也，巫所以悅神也o』」（午·八五·示） | 大、小徐本均作「從示從人口」，此處與《韻會》同。 |
| （8） | 屋：《說文》：「從尸，人所主曰尸，從至，至所止也。」（寅·二三·尸） | 大、小徐本「人」均作「尸」，《韻會》作「人」，《字彙》依《韻會》。 |
| （9） | 水：式軌切，稅上聲，五行之首，居北方，卦屬坎…o《說文》：「水至柔而能攻堅，故一其內。」（巳·一·水） | 《說文》十一上水部水字下云：「準也，北方之行，象眾水晢流，中有微陽之气也。」與《字彙》所引不同。徐鍇《說文繫傳·通論》：「故於文眾屈為水，至柔能攻堅，堅陽在內，柔陰衛其外，故莫之能勝，故水一其內也。」正是這段文字的出處，以徐鍇之說列為《說文》之論，則承自《正韻》，其紙韻水字下云：「《說文》：準也，五行之首，居北方，象眾水竝流，有微陽之氣，至柔而能攻堅，故一其內。」 |
| （10） | 延：與疏同，《說文》：「延，通也，從爻從疋。」（巳·六六·爻） | 大、小徐本、《韻會》等各本均作「疋亦聲」，《字彙》刪去「亦聲」二字，未知所據。 |

　　前三例都與大徐本相同，例（4）則是與小徐本相同，例（5）到（8）則是與大、小徐本不同，而與《韻會》相同，例（9）則是承《正韻》之誤，以徐鍇的說法誤為《說文》原文，例（10）則是說法與各本都不同，似另有所本。

## 二、李陽冰之說

（1）改：o從身己之己，李陽冰曰：「己有過攴之即改。」（卯·六八·攴）

（2）爿：o又慈良切，音牆，李陽冰言：「木右為片，左為爿，音牆，《說文》無爿字。」（巳·六六·爿）

（3）王：o從一從土，董仲舒曰：「三畫連中，三者，天、地、人也，而參通之，故謂之王。」古文王字上二畫密，下二畫疎，金玉字三畫皆均無點，秦用隸書以其與帝王字無辨，故加點為玉以別之，而以畫均者為帝王字，李陽冰曰：「中畫近上，王者則天之義。」（午·一、玉）

（4）笑：o徐鉉曰：「案孫愐《唐韻》引《說文》云：喜也，從竹從犬而不述其義，今俗從犬。又案李陽冰刊定《說文》，從竹從夭，云：竹得風其體夭屈如人之笑，未知其審。」（未·一、竹）

　　引錄李陽冰之說，所見僅四字，均出自大徐本。其中「改、王、笑」三字，《韻會》也有收錄，但文字略有出入，故仍應視為引自大徐本。

### 三、徐鍇之說

主要有「徐鍇曰、徐曰、徐按」三種稱述：

#### （一）徐鍇曰：

（1）丙：o《說文》：「从一入门，一者陽也。」徐鍇曰：「陽功成入於门，门門也，天地陰陽之門也。」（子・三・一）

（2）撵：古拜字，《周禮》：「凡王后有撵事於婦人則詔相。」o从手从耑从夲，夲音滔，《說文》燊音忽，徐鍇曰：「燊，進趣之疾也，故拜从之。」（卯・五五・手）

（3）憂：o从心从頁，徐鍇曰：「憂形於顏面，故從頁。」（卯・二二・心）

（4）䢉：農本字o从晨凶聲，徐鍇曰：「當从凶，乃得聲。」（酉・八五・辰）

（5）弼：o徐鍇曰：「丙古舌字，弜，止弓器也，舌柔而弜剛，以柔从剛，輔弼之意。」（寅・七三・弓）

（6）噫：古優字，徐鍇《說文繫傳》：「向風而行，則氣噫吃也，故从悉从口，氣壅則噫也。」（卯・十・心）

上舉五字，例（1）（2）先引《說文》再引徐鍇之說，例（3）（4）則是先字形分析，再引徐鍇之說補充，例（5）則是直接引徐鍇之說，例（6）全書稱《說文繫傳》之例，僅此一則，故附記於此。例（1）也見於《韻會》，但說解略有不同：「徐曰：门猶門也，天地陰陽之門戶，陽功成將门也。」（上聲梗韻），兩者說解不盡相同；例（3）《韻會》作「《說文》愁也，憂，从心頁聲，憂心形於顏面，故从頁。」則以徐鍇之說與《說文》未做區隔，《字彙》則指明「憂形於顏面，故从頁」為徐鍇之說，例（4）（6）兩字《韻會》未收徐鍇之說，則《字彙》所引稱「徐鍇」之說未必都來自《韻會》。

#### （二）徐曰：

稱「徐曰」分析之字，除「宋」字來自徐鉉、察字兼收徐鍇、徐鉉之說外，其餘都來自《說文繫傳》〔註32〕如：

---

〔註32〕「宋、察」二字，《字彙》徵引內容與大小徐本、《韻會》對照如下：

| | 《字 彙》 | 大 小 徐 本 | 《韻 會》 |
|---|---|---|---|
| 宋 | 《說文》：「居也，从宀从木。」徐曰：「木所以成室以居人也。」 | 大徐本：「居也，从宀从木，讀若送。臣鉉等曰：木者，所以成室以居人也。」（七下宀部）小徐本：「居也，从宀木聲，臣鍇曰：室居也。」 | 《說文》：「居也，从宀从木，一曰木所以成室以居人也。」（去聲宋韻） |

（1）如：《說文》：「從隨也。」徐曰：「女子從父之教，從夫之命，故从口。」（丑・六六・女）

（2）孕：《說文》：「从几。」徐曰：「几音殊。」今俗通作乃，从之。（寅・一・子）

（3）初：○从衣从刀，徐曰：「禮之初，施衣以蔽形，以刀裁衣，會意。」（子・六一、刀）

（4）寸：○从又从一，徐曰：「一者，記手腕下一寸，此指事也。」（寅・十五・寸）

（5）幝：○徐曰：「車弊則木連及韋革金鐏飾，皆起若敗巾，故从巾。」（寅・五三・巾）

以上五字均見於徐鍇《說文繫傳》，也都見於《韻會》，極有可能稱「徐曰」之字，多轉引自《韻會》。

## （三）徐按：

（1）創：徐按：「此正刀創字也。」漢曹參身被七十創○（子・六五・刀）

（2）宰：徐按：「《老子》為而不宰，宰制之則辛苦，故从辛。」（寅・九・宀）

（3）巴：徐按：「《博物志》：巴蛇吞象，三歲出其骨，《山海經》：玄蛇食鹿，字中从一，象蛇所吞也。」（寅・四五・己）

（4）旐：直紹切，音趙，《說文》：「龜蛇四斿以象營室，悠悠而長也。」徐按：「《周禮注疏》：龜有甲，象其捍難，蛇見人避之，象其辟害也，營室，北方七宿也，其星象龜形。」（卯・八一、方）

以上所舉四例引「徐按」之說，也都出自《說文繫傳》，也都見於《韻會》，亦即稱「徐按」應該也是轉引自《韻會》。

綜上所述，《字彙》稱引徐鍇之說，稱「徐鍇」者應是據原書而來，稱「徐曰」、「徐按」則可能是轉引自《韻會》。

## （四）徐鉉：

除前述稱「徐曰」之「宋、察」二字外，大部分都作「徐鉉曰」，如：

| 察 | 《說文》：覆審也，从宀祭聲，徐曰：宀，覆也，會意，祭祀必質明察也，故从祭。 | 大徐本：「覆也，从宀祭，臣鉉等曰：祭祀必天質明，明，察也，故从祭。」（七下宀部）小徐本：「覆審也，从宀祭聲，臣鍇曰：宀覆也，从此會意。」 | 《說文》：「覆審也，从宀祭聲。」徐曰：「宀，覆也，會意。」徐鉉曰：「祭祀必質明明察也，故从祭。」（入聲點韻） |

（1）叟：ｏ从受从巳，徐鉉曰：「巳者，物也，又爪，輒取之，指事。」（巳‧
　　　六四‧爪）

（2）向：ｏ从宀从口，徐鉉曰：「牖所以通人氣，故从口。」（丑‧四‧口）

（3）漉：ｏ徐鉉曰：「以縑帛漉酒，故从网。」（巳‧四五‧水）

（4）畞：ｏ徐鉉曰：「十，四方也，久聲。」《六書正譌》：「通作晦，俗作畒，
　　　非。」（午‧二八‧田）

（5）暢：ｏ徐鉉曰：「本作場，借爲通暢之暢，今俗別作暢，非。」（午‧二九‧
　　　田）

（6）付：ｏ从寸持物對人，徐鉉：「寸，手也。」（子‧十七‧人）

例（1）（3）（4）（5）諸字《韻會》都未收，例（2）《韻會》稱「徐曰」（去聲漾
韻），例（6）《韻會》則未稱引徐鉉之說，因此，《字彙》引徐鉉之說法，應是據
原書而來。

## 五、戴侗《六書故》

　　　奧：ｏ周伯溫曰：「《說文》作奧，从𥁞無義，戴侗《六書故》：从火會意，从
　　　要諧聲，今从之。」（巳‧五三‧火）

　　　埽：掃本字，《周禮‧閽人》：「掌埽門庭…。」《六書故》：「从未象秉形，从又，
　　　手也，秉除之意，別作掃。」（丑‧四四‧土）

　　　旅：ｏ从㫃从二人，《六書故》：「竝人於㫃下，㫃旗之旒也，以旗致民眾，會
　　　意。」（卯‧八一‧方）

　　　簫：ｏ按戴侗《六書故》、周伯琦《六書正譌》俱作𥫗，今不可从矣。（未‧一
　　　六‧竹）

　　全書收錄《六書故》例子不多，以上四字都轉引自《六書正譌》。

## 六、未注出處仍可尋其來源者

　　《字彙》並未每字釋形都引用書證，不過，部分仍然可以在上述各書中找到徵
引的出處，如：

| 例　字 | 《字彙》說　解 | 出　處　說　明 |
|---|---|---|
| （1）亟 | ｏ从人从口从又从二，二，天地也。（子‧十三‧二） | 《韻會‧職》：「从人从口从又从二，二，天地也。」 |
| （2）履 | ｏ从尸从彳从舟从夊，徐曰：「履行故从彳夊足。」毛氏曰：「从舟，載也，舟能載物，履能載人。」（寅‧二五‧尸） | 《韻會‧紙》履：「…从尸从彳从舟从夊，徐曰：履行故从彳夊足，毛氏曰：从舟，載也，舟能載物，履能載人。」 |

| （3）塵 | ○从广从里从八从土,俗作黑,非。（寅·六五·广） | 《增韻·先》塵:「从广从里从八从土,俗作黑,非。凡从塵者皆然。」《正韻》也引用此段文字。 |
|---|---|---|
| （4）惢 | ○从三心,象形,別作獳、蘂,通,俗作藥、蕊、橤,並非。（卯·十四·心） | 《六書正譌》:「从三心,象形,別作獳、蘂,通,俗作藥、蕊、橤,並非。」 |
| （5）丏 | ○象壅蔽之形,沔眄等字从此。（子·二·一） | 《六書正譌》:「象壅蔽之形,沔眄等字从此。」 |

例（1）（2）兩例都出自《韻會》（例（2）履字,《說文·八下》作「从尸从彳从夊,舟象履形,一曰尸聲。」《字彙》所釋與《韻會》同。）例（3）塵字,《說文》、《韻會》作「从尸里八土」,《字彙》所釋與《增韻》同,惟《正韻》也收入此段文字,如前所述,《字彙》稱「毛氏曰」、「毛曰」多轉引自《韻會》,稱「毛晃曰」則見於《正韻》,故此處塵字所釋,應是轉引自《正韻》;例（4）（5）則引自《六書正譌》。

## 七、可能為梅氏所自釋者

在上列所引用各書中找不到相對應之字形說解,有可能為梅氏所自釋者,如:

| 例　字 | 《字　彙》說　解 | 備　　註 |
|---|---|---|
| （1）齒 | ○止諧聲,中从臼上下从㐅,象形,非四人也。（亥·八二·齒） | 《說文》:「象口齒之形,止聲。」 |
| （2）乖 | ○从千从北。（子·八·丿） | 《說文》:「从丫兆。」 |
| （3）亂 | ○从爪从幺从冂从又从乙。（子·十·乙） | 《說文》:「从乙,乙治之也,从𤔔。」 |
| （4）丫 | ○从丶从丨,象物開之形,或作椏。（子·四·一） | 《韻會》:「物之岐頭者。」 |

上舉四例《字彙》都依楷書字形分析,前三字與《說文》所釋不盡相同,最後一字《說文》未收,《韻會》未做字形分析,可能都是梅氏所自釋的字形分析。

# 肆、內文字頭之六書分析

六書理論是歸納整個文字構形現象所建立起來的理論架構,檢視六書理論是否周延的途徑主要有二:一是就理論本身檢視是否涇渭分明,層次井然,一是將理論實際應用到文字的詮解上,是否能夠清楚地解釋每一個字。如前所述,《字彙》在書字引用的六書定義內涵並不周延,本節則進一步討論六書實際應用在文字詮解的情形。

以六書詮釋文字構形,主要展現在兩個層次上:一是指整字的構字方法,一是

指構字部件的作用。前者稱象形、會意者，即可稱該字爲象形字、會意字；後者稱象形、會意者，則只是指該字某個部件的構形作用，因此，未必可以稱該字爲象形字、會意字。在歷來字書中，有不少是兩種層次並陳，以《說文》爲例：日字下云：「從口一，象形」（七上），此「象形」指的是日字的構字方法；內字下云：「象形，九聲」（十四下），此「象形」指的則只是其中一個部件的作用而已。《字彙》廣引各家之說，內文也是兩個層次並陳，以下分述之。

# 一、象　形

## （一）全字依象形的方法構成

### 1、獨體：

(1) 㶜：同上（淵），《說文》：「淵或省水，象形，左右岸也，中象水貌。」（巳・二一、水）

(2) 马：○艸木之華未發函然，象形。（寅・七十・弓）

(3) 𡴀：徂兮切，音齊，古文齊字。《說文》：「禾麥吐穗上平也。」徐鍇曰：「生而齊者莫若禾麥，二，地也，象形。」（申・二二・艸）

(4) 萬：無販切，音万，蜂也，今借作數，陸佃曰：「蜂一名萬，其字象形，蓋蜂類衆多，動以萬計。」又舞之總名，《詩・邶風》：「方將萬舞。」《禮・檀弓》：「萬入，去籥。」又姓，孟子門人萬章○（申・二二・艸）

(5) ｜：○《六書正譌》：「古主字，鐙中火｜也，象形，借爲主宰字。」（子・五・｜）

(6) 凹：○《丹鉛錄》：「土窪曰凹，土高曰凸，古字象形…」（子・五八・凵）

以上所舉六字，例（1）（2）引自《說文》，（3）（4）轉引自《韻會》，（5）則引自《六書正譌》，6 則引自《丹鉛錄》。六字都是獨體，也都釋爲「象形」，指的是全字的構字方法。

### 2、增體：

即由一成文部件與一不成文部件組成的新字，如：

(1) 丑：○《六書正譌》：「手械也，從又，手也，有物以縶之，象形，…」（子・三・一）

(2) 冇：…《六書正譌》：「筋肉會處曰冇。」又可也○從肉從冂，象形…（未・七六・肉）

(3) 谷：○《六書正譌》：「從水半見出於山口，象形。」（酉・三一、谷）

（4）凷：o 从土一屈，象形，…（子‧五七‧凵）

　　前三字引自《六書正譌》，例4字則見於《說文》，每字都由一成文的部件「又土水木」與一不成文的部件「｜、凵、口、冖」組成，注中所稱「象形」也是指整字的構造方法。例3成文的水字又減省中筆而成，與其他三字略有不同。

　　3、變體：

　　　　（1）尤：同上（尢）加一點為尤豫字，周伯溫曰：「从犬曲其足而首尙弱，象形…」（寅‧十九‧尢）

　　　　（2）阜 o 按《六書正譌》作 ⻏，从山而側之，象形，《說文》誤寫作𠂤，俗作阜，非。然今時通作阜矣。（戌‧二八‧阜）

以上二字都來自《六書正譌》，改變「犬山」二字的筆形或位置，另成「尤阜」二個新字，《六書正譌》都稱這種方法為「象形」。

　　4、省體：

　　　　不：牙葛切，岸入聲，木榦中折而復生支旁達者…o《六書正譌》：「从木中平，象形…。」（辰‧十九‧木）

字見於《六書正譌》，是由獨體的木字省去豎劃上段筆劃而成，全字仍是象形。

　　5、重體：

　　　　即由兩個相同的成文部件組成，如：

　　　　（1）𨛜：o《六書正譌》：「从兩邑，象形。」…。（酉‧一百‧邑）

　　　　（2）惢：o 从三心，象形…。（卯‧十四‧心）

以上二例都引自《六書正譌》，都稱重體為象形。

　　6、合體：

　　　　即由兩個或兩個以上成文的部件構成，如：

　　　　（1）桀：o《六書正譌》：「裂人尸置木上，象形。」…（辰‧三二‧木）

　　　　（2）虜：與虐同，象形，虎足反爪人也。（申‧五四‧虍）

例（1）桀字《六書正譌》作「桀」，由木與正反兩人字構成；例（2）《說文》作「虐，殘也，从虍，虎足反爪人也。」《六書正譌》作「虐，殘也，从虎反爪會意，舊作虜非。」《字彙》也收入虐字，並引《六書正譌》說法：「从虎反爪會意，舊作虜非。」卻仍收入虜字，並釋為「象形」，不知其所據。兩字雖是由兩個成文部件構成的合體字，但所釋的「象形」仍是指全字的構造而言。

　（二）字符具象形作用

　　1、象形加意符：

（1）𡿴：o《六書正譌》：「从匕，反人也，从巛，象髮，从囟，象形。」…
（子・七六・匕）

（2）彝：o《說文》：「从互，象形，與爵相似，从糸，糸，綦也，廾持米，器中實也。」…（寅・七五・彐）

（3）菲：韭字象形，俗加艸頭。（戌・六六・韭）

（4）羱：o今或作莧，按《正譌》莧胡官切，音桓，其文乃丫頭，非艸，見有一點，如兔字，非見，謂是山羊細角，象形，羊傍又後人所加也。（未・五八・羊）

前二字都是由意符加上象形部件，後兩字都是在原來的象形字上加形累增，嚴格說，都不是象形字，象形只是某一個部件的構字作用而已。

2、象形加聲符：

（1）常：《六書正譌》：「常，下帬也，从巾象形，尚聲，借爲常久字，別作裳，非。」（寅・五一、巾）

（2）唐：o《六書正譌》：「作隄岸以偃潴之名也，餘皆假借，从口，象形，庚聲，別作塘隄，非。」（丑・十五・口）

（3）匠：o《六書正譌》：「从匚，象形，久聲，隸作柩。」（子・七六・匚）

（4）齒：o「止諧聲，中从臼上下从㸚，象形，非四人也。」（亥・八二・齒）

以上四字所稱「象形」，都指其中某個部件的作用而言，前三字來自《六書正譌》，後一字則可能是梅氏據楷書字形分析。嚴格說，這一類並不能稱爲象形字，只是某個部件具有象形作用而已。

3、象形兼亦聲：

盍：居大切，該去聲，車盍也，又覆也，掩也，苦也o《六書正譌》：「从皿，器也，从一者，所以覆之物，象形，大亦聲，別作葢、盖、蓋，竝非。」（午・四九・皿）

「象形，大亦聲」均指「大」而言，也就是部件「大」相較於整字「盍」而言，既有象形的作用，也具表聲的功能。

## 二、指　事

全書只此五字稱指事，都指全字的構字方法。

1、增體：

（1）朱：o《六書正譌》：「木之身也，从木从一，指事，因以記木數，借爲朱

色字，別作株，非。」（辰‧二十‧木）

（2）豕：ｏ《六書正譌》：「从豕繫二足，指事，逐、琢等字从此。」（酉‧三五‧豕）

（3）寸：ｏ从又从一，徐曰：「一者，記手腕下一寸，此指事也。」（寅‧十五‧寸）

前兩字引自《六書正譌》，後一字轉引自《韻會》，都是在成文的部件「木、豕、又」上加注點畫而成，指的是全字的構字方法。

2、合體，即由兩個以上成文部件組合而成，如：

（1）勻：ｏ从勹二，指事。（子‧七三‧勹）

（2）爰：ｏ从爰从㣇，徐鉉曰：「㣇者物也，又爪輒取之，指事。」（巳‧六三‧爪）

例（1）小徐本作「从勹二會意」，《韻會》、《六書正譌》都作「从勹二，指事」，應即《字彙》所本，例（2）則出自大徐本，兩字都是由兩個成文的部件構成，指事也是指全字的構字方法。

## 三、會　意

### （一）指整字之構形

1、異文會意：

即會合不同兩字以成新字，而《字彙》直指爲會意字者，如：

（1）卑：ｏ从ナ甲，徐鍇曰：「右重而左卑，右在甲之下，卑也，會意。」（子‧八十‧十）

（2）令：ｏ从亼从卩，徐曰：「亼即集字，可號亼者也，亼而爲之卩制，會意。」（子‧十八‧人）

（3）初：ｏ从衣从刀，徐曰：「禮之初，施衣以蔽形，以刀裁衣會意。」（子‧六一、衣）

（4）甡；ｏ从生豕聲，豕字讀若豨，徐曰：「甡豕聲相近，又生子之多莫若豕也。」《六書正譌》：「芛蓁之生有類乎豕豪，會意…」（午‧二二‧生）

（5）聿：ｏ《說文》：「从聿一聲。」聿音女涉切，手之捷功也，徐曰：「筆尚便捷，據此則與筆同義明矣。」《六書正譌》：「逼密切，音必，从手執｜以畫版，所以書之具也，會意，後世束豪爲聿，加竹作筆，而聿字音以律切專爲發語詞矣，柳子厚文作聿牘，則唐人尚以此爲筆字。」（未‧七四‧聿）

（6）衕：○《六書正譌》：「从行言會意…。」（申・八四・行）

（7）告：○《六書正譌》：「古者告廟用牲，必有祝詞，故从牛，牲也，从口，祝詞也，會意。」（丑・六・口）

（8）㘝：○《六書正譌》：「从口在內，會意…」（丑・六・口）

（9）卟：○从口卜會意…。」子・八二・卜）

（10）名：○从口从夕，夕者冥也，冥不相見，故从口自名，會意。（丑・四・口）

（11）玨：班本字，从珏从刀會意…（午・一、玉）

（12）覃：覃本字，从㫗，古厚字，从鹵，鹵之味㫗則長也，會意。（亥・六一、鹵）

上舉十二例《字彙》都以「會意」釋之，指的都是全字的構字方法。前三例引用徐鍇說法，都見於《韻會》；例（4）到（8）引自《六書正譌》，例（9）到（12）雖不注出處，這些說解也都見於《六書正譌》，可見《六書正譌》與《韻會》是異文會意主要徵引來源。

### 2、重體會意

即重疊同樣之部件以成字：

（1）弱：○《六書正譌》：「上象橈曲彡象毛氂，二毛并，益弱，會意。」（寅・七二・弓）

（2）弜：○《六書正譌》：「从二弓會意…。」（寅・七十・弓）

（3）祧：○《六書正譌》：「从二示會意…。」（午・八四・示）

（4）誩：○《六書正譌》：「从二言會意…。」（酉・十八・言）

（5）臸：○《六書正譌》：「从兩至會意…。」（未・九六・至）

（6）淼：○《六書正譌》：「从三水會意…。」（巳・二一、水）

（7）羴：○《六書正譌》：「三羊相羵則臭，會意…。」（未・五九・羊）

（8）劦：○《六書正譌》：「从三力會意…。」（子・六九・力）

（9）鱻：○《六書正譌》：「从三魚會意…。」（亥・四二・魚）

（10）刕：○从三刀會意…。（子・六十・刀）

（11）品：○从三口會意…。（丑・十二・口）

（12）伅：眾本字，三人為伅，會意…。（子・二十・人）

（13）劦：○从三刀，會意…。（子・六十・刀）

（14）㠜：○《六書正譌》：「从四工有展布之義，會意…。」（寅・四五・工）

以上十四字都是稱重體為「會意」，也是指全字依會意方式構形，其中前五字為重二體會意，（6）到（13）是重三體會意，（14）是重四體會意。其中前九字與最後一字

都引自《六書正譌》，（10）到（13）四字雖不注出處，也都出自《六書正譌》，亦即《字彙》重體會意都來自《六書正譌》。

3、變體會意：

（1）北：○《說文》：「从二人相背，會意。」周伯溫曰：「北即古背字，別作背、偝、倍，並非。宋景文曰：北本別字，後借爲西北之北，俗作比，从土，非。」（子・七六・匕）

（2）匘：《六書正譌》：「反𢆶爲匘，會意…。」（寅・五八・幺）

（3）𢆶：古絕字，《六書正譌》：「从反匘，會意…。」（寅・五八・幺）

（4）无：○《六書正譌》：「天屈西北，从天而屈其西北，會意…。」（卯・八四・无）

上舉四字都是改變構字部件之形狀，屬變體會意。四字都轉引自《六書正譌》〔註33〕。

4、省體會意：

（1）乒：○《六書正譌》：「从匕，比之省也，从十，十人相比會意，鵯字从此。」（子・七六・匕）

（2）陒：○《六書正譌》：「从阜从毀省會意，別作桅、䃂，竝非。」（戌・三五・阜）

（3）畗：古福字○又芳逼切，音拂，滿也○《六書正譌》：「从高省从田，高有厚之義，田所以厚生也，會意。」（午・二六・田）

（4）隶：○《六書正譌》：「从又从尾省，手持尾者，从後及之也，會意…」（戌・三九・隶）

（5）免：○《六書正譌》：「从兔而脫其足，會意…」（子・四七・儿）

上舉五字字形都有減省，《字彙》也都稱「會意」，屬省體會意，也都來自《六書正譌》。前四字指減省組合部件之筆劃，例（5）則簡省獨體的「兔」字筆劃成「免」字，兩者之意涵不同。

（二）指部件之作用：

這一類稱「會意」之字，多指形聲字之形符作用，如：

1、一形一聲

（1）察：《說文》：「覆審也，从宀祭聲。」徐曰：「宀，覆也，會意，祭祀必質明明察也，故从祭。」（寅・十二・宀）

---

〔註33〕例（1）雖稱引《說文》，但《說文》及大小徐本都只作「从二人相背」，而整段文字都見於《六書正譌》，應即《字彙》所本。

（2）固：《六書正譌》：「從口會意，古聲，疾之牢不可去者曰固，又鑠金石固器曰固，皆假借，別作痼、錮，並非。」（丑・三五・口）

（3）玅：○《六書正譌》：「從玄會意，少聲…。」（午・十四・玄）

（4）準：《六書正譌》：「從水，所以取平也，會意，隼聲…。」（巳・二六・水）

（5）獘：○《六書正譌》：「從犬，犬能損物，會意，敝聲…。」（巳・八五・犬）

（6）醫：○古者治病多以酒，故從酉會意，殹聲…。（酉・一一三・酉）

（7）祇：與祇同，從示氏聲，見神示則敬，會意。（午・八三・示）

（8）商：○從冏，難於言也，會意，章省聲…。（丑・十七・口）

以上八字所稱「會意」，均指形聲字形符之作用而言，這些字並不能稱作會意字。例（1）引自徐鍇，（2）到（5）引自《六書正譌》，（6）到（8）不注出處，也都見於《六書正譌》，因此，這類稱「會意」之字，大部分也是來自《六書正譌》。

2、多形一聲：

（1）醯：○《六書正譌》：「從酉從皿會意，兮聲。」（酉・一一二・酉）

（2）獎：○《六書正譌》：「從犬見肉會意，爿聲，借爲譽也，崇也，俗作獎，非。」（巳・八一・尤）

（3）寚：寶正字，《六書正譌》：「從宀玉會意，缶聲，隸作寶，通，俗作寶，非。」（寅・十二・宀）

（4）尋：○從工口亂也，從又寸分理之也，皆會意，彡聲，俗作尋。（寅・七七・彡）

以上四字所稱「會意」，都指二形以上的形聲字，形符彼此間有會合意涵的作用。例（4）雖不注出處，仍出於《六書正譌》，亦即此類說解都來自《六書正譌》。

## 四、諧　聲

　　《字彙》承鄭眾以來之說，以聲符之作用命名，因此，凡具有聲符作用者都歸入此類。《字彙》在各字下注出聲符者亦不少，以下分述之。

### （一）就形符之作用與說解來分

1、象形加聲：

　　即形符具象形之作用，如前述象形類之「齒、唐、常、匜」等字。

2、會意加聲：

　　亦即前述會意類之「一形一聲」與「多形一聲」之類。

3、省　形：

　　即形符在構字時產生減省現象，如：

（1）敉：○徐鉉曰：「从人从耑省，耑，物初生之題尚敉也。」《六書正譌》：「文
　　　聲，舊从攴，非，隸用微，隱行。」（卯・七六・文）

（2）疒：《說文》女戹切，音匿，倚也，象人有疾病倚箸之形○《六書正譌》：
　　　「昨悉切，音疾，病也，从牀省，一聲，二說竝存。」（午・三一、
　　　疒）

（3）龏：○《六書正譌》：「从共省，會意，龍聲…。」（亥・八六・龍）

（4）虞：○从虎省，吳聲。（申・五五・虍）

以上四字形符都有減省，前三字都見於《六書正譌》，例（4）各本均作「从虍吳聲」，
《字彙》作「从虎省」，不知其所據。

## （二）就聲符說解用語來說

### 1、某諧聲、某聲

（1）參：○《六書正譌》：「从人諧聲，从彡髮貌…。」（子・十七・人）

（2）熛：○周伯溫曰：「《說文》作熛，从𡆧無義，戴侗《六書故》：从火會意，
　　　从要諧聲。今从之。」（巳・五三・火）

（3）鄉：○兩傍从邑，兩邑古巷字，中从皀，古香字，諧聲。（酉・一○五・
　　　邑）

（4）黎：憐題切，音離，黑水名○《六書正譌》：「秒，古利字，諧聲，下象木
　　　之根，此字見秦泰山石刻，俗篆从黍，繆，別作黎、黧，竝非。」（午・
　　　九七・禾）

（5）叱：○从七諧聲…。（丑・二・口）

（6）叾：○从马諧聲…（丑・三四・口）

（7）兓：子林切，音精，兓兓，銳意也○从二旡，諧聲，通用駸。（子・四七・
　　　儿）

（8）譖：○《說文》：「从言朁聲」，朁者，簪也，若簪之著物切至也。（酉・二
　　　七・言）

（9）夲：○《說文》：「从本卉聲，拜字从此。」（子・八一・十）

（10）畂：○徐鉉曰：「十，四方也，久聲…。」（午・二八・田）

（11）辳：農本字○从晨囟聲，徐鍇曰：「當从凶，乃得聲。」（酉・八五・辰）

（12）雲：○《六書正譌》：「从今聲，从云，象气貌…。」（子・二五・人）

（13）職：○《六書正譌》：「記必先聽之聰，故从耳戠聲…。」（未・七四・耳）

（14）胺：即凌字，从冫肕聲。（子・五五・冫）

（15）盡：○从血𦘔聲…（申・八二・血）

前七字都作「諧聲」，其中前五字分析全字，後兩字僅標注聲符。前六字都見於《六書正譌》，例（7）凾字《說文》作「象形，ㄢ亦聲」，《韻會》、《六書正譌》均作「象形」，《字彙》則改爲「諧聲」。

後八例都稱「从某某聲」或「从某聲」，與《說文》以來對形聲字的說解相同，代表意涵也與前述「諧聲」一樣，都指具有表音作用的聲符而言，其中（8）至（11）來自《說文》及大、小徐本（8）實轉引自《韻會》），（12）至（15）則都來自《六書正譌》。

## 2、省　聲

（1）奔：《說文》：「从夭賁省聲。」徐曰：「夭曲也，走則夭其趾，故奔走俱作夭…。」（丑・六三・大）

（2）妝：《說文》：「飾也。从女牀省聲…。」（丑・六七・女）

（3）愯：《六書正譌》：「從心雙省聲…。」（卯・十八・心）

（4）懿：《六書正譌》：「从壹从恣省聲…。」（卯・二八・心）

（5）宜：即宜字，从宀之下，一之上，多省聲。（寅・六・宀）

（6）旮：○从日否省聲。（辰・二・日）

（7）媘：○从女𡿺省聲〔註34〕…（丑・七四・女）

上舉七字，前兩字引自《說文》，（3）（4）兩字引自《六書正譌》，也見於《說文》，後三字也都見於《說文》，因此，《說文》是《字彙》省聲的主要依據。

## 3、亦　聲

（1）盬：○徐鉉曰：「肬，肉汁滓也，故从肬，肬亦聲…。」（申・八二・血）

（2）刑：○从井，井亦聲，今通用刑。（子・六十・刀）

（3）釁：○从爨省从酉，所以祭也，从分，布也，亦聲。（酉・一一五・酉）

（4）盇：○《六書正譌》：「从皿，器也，从一者，所以覆之物，象形，大亦聲…。」（午・四九・皿）

（5）熒：○从焱冂，冂猶室也，亦聲。（巳・五八・火）

例（1）引自徐鉉，（2）（3）兩字則來自《說文》，（4）（5）兩字則見於《六書正譌》。《字彙》脏字下云：「羽求切，音尤，結病，出皮上，高如地之有丘○按此字宜从丘，則諧聲會意兩得之矣，从缶無謂。」（未・八一、肉）所謂「亦聲」應即「諧聲會意兩得」之意，即某一部件同時兼具有諧聲與會意的作用。全書稱「亦聲」不過五字，

---

〔註34〕「𡿺省聲」《說文》與《六書正譌》均作「㽕省聲」，「𡿺」應爲「㽕」之誤。

顯然《字彙》對亦聲的標準相當嚴格。

## 五、轉　注

內文之轉注字例包含兩類：

### （一）四聲別義為轉注

（1）考：○毛氏曰：「案老字下從匕，匕音化，考字從丂，丂音考，各自成文，非反匕為丂也，《周禮》六書三曰轉注，謂一字數義，展轉注釋而後可通，後世不得其說，遂以反此非彼為轉注，衞恆《書勢》五曰轉注，老考是也，裴光齊《切韻》〔註35〕：考字左廻，老字右轉。其說皆非。」（未‧六五‧老）

《字彙》考字下所引毛氏的說法，正是張位轉注說所採用的內容，也是《字彙》所認同的說法，故在將字下注云：

（2）將：子亮切，音醬，將帥也，才足以將物而勝之謂之將，言足以帥人而先之謂之帥…○又平聲資良切，欲然也，一曰有漸之辭…○又千羊切，音鏘，將將，佩玉聲…○又茲郎切，音臧，與牂同，牝羊也。禮內則：炮取豚若將○又子兩切，音獎，《詩‧大雅》：天不我將○從寸牆省聲，本將帥字，其平上諸音皆轉注也。（寅‧十六‧寸）

以「將」字平上諸音為轉注與書字的定義相符。又如：

（3）去：○…按：除去之去，從上聲，《論語》去喪去食之類是也，來去之去，從去聲，《孟子》去齊去魯，賢不肖相去之類是也…（子‧八八‧厶）

（4）喜：○…毛晃曰：「喜怒之喜上聲，悅好之喜，去聲…。」（丑‧二一、口）

（5）始：○毛晃曰：「太初之始，則上聲，《易》資始大始之類是也；方始之為始，則去聲，《禮記》桃始華，蟬始鳴之類是也。」（丑‧六八‧女）

（6）帥：○毛氏曰：「凡稱主兵者，為將帥，則去聲，言領兵帥師則入聲，故《經典釋文》將帥字皆音去聲，帥師字皆不音。」（寅‧四九‧巾）

（7）杖：○凡殳杖几杖上聲，持之則去聲。（辰‧二二‧木）

上舉五字，《字彙》雖未直注為轉注，就其四聲別義之情形，應也是定義所稱轉注之例。

---

〔註35〕毛氏原書作裴務齊《切韻》，此處乃依《韻會》作裴光齊，亦即此是轉引自《韻會》。

## （二）形體反轉為轉注

爪：止兩切，音掌，乢持也，揚子雲〈河東賦〉：「爪華蹈衰。」o《六書正
　　譌》：「從反爪轉注，乢古執字，通用掌，非。」（巳‧六三‧爪）

爪字引用《六書正譌》的說法，似乎又接受以形轉為轉注的說法。

# 六、假　借

## （一）本無其字假借

### 1、本無其字，後亦未造正字，如：

（1）秩：直質切，音姪，《說文》：「積也。」《增韻》：「職也，官也，整也。」
　　　《廣韻》：「次也，序也。」又常也…o毛氏曰：「從禾，形也，從失聲
　　　也，本再生稻，刈而重出，後先相繼，故借為秩序字。」（午‧九四‧
　　　禾）

（2）樂：逆角切，音岳，音樂…o又歷各切，音洛，喜樂…o又魚教切，咬去
　　　聲，欲也…o又力弔切，音，與療同…o從絲從木器也，從白聲也，
　　　本音逆角切，餘皆假借。（辰‧五一、木）

（3）扁：補典切，門戶封署也，又石貌…o又批連切，音篇，小也，小舟曰扁
　　　舟…o又婢免切，音辨，《荀子》：「扁善之度。」又姓o《六書正譌》：
　　　「從戶從冊，冊者，署門戶之文也，會意，餘皆假借。」（卯‧三四‧
　　　戶）

（4）家：居牙切，音加，居也，又婦謂夫為家，…o周伯溫曰：「豕居之圈曰
　　　家，故從宀從豕，後人借為室家之家，猶牢本牛屋，後人借為牢獄之
　　　牢。」（寅‧九‧宀）

（5）焉：夷然切，音延，決辭，…o又因肩切，音煙，疑辭，何也，豈也，安
　　　也…o《六書正譌》：「焉，鳥也，黃色出於江淮假借為語終辭…。」
　　　（巳‧五三‧火）

（6）酉：云九切，音有，辰名…《說文》：「酉，就也。」萬物成熟時也；又
　　　姓…o《六書正譌》：「酉，古酒字，後人借為十二支之酉。」（酉‧
　　　一○九‧酉）

（7）但：徒亶切，壇上聲，徒也，凡也，任從也，又語辭，又空也…o《六書
　　　正譌》：「但本訓褐偏脫衣袖也。借為語辭。」（子‧二一、人）

例（1）轉引自《韻會》，例（2）引自《洪武正韻》，後五例都來自《六書正譌》。此
處所稱之假借包含有義之引申如前四字，與無義之假借如後三字，共通之特色都是

假借之後並未替引申義或假借義造專字。

從各例字釋義之次序，例（1）（2）（3）以本義列爲首義，例（4）則以引申義列爲首義，例（5）（6）（7）都以假借義列爲首義，甚至連本義都沒有提到，也可看《字彙》釋義首重常用義，至於本義，似乎不是關注的焦點。

2、假借在先，製字在後，如：

（1）固：古慕切，音故，堅牢也，執壎也，又陋也，又本然之辭，《孟子》：「固所願也。」又姓，又僕固，夷姓。《六書正譌》：「從口會意，古聲，疾之牢不可去者曰固，又鑠金石固器曰固，皆假借，別作痼、錮，並非。」（丑・三五・口）

（2）因：。《說文》：「從口從大。」徐曰：「能大者眾，圍就之也。」《六書正譌》：「又借爲民因之因，有所因也，別作姻。」（丑・三四・口）

（3）效：胡孝切，爻去聲，象也，學也，傚也，法也，功也，驗也，勉也，致也，又獻也，進也，〈曲禮〉：「效馬效羊者，右牽之，效犬者左牽之。」。《六書正譌》：「本義象也，餘皆假借，別作効、傚，竝非。」（卯・七十・攴）

（4）莫：莫故切，音慕，日且冥也，又菜也…，又與幕同，《漢・李牧傳》：「輸入莫府。」又姓。又末各切，茫入聲，無也，勿也，不可也；又廣也…。《六書正譌》：「從日在茻中會意，借爲帷莫、病莫、無莫、廣莫等字，別作幙、瘼、寞、漠，竝非。」（申・十六・艸）

（5）豫：羊遇切，音裕，悅也，逸也，安也，厭也，怠也；又早也，先也，又猶豫，獸名，性多疑，又卦名，又姓…。《六書正譌》：「豫，象之大者，不害於物，餘皆假借，別作預，非。」（酉・三七・豕）

（6）鎬：胡老切，豪上聲，《說文》：「溫器也。」又地名，武王所都…。又口到切，考去聲，《六書正譌》：「借用爲勞師，別作犒，非。」（戌・十三・金）

（7）縣：。徐鉉曰：「此本是縣挂之縣，借爲州縣之縣，今俗加心別作懸，義無所取。」顏師古曰：「古縣邑字作寰，此直縣挂字，後轉用爲州縣字，乃加心以別之也。」（未・四二・糸）

（8）紀：。按紀古作己，网目之縷也，象錯綜之形，因聲借爲戊己彼己字，既爲借義所奪，後又加糸作紀以別之，其實一字也。（未・二六・糸）

上舉八例，前六例引自《六書正譌》，例7轉引自《韻會》，例（8）雖不注出處，仍引自《六書正譌》。八例共通的特點都是因假借而另造新字，例（1）（2）（3）是加

形以明引申義，（4）（5）（6）則是加形或別造專字以明假借義，（7）則是本義為引申義所專，加形以明本義，（8）則本義為假借義所專，加形以明本義。

　　《六書正譌》對為別義而加形之字多斥為非，《字彙》則多持保留態度，如：

　　　（1）耸：聳本字，《六書正譌》：「耳聾曰耸，又借為高，俗作聳，非。」然今時惟知用聳矣。（未・七十・耳）

　　　（2）笶：《六書正譌》：「鏃本字，矢鋒也，从矢从众，众，古眾字，會意，借音為宗族字，又昨本、千奏二切，皆假借，俗作族、簇；竝非。」
　　　　　愚按：周伯溫此說甚泥，不可通於今矣。（午・七十・矢）

如上二例，《字彙》均於注中直接反對《六書正譌》的說法。即使沒有在該字下加注駁斥《六書正譌》的說法，從所斥大字的說解也可以瞭解梅氏的態度，如例（1）固字下，《六書正譌》所斥「痼、錮」二字為非，但《字彙》都釋為正字：

　　痼：古暮切，音故，久固之疾。（午・三六・疒）

　　錮：古慕切，音故，鑄銅鐵以塞隙也。後漢有黨錮，謂塞其仕進之路也，又禁，錮重繫也。（戌・十1・金）

因此，從《字彙》收錄《六書正譌》的說解中，可以知道文字的本義以及字形的演變，但是卻不一定即代表梅氏的看法，必須再從相關字組的說明相互比對，才能得知梅氏真正的意涵。

**（二）本有其字：即已有此字仍假彼字為之：**

**1、典籍通假，如：**

　　　（1）𧺔：于權切，音員，《說文》：「𧺔田易居也。」謂以田相換易也，《左傳》作爰田，《國語》作轅田，皆假借，此乃正字也。（酉・五三・走）

　　　（2）頷：五感切，音撼，《說文》：「低頭也。」徐曰：「點頭以應也，今《左傳》作頷，假借之也。」（戌・七四・頁）

　　　（3）耘：…《史・閩越傳》：「不戰而耘。」徐廣曰：「耘隕當同音，但字有假借，聲有輕重耳。」（未・六八・耒）

　　　（4）薦：○又在甸切，音荐，與荐同，《詩・小雅》：「天方薦瘥，饑饉薦臻。」○又即愼切，音晉，與搢同，《史記》：「薦紳先生難言之。」宋景文公云：「音搢，今作薦，假借爾。」（申・四三・艸）

　　　（5）清：七情切，請平聲，澈也…○又去聲，七正切，《莊子》：「爨無欲清之人。」○又疾郢切，情上聲，義同○又疾正切，情去聲，義同…○从水从生从丹，陸德明曰：「宜从冫，今从水者，假借也。」（巳・二

一、水）

以上四字所稱「假借」，都是典籍用字的假借，例（1）（2）乃轉引自《韻會》，例
（3）《韻會・軫》隕字下只作「亦作抎，《史記》不戰而抎，注與隕同」，《字彙》
則引用原文說明；例（4）《韻會・震》搢字只作「通作薦，《史記》薦紳」，《字彙》
一樣再引用注文；例（5）所釋轉引自《正韻》，指的是《莊子》假「清」爲「清」，
不過，《字彙》列在最後，有誤導爲全字各義都假借之嫌，應移至七正切下較合理。
前兩字所稱「假借」乃「以彼字假借爲此字」，後三字所稱「假借」則是「以此字
假借爲彼字」，兩者不盡相同。

### 1、假借在先，製字在後，既有本字矣，卻仍用假借

> 黽：母耿切，音猛，蛙黽，怒鳴聒人…。又美允切，音閔，勉也，《詩緝》嚴
> 氏曰：「力所不堪，心所不欲而勉強爲之曰黽。」孫季昭《示兒編》：「黽，
> 蛙屬，蛙黽之行，勉強自力，故曰黽勉，如猶之爲獸，其行趑趄，故曰猶
> 豫…。」。《六書正譌》：「黽本義，借爲黽勉字，別作僶、勔，竝非。」
> （亥・七四・黽）

「黽」之本義爲「蛙黽」，假借爲「黽勉」字，又替「黽勉」另製「僶」字，而僶字
下云：「美允切，音閔，僶勉也。正作黽。」（子・四一、人）注中仍稱以黽爲正，
乃至今日，仍以「黽勉」爲正。

## 伍、字形分析之檢討

一、就《字彙》詮釋字形的對象來看，將隸變之字，注出篆文的初始構形，使
人能由《字彙》的說解進而認識楷書變化的軌跡；對於音義隱晦的構字部件也加以
說明，也能讓讀者更容易掌握形與音義間的關聯；再將相同構字變化之字，以凡例
說明，更能讓使用者讀一字而識一組字，達到事半功倍的學習效果。相較於同時代
的各字書，如《詳校篇海》、《字學集篇》、《類纂》、《正韻彙編》等，都極少做字形
分析，無怪乎《字彙》會在眾多字書中脫穎而出。

二、就《字彙》之資料引證而言，主要引證的對象是《說文》、《增韻》、《韻
會》、《六書正譌》與《正韻》等書及大、小徐之說，引證堪稱豐富，但是這些書
的六書理論未必相同，要將不同的理論架構匯聚成一個體系，並不是一件簡單的
事。即使所引《說文》、大小徐說、《增韻》等有相當比率轉引自《韻會》，亦即資
料已經過《韻會》調整，《字彙》中所呈現的六書架構，主要是以《韻會》與《六
書正譌》爲依據所建構出來的體系。

三、因此，將前述《字彙》六書的定義與內文的六書內容合併，所呈現的六書

體系如下表：

## 表三：《字彙》六書分析對照表

| 六 書 名 稱 | 《字彙》書字下《周禮》六書： | 整字構造 | 部件的作用 |
|---|---|---|---|
| 象 形 | 一曰象形，如：日字從口從一，陽數，月字從刀〔註36〕從二，陰數之類是也。 | 1. 獨體象形<br>2. 增體象形<br>3. 省體象形<br>4. 變體象形<br>5. 合體象形 | 1. 象形加意符<br>2. 象形加聲符 |
| 指 事 | 二曰指事，如：人目爲見，鼻臭爲齅之類是也。 | 1. 增體指事<br>2. 合體指事 | |
| 會 意 | 三曰會意，如：力田爲男，人言爲信之類是也。 | 1. 異文會意<br>2. 重體會意<br>3. 變體會意<br>4. 省體會意 | 會意加聲符 |
| 諧 聲 | 四曰諧聲，如：江河，左從水以定其體，而諧聲在右，鵝鴨右從鳥以定其體，而諧聲在左之類是也。 | | 1. 諧聲<br>2. 省聲<br>3. 亦聲 |
| 轉 注 | 五曰轉注，如：長久長字爲長幼之長，又爲長物之長，行止行字爲德行之行，又爲周行之行之類是也。 | 1. 四聲別義<br>2. 反形轉注 | |
| 假 借 | 六曰假借，如：占卜之爲占奪，房舍之爲取舍之類，但借聲不借義是也。 | 1. 本無其字<br>2. 本有其字 | |

六書的內涵是指整字的構造方式或部件的構字作用，其間並沒有絕對的標準，判斷的依據便要就其所下定義而定。依《字彙》六書之定義，象形、指事、會意所舉之例應是指整字的構造方式而言，諧聲則是指聲符的作用而言，轉注、假借指的則是詞義與書寫載體的關係，與內文六書的分析並不完全相合：

（1）象形：定義指的是整字的構造方法，內文則包含整字與部件兩類，這樣的誤差其實是來自《說文·敘》將象形定義爲「畫成其物，隨體詰詘」，指的是字形的描繪方法，只要是就實物形體描繪的方法就是象形，因此正字中，稱全字象形者有之，稱部件象形者也有之，它們的確也都是象形的範圍，因此象形既指整字，也指部件而言。如果順著這樣的定義的發展，那麼都是由象形部件組成的合體字，如「杲、杳」等字，算不算象形？依鄭樵稱「獨體爲文，合體爲字」，並將

---

〔註36〕「從刀」各本《字彙》均作「從月」，今據張位《問奇集》改。

象形定義為文，屬獨體範圍，那麼「杲、杳」當然就不是象形，但其所舉例字，如辵「从彳从止，彳，行也，止，足也，象足而行也」，明明是合體，卻仍歸入象形範圍，因此它的象形仍是就整字的構造方法而言，仍然涵蓋了部分的合體字，與象形為文的定義不符。《字彙》也承襲這樣的發展，因此，也包含了整字與部件兩個層次，整字部分則包括了獨體與合體，就本身系統而言，仍有不週延之處。

（2）指事：定義以「人目為見，鼻臭為勢」為例，與「勹二為勻」相類，與「朱、寸」等在成文部件上加點劃以表意的方法不類。《說文》以「視而可識，察而見意」指的是人對字形的認識方法，本就是一個模糊定義，因此，全書中只有一個上字稱「指事」，指事到底是什麼，並沒有說清楚，《字彙》承張位的定義，指事仍是一個模糊地帶，全書五個字稱「指事」，仍然建構不出指事的體系。

（3）會意：定義以「力田為男，人言為信」則是指會合兩字之義以成新字，因此，會意要有兩個部件以上才能完成，因此，將形聲字的形符作用視為會意，顯然與定義不符。

（4）諧聲：定義稱「諧聲在右」、「諧聲在左」，則諧聲指的是聲符的作用而言，因此，凡有聲符者都歸入諧聲，這是相當適切的安排。

（5）轉注：以「歧音別義」為轉注，定義與內文相類，但是收入《六書正譌》的字例，便與體例不合，疑爪字下「从反爪轉注」應是誤引。

（6）假借：定義稱「借聲不借義」為假借，但從所引例字中，引申與假借都有，歧音別義者也有，亦即「歧音別義」與「借聲不借義」之間並不是同一層次的定義，因此，造成轉注與假借的混淆。

以六書包含整字構造與部件的作用，造成體系混淆勢所難免。裘錫圭《文字學概要》將字符的作用分為「意符、音符、記號」三類，將整字的構造分為「表意字、假借字、形聲字」三類〔註37〕，彼此界域分明。如果將《字彙》之分析納入此系統，說明部件作用的「象形、會意」部分可納入「意符」範疇，稱「諧聲」或「某聲」部分則屬「音符」；整字構造之「象形、指事、會意」屬「表意字」，凡具有聲符者歸入「形聲字」，轉注與假借則區分為假借與引申。如此，或可解決同名異實的困擾。

四、如果再從相同的釋形用語來看，同樣的術語也分屬不同的構字方法，如：

〔註37〕《文字學概要》頁15：「各種文字的字符，大體上可以歸納為三大類，即意符、音符和記號。跟文字所代表的詞在意義上有聯繫的字符是意符，在語音上有聯繫的是音符，在語音和意義上都沒有聯繫的是記號。」又於頁130說：「三書說把漢字分成表意字、假借字、形聲字三類。」

（1）稱「从」之字，它既指成文的部件，也可指不成文部件，構字部件的認識並不能只憑釋形用語，而須進一步析解，當然，這種情形在《說文》中也普遍存在，如果能將稱「从」之字做一明確規範，對識字當有莫大助益。

（2）稱从反某之字，有的稱象形，有的稱會意，有的稱轉注，如果將整字字形反轉以造新字是一種造字方法，它就應該只是一種名稱，既稱象形，又稱會意，顯然混淆了象形與會意的界限。

（3）重體之字，或稱象形，或稱會意，或稱諧聲，如果會合兩個相同的部件是一種造字方法，那麼它的名稱應該只有一個比較合理。

造成如上六書定義與內文分析不同的緣故，主要是《字彙》編纂時廣採各家之說，因此，將不同的理論同時呈現在各例字中，藉以建構新的系統並不容易，《字彙》的努力顯然還有再調整的空間。

# 第四章　《字彙》之分部理論

　　自〔東漢〕許愼《說文解字》創立以部首爲分部的編排方式，歷來字書依仿《說文》據形分部方式的字書，要之約有〔晉〕呂忱《字林》（約公元265～288年前後），分部也是五百四十，收字一萬二千八百二十四字，多於《說文》三千四百七十一字，是上承《說文》，下啓《玉篇》之作，惜已亡佚；〔梁〕顧野王《玉篇》（約公元543年），刪併《說文》十一部，新增了十三部，共五百四十二部，收字一萬六千九百多字，將《說文》以小篆爲正體的字形原則改爲楷書字體；〔遼〕僧釋行均的《龍龕手鑑》（約公元997年），全書分二百四十二部，刪併《說文》三百五十部，增立五十二部，收字二萬六千四百三十餘字，各部依平、上、去、入四聲編排；〔宋〕司馬光等編之《類編》（公元1039～1066年），部首全依《說文》，收字三萬一千三百一十九字；〔金〕浹陽王太《增廣類玉篇海》，將《玉篇》五百四十二部加上《龍龕手鑑》三十七部，共立五百七十九部〔註1〕，收字三萬九千三百六十四字；〔金〕韓孝彥據以改編做《五音篇》（公元1196年），其次子韓道昭則改併重編爲四百四十四部（公元1208年，改稱爲《五音增改併類聚四聲篇》，明刻本則稱爲《改併五音類聚四聲篇海》，故又稱爲《四聲篇海》或《篇海》），收字五萬五千一百一十六字；到明代，則興起對部首重新分部的熱潮，如李登〈難字直音〉的一百六十七部（公

〔註1〕此書今已不可見，〔金〕邢準《新修絫音引證群籍玉篇》（序於大定戊申，公元1188年，今有《續修四庫全書》據北京圖書館藏金刻本影印本傳世），本書乃據《增廣類玉篇海》增修，卷首附有〈重修增廣類玉篇海〉，序云：「大要仿顧野王《玉篇》分部…有《龍龕》、《會玉》、《類篇》中數部難以編次，列在卷末。」邢書即依王書增修，計分五百七十九部，亦即金韓孝彥《五音篇》所本。《四聲篇海》序云：「先有後陽（邢書作浹陽）王公與秘詳（邢書作秘祥）等人推而廣之，以爲《篇海》」，所稱「王公」即王太，秘詳即該書之編校者，張其昀《中國文字學史》頁119（江蘇教育出版社，1994）據以稱《四聲篇海》最初之編者爲王與秘，則是誤將王太與秘祥合爲一人。

元 1587 年），都俞《類纂古文字考》的三百一十四部（公元 1596 年），周家棟《正韻彙編》的二百三十九部（1602 年），張士佩《六書賦》的八十五部（公元 1602 年），徐孝所輯《字學集篇》分爲二百零一部（公元 1606 年），章黼《直音篇》則分爲四百七十五部（公元 1606 年），到梅膺祚《字彙》（公元 1615 年），對《說文》部首作了大量的刪併，以二百一十四部統攝三萬三千三百七十九字；此後〔明〕張自烈《正字通》、〔清〕張玉書等奉敕編《康熙字典》（公元 1716 年），都依循《字彙》二百一十四部的分部，奠定了今日字書編排的面貌。

　　探討《字彙》的分部，大致可以從兩個角度切入：一是部首的增刪，一是屬字歸部的改變。關於歷代各字書部首的增刪合併，金允子《字典部首通考》、呂瑞生《歷代字書重要部首觀念研究》均有詳盡的分析，故本文僅針對《字彙》部分作討論。

　　再者，探討分部除了部首改變外，部中屬字的歸部變化，也是非常值得探究的。今舉一部爲例，各字書均立爲部首，但屬字卻大不相同：《說文》一部有「一、町、元、天、丕、吏」等字，這些字在《玉篇》的一部仍然保留，但是到《字彙》只剩「一、丕」二字而已，其餘「元」入儿部、「天」入大部、「吏」入口部。若透過這些歸部不同的探討，則分部觀念的演變當更爲清晰。

# 第一節　《字彙》部首增刪之原則

　　從《說文》五百四十部到《玉篇》五百四十二部、《龍龕手鑑》二百四十二部、《篇海》四百四十四部，到《字彙》二百一十四部，其間的部首演變，前賢已多所討論，本文不再贅述，僅就《字彙》一書與各書的差異略做補述，藉以探究《字彙》部首增刪的原則。

## 壹、《字彙》與各字書的部首比較

### 一、《字彙》與《說文》的部首比較

　　將《字彙》二百一十四部與《說文》五百四十部比較，《字彙》保留了其中的二百零八部，刪併了三百三十二部，另增立了六部，分述如下：

### （一）增立部首分析

　　　　亠部：最早見於《龍龕手鑑》，《篇海》、《類纂》、《正韻彙編》以下各字書從之。

　　　　弋部：最早見於《玉篇》，《龍龕手鑑》、《篇海》、《類纂》、《正韻彙編》等以下各字書從之。

无部：《字彙》无部收入「旡、㫚、炁、炁、㤅、㤅、㤅、㤅」八字〔註2〕，八字都從旡，《說文》旡部收入「炁、㤅」二字、《玉篇》、《龍龕手鑑》也都立旡部，部中並沒有收入无字；《篇海》則是立旡部，以无字附在部首之後，《類纂》也是相同的處理方式；以无爲部首，則見於《正韻彙編》，以无統屬「炁、㤅、㤅」三字，《正韻彙編》早《字彙》十三年出版，或即《字彙》之參考依據。

父部：最早見於《玉篇》，收入「爹、爺、奢」三字，三字都是《說文》未收之字。《龍龕手鑑》未立父部，《篇海》父部收入十一字；《詳校篇海》收入十字，刪去《篇海》「斄、斧」二字，另增「爺」字；《字彙》收入九字，又再刪去「爺」字。如果再從各字的說解來看，九字的說解都與《詳校篇海》相近〔註3〕，顯見《字彙》父部都來自《詳校篇海》。

爿部：爿部最早見於《五經文字》，收入「牀、壯、臧、牆、牀、將、藏、狀、牂、斨」等字，《龍龕手鑑》、《類纂》、《正韻彙編》也都立有爿部，《字彙》從之。

另《玉篇》立有牀部，只有「牀」一字，沒有其他屬字，《篇海》從之，收入三十三字，全部都是從爿之字，因此《詳校篇海》注云：「按牀本從爿，爿本字母而非母也，《正譌》云：『爿，疾羊切，以牛木爲義，左牛爲片，右牛爲爿，即牀字，後人加戈耳。』奈《說文》既不立爿部，而本書又只以牀爲部頭，乃所轄諸字，則皆從爿而非從牀也。」可見李登對牀部名實不符的無奈。

艮部：目前可見資料，艮部最早見於《大明同文集》，該書以聲符歸部，立有艮部，收入「恨、硍、銀、垠、根、痕、齦、跟、鞎、艱、狠、佷、很、眼、限、懇、墾、退、褪」等以艮爲聲之字；《字彙》艮部收入「良、

---

〔註2〕此處所計部中字數，均不含部首字本身，故與各字書所記少一字，以下皆同。

〔註3〕比較《四聲篇海》、《詳校篇海》、《字彙》三者父部罕用字的詮解：

| 字頭 | 《四聲篇海》 | 《詳校篇海》 | 《字　彙》 |
|---|---|---|---|
| 肎 | 未收 | 徒紅切，音同，父也。 | 徒紅切，音同，父也。 |
| 㸈 | 火于切，古文吁字，元在交部，今改父部。 | 匈于切，音吁，古文吁字。 | 古文吁字。 |
| 爱 | 音勿。 | 央居切，音於，古文於字，歎辭也。 | 古文於字，歎辭也。 |
| 爷 | 音萬，元在内部，今改于父。 | 無販切，古萬字，又蟲名。 | 古萬字，又蟲名。 |
| 爸 | 蒲可切，父也。 | 蒲可切，舊音播，父也。 | 同爸。 |
| 奢 | 之邪切，父也。 | 之奢切，音遮，父也。 | 之奢切，音遮，父也。 |

耕、艱、覲」四字，其中「耕、艱、覲」三字也是以聲符歸部，《字彙》的艮部也算是聲符部首，雖然兩書艮部只有一個「覲」字相同，但是《大明同文集》早《字彙》三十年出版，或許也提供《字彙》立部的參考。

**刪併部首分析**：至於刪併三百三十二部的原則，李淑萍歸納爲五點：

1. 重形之部歸併於單一形體之部首，如珏併入玉。
2. 因形體近似而合併爲一，如禾併入禾。
3. 義類相關之部合併，如く併入巛。
4. 以共同偏旁來歸併，如能入月。
5. 割裂字形，以相同筆畫（部件）來歸併，如富併入宀。〔註4〕

這是從《說文》五百四十部刪併到二百一十四部的總結果，如前章所述，《字彙》引用《說文》多轉引自《韻會》，《字彙》分部受《說文》影響的成分不大。亦即二百一十四部並不是直接據五百四十部刪併而成。呂瑞生分析《篇海》的併部觀念，歸納爲四點：

1. 重形部首合併，如劦併入力。
2. 形近部首之合併，如毋併入母。
3. 字形可再析解者併入更簡之形，如它併入宀。
4. 筆畫少之部首可併入筆畫較多之部首，如く併入巛。〔註5〕

兩者的併部方式相差不大，亦即從五百四十部刪併到二百一十四部，與從五百七十九部刪併到四百十四部，原則相近，所差只是合併的澈底與否而已。

## 二、《字彙》與《玉篇》的部首比較

〔梁〕顧野王《玉篇》（約公元543年），刪併《說文》「哭、延、畫、教、眉、白、㠯、歠、后、介、弦」等十一部，新增了「父、云、枭、尤、處、兆、磬、索、書、牀、弋、單、丈」十三部，共五百四十二部，與《字彙》二百一十四部比較，相同者達二百一十部，但是其中二百零八部與《說文》相同，新增「父、弋」二部後來各字書多從之，因此，《玉篇》雖是第一部楷書字典，就其分部來說，對《字彙》影響不大。

---

〔註4〕參見李淑萍《康熙字典及其引用說文與歸部之探究》頁218，以《康熙字典》二百一十四部直接與《說文》五百四十部比較，而《康熙字典》二百一十四部即承襲《字彙》而來，故結論也可視爲《字彙》刪併之結果。（中央大學中研所博士論文，民國89年。）

〔註5〕參見呂瑞生《歷代字書重要部首觀念研究》頁87，文化大學碩士論文，民國83年。

### 三、《字彙》與《龍龕手鑑》的部首比較

〔遼〕釋行均的《龍龕手鑑》，全書分二百四十二部，金允子《字典部首通考》將《龍龕手鑑》與《說文》部首比較，再將《字彙》與《龍龕手鑑》比較，發現《龍龕手鑑》刪併《說文》三百五十個部首，增立五十二部。在刪併的三百五十個部首中，有二百零二個部首沒有收入，因此，比較《說文》與《龍龕手鑑》的部首，僅能說明有那些部首被刪除，想再進一步探究造成分部不同的內在原因，卻往往因為沒有收錄而無法深入；而《字彙》二百一十四部中，又刪去《龍龕手鑑》七十二部，增立四十四部，其中有四十二部回歸到《說文》的部首，亦即《字彙》二百一十四部，與《龍龕手鑑》相同者僅一百七十部，即使「宀」部為《龍龕手鑑》所創，但《篇海》以下各字書多從之，這便顯示《字彙》的分部受到《龍龕手鑑》的影響也不大。

### 四、《字彙》與《篇海》比較

韓道昭的《篇海》，將《五音篇》的五百七十九部改併重編為四百四十四部，呂瑞生《歷代字書重要部首觀念研究》依《說文》、《玉篇》、《篇海》《字彙》的次第比較，以《篇海》四百四十四部與《字彙》二百一十四部比較，相同者達二百一十一部，僅「无、丬、艮」三部與《篇海》不同〔註6〕。若再從部中屬字來看，无部即旡部，丬部即爿部，只是立為部首的字不同而已，實際只有艮部不在《篇海》中，可見《字彙》部首應是在《篇海》的架構上進行刪併的。

至於併部的內容，呂瑞生依據元刊本《篇海》卷首所附〈重編併部依三十六字母再顯之圖〉，比較《篇海》與《字彙》刪併部首的異同，在合併《玉篇》一百二十一部中，仍有三十六部不同〔註7〕，惟此圖元刊本與明刊本〔註8〕已不盡相同，元刊本序云：

> 今將《併了部頭》篇中，立在圍田号下，永為正矣。自來元部五百四十二，并篇末聚雜部三十有七，除了今用四百四十有四外，有棄了者一百三十有五，各併在今用部中，並無遺闕，特陳斯式，再顯其真，覽者細詳，知不謬耳。

明刊本則再加一段：

> 予按前說元部五百四十二部，及篇末雜部三十七字，共成五百七十

---

〔註6〕同註5附錄〈歷代字書部首對照表〉。

〔註7〕同註5頁98。

〔註8〕《四聲篇海》國家圖書館善本書室藏有完整的元前至元間刊本與明成化間刊本，兩書內容不盡相同。如卷首雜部，元刊本是〈己丑重編雜部〉，明刊本是〈辛卯重編增改雜部〉，收字內容已有不同。

九，併其一百三十五，止有四百四十四，今考《玉篇》五百四十二部，併
其一百二十一，止有四百二十一，依《龍龕》增補二十三，總成四百四十
四部，今列一百三十五者，《玉篇》一百二十一，《龍龕》十三部，《玉篇》
重出开、收二字，脫才部一字，略而詳定。

將刪併的一百三十五個部首字，詳細列出重新歸入的部首，元刊本與明刊本也不完
全相同，《字彙》有的與元刊本相同，如：

| 部　首 | 《篇海》元刊本 | 《篇海》明刊本 | 《字　　彙》 |
|---|---|---|---|
| 史 | 口部 | 雜部 | 口部 |
| 兩 | 人部 | 冂部 | 入部 |
| 易 | 日部 | 勿部 | 日部 |

有的與明刊本相同，如：

| 部　首 | 《篇海》元刊本 | 《篇海》明刊本 | 《字　　彙》 |
|---|---|---|---|
| 北 | 北部 | 一部 | 一部 |
| 巜 | 雜部 | 巛部 | 巛部 |
| 才 | 未收 | 手部 | 手部 |
| 丰 | 十部 | 手部 | 丨部 |
| 我 | 禾部 | 戈部 | 戈部 |
| 桀 | 舛部 | 木部 | 木部 |
| 瞿 | 隹部 | 目部 | 目部 |
| 辛 | 辛部 | 立部 | 立部 |

有的都不同，如：

| 部　首 | 《篇海》元刊本 | 《篇海》明刊本 | 《字　　彙》 |
|---|---|---|---|
| 之 | 辵部 | 亠部 | 丿部 |
| 肙 | 戶部 | 雜部 | 丿部 |
| 录 | 彐部 | 水部 | 未收 |

　　由上可知《字彙》在歸併部首上，並不完全依據元刊本或明刊本，整體而言，
與明刊本的相近程度較高。

## 五、《字彙》與萬曆年間各字書部首的比較

　　本文第一章第二節所述萬曆年間依部首編排的各楷書字書，部首的增刪對《字
彙》可能的影響分析如下：

1、《大明同文集》

全書大部分依聲符歸部，其中的艮部可能提供了《字彙》艮部立部的參考，其餘與《字彙》的關係不大。

2、〈難字直音〉

全篇類似《字彙》之〈檢字〉，因此收字不多，立部只有一百六十九部，最大特色是增立「彳、刂、扌、氵、犭、忄、灬、王、衤、月」等十個變體部首，《字彙》並未採納，因此，兩者部首關係不大。另〈難字直音〉設立雜部，依「一、丨、丿、丶、乛、乚、亅」筆形之次序編排，《字彙》卷首已收錄〈運筆〉，揭示筆順的重要，卻沒有把它列入編輯系統中，殊為可惜。

3、《類纂》

全書將《正韻》之字依部首重新排列，將所分三百一十四部與前代各字書比較，增立了「乂、月、辜、兀、允、巳、小、冰、杀、丞、奏、癶、耂、占、軎、與、寒、焱、屮、灬、攸、朋、戈、臽、臼、幸、母、莫、加、縣、眞、冉、直、垂、吾、平、卪、臾、翟、千、羸、既、曲、广、尚」等四十五部，這些部首《字彙》都未採用；《字彙》與之相較，相同者僅一百九十三部，仍有「一、丿、丨、亅、匚、干、夊、攴、无、毋、爻、牙、甘、老、而、臣、艮、辰、長、韭、鬯」等二十一部不在其中，因此，《字彙》的立部也與《類纂》關係不大。

4、《正韻彙編》

全書也是將《正韻》之字重新分為二百三十九部，與前代字書比較，新增了十七部，其中「乂、千、兀、丞、允、冉、奏、攸、軎、幸、殸、莫」等十二部見於《類纂》，「丬、宀、彐、少、无」等五部《正韻彙編》所立，其中无部應為《字彙》无部立部的參考。《字彙》與之相較，也僅有一百八十九部相同，仍有「丨、丿、二、入、匚、尢、屮、攴、毋、比、氏、爻、牙、癶、而、舟、艮、辰、長、非、韭、首、高、鬯、黽」等二十五部不在其中，因此，《字彙》的立部，除无部外，與《正韻彙編》的關係也不大。

5、《六書賦》

全書分為八十四部，末立雜部，所立八十四部都是部中字數較多者，其餘字數較少都歸入雜部，因此所立部首並無特殊之處。

6、《字學集篇》

全書分為二百部，凡例云：「舊《篇海》原設篇旁四百四十四部，今刪其二百四十四部，外增連數數畫一部，通共二百零一部。」意即二百部是刪併《篇海》四百

四十四部而成，今觀其二百部，仍有「子 羋」二部不見於《篇海》，改磬部爲殸部，牀部爲爿部。與《字彙》部首比較，僅一百七十二部相同，仍有「天、古、殸、子、卑、羋、束、上、正、冊、刃、必、免、出、勿、九、亞、來、巴、与、井、且、几、此、羊、系、光、壴」等二十八部不見於《字彙》，《字彙》則多出了「丿、丨、夂、二、冂、屮、攴、毋、比、氏、父、无、牙、气、玄、⺧、甘、用、疋、而、聿、舛、艮、色、行、辰、釆、隶、青、韭、飛、首、高、鬯、麻、黹、鼎、鼓、鼻、齊、龍、龠」等四十二部，就立部來說，兩者的關係似乎也不大。

### 7、《詳校篇海》

本書部首完全與《篇海》相同，並未做任何的調整，但是在部首下的注語，仍可以看出李登對《篇海》的分部有意見，除前述牀部外，又如臼部下注云：

> 臼與臼應當各爲一部，此書合收。

《篇海》只有臼部，並於臼字下注云：

> 渠九切，《說文》曰：「舂也，古者掘地爲臼，其後穿木石，象形，中
> 米也。」又居六切。

將「臼」與「臼」二字混爲一字，《詳校篇海》則分爲二字：

> 臼：臺濁渠九切，舊音舊，舂也，古者掘地爲臼，其後穿木石，象形，中象米
> 也，與臼不同，臼音菊。

> 臼：居六切，音菊，兩手捧物，又斂手曰臼；又並濁薄侯切，與裒同，聚也。
> 與臼字不同，臼下畫連。

《字彙》也是「臼」「臼」分列二字，部首字形也改作「臼」，與《詳校篇海》相同。李登只是就《篇海》做整理的工作，因此部首除雜部未見外，其餘都沒有做任何的增減；在部首字的合併上，則多依據明刊本，如前述元刊本與明刊本之歸併差異，《詳校篇海》都與明刊本相同，惟一不同在於今本所見《詳校篇海》沒有雜部，因此《篇海》雜部之字，若是兩部互見，《詳校篇海》便承之，如：

| 屬　　字 | 《篇海》明刊本 | 《詳 校 篇 海》 | 《字　　彙》 |
| --- | --- | --- | --- |
| 弗 | 丨・雜部 | 丨部 | 丨部 |
| 林 | 十・雜部 | 十部 | 十部 |
| 奉 | 廾・雜部 | 廾部 | 大部 |
| 史 | 又・雜部 | 又部 | 口部 |
| 艮 | 匕・雜部 | 匕部 | 艮部 |
| 丰 | 十・雜部 | 十・手部 | 丨部 |

這些字《字彙》大部分都作了調整；如果不是兩部互見，《詳校篇海》便會重新歸部，如：

| 屬　字 | 《篇海》明刊本 | 《詳 校 篇 海》 | 《字　　彙》 |
|--------|--------------|---------------|-------------|
| 事 | 雜部 | 亅部 | 亅部 |
| 丫 | 雜部 | 丨部 | 丨部 |

在《字彙》也可以看到相同的處理情形，再如第二、三章所述，《字彙》的收字標準、收字種類、釋音方式等等，都與《詳校篇海》有相似的地方，因此，《詳校篇海》雖然沒有對《篇海》的部首有所增刪，但是書中所呈現的分部觀念，在《字彙》中也可以看到部分觀念的具體實現，如改牄部爲片部，雜部的廢除等，《字彙》分部受《詳校篇海》的影響，似乎大於《篇海》。也就是說，《字彙》的分部，應該是在《詳校篇海》的基礎上，再參考同時代的字書而進行刪併的。

## 貳、《字彙》部首刪併的依據

如上所述，《字彙》應是在《詳校篇海》的分部基礎上進行部首調整的。從四百四十四部到二百一十三部，刪併了二百三十一部，《字彙》的併部觀念與前述《篇海》其實相差無幾〔註9〕，只是執行的徹底與否而已。原因是《篇海》四百四十四部是刻意的安排，其序云：「取周易三百八十四爻、六十甲子二數相合，改併作四百四十四部，方成規式者也。」爲符合這個數字，因此部首的刪併並沒有澈底進行，《詳校篇海》牽就《篇海》的部首，也只增刪收字的內容，並沒有對部首進行調整，只在部首下注明意見，如元部下注云：「從舊本立部未刪，大都有綱而無目，今姑拾數字以實之，非混於尢部即冷字耳。」再從李登的〈難字直音〉早已大幅刪併部首來看，不難想見李登面對《篇海》分部的無奈。《字彙》則擺脫部數的束縛，因此可以大刀闊斧的進行部首合併。那麼哪些部首會被刪去？那些部首又會被保留下來？便有再深入討論的必要。

## 一、部中屬字多寡影響部首的刪併

《說文》凡是獨體、干支十數字都立爲部首，因此五百四十部中，有三十六部

〔註9〕呂瑞生歸納《字彙》歸併《篇海》部首的原則，爲四點：
　　1. 重形部首合併，如絲併入糸等部。
　　2. 形近部首合併，如乚併入乚部。
　　3. 字形可再析解者，併入更簡之形，如丁併入一部。
　　4. 筆畫少之部首可併入筆畫較多之部首，如王併入玉部。（同註5頁99）

部中只有部首一字，對《說文》而言，有沒有從屬字並不影響部首的設立〔註10〕；《類篇》依照《說文》的分部歸字，即使字數已增加到三萬一千二百一十九字，也還有「乇、久、彔、莧、燕、耑、开、六、七、丙、壬、未」等十二部沒有屬字；《玉篇》增刪《說文》部首，調整爲五百四十二部，也仍有「凵、才、乇、厶、冉、率、耑、开、牀、厂、彔、六、七、丙、庚、壬、未、戉」等十八部沒有屬字〔註11〕，《說文》建立的立部原則並沒有被改變。

到了《龍龕手鑑》的二百四十二部，部中屬字最少的是平聲牙部的二個字；《篇海》四百四十四部，部中屬字最少的是精母卯部的一個字，部首在大量刪併下，已經看不到沒有從屬字的部首〔註12〕，明代如《類纂》、《正韻彙編》等大量刪併部首的字書，各部屬字最少的也是一字，如于部都只收「盱」字而已。因此，《說文》「凡是獨體、干支十數字都立爲部首」的原則已經改變，部首的建立，不僅僅是如《說文·敘》所稱「分別部居，不相雜廁」，而是要統領字群，方便檢索，因此，沒有屬字，部首便失去設立的意義。至於《篇海》專爲「卯」字立卯部、《類纂》、《正韻彙編》專爲「盱」字立于部，《說文》「凡有所從皆立部」的原則仍然可見。而《字彙》兩百一十四部中，部中屬字最少的是艮部的四字（不含部首），顯見《字彙》對屬字字數的要求又高於前述各書。李淑萍將《說文》屬字一字至十字 的部首列出，探討《字彙》刪併的情形，可以整理成下表（字數包含部首）〔註13〕：

表一：《字彙》刪併《說文》部首統計表

| 部中字數 | 說文部數 | 字彙刪併數 | 字彙保留數 | 刪併百分比 |
|---|---|---|---|---|
| 一 | 三六 | 三五 | 一 | 九七·二 |
| 二 | 一五四 | 一三九 | 十五 | 九〇·二 |
| 三 | 一〇二 | 八一 | 二一 | 七九·四 |
| 四 | 五四 | 三九 | 十五 | 七二·二 |
| 五 | 二八 | 十五 | 十三 | 五三·五 |
| 六 | 二三 | 十 | 十三 | 四三，四 |

〔註10〕詳見拙作《說文解字分部法研究》第三章第一節，輔仁大學中研所碩士論文，民國83年。
〔註11〕此處部中屬統計依《大廣益會玉篇》所載。
〔註12〕《詳校篇海》依《四聲篇海》部首進行收字增刪，因此龠部沒有屬字，並注云：「凡一字，龡龡在攴部，驗在馬部，籥在竹部，龠在木部等，本部止有一字，有母無字。」
〔註13〕同註4，頁213。

| 七 | 十一 | 三 | 八 | 二七·二 |
|---|---|---|---|---|
| 八 | 七 | 三 | 四 | 四二·八 |
| 九 | 五 | 一 | 四 | 二〇·〇 |
| 十 | 九 | 二 | 七 | 二二·二 |
| 十一字以上 | 一一一 | 四 | 一〇七 | 三 |
| 合計 | 五四〇 | 三三二 | 二二八 | 六一、四 |

　　從統計表中可以發現，部中屬字愈多，被刪去的機率就愈小，《說文》五百四十部總刪去率是百分之六一、四，而《字彙》的平均刪去率是屬字爲五個字的刪去率略低於此數，再者，《字彙》二百一十四部中，屬字最少的也是五字（含部首），似乎五正是他考量刪併的參考點〔註14〕。因此，如果以五爲分界點，《說文》屬字四字以下的部首，應該是會被《字彙》刪併的，屬字五字以上的部首，應該是要保留下來的。但是事實並不盡然如此，因此，李淑萍認爲「部中隸屬之字較少並非是歸併部首的必然條件」〔註15〕，進而批評「認爲梅膺祚爲省併繁多的五百四十部首，遂將只列部首字或隸屬字較少之部首歸入他部中」的說法是倒果爲因〔註16〕，這樣的說法仍有討論的空間。

　　即使僅以《說文》部中的屬字字數作依據，在被保留的二百零八部中，有五十二部的部中屬字是四字以下的。但是，在《字彙》中，這些部首的屬字，卻大量增加了，如凵部，在《說文》是沒有屬字的部首，在《字彙》則增至十四字，五十二部在《字彙》最少的如丨部，也還有六字，因此，所謂屬字的多寡，不能以《說文》部中屬字的字數來看，而是要就當時字書的收字概況來論。

　　如果再以收字與《字彙》相近的《詳校篇海》作比較，屬字四字以下的部首有「交、傘、癸、珏、刃、曲、嵩、氏、丈、兆、半、羹、收、富、步、民、冥、門、兒、首、由、弗、豐、凡、卯、左、广、帀、僉、束、黍、三、先、四、丑、歲、索、象、旨、囱、處、巢、舜、辰、紙、兒、凶、興、夏、丸、熊、朿、旱、會、學、鳥、印、予、也、永、戈、亦、呂、卨、而」等六十五部，除而部外，《字彙》全數刪去，而部部中屬字則增至十七字，因此，屬字的多寡應是《字彙》部首刪併的重要條件。

---

〔註14〕如前所述，《字彙》的歸併部首主要並不是在《說文》的基礎上完成的，因此，以《說文》的字數做爲探討依據，意義不大，此處所歸納出的參考字數相符，只能算是巧合而已。

〔註15〕同註4，頁217。

〔註16〕同註12。

## 二、部首與部中屬字重新歸部的適切與否，影響部首的刪併

如上所述，部中字數較少者是刪併的主要對象，而部中字數較多者，則會被保留下來，但是有些部首，屬字也不少，仍然被刪併了，也就是說，除了屬字的多寡外，仍有其他原因左右部首的設立或刪併。

以《說文》爲例，被刪併的三百三十一部中，屬字五字以上卻被刪去的仍有三十八部（其中「夊、晶、吅、朌、蟲、白、炎、血、弼、蚰」等十部，《篇海》即已刪併）；再以《詳校篇海》來說，五字以上被刪併的部首，更高達一百六十六部，其中字數最多的「虎、多、疒、矛、弼、囲、光、出、壴、履」等十部，都超過二十字，虎部更多達五十九字，因此，是否可以妥善適切的安排這些屬字，也影響到部首的刪併。所謂適切與否，主要指兩方面：一是是否符合歸部原則，一是部首要容易判斷。

### （一）就歸部原則來說

如果以《說文》的歸部原則「一級關係」與「據形分部」〔註17〕來看，刪併部首的空間不大，要大量刪併部首，便得像《龍龕手鑑》、《篇海》、《類纂》、《正韻彙編》、《字學集篇》等字書，設立雜部以統屬無部可歸之字。《字彙》承《詳校篇海》廢除雜部，務必使每字都有部首可歸，那麼歸部的原則勢必做更大的調整。調整的方向主要有二：

#### 1、部首與屬字的一級關係必須彈性調整

#### （1）重體部首歸入所重之部，如：

虫部收入

「蟁、蘁、疆、蚝、螽、蠢、螽、蠡、蛊、蟲、螽、盃、蟁、蟗、蠢、蠹、螽、蠭、蠶、蠻、蜒、氏、皀、我、蛊、蟲、蟦、蝨、螽、蟲、遙、螽、甚、蘁、匾、尉、韭、螽、辰、靐、蟁、耆、厣、熊、屡、窗、蟲、睯、蟲、黽、蠻、屬、蟲、蟲、蟲、蟲、蟲、蟲、蟲」等五十八個從蚰之字。

林部收入

「梵、梦、梵、樅、焚、琴、楚、樊、棘、蘩、蘦、樹、燊、蓮、檵、棽、棼、蕘、鼙、蓮、薝、蘭」等二十二個從林之字。

夕部收入

「夠、够、夥、夛、夠、夡、夘、夗、夗、夡、夡、㬱、夡、夡、夥」等十五個從多之字。

---

《說文》立有重體部首「玨、艸、茻、吅、㗊、品、㽕、卄、誩、叕、䀠、皕、譱、雔、雥、絲、珏、虤、林、賏、晶、多、秝、皛、从、乑、毳、覞、豩、屾、麤、㹜、炎、焱、竝、惢、沝、鱻、䲆、弜、絲、䖵、蟲、垚、畕、劦、𨺅、孨、辡」等四十八部，《篇海》即已開始進行合併工作，但仍保留「玨、多、茻、𨺅、絲、卄、艸、秝」等八部，《類纂》則只剩「艸、玨」二部，《正韻彙編》僅留「艸」一部，《字彙》承之。這些重體部首的从屬字也一併歸入，便與部首形成二級關係。

（2）合體部首可歸入組成部件，如：

虍部可以收入

「虒、虓、號、虥、虪、虤、䖘、虨、𧇖、𧆣、虣、䖑、虘、虢、虩、䖚、虪、𧇾、虞、虦、䖛、虒、䖜、虖、虛、虝、𧇎、虜、𧆨、虩、虞、虧、虨、虩、虩」等三十五個从虎之字。

雨部收入

「黔、黗、黕、黖、黚、黝、黮、黤、黥、黷、黱、黰」等十二個从雲之字。

宀部收入

「寐、寱、寑、寤、寣、寎、寢、寐、寵、寢、寱、寷、寲、寱」等十四個从寢麗之。

尸部收入

「屐、屜、屣、履、屧、屨、屩」等七個从履之字。

2、部首與屬字間的形義關聯可以調整

（1）隸變後，部首字形已與其他部首形近或同化，即使沒有形義關聯也可以併入，如：

方部收入

「於、旀、施、斿、旂、旃、旄、旅、㫃、旆、旋、旌、旍、旎、族、旐、旒、旓、旑、旗、旚、旛、旜、旝、旟、旞、旇、旈、旇、旍、㫊、旒、㫋、旖、㫌、旃、旒、旋、旙、旚、旘、旞、旝、旟、旜、旜、旞、旚」等四十八個从㫃之字，而「方」與「㫃」並沒有形義上的關聯。

田部收入

「畜、畚、疀、𤱶、𤳎」等五字从甾之字，而「田」與「甾」也沒有形義上的關聯。

艸部收入

丫、芇、羋、𦫳、萑、蒿、苣、莧、蒦、薆」等从丫之字。

又部收入

　　「叕、綴、腏」等从叕之字，「叕」小篆作「𠦬」，與「又」無關，隸變後與「又」同化，因此併入又部。

（2）變體部首可以合而為一

　　《說文》為使部首與屬字字形上有相承關係，因此一字異體，也分立二部，如人儿、首百、鬲䰜、大亣之類，又如《龍龕手鑑》的示礻、鬲䰜分部；〈難字直音〉的「人亻、刀刂、手扌、水氵、心忄、月月、火灬、玉王、衣礻」分部；《類纂》「舟月、心小、水氺、尢尣」分部；《字彙》認為這些變體部首都可以再合併，因此，除人儿二部仍保留外，其餘都合併，卷首〈檢字〉立有變體部首凡例三十五則，即在解決合併後所可能造成的困擾。

（3）部中屬字字形已經改變，失去立部的必要性，如《說文》木部，五個屬字「𥝂、孛、索、𣏔、南」，字形都已變得與部首無關，木部便已無立部的必要。

（二）改併的部首要容易判斷

　　改併部首的目的就是要提高檢索的方便性，如果部首的調整反而造成大量查檢的困擾，那麼部首便沒有歸併的必要。因此，部首歸併之後，各屬字的部首仍然要便於判分，如前述从寢之字入宀部、从履之字入尸部、从𣃍之字入方部，改併之後部首都更容易判斷。

　　當然，所謂容易判斷很難有客觀標準，往往只是編者的一己之見，梅氏也瞭解這點，因此，卷首設立〈檢字〉，序云：「若疑難字，不得其部，仍照畫數於此檢之。」也就是在彌補部首歸併後所造成的檢索困擾。

## 參、《字彙》併部與立部原則

### 一、從以上之分析，可以歸納《字彙》刪併部首原則

　　1. 廢除雜部，務使每字有部可歸。

　　2. 部中屬字重新調整後仍低於四字者，應予以刪併。

　　3. 屬字雖多於四字，部首本身可以依組成部件再歸部，而新部首位置明顯者，予以刪併。

　　4. 變體部首予以刪併；部中屬字字形改變，失去立部必要性的也刪併。

### 二、從以上的刪併原則，也可以推論《字彙》的立部原則

　　1. 如果屬字五字以上，部首字與屬字沒有更適切的部首可以歸入，則立為部

首。如艮部收入「艮、良、艱、艱、艱」五字，艮字良字、《類纂》、《正韻彙編》、《字學集篇》都歸入雜部或連身部，艱字《類纂》、《正韻彙編》入莫部，《字學集篇》則入連身部，《字彙》刪莫部與雜部，只得立艮部統屬，而耤字《類纂》、《正韻彙編》未收，《字學集篇》歸在耒部，《字彙》改置於此，顯然是為了要增加部中字數所做的調整。

2. 屬字眾多，即使部首字可以再行歸部，也立為部首：如果不考慮部中屬字的字數，二百一十四部可以再大量合併，如烏部、燕部可以歸入火部，那麼鳥部、馬部、黑部、魚部也應併入火部；交部、富部可以併入宀部，那麼立部、音部、高部、齊部等也可以併入宀部。但是因為這些部首部中屬字眾多，因此都立為部首。

3. 部首位置如果明顯容易判斷，即使字數不多，也立為部首，如：玄部僅收入「玄、妙、茲、率、旅、竭」六字，部首位置判斷容易，因此，立為部首。

## 肆、部首增刪之檢討

朱彝尊〈重刊玉篇序〉云：「宋儒持論以灑掃應對進退為小學，由是《說文》、《玉篇》皆置不問，今之兔園冊子，專考稽於梅氏《字彙》，張氏《正字通》所立部屬，分其所不當分，合其所必不可合，而小學放絕焉。是豈形聲文字之末與？推而至於天地人之故，或窒礙而不能通，是學者之所深憂也。」〔註18〕將部首上推至天地人之故，《字彙》的部首可能無法勝任，但是從方便檢索的角度來看，則有客觀存在的價值，因此《正字通》、《康熙字典》，都依循《字彙》二百一十四部的分部，奠定了今日字書編排的面貌，《字彙》是功不可沒的。

當然，二百一十四部也不是十全十美，以上所推論的併部與立部原則，主要建立屬字的多寡與部首判斷的難易兩大原則上，但是其間並沒有一個客觀的標準，似乎是取決於編者的主觀判斷，到底屬字多要多到多少才保留？部首要明顯到什麼程度才會保留？這些都還有討論的空間。

### 一、就部首的刪併來說

如果依《字彙》之標準，下列之部首似乎可以考慮再刪併：

1. 重體之部都歸入所重之部，如前述虫部收入五十八個从蚰之字，那比部十四字應該也可以再併入匕部，早在《字學集篇》即已併入。

2. 形近歸部，既「論其形不論其義」，丫部可以併入屮部，《字彙》各字都加以註明：

---

〔註18〕詳見〈《曝書亭全集》卷三十四，臺灣中華書局《四部備要》。

丫：古買切，音拐，羊角也。凡萈、舊之類皆从此。

芇：莫堅切，音縣，《說文》：「相當也。」…。从丫从門，今音迷，非。

芈：莫禮切，音米，羊鳴…。毛氏曰：「上从丫，下从干。」

茁：亡結切，音滅，目不正。从丫，非艸。

菫：古文菫字。从丫。

羋：訖力切，音吉，自急疾敕也…。羊性剛，故从羊與義善同意，敬字从此，與苟字不同，苟从艸，舉后切，鉤上聲，艸名，俗混用，非。

萞：古文龍字。从丫。

萈：胡官切，音桓，山羊細角，形大。从丫，非从艸，又見有一點，寬字从此。

蒦：乙却切，音約，《漢·律歷志》：「尺者，蒦也。」…。《六書正譌》：「規蒦，商度也，古者尺寸皆起手，度物用手，故从又會意，萑聲，萑，胡官切，从丫，非艸，別作䂣、矱，竝非。」

萲：謨郎切，音茫，勉也…。上从丫。

至於以丫艸作爲辨義單位，或兩者已經混用的字，《字彙》也會加以說明：

芊：居寒切，音干，蔽芊草。按上二字音米者从丫，音干者从⁺⁺，然丫與⁺⁺楷書一也，因以音米者直畫通上爲別耳。

苜：莫卜切，音木，苜蓿…。與从丫者不同。

苟：舉偶切，鉤上聲，苟且草率也…。上从艸，與敬旁苟字不同，敬傍苟字从丫。

萑：朱惟切，音追，葦蔚也…。又胡官切，音完，細葦也…。按…《說文》所鳴其民有禍。按《說文》此字有別朱惟切者，从艸从隹，草屬也，胡官切者，从丫从隹，鴟屬也，从丫从隹，上又加艸者，爲萑葦之萑，今从俗省，合爲一字。

透過字形分析，將丫部併入艸部並不影響兩部的識別，因此，二百一十四部中，仍有可以合併的部首，如：

亅部與丨部：亅部八字，丨部十四字，亅部可併入丨部。

入部與人部：入部十二字，人部七百二十九字，入部應可併入人部，《正韻彙編》即刪去入部。

匸部與匚部：匸部十三字，匚部五十三字，匸部應可併入匚部，《類纂》、《正韻彙編》、《字學集篇》都已經合併。

士部與土部：士部十八字，土部四百六十三字，士部似乎也可以考慮併入土部。

屮部與山部：屮部十七字，山部五百六十九字，屮字應可併入山部。

夊部與夂部：夊部七字，夂十八字，夊部應可歸入夂部，《類纂》即已合併。

屮部與山部：屮部十七字，山部五百六十九字，屮部似可歸入山部。

支部、攴部：支部二十一字，攴部二百四十一字，兩者形近，應可合併，《類纂》、《正韻彙編》均已合併。

曰部與日部：曰部二十三字，日部三百八十一字，日與曰形近，曰部應可併入日部。

此處僅針對筆劃數、筆形相同，僅依部分筆劃長短或筆劃相交與相接的不同來辨義的兩部首字作合併，至於「人八、父爻」等筆劃相離的部分，仍不考慮合併。這八部之所以可以歸併，主要在於字形極為相近，梅氏不可能沒有注意到這點，而且這些字形相近的部首梅氏還刻意的編排在一起，目的就是希望提醒讀者注意，也就是說在梅氏的觀念裡，這些部首不但不可合併，還要特別注意其間的區隔。再就查檢的方便來說，字形相近的部首編排在一起，即使無法判別該查那一部，兩部都查所花的時間也不會太多，因此，既無礙於查檢的方便，卻有利於形義的區分，梅氏自然採取從分不從合的處理方式。只是就「只論其形不論其義」的原則來說，將這些部首合併再予以注解說明文字構形，也是可行的辦法。

3. 以組成部件歸部：字彙虍部收入三十五個從虎之字，如果以這個為上限，也還有可以調整的空間：

二部與一部：二部二十字，一部三十一字，二部應可併入一部，《正韻彙編》、《字學集篇》都已併入。

父部與八部：父部十字，八部十八字，父部可以應可併入八部。

舛部與夕部：舛部八字，夕部二十九字，舛部應可併入夕部，《字學集篇》已併入。

行部與彳部：行部三十五字，彳部一百七十二字，行部應可考慮歸入彳部。

音部與立部：音部三十五，立部七十三字，音部應可併入立部。

匕部與七部：匕部七字，應可併入七部，《類纂》、《正韻彙編》、《字學集篇》都併入。

麻部與广部：麻部三十字，广部二百二十五字，麻部應可併入广部，《正韻彙編》

## 二、就部首的增設來說

1、聲符部首：《大明同文集》立艮部，收錄從艮得聲之字，《字彙》立艮部，部中四個屬字，也有三個是以艮為聲符，再如爿部、齊部、龍部等，部中屬字也

多是以聲符爲部首，因此，以聲符爲部首《字彙》並不排斥，則仍有可恢復之聲符部首，如：

　　鼏部：《五經文字》設立，《龍龕手鑑》則設羸部，《篇海》承之，《類纂》又改立鼏部，可以參考恢復設立。

　　殼部：《玉篇》設殼部，《龍龕手鑑》改爲殼部，可考慮恢復。

　　2、非字部首：《龍龕手鑑》增立宀部、《五經文字》設立爿部都普遍爲後來字書所接受，《字彙》也都立爲部首，《類纂》與《正韻彙編》所增立之部首，不爲《字彙》所接受者，仍有可參考復設之部首，如：

　　　　卓：《類纂》設立，收「朝、乾、韓、幹、斡、䩾、翰、轖」等字。

　　　　夨：《類纂》設立，《正韻彙編》從之。

　　　　車：《類纂》設立，可考慮再設立，以收「橐、橐、囊、橐、囊」等字。

以上刪去十七部，增立五部合計二百零二部，今日通行之字書，或多或少也會對二百一十四部進行部首的合併，如高樹藩《形音義綜合大字典》〔註19〕，刪去「二、小、爻、支、父、牙、玄、甘、网、而、自、至、舛、行、隶、面、韭、高、鹵、黃、黍、齊、侖」等二十四部，另增「罒、夨、尚、卓」等四部，合計一九四部首；大陸《漢語大字典》〔註20〕則刪併「丨、二、爻、玄、用、内、舛、匚、匸、入、士、攵、曰、行」等十四部，立二百部。至於部首多少才合理，似乎取決於立部是否有原則可循，若是架構嚴謹的部首系統，便是好的分部方法，以上僅是就《字彙》之部首原則再做增刪，部首眞正的落實，仍要再搭配歸部方法，從實際編輯操作中，建立一個較爲合理的分部架構。

# 第二節　《字彙》之歸字原則

　　《字彙》大量刪併部首，自《說文》以來所建立的歸部原則如前節所述，已有相當程度的調整。本節則進一步，就《字彙》全書三萬三千一百七十九字，詳細分析每字與部首的關係，進而歸納《字彙》的歸部原則。

## 壹、部首與屬字之關係

### 一、一級關係

---

〔註19〕高樹藩《正中形音義綜合大字典》，台北正中書局，民國 68 年。

〔註20〕《漢語大字典》，湖北辭書出版社，1986 年。

## （一）據意符歸部

此處所指意符，包含準初文表意的成文部件、會意字的各組成部件，以及形聲字的形符，拙作《說文解字分部法》依據字形說解分析，《說文》中的準初文、會意字、形聲字都是依據意符歸部。〔註21〕《字彙》大量刪併部首，如果該成文部件仍立為部首，字形也沒有太大改變，據意符歸部仍是主要的原則：

### 1、準初文歸入成文部件

**增體**：成文部件立為部首，多以成文部件歸部，如「眉、盾」入目部，「豐、豊」入豆部。

**重體**：所重之體若為部首，一律歸入所重之部，如「吅、唧、品、㗊」入口部、「奻、姦、姦」入女部，「騳、驫、驫、驫」入馬部。

**變體**：所變之體若為部首，則以所變之體歸部，如「丨」入丨部、「屮」入止部。

### 2、會意字

若組成部件的一級部件立為部首，則以其中一個部件歸部，如「吹、咀、吠、名」都歸入口部，「囙、因、囝、困、困、囷、圂、囸」等歸入口部。如上所舉，兩體組成部件都是部首，到底該依哪一個部件歸部，似乎沒有嚴謹的標準，段玉裁認為會意字以意之所重為歸部依據，蔡信發已論其不可信〔註22〕，《說文》大部分依說解在前的部件歸部〔註23〕，也只是一種傾向而已。《字彙》並沒有每字分析字形，因此《字彙》所注的字形分析與分部的關係不大。再者，即使組成部件《說文》與《字彙》都立為部首，有些會意字的歸部，《字彙》的處理也跟《說文》不同，如：

| 例 字 | 《說文》歸部 | 《字彙》歸部 | 例 字 | 《說文》歸部 | 《字彙》歸部 |
|---|---|---|---|---|---|
| （1）休 | 木 | 人 | （8）釗 | 刀 | 金 |
| （2）信 | 言 | 人 | （9）宋 | 采 | 宀 |

---

〔註21〕同註 10 第二章。

〔註22〕蔡信發《說文商兌》頁 113 云：「許氏對會意字之歸部，由於其屬無聲字，全由形符組成，因此他在處理上似乎更顯凌亂，致使釋語首出从某之某每與部首不一，失卻歸部的意義與作用。有關這個錯失，段玉裁注《說文》，以為會意字有輕重之別，因此在分部上有不同的歸屬，予以辯護，其實段說是站不住腳的。因會意字由兩個或兩以上的文或字組成，這些組成的文或字是各分其工，而合示其義，且既經組成另一新字，表示別一音義，則誠如許氏說的『會意者，比類合誼，以見指撝』，又怎能從之別其輕重，而可任意歸部。」（臺北：萬卷樓圖書公司，民國 88 年）

〔註23〕同註 21。

| 例　字 | 《說文》歸部 | 《字彙》歸部 | 例　字 | 《說文》歸部 | 《字彙》歸部 |
|---|---|---|---|---|---|
| （3）役 | 殳 | 彳 | （10）茜 | 西 | 艸 |
| （4）楘 | 殳 | 木 | （11）罹 | 隹 | 网 |
| （5）沬 | 赤 | 水 | （12）分 | 八 | 刀 |
| （6）砅 | 水 | 石 | （13）悉 | 釆 | 心 |
| （7）劊 | 刀 | 魚 | | | |

例（1）到（8），《說文》都以右邊部件爲部首，《字彙》都改歸入左邊，例（9）（10）（11）三字則是改在下的部首爲在上，例（12）（13）兩字則是改在上的部首爲在下，似乎左右結構的會意字，有以左邊爲部首的傾向，部首上下結構則沒有明顯的趨勢。當然這也不是絕對的，如「初、取、相」等字，仍然歸入在右的「刀、又、目」等部。

### 3、形聲字以形符歸部

《說文》創立形聲字以形符歸部，後來之字書除《大明同文集》以聲符歸部外，大都依循這個原則，《字彙》之形聲字，若形符立爲部首，該字本身結構也沒有多大變化，大部分也以形符歸部，如從同得聲之字，《字彙》收入「侗、洞、哃、垌、姛、峒、峒、駧、峒、恫、峒、挏、晍、桐、洞、烔、牷、狪、瓵、眮、窗、秱、痌、硐、筒、翀、粡、絧、舸、蛦、胴、茼、術、詷、狪、桐、踊、跼、郇、迥、酮、銅、鞠、頩、餇、駧、鮦」等四十九字都以形符歸部。

### （二）據聲符歸部

《說文》以聲符歸部之字少有，釋爲「从某某聲」而以聲符歸部，大徐本僅「梟」一字，小徐本則有「梟、糾、舒、買、匏、也」等六字，清代《說文》四大家對此六字的說解都做了調整〔註24〕，可見形聲字以聲符歸部，仍難成立。《說文》中又有以亦聲歸部者，如舜部、丩部、句部，部中所收都是亦聲字，段玉裁認爲是會意兼形聲之字，以意之所重歸部〔註25〕，但是《說文》全書中以亦聲歸部者不過百分之二十五〔註26〕，以亦聲歸部也不是常例，但是《字彙》以聲符歸部字則不少，（如附表四 a 欄）主要情形有以下幾類：

---

〔註24〕同註 10 頁 123。

〔註25〕段玉裁於《說文解字注》卷三上句部鉤字下注云：「按句之屬三字皆會意兼形聲，不入手竹金部者，會意合二字爲一字，必以所重爲主，三字皆重句，故入句部。」（臺北：洪葉出版社，1999 年增修版）

〔註26〕同註 10 頁 97。

### 1、原形符部首已被刪併，只得改以聲符歸部

如：羊部羕字：《說文》釋為「从永羊聲」歸在永部，《字彙》刪併永部，故改歸入羊部；此外，如卩部卲字（从皀卩聲）、厂部厎字（从次厂聲）、彡部彤字（从丹彡聲）、工部玒字（从工玒聲）、己部圮（从臣巳聲）、戈部䤴字（从孔戈聲）、斤部虓字（从虎斤聲）、支部攲字（从危支聲）、方部旁旉二字（方聲）、比部毗字（从囟比聲）、无部既字（从皀无聲）、爿部牆字（从倉爿聲）、爿部牆字（从嗇爿聲）、生部甥字（从男生聲）、用部甬字（从马用聲）、石部碌字（从柒石聲）、竹部簹字（从富竹聲）、竹部籥字（从幸人言，竹聲）、羊部羠字（从多羊聲）、而部耏字（从丸而聲）、自部臬字（从承自聲）、臼部舅字（从男臼聲）、舊字从萑臼聲）、舟部䑺字（从龺舟聲）、艮部艱字（从堇艮聲）、虍部虘字（从丘虍聲）、虍部虜字（从由虍聲）、豆部豎字（从臤豆聲）、里部奫字（从來里聲）、金部錦字（从帛金聲）、門部闍字（从夏門聲）、隶部隸字（从雲隶聲）、青部靘字（从先青先聲）、青部靖字（从正青聲）、靘（从光青聲）、韋部韙字（从是韋聲）、韡字（从華韋聲）、韎字（从末韋聲）、音部韽字（从多音聲）、高部豪字（从希高聲）、鬲部鬴字（从袞鬲聲）、髟部鬇字（从黍髟聲）、魚部魯字（鈍詞也，从白魚聲）、鹿部麓字（从林鹿聲）、黃部黊（从尢黃聲）、黽部鼅字（从冥黽聲）、龍部龓字（从有龍聲）等字，也都是因形符部首已被刪併，而改以聲符歸部。

### 2、形符仍是部首，卻改以聲符歸部

#### （1）前項以聲符歸部

是因為形符部首已被刪併，但是《字彙》中仍有六十餘字形符雖立為部首，仍以聲符歸部之例，上下左右位置都有：

**右形左聲，以左邊聲符歸部**，如：子部孜字（从攴子聲）、巛部巡字（从辵巛聲）、爻部校字（从木爻聲）、戶部所字（从斤戶聲）、爿部牂字（从羊爿聲）、牒字（从枼爿聲）、牀字（从木爿聲）、牙部犵字（从子牙聲）、犬部狚字（从隹犬聲）、田部畋字（从攴田聲）、石部碩字（从頁石聲）、示部祋字（从殳示聲）、祁字（从邑示聲）、羊部羑字（从彡羊聲）、赤部赦字（从攴赤聲）、酉部醜字（从鬼酉聲）、金部鈘字（从攴金聲）、釿字（从斤金聲）、長部肆字（从攴長聲）、青部彰字（从彡青聲）、靗（从色青聲）、靚（从見青聲）骨部骰字（从欠骨聲）、鬼部魋字（从隹鬼聲）、魁字（从斗鬼聲）、黑部默字（从犬黑聲）等字。

#### （2）左形右聲，以右邊聲符歸部

如：刀部到字（从至刀聲）、卩部卹字（从血卩聲）、羊部羘字（从歹羊聲）、隹

部雌字（从止隹聲）、青部靖字（从立青聲）、啨字（从口青聲）、靖字（从立青聲）、隶部隸字（从長隶聲）、非部啡字（从口非聲）、韭部㱨字（从歹非聲）風部颿字（从馬風聲）、飛部犤字（从牛飛聲）、麻部𪛟字（从彳麻聲）、齊部𡾊字（从山齊聲）、𢅥（从巾齊聲）、龍部獵字（从犬龍聲）、𢇁字（从干龍聲）、牘字（从片龍聲）、殰字（从歹龍聲）等字。

（3）下形上聲，以在上聲符為部首

如：人部㐱字（从彡人聲）、冖部冥字（从日从六冖聲）、厂部厄字（从厂卩聲）、弋部式字（从工弋聲）、戶部扈字（从邑户聲）、而部耎字（从大而聲）、竹部篤字（从馬竹聲）、竺字（从二竹聲）、魚部魯字（从白魚聲）、气部氣字（从米气聲）、非部𢀖字（从己非聲）、帇字（从巾非聲）、𢬵（从手非聲）、焸（从火非聲）、𣮧（从毛非聲）、香部𤺺字（从疒香聲）、龍部𢅻字（从巾龍聲）等字。

（4）上形下聲，以聲符為部首

如：非部奜字（从大非聲）、厞字（从广非聲）等字。

（5）外聲內形，以聲符為部首

如：門部閩字（从虫門聲）、齊部䶒字（从女齊聲）、𪗉字（从火齊聲）、臍字（从肉齊聲）、𪗋字（从皿齊聲）、𪗍字（从禾齊聲）、𧞫字（从衣齊聲）、𪗎字（从貝齊聲）、齏字（从韭齊聲）等字。

左右上下各位置都有以聲符歸部之例，比率則以在左和在上所佔比率較高。另也值得注意的是，有些部首有特意以聲符歸部之傾向，如：

艮部：粮艱艱

青部：彰啨䴾靖靗靗靚靶

非部：𢀖奜帇啡厞𢬵焸𢬵𣍺𣮧𩇯

麻部：𪛟㦄㢆曆摩麽摩縻

齊部：䶒𡾊臍𢅥䶒𪗉臍𪗋𪗍𧞫𪗎齏齋

龍部：𢅻獵𢍰鬜龐龔牘迚攏𣛧

可見《字彙》以聲符歸部並不完全是因爲形符不是部首，部首所在的位置以及某些部首自身的特殊性，也會導致梅氏以聲歸部。

## 二、以二級部件歸部

《說文》部首列爲五百四十部，維持部首與屬字的一級孳乳關係，當後來字書大量刪併部首時，一級關係必然會被打破，有的以意符的部件歸部，便形成二級意符部首，若以聲符的部件歸部，便形成二級聲符部首，《字彙》以此類歸部的字統計

如附表四 b 欄，分述如下：

## （一）以二級意符為部首

1、《說文》都以意符歸部，當部首被刪併，部中屬字與部首一起被歸入新部首中，便形成二級意符部首，以口部為例，《說文》列有「吅、品、㗊、只、司、㕁、古、可、号、喜、告」等从口之部首，《字彙》都把這些部首刪併到口部，部中屬字也跟著一起歸入，便形成二級關係，如下：

（1）从吅之字：号咢叒哭㘚哭喪㗊單嘼買毲嚴單嚞囊

（2）从品之字：喦喿喿喿喿

（3）从㗊之字：喌器噩器嚚嘲嚻

（4）从只之字：𪐀

（5）从司之字：嗣

（6）从㕁之字：商

（7）从可之字：哥哿

（8）从喜之字：嚭嚞囍囍

（9）从告之字：嚳

（10）从古之字：嘏

以上十則都是部中屬字與部首一起歸入口部，部首與屬字都是二級關係。前三組都是將原來重體部首的字一起併入；第（4）到第（8）則是另一組成部件都不是部首，只得歸入口部，第（9）（10）「告、古」兩字另一部件「牛、十」也是部首，選擇以「口」作為部首，或許是梅氏認為部首位置較明顯的緣故。就這十組而言，大部分都是另一組成部件不是部首，因此便和原部首一起歸併，也就是找不到一級部件做部首，只得以二級部件做為歸部的依據。

但是仍有例外，如例（2）从品的「喿、喿、喿」等字，另一部件「木、生、止」都是部首，《字彙》卻歸入口部，同樣的情形也發生在子部的「春、孱」二字、羊部的「羼」字、而部的「耏」字、虫部的「蟲、蟲、蟲、蟲、蟲、蟲、蟲、蟲、蟲、蟲、蟲、蟲、蟲、蟲」等字、隹部的「雙、雥」二字、目部的「瞿、奭」等字。

2、楷書字形原部首位置不明顯，改以明顯的二級部件歸部，如：

（1）局：《說文》釋作「从口在尺下復局之」，歸入口部，《字彙》則改入尸部。

（2）寇：《說文》釋作「从攴从完」，歸入攴部，《字彙》則改入宀部。

（3）章：《說文》釋作「从章从十」，歸入音部，《字彙》則改入立部。

（4）竟：《說文》釋作「从音从儿」，歸入音部，《字彙》則改入立部。

以上四字，字彙局下云：「《說文》：从口在尺下復局之，徐鍇曰：人之無涯者唯口，故口在尺下則爲局。」寇下云：「《說文》：从攴从完，當其完聚而寇之也。」章下云：「从音从十，十，數之終。」竟下云：「从音从人。」《字彙》每字下都作分析，卻都不以一級部件歸部，而改以位置明顯的二級部件，可見部首所在的位置的確是《字彙》考量的依據。

（二）以二級聲符為部首

1、形聲字組成之形符、聲符都不是部首，故以聲符之部件歸部

（1）聲符部件位置較容易判斷者

如：水部游字（从㫃汓聲）、日部虘字（从虎𣅀省聲）、殳部毈字（从卵段聲）、戈部戴字（从異𢦏聲）、勹部𠣊字（从兮匀聲）、宀部寧字（从丂寍聲）、士部𡕀字（从矢吉聲）、皿部監字（从臥𢀖省聲）、廾部𢍏字（从朩畀聲）等字，部首位置都或居於左右，或居於上下的位置，並不難判斷；又如又部叢字（从丵取聲）、牾字（从午吾聲）、寸部𢍏字（从卮專聲）、弋部弒字（从殺省式聲）、火部𤇾字（从井熒省聲）、營字（从宮熒省聲）、𤇾字（从凡營省聲）、目部界字（从夰䀠聲）」虍部虧字（从亏虘聲）、𪉹字（从且豦聲）、等字，部首居於一角，其他各角也沒有立爲部首的部件，因此，也還算容易找到部首。

（2）部首位置不容易判斷者

如：刀部㓶字（从井刅聲）、口部㖾字（从丯各聲）、嘗字（从旨尚聲）、咫字（从尺只聲）、媧字（从丸咼聲）、土部㙯字（从多圣聲）、夊部夌字（从去夌聲）、子部𡥈字（从鳫孝聲）、尸部屔字（从丘泥省泥亦聲）、懿字（从壹恣省聲）、䫻字（从有惑聲）、𡊶字（从去曷聲）、月部望字（从亡朢省聲）、木部柴字（从此朿聲）、矢部𥎦字（从來矣聲）、米部糶字（从出糶聲）、粼字（从巜粦聲）、羊部羲字（从兮義聲）、而部耑字（从卮耑聲）、耳部聚字（从㐺取聲）、臣部𦣞字（从夰亞聲）、自部𦤎字（从出臬聲）、虫部蝨字（从㚔蚤聲）、言部繇字（从系䚻聲）、隹部雘字（从丹蒦聲）、馬部𩧢字（从虎騰聲）、鬯部鬱字（从林鬱省聲）等字，各角或多或少都有一兩個立爲部首的部件，立爲部首的位置也不固定，爲何要以聲符而不以形符的二級部件，也找不到合適的理由，判斷的標準似只在編者的一念之間。

2、形聲字組成之形符雖立為部首，但聲符的某一部件位置明顯，故以聲符之部件歸部

（1）部首在左明顯者

如：人部「修、倏、倐、儵」四字俱从攸聲，應分別歸入「彡、犬、火、黑」

四部，《字彙》將此四字歸入人部，則是根據楷書字形「亻」的位置明顯。此外，弓部強字（从虫弘聲）、彳部徽字（从糸微省聲）、月部朕字（从父朕聲）、水部瀱字（从欠渴聲）、爿部牄字（从水將省聲）、耳部取字（从攴耴省聲）、虫部融字（从鬲蟲省聲）、䗊字（从鬲蟲聲）、貝部賊字（从戈則聲）、辛部的「辦、辧、辯、瓣、辮、辯」等字都从辡聲、阜部隋字（从肉隓省聲）、隆字（从生降聲）、陸字（从非坴省聲）等都是。

### （2）部首在右明顯者

如：頁部「穎、頴、穎、顈、穎、穎、穎」六字，俱从頃聲，應可歸入「水、火、木、田、示、禾、糸」等部，因爲「頁」的位置明顯，故歸入頁部，類字「从犬穎聲」，歸入頁部也是。此外，戈部戡字（从大戜聲）、攴部散字（从肉椒聲）、隹部雖字（从虫唯聲）等也是。

### （3）部首在上明顯者

如：山部密字（从山宓聲）、广部度字（从又庶省聲）、康字（从米庚聲）、疒部瘷字（从土疾聲）、瘱字（从心疾聲）、攮（从手瘱省聲）、癶部發字（从弓癹聲）、穴部竀字（从邑竀省聲）、竹部簡字（从心簡省聲）、籲字（从米籥省聲）、篹字（从厶算聲）、範字（从車笵省聲）、艸部薾字（从木藟聲）、雨部霸字（从月䨣聲）、麻部靡字（从手靡聲）等都是。

### （4）其他位置明顯者

如：聿部「肈、肇」二字都从肁聲，日部書字（从聿者聲），部首都在下；貝部齎字「从土敳聲」，部首在左下角；勺部匋字（从缶包省聲）、門部闢字（从隹网省聲」，部首在外。

例外則是青部瀧瀩二字，青部瀧下云：「七愼切，親去聲，寒也。」瀩下云：「同瀧。」而靘下又云：「七正切，音青，靗靘，青黑色也。」靚下云：「疾郢切，情上聲，女容徐靚。」因瀧、瀩二字與青黑色、女容都無關，故應作「从冫靘聲」，瀩字則作「从冫靚聲」，歸入青部則是以二級聲符歸部，似以歸入冫部較合理。又如心部憂字（从夊惪聲）、愛字（从夊㤅聲）、木部樊字（从廾棥聲）、目部䀫字（从大眀聲）、豕部豛字（从殳豙聲）、形符位置也很明顯，但《字彙》卻以二級聲符歸部，部首位置反而較不容易判斷。

### （三）三級部首

即以三級部件作爲歸部之依據，如口部从「哭、單、喿」之「喪、嚣、嘦、嚻、嚲、噅」等字，「哭、單、喿」三字歸入口部已是二級關係，從屬的「喪、嚣、嘦、

韆、韇、韇」等字也一併歸入口部，則是三級部首關係；此外，戈部「戇」字也是。

## 三、形近歸部

凡例云：「偏傍艸入艸，月入月，無疑矣，至䒑從丫也，而附於艸，朝從舟也而附於月，揆之於義，殊涉乖謬。蓋論其形，不論其義也。」亦即部首與屬字間只有字形相近，並沒有音義的關聯，全書此類例字甚多，如附表四 c 欄。以形近歸部仍有成文部首與筆劃部首之別，分述如下。

### （一）成文部首：

#### 1、整字形近：

亦即屬字與部首字形相近，但是彼此間沒有音義孳乳關係，如：

匕部匕字：《字彙》匕下注云：「古化字○《六書正譌》：象从倒人，隸作化。」與部首匕字「从反人」，兩字只是形近，彼此並沒有孳乳關係。

弓部丂字注云：「○艸木之華未發。」；弓字注云：「古文乃字，與上丂字不同。」丂、弓二字與弓也只是形近而已。

二部二字注云：「古文上字。」二字注云：「古文下字。」兩字與部首也只是筆劃長短之差別而已。

几部𠘧字下注云：「○字無鉤挑，與几案字不同。」几字下又云：「○毛氏曰：有鉤挑者爲几案之几，無鉤挑者爲𠘧。」几與𠘧以有無鉤挑作區別，𠘧以形近歸入。

尢部尤字下云：「于求切，音由○《說文》：从乙又聲，徐鍇曰：乙欲出而見閡，見閡則顯其尤異也。」與部首尢字：「从大而跛其一足，象偏曲之形。」兩字楷書字形相同，但構字迥異。

此外，「乚、乚」入乙部、「亾」入凵部、「巛」入巛部、「巳、巳」入己部、「才」入手部、「毛」入毛部、「毌、毋」入毋部、「朩」入木部、「旡」入无部、「王」入玉部、「由、甲、申」入田部、「疋」入疋部，「禾」入禾部、「臼」入臼部、「丫」入艸部、「㕣」入谷部、「釆」入釆部、「西」入襾部、「鼓」入鼓部等也是。這類字除了少數如「二、母、毛、疋、鼓」等字外，其餘都是《說文》中的部首字。這些部首大部分都是獨體字，被刪去後，便只能以形近歸部。

#### 2、構字部件形近

屬字藉以歸部的部件雖與部首沒有直接音義關係，但仍是成文之部件，如：

（1）乙部乳字，原在乚部，今與乚字一起歸入乙部，藉以歸部的部分仍是成

文部件。

（2）弓部弔字，原在弓部，今與弓一起歸入弓部。

旡部所收八個屬字「兂、旡、旤、旣、旤、旣、旤、旤」都从旡，原在旡部，因此，兂以形近歸入旡部，其餘屬字也一併歸入。

《字彙》木部下注云：「字有从朮者，其文似木亦附之。」部中枭字下云：「○从木，匹刃切。」林、燅二字《說文》入林部，《字彙》歸入木部亦屬此類。

毋部「每、毒、毗、毓」四字，以从母故與母字一併歸入毋部，其中毋以从每歸入，爲以二級形近部件歸部。

此類歸部，往往與原部首字一起歸併，似乎也可以看作是兩部或三部合部，不分主從，如白部，《說文》原有白（黑白之白）白（自之異體）二部，《字彙》白字下注云：「簿麥切，彭入聲，西方色也…○《說文》此亦自字，故古文百字或从自，今文鼻字或从白。」已將兩字合爲一字，白部即包含原有的白、白二部，也就沒有必要把其中一部看成是以形歸部。

## 3、隸變同化

這類字藉以歸部的部件，在篆文階段字形並不相近，但是隸變後，字形卻變得大致無別，因此成爲歸部的依據，如：

己部：《字彙》收入「厄、卮、弝、巽、巽、巽」等六字，「厄、卮、弝」三字从卩，「巽、巽、巽」三字从弝，雖然立有卩部，但是字形已變得與己較相近，因此歸入己部。前三字是一級形近歸部，後三字則是二級形近歸部。

彐部：《字彙》彐部收入「彗、彞、彞」三字，所从之彐都从又隸變而來，字形雖然已經改變，仍然視爲成文部件，其中「彞、彞」二字，則是以二級形近部件歸部。

月部：《字彙》於月部下注云：「凡从丹、从舟等字，其文似月，亦附之。」內文「服、朕、朝、朝、脁、腰」等字下注云：「从舟」；「脁、腸」二字下注云：「从丹」，皆因隸變形近月而歸入；其中「腰」則是二級形近部件歸部。

艸部：丫與艸，隸變後兩者字形相差無幾，因此从丫之「丫、芉、芇、茮、苞、莄、萑」等字，都歸入丫部。

襾部：其中「西、覀、覂」三字，所从之西篆文作「卥」，「奧、覂、要」三字，篆文作「閃、閃、閃」，「覃」篆文作「覃」，都與襾不同，隸變後一作

西，一作覀，因此，都歸入覀部。

## （二）筆劃部首

即該字藉以歸部的構字部分並不成文，只是一筆或幾筆字形相同或相似而已，因此，可以區分爲單筆部首與複筆部首兩類：

### 1、單筆部首

單筆部首《說文》有「一、丨、丶、〈、乚、丿、厂、丶、丿、乛、乙」等十一部，《字彙》則保留「一、丨、丶、丿、乙、丨」等六部，部中屬字除少數仍承襲《說文》具有形義關係外，絕大部分沒有形義關係：

### （1）一部：

《說文》一部收「元、天、丕、吏」四字，《字彙》收三十字，其中僅「丕」一字相同〔註27〕，其餘二十九個屬字，除「七、三、与、丗、丙、丟」等六字以一爲成文部件外〔註28〕，其餘「丁、丂、万、丈、上、下、开、不、丏、丐、丑、且、世、丘、丠、丙、丞、癶、亜、㤅、並、囟、亞」等二十三字部首都只是該字的其中一筆而已。

### （2）丨部：

十三個屬字，除中字下注云：「o《說文》從口從丨，丨者，上下通也，口以出令，丨以記其中也。」部首與屬字有形義關係外，其餘「丩、丫、个、屮、丮、丰、丰、屮、串、弗、夵、丳」都只是其中一筆而已。《說文》另有於一字，《字彙》改入方部。

### （3）丶部：

五個屬字，除主字下注云：「o毛氏曰：主上一點，本音主，與一不同，俗作一，非。」部首與屬字有形義關係外，其餘「丶、丸、丹、丼」四字部首都只是其中一筆而已。《說文》另有音字，《字彙》改入口部。

---

〔註27〕其餘三字，《字彙》元入儿部、天入大部、吏入口部。

〔註28〕《字彙》一部一字下注云：「堅溪切，音奇，伏羲畫卦，先畫一奇以象陽，數之始也，凡字皆生於此。」故以一象陽之字，都視作一之孳乳字：
七：戚悉切，親入聲，少陽數也o從一又以一衺出于其中。
三：以陽之一合陰之二而次第重之，其數三也。
与：古與字o一勺爲与。
丗：同上（世），三十年爲一世，故從卅從一。
丙：o《說文》：從一入冂，一者陽也…。
丟：…一去不還也。

（4）丿部：

有二一個屬字，除乀：「o从反丿。」乂：「从丿乀相交，象刀乂艸之形。」兩字部首與屬字有形義關係外，其餘「厂、丆、乃、久、夊、毛、之、乍、乎、弔、乏、底、爪、身、臬、垂、乖、𠧪、乘」等十九字部首都只是其中一筆而已。《說文》另有弗一字，《字彙》改入弓部。

（5）乙部：

《字彙》乙部十九個屬字中，「乾、乹、亂、乿」來自乙部，部首與屬字有形義關係；其餘「乞、乳」來自乞部，「乚、乜、九、屯、乚、也」也都只是其中一筆而已。至於「乳、乿、乿、亂、乿、乿」六字《說文》所無，《字彙》又無形構說解，則存疑。《說文》乙部尤字改入尢部，乚部直字改入目部，乞部孔字改入子部。

（6）亅部：

七個屬字，亅：「o从反丨。」丩：「o从丨丨相向。」屯：「居月切，音決，注見上（丩）。」三字部首與屬字有孳乳關係外，其餘「了、予、矛、事」都只是其中一筆而已。

### 2、複筆部首

藉以歸部的部分，筆劃兩畫以上，但是與該字並無任何孳乳關係，但是與現有部首卻有字形相近之特性，如：

（1）亠部：

《龍龕手鑑》依據楷書字形設立亠部，《字彙》亠部收錄十八字，部首與屬字全部都是筆劃相近而已。

（2）人部：

收入「亼、今、會、令、倉、侖、僉、金、倉、俞、僉、佘、余」等从亼之字，亼字「象三合之形」為獨體字，以上兩筆與人字相近故歸入人部，其餘从亼之字，也都一併納入，此類以成文部件中的部分筆劃作為歸部的依據，也視為筆劃部首。其中「今」从亼歸入，為二級筆劃關係，「會」从今而歸入，則是三級筆劃關係。此外，人部「夊、以、來、俎、軌、舁、糞」等字，也都以筆劃與人相近而歸入。

（3）弓部：

收錄有从弜之字，一是从弜，一是从弼省，从弜是二級關係已如前項所述，从弼則是形近歸部，《字彙》於弜字下注云：「o按此字與粥、粥、粥、粥字皆从弼省，

原非从弓，附寄於此例也。」〔註29〕在「粥、粥、粥、粥、粥」各字下亦注云：「按此字从弓不从弓。」以上數字皆从粥省，而非从弓，弓不成文，只是筆劃相近而已。此外，「弟、弔、弱」三字所从之弓也都不成文，只是筆劃與弓近似而已。

（4）月部：

《字彙》朋字下云：「○又古作鳳字，鳳飛羣鳥從以萬數，故借爲朋黨字，本作 夛，象鳳飛之形，隸變作朋，非月非月非冎，故斜書之。」朋歸入月部只是筆劃相近而已。

（5）木部：

收入「朮、柔、棄、業、麥」等字，而朮之篆文作「朮」；柔字下注云：「○又與殺同，从朮，與木不同。」棄字下注云：「○篆下从廾，推苹棄之，上从𠫓，𠫓逆子也。逆子則棄之，會意。」業字下注云：「○从丵从巾。」而麥字从來，五字都不从木，歸入木部只是隸變後筆劃相近而已。

（6）广部：

瘰字《說文》作「从冫虜聲」，《字彙》誤將「冫」與「广」結合成「广」，「瘰」與「广」並無形義關聯，也只是形近而已。

## （三）其　他

### 1、減筆歸部

（1）巛部：

く巜二字附於巛部。

（2）疋部：

疌字：「○从止从又，从入省聲。」崖字：「○从又从止，又，手也，止，足也，手足竝用會意，屮聲，別作捷，又加手，非。」兩字皆从止而歸入疋部。

### 2、異體字附見於正字之後

《說文》中之重文，都附在正文之後，不另歸部；《玉篇》對異體則有兩種處理方式，一是列在正字之後，一是重新歸部；《龍龕手鑑》則是將異體依楷體之形歸於各部首中，同部首之正字與異體則匯聚一處；《篇海》也是依楷體之形歸部，再依各部中筆劃、出處編排。〔註30〕《字彙》收入異體六千餘字，全書幾乎都與正字相同，

---

〔註29〕《詳校篇海》粥字下注云：「○按自 　字而後，除粥粥粥粥四字外，餘皆从粥而省，原非弓字，乃附記例也。」亦可見《字彙》對《詳校篇海》之承襲。

〔註30〕詳見呂瑞生《字彙異體字研究》第八章第一節。

依楷書字形歸部，並沒有專為異體字另訂原則，只有少數幾字保留《說文》附見的形式，故附記於此，如：

（1）水部：

　　巜字附於淵字後，注云：「同上（淵），《說文》：淵或省水，象形，左右岸也，中象水貌。」

（2）士部：

　　壴字附於壺字後，注云：「同上（壺）。」

## 貳、一字分入兩部

　　《字彙》同一構形分入兩部，計二十組，如下：

表二：《字彙》一字兩收一覽表

| 字　例 | 出處 | 說　　解 | 備　　註 |
|---|---|---|---|
| （1）尃 | 寸 | 古文道字。 | 兩部所釋相同。 |
| | 首 | 古文道字。 | |
| （2）宋 | 木 | 古文松字。 | 兩部所釋相同 |
| | 宀 | 古文松字。 | |
| （3）齋 | 衣 | 津私切，音咨，裳下繢也。 | 兩部所釋音義同。 |
| | 齊 | 津私切，音咨，裳下縫也。 | |
| （4）彭 | 彡 | 丑玉切，音畜，豕絆行貌。 | 此字字義與豕部豕字同，豕部彭字下稱「同豕」，豕應為豕字之誤。 |
| | 豕 | 同豕。 | |
| （5）尲 | 尢 | 戶骨切，音斛，《說文》：「膝病也。」《聲類》：「骨差也。」 | 兩部所釋音義合同。 |
| | 骨 | 胡骨切，音鶻，膝病也。 | |
| （6）頃 | 田 | 去穎切，音傾，田百畝為頃。今作頃。 | 兩字音義全同。 |
| | 頁 | 去穎切，音傾，田百畝也。 | |
| （7）賾 | 止 | 十革切，音宅，深也，隱也，正也，好也。亦作賾。 | 兩部所釋音同義同， |
| | 貝 | 直格切，音宅，深也，隱也，正也。 | |
| （8）崇 | 山 | 倉龍切，音蓯，日欲夜也。 | 兩者音同義同。 |
| | 日 | 倉紅切，音熜，日欲夜也。 | |

| 字　例 | 出處 | 說　　　解 | 備　　註 |
|---|---|---|---|
| （9）夃 | 人 | 古文死字。 | 一稱「古文」，一稱「同上」都是死字異體。 |
|  | 歹 | 同上。（死） |  |
| （10）𪐡 | 刀 | 同劘。 | 麻部𪐡字下云：「忙皮切，音糜，與劘同，又散也。」可知刀部與麻部所收爲同一字。 |
|  | 麻 | 同𪐡。 |  |
| （11）穨 | 禾 | 杜回切，音魋，禿貌，又與頹同，暴風也。 | 頁部頹字下云：「杜回切，音魋，暴風也。」頹字之下云：「穨字之譌。」 |
|  | 貝 | 徒回切，音魋，禿貌。《六書正譌》：「別作頹，非。」 |  |
| （12）稭 | 禾 | 同上（稭），〈禮器〉：「筦簟之安而槀鞂之設。」 | 稭下云：「訖黠切，音夏，禾槀去其皮祭天以爲席。《六書正譌》：或作鞂，俗作秸、藍，竝非。」兩字音同。 |
|  | 革 | 訖黠切，音甲，草鞂。 |  |
| （13）躲 | 矢 | 即射字，矢發於身而中於遠，故从矢从身。 | 射下云：「神夜切，蛇去聲，射弓。」兩部所釋音義全同。 |
|  | 身 | 神夜切，蛇去聲，〈韓安國傳〉：「弧矢躲獵。」 |  |
| （14）叕 | 口 | 奴登切，音能，亂也。 | 兩者音同義近，應爲一字。 |
|  | 夊 | 泥耕切，音能，檜叕，亂貌，又髮亂貌。 |  |
| （15）篍 | 心 | 除留切，音儔，篍躊。 | 躊下云：「除留切，音，儔躊躇，猶豫也。」 |
|  | 竹 | 躊本字。 |  |
| （16）尒 | 入 | 兒氏切，音爾，詞之必然也，亦作爾，言之助也。《說文》：「从丨八，八象氣之分散，入聲。」毛氏曰：「从入从小，今作尒，誤。」 |  |
|  | 小 | 如此切，音耳，尒汝，又語辭，又姓。毛氏曰：「从入从小，今作尒，誤。」 |  |
| （17）窟 | 口 | 張滑切，音札，口滿食。 | 撾下云：「職瓜切，音髽。」一屬知母，一屬照母。兩者音近義同。 |
|  | 穴 | 丁滑切，撾入聲，口滿食。 |  |
| （18）頠 | 頁 | 五罪切，音近委，頭不正也，又大貌。 | 兩部所釋音近義同。 |
|  | 鬼 | 口猥切，窺上聲，《廣雅》：「大貌。」又頭不正也。 |  |

| 字　例 | 出處 | 說　　　解 | 備　　　註 |
|---|---|---|---|
| （19）羆 | 火 | 布眉切，音卑，獸似熊，黃白色長碩高脚，猛憨多力能拔木… | 兩字音略異，義同。 |
| | 网 | 蒲迷切，音皮，郭璞曰：「似熊而長，頭似馬有髦，高脚猛憨力能拔木…。」 | |
| （20）斛 | 斗 | 他口切，偷上聲，斛斛。 | 斛下云：「斛斛，兵奪人物也。」斛下云：「他口切偷上聲，黃色。」兩部所釋音同義異。 |
| | 黃 | 同斛。 | |

1. 第（1）（2）兩組說解完全相同，都釋作古文某字。
2. 第（4）到第（16）組則是兩部說解用字略有不同，但仍可判斷爲同音同義。
3. 第（17）到第（19）組則是音異義同。
4. 第（20）組是音同義異，應是同形字。

　　從兩部釋字的差異來看，《字彙》兩部互見應是誤收所致，也顯示《字彙》在部首判斷上，仍有模糊地帶。

## 參、《字彙》歸部原則蠡測

　　從以上之分析，可以推測《字彙》的歸部原則如下：

1. 依據楷書字形分析歸部。
2. 凡組成部件有意符可歸部者，以意符爲歸部依據。
3. 若組成部件之意符未立爲部首，則依聲符歸部。
4. 若意符和聲符都未立爲部首，則依二級意符歸部。
5. 若意符二級部件不明顯，則依二級聲符歸部。
6. 若沒有適當的二級部件，則依形近歸部。
7. 若該部件位置明顯，則不依上述原則，依位置明顯之部件歸部。
8. 異體字依上述原則歸部，若都不合，則列在正字之後。

## 肆、《字彙》歸部原則之檢討

　　前述原則乃就全書歸部大致趨勢所歸納，其間仍有許多違例之處，主要有以下三方面：

### 一、形聲字據形符或聲符歸部的原則並不嚴謹

### （一）從聲符所在位置來說，如：

前所述，有些字意符聲符都是部首，《字彙》以聲符歸部，聲符位置或左、或右、或上、或下，並沒有嚴謹的規律可尋。

（二）同聲符之字，或以聲符歸部，或以形符歸部，如：

（1）青部收入「彭、啨、靖、靚、靘」從青得聲之字，各字之形符都是部首，《字彙》以聲符歸部，部首位置或在左，或在右。同樣從青得聲之字，未必都如此，聲符在左如「郬、靃」二字，在右如「倩、清、堉、婧、崝、情、掅、晴、棈、淸、猜、睛、碃、精、腈、蜻、請、輤、錆、鯖」等字，都仍以形符歸部。

（2）非部收入「啡、辈、靟、扉、辈、辈、焚、辈、辈」等從非得聲之字，聲符位置或右或上或下。同樣從非得聲之字，聲符在左如「荆、頹」等字、在右如「俳、婔、徘、悱、排、棑、腓、裶、誹、靟、陫、騑、鯡」等字、在上如「斐、斐、斐、悲、斐、棐、辈、奜、暜、翡、蜚、裴、裴、裴、辈、饔」等字、在下如「屝、扉、痱、菲、霏」字，都仍以形符歸部。

（3）麻部收入「蔴、麼、麿、靡、廖、麿、摩、糜」從麻得聲字，部首或在右或在上。同樣從麻得聲字，聲符在左如「唰、顧」等字、在右如「嶄、摵、灖、礳、糜、礳、髍」等字、在上如「廞、靡、摩、麿、靡、麿、靡、磨、麿、糜、縻、縻、麿、麿、麿、麿、魔、鷹、魔」等字、在下如「蔴」字，都仍以形符歸部。

（4）齊部「嶒、幬、齋、齋、齋、膌、齋、齋、齋、齋、齏、齋、齏」等字以聲符歸部，部首在右或在外。同樣從齊得聲之字，聲符在左如「劑」等字、在右如「儕、嘖、憒、擠、橦、濟、璾、穧、臍、鰭、蠐、禠、躋、鐈、隮、饑、驕、鱭」等字、在外如「齎、齎、齎、齋」等字、在下如「癠、薺、霽」等字，都仍以形符歸部。

（5）龍部「巃、瀧、獷、鞏、靽、龐」等字以聲符歸部，同樣從龍得聲之字，聲符在右如「儱、嚨、壟、徿、憧、攏、櫳、瀧、瓏、朧、襱、蠪、躘、鑨、隴、驢」等字、在上如「壟、摰、槀、竉、礱、聾、龍、襲、聾、罿、驡」等字、在下如「瓏籠、龔」等字，都仍以形符歸部。

## 二、以位置明顯的部件歸部，同系列之字處理並不一致

（一）同聲符之字，或以聲符明顯部件歸部，或以形符歸部，如：

（1）從攸之字，「倏、儵、修、儵」以聲符部件歸入人部，「條、絛、鰷」等字則以形符歸部，分入「木、糸、魚」等部。

（2）从徵之字，「微、徵、徵、徹、徽」入彳部，「黴、黴」卻入巾部。

（3）从薛之字，「蠥、蘗」入艸部，「孽、孽」卻分入「女、子」二部。

（4）从筑之字，「擊」入手部，「築」卻入竹部。

（5）从燊之字，「炗」入火部，「塋、榮、瑩、螢」等字仍分入「土、木、玉、虫」等部。

（6）从朕之字，「滕、腈」入月部，「臘」卻入肉部，「胲、勝、脞、腰、幐、搵、滕、縢、鰧、儋、賸、膭、騰、黱、鱦」等仍分入「冫、力、土、女、巾、木、水、糸、虫、言、貝、足、馬、黑、魚」等部。

（7）从殼之字，「殼」入殳部，「設、設、設、設、穀、穀、穀、設、設、穀、殼、殼、設、殼、穀、殼、穀、設、設、穀、殼、穀、殼、殼、設、殼、穀」等字仍分入「口、女、子、弓、手、木、水、火、牛、犬、玉、皮、目、石、禾、米、糸、羊、月、缶、貝、豕、赤、車、革、鳥、鼠」等部。

（8）从戈之字，「栽、截」入戈部，「哉、栽、裁」等字仍分入「口、木、衣」等部。

（9）从算之字，「篹、簹、籑」等字入竹部，「纂、纛」等字仍分入「糸、黑」等部。

（10）从鞁之字，「鞠、鞫」等字入竹部，「鞠、鞨、鞨」等字仍分入「革、鳥」等部。

（11）从宓之字，「密」入宀部，「盚、睿、蜜」等字仍分入「皿、目、虫」等部。

（12）从寒之字，「寒、寒、寒」入宀部，「塞、寨、賽、蹇、蹇、賽」等仍分入「土、山、目、足、走、貝」等部。

（13）从須之字，「顉」入頁部，「頶」入女部。

（14）从或之字，「淢」入水部，「惑」入戈部。

## （二）以重體字作為組合部件，歸部方式卻不同：

### 1、以重體部件所重之字為部首

重體字由二個以上相同的部件組成，因此，以重體部件所重之字為部首，雖屬二級關係，但是往往仍具有部首位置明顯的效果，因此《字彙》仍有不少一級部件都是部首，卻以重體之部件為部首的情形，如：

（1）以重二體之部件為部首：如：「哭、量、買」入口部、「圦」入土部、「奸」入女部、「臿」入子部、「麼」入幺部、「弻、粥」入弓部、「曌」入日部、「梦、

楚」入木部、「㳽」入水部、「㸑、㷅、燚」入火部、「班」入玉部、「瞿、䀠」入目部、「奭」入目部、「蝨、蝨、螽、蟲、蟁、蠡、蠢、蠹、蠶、蠹、蟲、蠹、蠹」入虫部、「㣎」入而部、「贔」入貝部、「辧、辨、辩、辫、辯」入辛部、「雙」入隹部、「瀂」入魚部等。

（2）以重三體之部件爲部首：如：「品、㗊」入口部、「晶」入日部、「贔」入貝部、「麤」入鹿部、「孨」入子部、「蟲、蠹、蠱」入虫部。

（3）以重四體之部件爲部首：如：「器、嚚、囂、䨺」入口部。

2、以與重體組合之部件為部首，如：

（1）與重二體組合之部件爲部首：「弜」入弓部、「䜌、讎」入言部、「辮、辯、辦、瓣、辯、辮」等字卻分入「心、水、片、瓜、目、糸」等部。

（2）與重三體組合之部件爲部首：「櫐、櫐、檾、櫜」入木部、「縈」入糸部、「𢡱」入心部、「垒、壘」入土部等。

3、當以上兩種類型同時出現在同一部件上便造成判斷上的困擾，如：

（1）「櫐、櫐、檾、櫜、枭、燊、欒、欒」八字均以重體與木字結合，但是「櫐、櫐、檾、櫜」入木部，「枭、燊、欒、欒」卻分入「口、火、隹、馬」等部。

（2）「孱、孱、羼」三字都是重體與尸結合之字，「孱」入尸部，「孱、羼」卻分入「子、羊」二部。

（3）从辡之字，「辧、辨、辩、辫、辯」等入辛部，「辮、辯、辦、瓣、辯、辮」等字卻分入「心、水、片、瓜、目、糸」等部。

（4）从雥之字，「雧」入隹部，「爨」卻入火部。

## 三、據以判斷歸部的部件相同，卻有不同的歸部結果

### （一）整字與部件歸部不同，如：

「真、眞」入目部，「顛、巔」等字从眞之字卻歸入八部。

「享」入亠部，「孰、𦏧」卻入子部。

「尋」入寸部，「彠」卻入彐部。

「帚、祀」入巾部，「𥚃」卻入彐部。

「包」入勹部，「巹」卻入己部。

「弓」入弓部，「弜」卻入己部。

「壴」入士部，「鼖」卻入豆部。

「夋」入夊部，「𩴾」卻入厶部。

「申」入田部，「𣌭」卻入曰部。

「章、戇」入立部,「戇」卻入攴部、「贛、贛」入貝部。

「登」入癶部,「㔞」卻入豆部。

## (二)依據歸部的部件相同,歸部不同,如:

从門之字,都以門為歸部依據,但「杲、冐、冒、罞、尋、覓、晟、冕、罨、罻、冤、羆、羃、羅」等字入门部,「曼、最」卻入日部。

## 四、一字分入兩部,雖是少數,卻與全書體例不合

《康熙字典》凡例云:

> 《正字通》承《字彙》之譌,有兩部疊見者,如型字,則兩土兼存,
> 羆字則网火互見也;他若虍部已收麙、虒,而斤、日二部重載,舌部甛、
> 憇夶列,而甘、心二部已收。又有一部疊見者,如酉部之酖,邑部之郯,
> 後先矛盾,不可殫陳,今俱考校精詳,併歸一處。

可見《康熙字典》對一字兩收並不贊同。不過凡例所稱兩部疊見之例,與《字彙》不盡相合,各例在《字彙》的說解如下:

- 虒:語斤切,音銀,虎聲。(卯・七九・斤)
- 甛:徒兼切,簟平聲,《說文》:「美也。」《廣韻》:「甘也。」ㅇ从舌从甘,舌知甘者。(午・二一・甘)
- 型:殊遇切,音樹,塞也,立也,泥也ㅇ徒候切,音豆,義同ㅇ與埋字不同。(申・一百・西)
- 埋:伊眞切,音因,上城具;又塞也ㅇ《六書正譌》:「別作堙、陻、湮,竝非。」(丑・四一・土)
- 麙:莫狄切,音覓,白虎。(辰・八・日)
- 麙:同麙。(申・五五・虍)
- 憇:去計切,音契,息也,《詩・召南》:「召伯所憇。」ㅇ俗从甘,非。(卯・二四・心)
- 甛:同憇。(未・九九・舌)

其中「虒、甛」二字歸入「斤、甘」二部,「型埋、麙麙、憇甛」三組在《字彙》字形各不不同,「型、埋」是不同的二字,「麙麙、憇甛」是異體,因此,除「羆」字外,其餘都不是兩部疊見。尤其「憇」歸心部、「甛」歸舌部,更顯示《字彙》的歸部與字形組合方式的緊密度。

## 伍、〈檢字〉對歸部之補充

《字彙》編輯三萬三千餘字,並沒完全依據上述的原則,其中例外也不少,往往取決於個人之判斷,故其凡例云:

> 字以偏傍屬部,然有於部不相侔者,或其義之可通,或其形之相似,亦甚難於檢閱矣,故復以不相侔字,另附篇首曰:某字入某部,得其字即得其部矣。

可見梅氏也深知這種情形,因此,設立〈檢字〉,將部首難以判斷的字依筆劃編排置於卷首,以增進查閱的功能。筆者曾就〈檢字〉所收四千六百八十六字分析其收字原則,如下:

(一)列變形部首三十五則。

(二)部中屬字愈少者,或部首本身不常用,被列入的機會也愈大。

(三)從部首與屬係的關來看,筆劃部首都收入;一級部件,若兩體皆部首,則往往收入;二級部首也多收入。

(四)從部首位置來看,部首位置有固定傾向者多不收入,部首位置不在常態者,則多收入。

(五)從同得聲偏傍來看,同從一聲符,部首歸部不同容易誤判者,也往往收入。〔註31〕

第(三)、(四)、(五)則正是本節所述原則之缺失。難檢字愈少,就表示是愈好的分部方法;難檢字愈多,就表示分部方法愈有討論空間。《字彙‧檢字》收入四千餘字,字數仍然太高,因此,《字彙》的歸部仍有相當大的討論與改進的空間。

# 第三節　《字彙》部首位置分析

《說文》建立據形分部的歸部原則,凡是形聲字,一律以形符歸部,亦即部首的判分是建立在六書的分析上,當部首確立後,透過部首的認識,可以瞭解文字的六書結構,部首具有標識字原的作用。《字彙》大量刪併部首,採取「論其形,不論其義」的權宜措施,部首與六書的關係鬆動,亦即判斷部首,不必先進行六書分析,直接依據字形判分即可,這便大大提高了檢索的功能。因此,從《說文》五百四十部到《字彙》二百一十四部的歷程,便是從字原部首轉化到檢索部首的演變。但是《字彙》這種轉化,還沒有完全規律化,仍有相衝突的地方。

---

〔註31〕詳見拙作〈字彙檢字原則探析〉一文,《林炯陽先生六秩壽慶論文集》頁231至254,台北洪葉出版社,1999年。

　　如上節所述,《字彙》之歸部並非只根據字形結構,部首位置也是一個重要的判斷依據,因此,本節進一步從各字的部首位置探求其歸字的原則,進而對分部提出整體之檢討。

## 壹、部首位置之判分

　　形聲字絕大部分都以形符歸部,因此形聲字形符的位置便決定了部首的位置。唐賈公彥《周禮‧疏》將形聲字分爲左形右聲、右形左聲、上形下聲、上聲下形、外形內聲、外聲內形六類〔註32〕,裘錫圭又進一步分析出「形佔一角」與「聲佔一角」兩類〔註33〕,部首位置便至少有此八類。但是聲佔一角的部分,大部分都是兩面包圍結構,如以「戶、尸、气、辶、廴、走」等部首爲形符的字,主結構體仍在上或在左,因此,蘇培成將各部位所在的名稱定爲「頭、底、旁、邊、心、框、腰、角」八個部位〔註34〕,便將兩面包圍結構的左上部和右上部歸入「頭」,兩面包圍結構的左下部歸入「旁」,本文從之;但是依此區分,與「腰」相對的部首,卻無名稱,故本文仍依賈公彥的分法,將「腰」歸入「內」,與「腰」相對的部件歸入「外」,分爲「左、右、上、下、內、外、角」七類;有些非形聲字或經隸變後,部首位置不在前述各項之內,則歸入其他一類。至於單筆部首,筆劃往往穿插交錯,故不以筆劃所在位置分析,而改以筆順先後統計;重體之字,兩體都是部首,以起筆先後作爲判斷依據,故左右結構者部首歸入在左部位,上下結構者,部首歸入在上部位。今將全書二百一十四部各部部中屬字的位置統計如附表五,分析如下:

## 一、部首位置在左

　　全書部首在左之字,初步統計有二萬零四百一十五字,分布在一百五十部,大

---

〔註32〕賈公彥《周禮‧疏》卷十四:「書有六體,形聲實多,江河之類,是左形右聲;鳩鴿之類,是右形左聲;草藻之類,是上形下聲;婆娑之類,是上聲下形;圃國之類,是外形內聲;闉闍衡之類,是外聲內形,此聲形之等有六也。」十三經注疏第三冊,藍燈出版社。
〔註33〕參見裘錫圭《文字學概要》頁187,臺北:萬卷樓圖書公司,民國84年。
〔註34〕頭:上下結構的上部,兩面包圍結構的左上部和右上部。
　　　　底:上下結構的下部。
　　　　旁:左右結構的左邊,兩面包圍結構的左下部。
　　　　邊:左右結構的右邊。
　　　　心:全包圍、三面包圍結構的內部。
　　　　框:全包圍、三面包圍結構的外部。
　　　　腰:左中右、上中下結構的中間部分。
　　　　角:上下結構的四角。
　　　　參見蘇培成《現代漢字學綱要》頁67,北京大學出版社,1994年。

致有三種結構形式：

1. ⿰ 左右結構的左邊部件為部首

　　如：人部「仁」字、冫部「冷」字等、水部「江」字等，言部「詩」字等、金部「銅」字等，全書此類之字，超過半數以上；另並列之重體字，左右都是部首，視為部首在左，如弓部「弜」字、木部「林」字、玉部「玨」字等。

2. ⿰⿰ 左中右三分結構之左邊部件為部首：

　　（1）部首與屬字為二級關係，如：人部「儵、儵、修、儵」等字、彳部「微、微、徵、徽、徹、戲、徹」等字。

　　（2）與部首結合之另一部件為左右結構，如口部「喇、喉、嘲」等字、木部「樹、楜、橻」等字。

　　（3）《說文》原為並列之重體部首，併入所重之部後，左右都是部首，仍視為部首在左，如：弓部「弼、弱、弼、弱、粥、弼、彌、粥、彊、彌、彊」等字、木部「楸、樹、檻」等字、水部「漱、楸、楸、楸」等字、玉部「班、班」二字、言部「詬讟」二字、辛部「辦、辦、辨、辯、辦、辦、辦、辮、辯」等字，或左中都是部首，部首也視為在左，如弓部「弢、弧」二字。另並列三體之字，左中右都是部首，也視為部首在左，如走部「趫」字，馬部「驫」字。

3. ⿺ 左下包圍結構的左下部件為部首

　　辵部、廴部部中屬字都屬此類；走部少數「趁、趫、楚、堑、蹩、塞」等字外，其餘也都屬此類；又如尢部「尩、尰、尬、尷」、毛部「毬、毱、毽、毬」、風部「颫、颺、颭、颮」、鬼部「魁、魊、魍、魁」等，都屬此類。

## 二、部首位置在右

　　全書部首在右之字，初步統計有三千一百六十九字，分布在一百一十六部，大致有如下三種結構：

1. ⿰ 左右結構的右邊部件為部首，如：

　　刀部「刻」字，欠部「欺」字等，全書如刀部、力部、支部、瓦部、見部、邑部、隹部、頁部、鳥部等，部中屬字都超過百字以上屬於此類。

2. ⿰⿰ 左中右三分結構之右邊部件為部首：

　　（1）部首與屬字為二級關係，如：力部「勑」字、欠部「歀」字、攴部「瞅」字等。

　　（2）與部首結合之另一部件為左右結構，如：欠部「欻、歉、歈」等字、鳥

部「鴻、鵃、鵬」等字。

3. 🄴 左下包圍結構的右邊部件為部首，如：

　　巡入巛部，言部「這」字、頁部「魁」字（此字兩收）、鬼部「魄」字等。

## 三、部首位置在上

　　全書部首在上之字，初步統計有四千八百九十八字，分布在一百一十六部，大致有如下四種結構：

1. 🄴 上下結構以上邊部件為部首，如：

　　艸部、竹部、彡部、雨部等部，大部分都屬此類；又如重二體上下結構，如弓部「弜」字、火部「炎」字等字；以及重三體之品字形結構，三體都是部首，也歸入此類，如毛部「毳」字、火部「焱」字、牛部「犇」字、馬部「驫」字、鹿部「麤」字等都是。

2. 🄴 左上包圍結構以左上部件為部首，如：

　　厂部、广部、疒部、尸部、戶部、虍部等部部中屬字多屬此類。

3. 🄴 上包圍結構以右上部件為部首，如：

　　气部部中八字都屬此類，又如弋部「弌、弍、弎」等字、弓部「弔」字等亦屬此類。

4. 🄴 上中下結構以上邊部件為部首：

　　（1）部首與屬字為二級關係，如：艸部「莫、莽、葬」等从蹛之字；又如重體之字，火部「燊」字、子部「孨」字、虫部「蟲」字、貝部「賏」字、隹部「雥、雦」二字等重體部件，也視為部首在上。

　　（2）與部首結合的部件為上下結構，如：竹部「箒、箋、簍、籬」等字、艸部「薔、蕹、蕙、薨」等字、雨部「霄、靂、靈、霾」等字都屬此類。

## 四、部首位置在下

　　全書部首在下字，初步統計有二千七百二十五字，分布在一百五十四部，計有四種結構：

1. 🄴 上下結構以下邊部件為部首，如：

　　心部「志、忘、思、惠」等字、木部「梟、架、檠、櫱」等字、火部「烈、照、煦、然」等字。

2. 🄴 左上包圍結構以右下部件為部首，如：

　　人部「仄」字、非部「靡」字、齊部「齎」字、龍部「龐」字、几部「凥」字、隹部「雇」字、香部「瘩」字等；又如从㚔得聲之字，「瞽、韇、鼇」

三字分入「毛、牛、里」部，亦屬此類。

3. 右上包圍結構以左下邊部件為部首，如：

心部「忥」字、瓦部「甋」字、甘部「甛」字等。

4. 上中下結構以下邊部件為部首，主要是與部首結合的部件是上下結構，如：

心部「惹、意、惷、憙」等字、火部「爇、爇、羆、爨」等字、木部「槀、槀」等字。

## 五、部首位置在內

1. 以四面包圍結構的裏面部件為部首：這類字不多，只有力部「団」字、牛部「奧」字、田部「画、畫」二字、米部「粵」字、韋部「奧」等字。

2. 三面包圍結構，以裏面的部件為部首：

（1）開口向左，如：口部「句」字、日部「旬」字、田部「甸」字、目部「眴」字、米部「冢」字、言部「訇」字。

（2）開口向右，如：口部「匝」字、隹部「雖」字、鹵部「鹽」字。

（3）開口向上，僅車部「輿、轡」二字。

（4）開口向下，如：厶部「风」字、口部「同、向、嚮、商、周、咸、咼、問、商」等字、土部「羸」字、夕部「夙」字、女部「威、嬴」二字、山部「岡、岡」二字、巾部「幑」字、彡部「㐱」字、火部「风」字、心部「悶、悶」二字、火部「閃」字、禾部「羸」字、立部「羸」字、糸部「羸」字、羊部「羸」字、耳部「聞」字、肉部「臍、臡」二字、臣部「臧」字、虫部「蜀、蠤」二字、衣部「羸、齎」二字、网部「岡、罔、罔」二字、言部「誾」字、貝部「羸」字、谷部「嚳」字、金部「羸」字、馬部「羸」字、鬲部「鬻、鬻」二字、魚部「齎鱗、羸」二字、鳥部「羸、鳳」二字、黑部「黴」字。

3. 左中右或上中下結構的中間部件為部首：

（1）左中右結構，如：女部「嬲」字、心部「辯」字、文部「斑」字、水部「辯」字、爿部「辦」字、瓜部「瓣」字、糸部「辮」字、米部「粥」字、虫部「衠」字、角部「衡」字、言部「讎、戀」二字、車部「衝、瑾」二字、青部「瀧、瀨」二字、金部「銜」字。

（2）上中下結構，以中間部分為部首，如：口部「哀、肯、蒙、嘗、嚐、喬」六字、巛部「巠」字、心部「憂、慶、憂、愛」四字、日部「暨、書」二字、比部「毚、魯、臭、毚、毚」五字、田部「畫、翼」字、

目部「直、夐、真、眞」四字、穴部「窻」字、羊部「羞」字、酉部「釁」字、隹部「巂、霍、雟」三字、非部「斐」字。

全書部首在內之字，初步統計不過一百一十六字，分布在五十部。

## 六、部首位置在外

共五百一十六字，散見在「二、几、凵、冂、勹、匸、匚、囗、舛、行、衣、門、鬥、齊」等十四部，有三種情形：

1. 回全包圍：以四面包圍結構的外圍部件為部首，僅囗一部，除「凶、囟、禸、囪、盡」五字外、部中屬字都屬此類。

2. 三面包圍結構的外圍部件為部首：
   - （1）司 開口向左，僅勹部一部，除部中「包、冘、夠、匏」四字例外，其餘都屬此類。
   - （2）匚 開口向右，僅匸部、匚部二部，部中屬字都屬此類。
   - （3）凵 開口向上，僅凵部「凶、由、甶、甴、函、凵、卤、兩」等八字。
   - （4）冂 開口向下，如：冂部「冂、鬥、冋、冏」字、几部「凡、凥、風、鳳、凰」字、以及勹部、門部、鬥部、齊部等部屬字幾乎都是。

3. 左中右或上中下結構的外側部件為部首：
   - （1）川 左中右結構，以左右部件為部首：僅行部一部，屬字無一例外。
   - （2）三 上中下結構，以上下部件為部首，如：二部「互、五、亘、亙、丞、亞、亟」等七字；衣部「亥、衮、裦、衰、衷、衮、衷、裒、裒、哀、裒、裘、裊、裏、裛、裹、褧、裹、褺、裦、裊、褱、褒、褒、裊、褧、裹、褒、襃、褻、襄、褒、褻、襲」等三十四字、舛部「韏」字也是。

## 七、角

所謂角，即指該部首大約位在左上、右上、左下、右下四個邊角之其中一角，如果該字有重體部件，並且以其所重之字為部首，則作如下之判分：若該重體為左右結構，若位於上半，則判入左上角，如口部「哭」字；若位於下半部，則判入左下角，如虫部「蠡」字；若該重體為上下結構，若位於左邊，則判入左上角，如貝部「賊」字；若位於右邊，則判入右上角，如魚部「鱻」字；若是重三體結構，若位於右半，則判入右上角，如虫部「䗪」字；若位於上半，則判入部首位置在上，如虫部「蟲」字；若位於下半，則判入左下角，如虫部「蠱」字；若是重四體結體，位於左半或上半，則判入左上角，如又部「叕」字。初步統計約有一百二十六部六

百七十八字，如下：

## （一）左上角

如：宀部「訌」字、人部「众、俎」二字、厶部「單、兊、巍」三字、力部「勰」字、又部「叕、叞、叕、羍」四字、口部「品、咢、咢、咢、哭、冊、咢、咢、單、單、賈、叕、嚴、單、咢、器、咢、咢、咢、咢、哥、咢、咢、咢、咢、嗣」等二十七字、土部「叔、抗、執、報」四字、夕部「夠、夠、𡖔、夘、夘、𡖲、𡖲、夈、㯗、綢、鳹」等十一字、大部「報、執、霅」三字、女部「奸」字、巛部「叕」字、子部「晉」字、尸部「𡲧、㞷」二字、工部「琵」字、幺部「兊、幾、絷、絭、絭」五字、己部「巽、巺」二字、彐部「綿、䨫、韶、祿」四字、干部「菓、拜」二字、弓部「奊」字、屮部「靴」字、文部「鈱」字、日部「嬰」字、木部「梵、夢、梵、芬、琴、楚、樊、槳、㯗、蘆、槿、㯗、棼、梵、櫂、搫、槿、㯗、㯗、欉」等二十字、止部「发」字、毛部「㭗」字、氏部「𣪊、㮣」二字、水部「湦、渠」二字、火部「熒、燊、筲、營、變、變、燓、𤉡、煭、絀、綹、劵」等十二字、爪部「嗣、鬲」二字、爻部「婆」字、牛部「㸬」字、玉部「琴、琵、琶、瑟、瑟、瑔」六字、田部「畾、畾、㽀、㽀」四字、白部「舅、兒、爍」三字、目部「界、瞿、讋、㖾、嬰、墨、㖾、熒、㖾、煦」等十字、矛部「耗、耨」二字、禾部「黎、積、藹、藝、藝」五字、立部「竷、競」二字、竹部「篥」字、米部「粼」字、羊部「羑」字、羽部「翫、戄」二字、老部「叡」字、而部「彫」字、耳部「聚、聽、聖」三字、聿部「劃」字、肉部「㬥」字、自部「㮣、艕、㭗、㭗、㴰」五字、虍部「戲、鱸、虓、砧、㭗、㭗、㭗、㠲、戲、殂、殤、䦆、鷳、豦、㭗、㭗、艦、㮣、虧、㮣、㑳、彪、勮、叔」等二十四字、言部「𧮫、競」二字、豕部「梟」字、貝部「敵」字、車部「轚」字、釆部「鴛」字、阜部「隳、隳」二字、隹部「雙」字、雨部「黔、䳓、㲥、㲥、䩻、䪐、䪐、㲥、靄、䪐、靉、靆、靃」等十四字、高部「𩫋、𩫐、𩫐、欮、鞲、㯗、㯗」等七字、鹵部「鹽」字等。

## （二）右上角

如：人部「尬、亾」二字、石部「硜」字、刀部「契」字、禾部「矮」字、穴部「𥦚」字、又部「㸈」字、口部「思、㲉、鞸」三字、土部「硾」字、夕部「够、夥、夥」三字、小部「尠、尠、𡮐、尠、㪠、尠、尠、㪠、尠」等九字、羽部「耀」字、尸部「屁」字、幺部「㠱」字、臣部「㯗」字、戈部「戡」字、

攴部「斃、斄、整」三字、虫部「壄、飝」二字、日部「暢」字、艸部「蓳」字、日部「揭」字、月部「望、塑」二字、虍部「虓、號、虓、虖、陇、虓、虓、號、琥、虦、虢、號、號、虪」十四字、水部「鼀」字、火部「燄、燅、爑、焱、燅、爓」六字、豆部「𦋺」字、豕部「膡」字、辛部「𮬷、𡔿、𡕀」三字、辰部「焴」字、酉部「鹽」字、攴部「磬、馨、毉、罄、鏧、釁」六字、頁部「𩔉、顋、顫」三字、魚部「�」字等。

## （三）左下角

如：儿部「兟、兢、競」三字、八部「顚、顚」二字、力部「𫘤、爧」二字、口部「可、司、命、哉、𣪩、戭、喆、喆、嘉、嘏」等十字、土部「埶」字、夂部「及」字、女部「𡢃、毇、頵」三字、子部「毃、孰、斝、孱」四字、寸部「嗣」字、小部「絲」字、山部「嵞、島」二字、巾部「祀」字、弓部「𣪠」字、心部「𢘓、𢘀」二字、手部「𣪢」字、日部「敯」字、曰部「醻」字、木部「栽、㮤、𣜩、槑、𣟧、㯃」六字、止部「𧾷、歸、𧿏」三字、母部「毓」字、水部「𣨹」字、火部「煉、燡、燀、燎、燔、烏、焉、舃、烏、焉、𣨹、爅」等十二字、牛部「𤙲」字、犬部「𣨹」字、玉部「𤘥」字、瓜部「𤬭」字、田部「𤱶、𤲶、𤲩、𤲃、𤲺、𤲱、畝、畞、畝、甙、畿、顝」等十二字、百部「𤴔」字、皮部「𣪧」字、皿部「𥁋」字、目部「戚、𥇔、𥉗、𥈁」四字、矢部「𠭿、肆」二字、石部「𥐥、𣪧」二字、示部「禜」字、禾部「𥞜」字、米部「糵、𥟫、糴、糶」四字、糸部「𦂴、絡、𦃣、𦆠、綏、綷、絡、𦈀、**毃、頪、**𥾩」等十一字、缶部「𦋺」字、羊部「𦋺、羃」二字、肉部「裁、能、贏、贏、贏、𦝰」六字、至部「𦣁、臷」二字、臼部「𦥻」字、舌部「舒、舘」二字、舛部「𮏦」字、虫部「蟲、蟲、蟲、蟲、蟲、蟲、蟲、蟲、蟲、蟲、蟲、蟲、蟲、蟲、蟲、蟲、蟲、蟲、蟲、蟲、蟲、蟲、蟲、蟲、蟲、蟲、蟲、蟲、蟲、蟲、蟲、蟲、蟲、蟲、蟲、蟲、蟲、蟲、蟲、蟲、蟲、蟲、蟲、蟲、蟲、蟲、蟲、蟲、蟲、蟲、蟲、蟲、蟲、蟲、蟲、蟲、蟲、蟲、蟲、蟲、蟲、裁」等六十一字、血部「𧖢」字、衣部「裁」字、角部「𣪡」字、言部「𧪾、𧪾、𧮀、𧮀」四字、谷部「叡」字、豆部「𧮊、𧮡、𧯍、𧯋、𧯖、𧯈、鼓、𣪩」等八字、豕部「𧰿」字、貝部「𧴢、𧵁、販、叡」四字、車部「轂、載」二字、邑部「歟、𨛓、𢧏」三字、酉部「戴、𨤋」二字、隹部「雚」字、革部「𩊚」字、韋部「𩏍」字、韭部「𩐯、**韱、**戴」三字、食部「𩜠」字、鬯部「鬱、鬱、𩰤」三字、魚部「𩽉、𩽪、𩾇」三字、鳥部「𣪄」字、黃部「𪏙」字、黑部「黢、戴」二字、

鼎部「鬮」字、鼠部「鼛」字、龠部「籥、龠」二字等。

## （四）右下角

如：儿部「虺」字、卪部「㩻」字、力部「務、勖、勣、勝」四字、又部「叏、
叚、叛、段、叚、敱、叢」七字、口部「㖶、㕯、嘉、㗊、囍、囍、唔、詔」
八字、土部「㘸、塍」二字、夂部「㩱、㥄」二字、夕部「夜」字、女部「媵」
字、子部「孨、孱、孴、孹、孼」五字、寸部「㑁、尃、將」三字、山部「猺、
隓、嵇」三字、巾部「㡘、師」二字、干部「幹」字、心部「㥁、懿」二字、
戈部「㦖」字、斗部「斡」字、日部「㫲」字、月部「㒼、朝」二字、木部「㮮、
條、槾、朕」四字、毛部「乾」字、水部「滕」字、火部「㷭、㸇」二字、犬
部「㹱」字、殳部「贛」字、玉部「㻑、脛」二字、瓜部「瓢」字、用部「㒼」
字、田部「播、疄、㽦」三字、疋部「疑」字、目部「鰧、䑏、氂、䫢」四字、
矢部「㹱」字、示部「㩱」字、米部「㰠」字、糸部「鰧、繇、縣、繇、繇、
鰧、繇、繇、鰧、條、朕」等十一字、羽部「脩、翰」二字、而部「㒼、㒼」
二字、肉部「脩」字、舟部「翰」字、虫部「蚤、䗗、䑏、蝕、䗊、螽」六字、
見部「窺」字、言部「譫、僤、詹」三字、豆部「鼙」字、豕部「豫」字、貝
部「蹟、賴、賾、積、曠、贛、膾、艦、殯」九字、赤部「韓」字、足部「脛、
倐」二字、車部「輝」字、辰部「纙」字、邑部「蟉」字、酉部「䣭」字、隹
部「雗、雁、雁、雍、糴」五字、革部「㒼」字、韋部「韓」字、韭部「噬、
蘿、薿」三字、飛部「翰、旟」二字、馬部「鸞、鶾、騰」三字、骨部「䯊」
字、魚部「鯈、鰰、鰧、艦」四字、鳥部「䲀、鶾、籭、籭」四字、黑部「䑏、
黐」二字等。

## 八、其　他

即部首位置不在上述七類者，計三百五十一字，分布在九十七部，主要有三種
類型：

## （一）與部首字形相近

1、部首之異體：有些部首之異體亦屬此類，如卪部「㔾、卩」字、刀部「刂」
字、大部「矢」字、巛部「川」字、彐部「互」字、攴部「攵」字、歹部「歺、
歺、歹」三字、火部「灬」字、爪部「爪」字、牙部「㸶」字、甘部「甘」
字、生部「㞷」字、石部「石」字、羊部「芉」字、走部「㐱」字、辰部「屖」
字、長部「镸、兏、长」三字、阜部「自」字、風部「凨」字、食部「飠、
會」二字、首部「㒸」字、麥部「麦」字、鼎部「鼎」字、黽部「黾」字等

都是。

2、與部首字形相近，仍是二字：前節所述形近歸部與部首字形相近之字，如七部「匕」字、弓部「弖、弓」二字、二部「二、弍」二字、几部「兀」字、尢部「尤」字、乙部「乞、乚」二字、凵部「凵」字、巛部「巛」字、己部「已、巳」二字、手部「才」字、毛部「毛」字、毋部「毌、母」二字、木部「朩」字、无部「兂」字、玉部「王」字、田部「由、甲、申」三字、疋部「疋」字、禾部「禾」字、臼部「臼」字、艸部「丫」字、谷部「谷」字、釆部「采」字、西部「西」字、鼓部「鼓」字等字都屬此類。又如刀部「刁」字、卩部「卪」字、子部「孑、孓」字、己部「㠯」字、夂部「平」字、巛部「く、巜」二字、木部「不」字、止部「少」字、水部「𤲃」字等也是。

（二）部首與其他筆劃或部件穿插交錯或改變字形

如冂部「冉、冉、冊、冊、冐、再、冎」字、冖部「尢」字、勹部「包、匃」二字、厶部「厺」字、二部「于、井」字、儿部「先、兆、兆、兔、免、兔」字、入部「內」字、刀部「刃、刅」二字、十部「升、半、朮、華、卙」等五字、又部「叉、叉」二字、凵部「出、凸、凹、晶」字、口部「史、吏」字、土部「坐、垂、坙、乖」字、大部「太、夬、夫、央、失、夷、夾、夾、夼」等字、子部「孟、承」二字、尢部「尤」字、尸部「尹」字、山部「嶽」字、工部「巫、巨」二字、己部「巴」字、巾部「市、巿」二字、干部「平、年、秊」三字、廾部「廿」字、弓部「弟、㢱、弔、弔、弗」等字、口部「凶、囪、甶、圅、鼂」等字、巛部「州、巛」二字、心部「必」字、戈部「戊」字、手部「承、乘」二字、斤部「斥」字、曰部「史、曲、曳、更」四字、木部「未、末、本、朮、朱、束、杀、束、東、柬、枣」等字、水部「承、氷、永、求」四字、犬部「尨」字、玄部「率」字、玉部「王、玉」二字、田部「由」字、禾部「禾、秉」二字、臣部「臣」字、臼部「臾」字、艸部「举、𦰩」二字、豕部「豕、象、象」三字、釆部「采」字、金部「釜」字、髟部「髥、髭」二字、黍部「黎」字、龜部「𪓰、龜」二字等都屬此類。

（三）部首只是某一部件的部分筆劃或部件，且位置特殊

如：冂部「冓、杲、冑、冐、冒、蓼、尋、覺、晟、冕、兩、𪚥、罶、冤、羀、羉、羅」等字、勹部「匄、匏」二字、卩部「卯」字、人部「恭、來、𥁕」三字、儿部「㐱」字、入部「兩、兩」二字、刀部「劗、劯、劙、劍」等字、厂

部「龘」字、口部「喪、喿、壨、堝、囊、嗇、嚞、嚞、噩」等字、士部「壴」字、大部「㚚、奏、奉、㮮、峯、畚、奊、奀、奄、欮、奰、奡、奲」等字、尢部「尨、就、尲、尲、尲」等字、己部「厄、弜、卷」三字、巾部「帢、幡」二字、干部「靬、幵、邗」三字、弓部「弱」字、彐部「幂」字、彡部「彇、彧」二字、幺部「幽」字、心部「縣」字、戈部「戌、成、戚、戜、戴、戈、戉、裁、鹼、誠、憾」等字、戶部「邜」字、手部「鞁」字、日部「皁、㿟、𣊫」三字、攴部「攵」字、木部「林、麥、棗、棘」等字、氏部「民、氓」二字、水部「蟲」字、火部「尉」字、爻部「爽、爾、幽」三字、玉部「㸊」字、田部「甹、甼、鼎、鼻、囁、壨、疆」等字、目部「睪、矗、奧」三字、夊部「殴」字、禾部「穊」字、糸部「繭」字、臼部「舐、與、興、舉、釁、釁、睪」等字、虫部「蠋、蔺」二字、虍部「虎、虒、麗、燒」等字、豕部「彩、豫、圗、豱、㺃、豵」等字、車部「贏」字、門部「裼、麗」二字、革部「籬」字、魚部「蘜」字、齊部「麠」字等都屬此類。

## 九、單筆部首之判分

### （一）以起筆筆劃為部首

如：一部「丁、七、万、万、丈、三、下、丌、不、丏、丐、世、卋、丙、丏、丟、丞、卂、旡、囟」等二十字、丨部「屮、中、丰、丰、串」等字、丶部「丶、主」二字、丿部「厂、乂、乃、久、久、毛、之、乍、乎、乏、底、乑、身、臱、垂、乖、烝、乘」等字。

### （二）以末筆筆劃為部首

如：一部「上、丑、且、丕、丘、卝、与、丞、並、亞」等十字、丨部「丩、丫、㞢、举」等字、丨部「丸、丼」二字、丿部「广、乑」二字、乙部、亅部除「乚、乞、亅」三字屬單筆字外，其餘都以末筆歸部。

### （三）其　他

不以起筆或末筆作為歸部之依據，如丨部「弗、卝」二字、丨部「丹」字、丿部「之」字等。

歸入單筆部首者，都是獨體字，李登〈難字直音〉雜部依書成終筆爲歸部依據〔註35〕，《字彙》以起筆歸部佔多數，但是例外仍然不少，似乎仍有調整的必要。

---

〔註35〕詳見第一章第二節。

## 貳、部首位置之習慣性

### 一、就各位置的分佈來看

全書三萬三千一百七十九字，扣除部首二百一十四字及單筆部首九十五個屬字，三萬二千八百七十字，在各位置之分布統計如下：

表三：《字彙》部首位置字數統計表

| 部 首 位 置 | 總 字 數 | 百 分 比 | 分布部首數 |
|:---:|:---:|:---:|:---:|
| 左 | 二○四一五 | 六二‧一 | 一五○ |
| 右 | 三一六九 | 九‧六 | 一一六 |
| 上 | 四八九八 | 一四‧九 | 一一六 |
| 下 | 二七二五 | 八‧三 | 一五四 |
| 內 | 一一六 | ○‧三五 | 五○ |
| 外 | 五一六 | 一、六 | 一四 |
| 角 | 六八○ | 二‧一 | 一二六 |
| 其他 | 三五一 | 一、○五 | 九七 |
| 合計 | 三二八七○ | 一○○ | |

1. 從各位置的總字數來看，部首在左佔了百分之六十以上，也就是大部分的字，都以左邊部件做為部首。

2. 從相對位置來看：

表四：《字彙》相對部首位置統計表

| 部首位置 | 總 字 數 | 部首在左上外 | 百 分 比 | 部首在右下內 | 百 分 比 |
|:---:|:---:|:---:|:---:|:---:|:---:|
| 部首在左右 | 二三五八四 | 二○四一五 | 八六‧六 | 三一六九 | 十三‧四 |
| 部首在上下 | 七六二三 | 四八九八 | 六四‧二 | 二七二五 | 三五‧八 |
| 部首在外內 | 六三二 | 五一六 | 八一、六 | 一一六 | 一八‧四 |
| 合 計 | 三一八三九 | 二五八二九 | 八一、○ | 六○一○ | 十九‧○ |

　（1）左右結構的字，大部分以左旁為歸部依據。

　（2）上下結構的字，以部首在上較多數。

　（3）內外結構的字，以部首在外佔多數。

3. 再從分布的部首數來看，除部首在內或在外部數較少外，其餘部數都接近百部以上，彼此重疊性高，若欲藉部件組合方式來判斷部首，仍有其困難存在。

## 二、從各部部首位置的分布字數來看

### （一）位置固定之部首

#### 1、屬字部首位置完全一致，計十九部

（1）部首位置一律在左：冫部、夊部、彳部、爿部、耒部、豸部、身部、辵部等八部。

（2）一律在上：宀部、广部、气部、疒部、癶部、襾部等六部。

（3）一律在下：僅内部一部。

（4）一律在外：行部、匚部、匸部、鬥部等四部。

#### 2、位置相當固定，只有極少數屬字例外

（1）一字例外：片部除「牉」字外，部首一律在左，玄部除「率」字、黹部除「黼」字，部首也一律在左；隶部除「畫」字外，部首一律在右，色部除「豔」字、艮部除「良」字外，部首也一律在右；宀部除「覾」字外，部首一律在上，冖部除了「冘」字、父部除「爻」字、竹部除「籭」字外，部首也一律在上；廾部除「廿」字外，部首一律在下，用部除「甯」字外，部首也一律在下。

（2）兩字例外：赤部除「赫、韐」二字外，部首一律在左；穴部除「㲧、㷴」二字外，部首一律在上；夊部除「㚈、矮」二字外，部首一律在下。

（3）三字例外：矛部除「矞、矜、矟」三字外，部首一律在左；舟部除「袘、鬠、翰」三字、阜部除「隓、隲、自」三字、長部除「镸、髣、长」三字外，部首也都一律在左；戶部除「戹、戺、所」三字外，部首一律在上，网部除「罔、罟、罻」三字、彭部除「鬱、髟、髭」三字外，部首也都一律在上；門部除「丙、裪、龥」三字外，部首一律在外。

（4）其他：又如艸部一千四百二十二字，只有「蓳、丫、芉、𦯧」四字例外，其餘部首一律在上。又如走部兩百三十九字，除「尐、楚、槷、橤、蠻」五字外，部首都在左；口部八十七字，除「囟、囵、甬、啚、亹」五字外，部首一律在外，這些部首位置仍有相當的一致性。

### （二）位置較不固定之部首

有些部首位置多樣，如鳥部六百一十六字，部首在左有「鳼、軷、䳂、鵔」等六十九字，在右有「鴉、鷗、鵝、鵔」等四百四十七字，在上則有「梟、梟、梟」等三字，在下有「鷔、鶿、鷥、鷹」等九十字，在內有「贏、鳳」二字，在角有「穀、䑏、鶛、篿、籧」等五字，部首位置雖然主要分布在右邊，但是其他各位置也不少；

又如口部九百八十二個屬字，除部首在外這一類沒有外，其餘各位置都有，同樣是方塊字形的日部、田部、目部，部首位置也頗為多樣。此外如心部九百五十五字，六百七十一字部首在左，二百六十九字在下；又如木部一千二百三十一字，部首在左一千零四十九字，在下一百二十六字，在角或其他位置則有五十字，仍有相當的不一致性。

這一類部首位置不一致的部首仍佔大多數，若同一部首，部首位置多樣，同樣是不利於部首的判別。

## 參、影響部首位置之因素

### 一、部首位置取決於部首本身之字形

漢字是方塊字形結構，有些部首本身字形往往便決定了該部大多數字的組合方式：

1、部首本身是左右結構，當它與其他部件組合時，它的位置通常不是在上便是在下，如：比部、廾部、兴部、竹部、舛部、艸部、非部、彭部、鼓部等。

2、部首屬上方包圍或類似寶蓋結構，部首則多在上，如：厂部、尸部、广部、戶部、气部、疒部、冖部、宀部、穴部等。

3、部首字屬上下結構，當它與其他部件組合時，通常多採左右結構，如彡部、支部、攴部、殳部、爻部、糸部、音部、香部、麥部、黍部、鼻部、龠部。

4、橫畫較多或字形瘦長的部首，多屬左右結構，如土部、玉部、聿部、言部、長部、隹部、頁部、革部、食部等。

5、部首字屬左下包圍結構，部首則多在左，如：廴部、辶部、走部等。

6、部首本身屬外包圍結構，部首大多在外，如冂部、匚部、匸部、行部、門部、鬥部等。

### 二、取決於與部首組合的其他部件字形

部分部首字形能決定該字的組合方式，同樣的與部首組合的部件也能影響該字的組合。

#### （一）左右結構的部件，部首位置往往在下或在上，如：

（1）土部：部首大部分在左，但是「垩、型、坙、埶、垈、坓、壑、坴、埜、堅、堅、堲、堡」等字，組合部件都是左右結構，為適應方塊結構，部首都在下邊。

（2）玉部：部首大部分在左，但是「瑩、塋、琧、璗、璺、瓕」等字，組合部件

都是左右結構，部首則改至下方。

（3）言部：部首大部分都在左，而「誓、警、謦、警、讐、讎、讋」等字，部首
都改在下方。

（4）隹部：部首大部分在右，而「翟、雀、雀、霍、雞」等字，部首都改在下方。

（5）齒部：部首本身爲上下結構，而「齎、齰、齰、齰、齰、齰、齰、齰」等字，
部首都改在下方。

這些並不是絕對的，如土部仍有「坳、垗、埒、埱、埃」等多字與左右結構的
字組合時，仍是左右結構。

（二）與上下結構的部件結合，部首位置往往在左或在右，如：

（1）羽部：部首本身是左右結構，而「翃、翀、翭、翭、翭、翮、翱、翱」等字，
與部首組合的部件都是上下結構，因此部首或在左邊，或在右邊〔註36〕。

（2）臼部：部首近似左右結構，而「暆、晹、暆、暏、晲、晴」等字，組合部件
都是上下長形結構，因此部首都在左邊。

（3）血部：部中「衊、衃、衄、衊、衊、衊」等字，組合部件也都是上下長形結
構，因此部首都在左邊。

（4）韭部：部首近似左右結構，「蟠」字與番結合，故部首在左；非部「播」字
亦同。

（三）同一個部件，與不同的部首組合，部首位置有相當規律性，如：

（1）從䒼之字，「焭、焭、焭、营、营」五字，下半之「九、丮、井、冋、呂」
都不是部首，因此都歸入火部、其餘「勞」入力部、「塋」入土部、「婆」入
女部、「幣」入巾部、「榮、榮」入木部、「犖」入牛部、「膋」入月部、「營」
入田部、「瑩」入玉部、「熒」入瓜部、「磐」入石部、「禜」入示部、「甇」
入瓦部、「縈」入糸部、「翁」入羽部、「聲」入耳部、「豐」入豆部、「覺」
入見部、「謍」入言部、「輦」入車部、「醤」入酉部、「鎣」入金部、「營」
入音部，都以另一組成部件爲部首，部首都居於下方。

（2）從𠩺之字，「㛮」因聲符「來」不是部首，故入攴部、其餘「嫠」入女部、
「叝」入又部、「孷」入子部、「㡌」入巾部、「㯕」入木部、「泰」入水部、
「斄」入文部、「氂」入毛部、「釐」入里部、「鰲」入魚部，部首位置都在
下。

<hr />

〔註36〕羽部是一比較特殊的部首，部首本身是左右結構，但是部中屬字卻大部分都是左右結
構，此處所舉各字因組合部件是上下結構，因此兩者結合，以左右結構是較合適的。

（3）从**羸**得聲之字，除「蠃、臝」二字因所从「果、婁」不是部首，故與聲符羸同樣歸入肉部，其餘都以形符歸部：「羸」入土部、「嬴」入女部、「穲」入禾部、「贏」入立部、「褢」入衣部、「蠃」入虫部、「羸」入羊部、「纚」入糸部、「贏」入貝部、「鐳」入金部、「驘」入馬部、「鸁」入鳥部、「鱺」入魚部，部首位置都一致在內。

（4）从**殼**之字，除「殼」與「殼」入殳部外，其餘「穀」入女部、「穀」入子部、「穀」入弓部、「穀」入手部、「穀」入水部、「穀」入火部、「穀」入木部、「穀」入牛部、「穀」入犬部、「穀」入玉部、「殼」入月部、「殼」入皮部、「穀」入田部、「殼」入石部、「穀」入禾部、「穀」入米部、「穀」入糸部、「穀」入缶部、「穀」入羊部、「穀」入豆部、「殼」入角部、「豰」入豕部、「穀」入赤部、「轂」入車部、「韇」入革部、「穀」入黃部、「鷇」入鳥部、「鼿」入鼠部，與殼結合的部件都是部首，因此這些字的部首都在左下角。

（5）从**乾**之字，乾」入乙部、「勒」入力部、「幹」入干部、「戟」入戈部、「晿」入日部、「朝」入月部、「榦」入木部、「毿」入毛部、「翰」入目部、「翰」入羽部、「翰」入舟部、「赫」入赤部、「輯」入酉部、「韓」入隹部、「韓」入韋部、「翰」入飛部、「騽」入馬部、「鰰」入魚部、「鶾」入鳥部，這些字與「乾」組合的部件都是部首，因此都以該部件為部首，所有的部首都居於右下角。

（6）从**朕**之字，除「膝、臘」二字歸月部外，「滕」入冫部、「勝」入力部、「塍」入土部、「媵」入女部、「幐」入巾部、「滕」入水部、「榺」入木部、「膌」入田部、「縢」入糸部、「螣」入虫部、「謄」入言部、「賸」入貝部、「騰」入馬部、「蹬」入足部、「黱」入黑部；另从舟之各字：「艐」入田部、「艣」入鳥部、「艣」入魚部、「艚」入目部、「艧」入貝部、「艨」入木部，這些字的部首也都一律居於右下角。

（7）从**寒**之字，「賽」入口部、「塞」入土部、「寒、寨、寨、蹇」入心部、「賽」入目部、「賽」入貝部、「褰」入衣部、「謇」入言部、「蹇」入足部、「蹇」入走部、「騫」入馬部、「鶱」入鳥部，有其一致性。

（8）从**攸**之字，「條」入木部、「絛」入糸部、「翛」入羽部、「脩」入肉部、「倐」入足部、「鞗」入革部、「鯈」入魚部，部首位置也有一致性。

**（四）相同的組成部件，因組成方式不同而造成部首位置不同**

　　《字彙》屬於此類之字近七百組，可從部首與聲符兩個角度來看：

1、**同部首之字，部首與相同的部件組合，但是組合的方式卻不只一種**，如：

（1）山部：部首在左與在上並存有「岈屺、岋岌、岭岑、岝岞、岢峈、岾岩、峆峇、峈峇、峔峗、峨峉、峰峯、崐崑、崒崒、崕崖、峴覎、崿崿、嶠嶠、嵩嵩、嵬嵬、嵊崇、嵷嵷、嵺嵺、嶐嶐、嶁嶁、嶹嶹、嶵巢、嶚嶚、嶵嶵、嶷嵒、巖巖」等二十九組；部首在左與在下並存：有「岴岳、峇峇、峇峇、嶵麐」四組；部首在上與在下並存有「尖仚、峇島、崇峇、嵩嵒、嶷嶅」等五組；部首在下與在右下角有「嵍嵍」一組；部首在左、上、下並存：則有「嶄嶄嶄」一組。

（2）心部：部首在左與在下有「忉忍、忌忌、忉忍、忏忐、忔忥、妧态、忛忐、忙忘、忟态、忡忠、忣忣、忥忥、忰态、忪忩、忧忥、怜念、怍怎、恢怒、怗点、怙志、怛恳、怡怠、怢态、怤怘、怫患、恁恬、恘态、悙烈、伽怒、恤恶、恑恭、恰怠、恿恿、悇态、悍皋、恔态、惆惣、悔恳、悱悲、惪意、惛惥、悼患、惆恩、惋惌、惎惎、惏惎、惑惑、惕恳、怰恶、惵芙、惐感、惹惹、惎芙、愀愁、愉愈、惪意、假恳、愚愚、恸恳、惄恳、慎悳、愿愿、惆恩、惎慕、惭恳、惆恳、傲憨、憮慧、慨悐、懂遵、懣恿、惎憪、惎恳、恳感、傲憨、憐懃、憙憙、憚恳、憿憨、憥惒、憿憨、憿憨、憿憿、懃懃、懊恩、懤怘、懷麐、懰恳、懃懇、懧懃、懣懃」等九十組；在左與內有「悶悶」一組；在下與在內有「慈辮」一組；在左與在左下角有「怜命」一組。

（3）毛部：部首在左與在右並存，有「毡耗、氈毡、毸耗、逨耗、毯耗、毺毻」等組；在左與在下有「毸毛」一組；在右與在下「毩毛」一組。

（4）鳥部：部首在左與右並存有「鳭鳺、鴟鳴、鴃鳩、鴃鳩、鴃鳩、鴒鴒、鴟鴻、鵔鵔、鵯鶽、雛鶴、鵙鶗、鵙鳴、鶗鶗、鸕鸕」等十四組；在右與在上並存有「弋鳥鳶、鳥鳥鷥、鴰駕、鷞鷟、鵬鷙、鷗鷙」等六組；在上與在下並存有「鳧鴛」一組；在左、右、上並存有「鵝鵝鷟」一組。

（5）衣部：部首在左與在外並存，有「祂袠、衯衯、神衷、衿衾、袍裏、衲衷、袜裏、袳裏、裸裏、褓褒」等十組；在左與在下有「祂裝、襱襲」二組；在下與在外有「褺褺」一組；在左與在內有「禣齎」一組；左、下、外並存有「裶裴裵」一組。

　　當然也有例外，有些則是組合方式不同，歸部也不同，如：「沜」入水部，「衍」入行部；「盩」入皿部，「醢」入酉部；「壘」入鹵部，「塪」入土部；「黐」入黍部，

「麼」入麻部；「仄」入人部，「仄」入厂部；「沯沰」入水部，「砅」入石部；「竖」入立部，「頝」入頁部；「鉐」入金部，「硷」入石部；「姓」入女部，「甡」入生部等，隨著組合方式的不同，歸部也不同。

2、同聲符之字，與同一部首有不同的組合方式，如：

（1）與「此」結合之部首，如口部「呰呲」、手部「玼掌」、木部「柴柴」、欠部「欪𣣋」、目部「眥眦」、石部「砦砦」、糸部「紫紫」、衣部「袚裝」、言部「訾訿」、骨部「骴骴」、魚部「鮆魮」、鳥部「鴜鴜」，除欠部「欪𣣋」部首在右與在下外，其餘十一組都是部首在左與在下。

（2）與「莫」結合之部首，力部「募勱」、口部「嗼暮」、土部「塻墓」、女部「嫫嫫」、心部「慔慕」、手部「摸摹」、日部「暮暯」、歹部「募瘼」、虫部「蟆蟇」、言部「謨謩」等十組，除力部「勱募」部首在右與在下外，其餘都是部首在左與在下並存。

（3）與「斬」結合之部首，心部「慙慚」、手部「摲摲」、石部「磛磛」、金部「鏨鏩」，部首可在左也可在下，山部「嶄嶃嶄」更是在左在上在下都可以。

（4）與「敖」結合之部首，如口部「嗷嗸」、女部「嫯嫐」、山部「嶅嶅」、心部「慠慠」、手部「摮摮」、犬部「獒獓」、言部「謷謸」、馬部「驁驁」等八組，除山部「嶅嶅」部首在上與在下外，其餘都是部首在左和在下並列。

（5）與「折」結合之部首，如口部「哲哳」、日部「晣晢」、歹部「殔殔」、虫部「蜇蜥」、足部「踅踅」、金部「銴銴」都是。

（6）與「敫」結合之部首，部首位置可左可下，如心部「憿憿」、手部「擊擊」、糸部「繳繁」、言部「譤警」等，都是左右結構與上下結構同時並存。

（7）與「比」為部首，部中「毗毘」二字部首位置即已不同，再與其他部首結合時，也有同樣的情形，如土部「坒坒」、日部「昆昔」、木部「枇柴」、牛部「牪牪」、白部「皆皉」、皮部「皮皮」，部首或在左或在右，或在上或在下。

（8）與「敝」結合之部首，如心部「憋憋」、手部「撇擎」、犬部「獘獘」、足部「蹩蹩」、金部「鐅鐅」。

（9）龍部「龔龔」二字，部首一在上一在下，當「龍」與其他部首結合時，也有同樣的情形，如口部「嚨嚨」、土部「壟壠」、心部「儱憩」、手部「攏攏」、木部「櫳櫳」、衣部「襱襲」、馬部「驡驡」等。

（10）與「麻」結合之部首，如刀部「劘劘」、山部「嚒嚒」、手部「摩摩」、骨部「髍髍」等。

因此，當有些部件與部首組合的方式多樣，也造成同一部首，部首位置各異的情形。

## 肆、兩體皆部首之判斷

部首位置的不同，除了肇因於部首或組合部件字形的侷限，以及部首與部件組合的方式不同外，部首的判準也是一個重要因素，尤其當兩體組成部件都是部首時，如何選擇？如前節所述，以意符歸部是最主要的原因，當意符在左，部首自然在左，意符在右，部首也就在右。位置明顯的形聲部件可以取代意符成爲部首，因此，此處再統計全書兩體皆部首之字（如附表六），觀察兩體皆立爲部首的選擇趨向。

### 一、從附表六中，可得如下之數據

表五：《字彙》兩體皆部首相對位置統計表

| 組合方式 | 總　數 | 部首在左・上・外 | 百分比 | 部首在右・下・內 | 百分比 |
|---|---|---|---|---|---|
| 左右結構 | 二四九三 | 二一一一 | 八四・六% | 三八二 | 十五・四% |
| 上下結構 | 八九一 | 五五八 | 六二・六% | 三三三 | 三七・三% |
| 內外結構 | 一〇七 | 九三 | 八六・九% | 十五 | 十四・一% |
| 合　計 | 三四九一 | 二七六一 | 七九% | 七三一 | 二一% |

可見兩體皆部首之部首判斷，與整體部首位置趨勢相同，仍以部首在左、在上、在外爲多數。

### 二、從相同的部首部件來看，例外仍會造成部首判斷的困擾，如：

1、冫部之字，部首皆在左，但不是所有从冫的字都歸在冫部，如聿部凓字，食部飡字，馬部馮字，从冫不入冫部，容易造成誤判。

2、彳部之字，部首皆在左，而麻部𪎊字容易誤判。

3、爿部之字部首皆在左，部中也收入从爿得聲之字，那麼士部壯字、女部妝字、弋部弐字、戈部戕字、手部牂字、斤部斨字、犬部狀字、角部𧣾字、酉部牆字、馬部䭾字、鳥部鳿字，容易誤判。

4、身部之字部首一律在左，寸部射字，矢部躲字容易誤判。

5、豸部之字部首一律在左，頁部貊字，鬼部貌字容易誤判。

6、匚部之字都在外，而口部叵字，容易誤判。

7、广部之字一律在上，非部靡字、齊部䶒字、龍部龐字容易誤判。

8、行部之字，部首一律在外，虫部衝字、角部衡字、車部衛字、金部銜字容易誤

判。

9、人部之字部首多在左，匕部化字、女部伩字，水部伙字容易誤判。

10、歺部之字，部首多在左，人部奻字、刀部列字、羊部羏字、聿部肂字、韭部韯字、食部飱字、龍部龖字也都容易造成誤判。

## 伍、從部首位置論歸部之檢討

如上所述，《字彙》部首判別困難主要有二：一是獨體字據筆劃歸部，該以那一筆為部首不夠明確；一是合體字以部件為部首，部首的位置雖然有在左、在上、在外的趨勢，但是仍約有百分之二十，六千餘字與整體趨勢不同，要根本解決部首容易判斷，主要有兩大條徑：

### 一、就文字構形系統做調整

如前所述，相同的組成部件而有不同的組合方式者，《字彙》收錄近七百組，絕大部分都是形聲，而且也多是異體字，也就是形聲字的聲符位置在文字演進的過程中也是不斷演變著，只是沒有強力的往固定的位置調整而已。那麼，現在的文字構形可不可以調整？尤其是形聲字的構形，凡左右結構者，可不可以一律調成左形右聲，凡上下結構者，一律調成上形下聲。如果真能往這個方向調整，它不僅可以維持據意歸部的學理不被打破，對識字教學更有莫大幫助，除少數的象形、指事、會意字外，絕大多數的字都可以根據字形組合方式判斷聲符，形聲字標音的作用將可以發揮最大作用，也就不會有將「錦」字讀成「帛」，「韡」字讀成「華」的疑慮。當然，就大家目前已熟識的字形系統，不太可能做大規模的調整，那就只能往部首選擇的方向上著手。

### 二、從歸部原則做調整

字形結構不容易有所更動，那就只能往部首觀念調整上努力，《字彙》基本已擺脫《說文》完全以意符歸部的框架，但是並沒有全面運用，因此，造成部首判斷的困擾。如果將以明顯位置為歸部的方式充分運用，訂定部首位置判斷的優先次序，那麼誤判的機率便可以減到最低，今試釐定原則如下：

#### （一）左右結構者

1、左右都是部首者，以左旁為部首，如附表六部首在右邊的三百八十二字，都改歸入左旁部件。

2、只有右邊是部首者，以右邊為部首。

3、左右都不是部首者，以左旁部件之歸部為依歸。

4、左中右結構者依左中右次序。

（二）上下結構者

1、左右都是部首者，以上頭部件為部首，如附表六部首在下底的三百三十五字，都改歸入上頭部件。

2、只有下底是部首者，以下底為部首。

3、上下都不是部首者，以上頭部件之歸部為依歸，如仝入人部。

4、上中下結構者，依上中下次序。

（三）內外結構者

1、內外都是部首者，以外框部件為部首，如附表六部首在內心的十五字，都改歸入外框部件。

2、只有內心是部首者，以內心為部首。

3、內外都不是部首者，以外框部件之歸部為依歸。

（四）意符或聲符佔一角者

以在左右或在上下之部件為歸部依據，原則同前，如從朕之字歸月部、從頃之字歸頁部、從殼之字歸殳部。

（五）獨體連身字依書寫起筆為歸部依據

（六）變形部首

1、未與其他部首混淆者仍歸原部，如人亻、网罒、辵辶、衤衣之類。

2、有所混淆者依混淆之部，如從舟、從肉、从丹之字，隸變後與月相近者，一律歸入月部；目部「眾、眔、罠、冒、罘」等改歸网部。衣部「衰、衷、裹」之類，改歸亠部。

# 第四節　《字彙》之部次與字次

## 壹、《字彙》之部次安排

### 一、《字彙》以前以部首編輯之字書，排列方式主要有以下四種方式：

（一）據形系聯

1、《說文》創立以部首統屬的分部方式，也建立據形系聯的方式。

2、《類篇》依循《說文》的分部，部次與《說文》完全相同。

3、章黼《直音篇》〔註37〕，全書七卷，搜集四萬三千餘字，分爲四百七十五部，末爲雜部，也是始一終亥，據形系聯。

## （二）據義編排

1、《玉篇》五百四十二部，改《說文》據形系聯爲據義編次，除卷一卷三十「始一終亥」不變外，大致依地理、人物、身體、人事、宮室、植物、器用、動物之類〔註38〕，將相關之部首滙聚在一起。

2、王太《增廣類玉篇海》〔註39〕分爲五百七十九部，也是依《玉篇》部次，再將《龍龕》所增之三十七部列在卷末。

3、朱之蕃的《玉堂釐正字義韻律海篇心鏡》〔註40〕，將《四聲篇海》之部首重新據義編次，分爲天文、時令、地理、人物、聲色、器用、身體、花木、宮室、鳥獸、飲食、干支、卦名、文史、珍寶、人事、衣服、數目、通用等十九項。

4、《六書賦》分爲八十五部，部次也大致依義類區分，如「水、草、木」、「人、心、手、足、頁、目、耳、口、齒、肉、骨、尸、毛、彡、言」「車、舟、冊、金、玉、貝」、「鳥、羽、隹、牛、馬、犬、鹿、羊、豸、角、豕」等爲次。

## （三）據音系聯，可分爲三類：

1、據韻次編排：李燾《說文解字五音韻譜》將《說文》五百四十部依部首之韻次編排，始於平聲東部而終於入聲甲部。

2、據聲類編排：依部首之聲類編排，如《四聲篇海》，始於見母金部，終於日母日部。同聲母之部首則依四聲平、上、去、入之次第編排。

3、據四聲編排：依部首平、上、去、入四聲編排，如《龍龕手鑑》卷一平聲九十七部，卷二上聲六十部，卷三去聲二十六部，入聲五十九部。

---

〔註37〕《重訂直音篇》明章黼撰，吳道長重訂，卷首有章黼天順庚辰（西元1460年）誌語，吳道長重訂，〈總目〉前有「萬曆丙午仲秋校刻練川明德書院」牌記（萬曆三十六年）。《續修四庫全書》據北京圖書館藏明萬曆三十四年明德書院刻本影印，上海古籍出版社。

〔註38〕詳見呂瑞生《歷代字書重要部首觀念研究》頁41，文化大學中研所碩士論文，民國83年。

〔註39〕〔金〕王太《增廣類玉篇海》今已不可見，〔金〕邢準《新修絫音引證群籍玉篇》卷首附有〈重修增廣類玉篇海〉，序云：「大要仿顧野王《玉篇》分部…有龍龕、會玉、類篇中數部難以編次，列在卷末。」邢書即依王書增修，故仍可見其大概。邢書今有《續修四庫全書》據北京圖書館藏金刻本影印行世。

〔註40〕《玉堂釐正字義韻律海篇心鏡》明朱之蕃撰，明萬曆壬寅（三十年）博古堂刊本，國家圖書館藏。

（四）據筆劃數編排：

1、釋眞空的《篇韻貫珠集》〔註41〕，該書卷三〈檢五音篇海捷法〉序云：「取字求聲欲檢篇，舊模迷亂又重編。先將部首數知畫，次入偏旁究本源。」將《篇海》四百四十四部依部首筆劃編排，做爲部首檢索之用，是目前所見最早將筆劃數運用到部首編輯的書，惟仍未用於內文之編排。

2、李登《書文音義便考私編・難字直音》（公元 1587 年）〔註42〕，全書依部首筆劃數二劃至十五畫依次編排，末列雜部，雜部依每字末筆筆形依「一、丨、丿、乀、乙、亅」次序編排。是目前所見最早依部首歸字，再依筆劃編排部首的字書。惟本編爲《書文音義便考私編》的難字索引，嚴格說也還不是眞正的字書。

3、周家棟《洪武正韻彙編》（公元 1602 年）〔註43〕：司馬光將《集韻》依《說文》部次重編爲《類篇》，周家棟將《洪武正韻》之字重新以部首編排，分二百三十九部，不能歸部之字則立雜部。全書以部首筆劃一至十七畫依次編排，同筆劃之部首，部分形近部首編排在一起，如「人儿几川八」、「又义乇九」、「冂冖」、「刀力」、「子于干千」、「土士工」、「夊夂夕」、「彳川彡」、「壬王」、「天无尤」、「田申」、「片爿」、「貝見」、「足龰走」、「豸豕」等部次。

## 二、字彙之部次原則

### （一）部首筆劃數編排

《字彙》採取《正韻彙編》之方式，將部首從一畫至十七畫按序編排，分爲十二集：

表六：《字彙》各集字數葉數一覽表

| 集數 | 部首筆劃 | 部 首 數 | 字 數 | 葉 數 |
|---|---|---|---|---|
| 子 | 一、二畫 | 二九 | 一九一一 | 九一 |
| 丑 | 三畫 | 九 | 二三四四 | 八四 |
| 寅 | 三畫 | 二二 | 二〇五八 | 八四 |
| 卯 | 四畫 | 一一 | 二五二三 | 八四 |

---

〔註41〕《篇韻貫珠集》序云：「是篇之出，始弘治己酉上元（公元 1489 年），迄弘治戊午中元（公元 1498 年）脫稿，遂繡諸梓。」今國家圖書館善本書室所藏爲大明正德丙子（公元 1516 年）重刊本。

〔註42〕詳見第一章第二節。

〔註43〕詳見第一章第二節。

| 集數 | 部首筆劃 | 部 首 數 | 字 數 | 葉 數 |
|------|----------|----------|--------|--------|
| 辰 | 四畫 | 一三 | 二三八二 | 八六 |
| 巳 | 四畫 | 一〇 | 二六六八 | 八八 |
| 午 | 五畫 | 二三 | 三四四二 | 一一〇 |
| 未 | 六畫 | 二二 | 三一〇六 | 一〇五 |
| 申 | 六畫 | 七 | 二八五五 | 一〇〇 |
| 酉 | 七畫 | 二〇 | 三七〇八 | 一一七 |
| 戌 | 八、九畫 | 二〇 | 三一一七 | 九二 |
| 亥 | 十畫以上 | 二八 | 三〇六五 | 八八 |
| 合計 | | 二一四 | 三三一七九 | 一一二九 |

從上表，各集的部首數、字數都差異頗大，因此，《字彙》分集的標準應是部首筆劃數與葉數，也就是同筆劃的部首，合為一集，如果葉數眾多，則分為兩集（三畫與六畫）或三集（四畫）；如果葉數太少，則多種筆劃合為一集，如一、二畫合為子集，八、九畫合為戌集，十畫以上合為亥集。

### （二）同筆劃之部首

與《正韻彙編》相同，並沒有嚴謹的排序標準，只有少數形近編排在一起，如二畫之「二亠」、「人儿入八」、「冂冖」、「刀力勹」、「匚匸」、「十卜」，三畫的「口囗」、「土士」、「夂夊夕」、「屮山」、「彡彳」，四畫「支攴文」、「日曰」、「父爻」、「爿片」等部，五畫以上的部首，各字的差異頗大，便談不上形近。

### （三）《字彙》部次與《正韻彙編》部次比較，也有部分相近之處

（1）各筆劃數領首之部首，有相同者，如五畫始於玉部、八畫始於金部、九畫面部、十畫馬部四個筆劃，兩書領首部首都相同。

（2）部分形近之部首編排相同，如：「人儿」、「冂冖」、「刀力」、「十卜」、「口囗」、「土士」、「夂夊夕」等組，兩書都編在一起。

《字彙》書中並沒有徵引《正韻彙編》資料，梅鼎祚序云：「字學為書，以傳者無慮數十家，要不越形聲之相益而已，《說文》、《玉篇》皆立耑于一，畢終于亥，是後或次四聲，或系以六書，權以母子，類族別生，固未有顯言數者。」似乎並未見周家棟所編的《正韻彙編》，又云：「《篇海》從母以辨音，亦嘗從數以析類，惜乎其本末衡決，繙拾棘齬也。吾從弟誕生之《字彙》，其耑其終，悉以數多寡。」則以《字彙》為第一本依數多寡編排之字書。因此，上述兩項部分編排相同的部次，可能只是巧合。

## 貳、《字彙》之部中字次安排

### 一、《字彙》以前字書字次之編輯方式

#### （一）據形義編次

　　《說文》建立部首編排的方法，對於部中屬字並沒有明確的編排原則，歷來學者的歸納，如段玉裁稱「以義相引爲次、上諱之字必置於各部之首、先人後物、以類相從、難曉之篆先於易知之篆」；王筠則歸納爲「與部首形體相反之字必列於後、與部首形體重疊之字必置於後、先實後虛、先近後遠、義之美者列於前，反之則於後」〔註44〕；馬舒怡則進一步歸納出「方言之名必緊接於中原之名後、二物爲名者必相從且有說解者列於前。」〔註45〕這些條例或據形，或據義，其間並沒有嚴謹的規範作用，有些條例甚至只是少數幾個字的編排而已，因此，嚴格說，《說文》並沒有完整體系的列字原則。

#### （二）據音編次

　　1. 據韻爲次：《類篇》部首部次都依《說文》，字次則依《集韻》韻次編排；《說文解字五音韻譜》不僅將部首依韻次編排，各部中屬字也一律改爲韻次編排。《直音篇》部中屬字則依韻部先後，同韻部之字依平、上、去、入排列。

　　2. 依四聲編次：《龍龕手鑑》部首依平、上、去、入四聲編排，部中字次也是依四聲編次，同聲調之字，則不再進行編次。

　　3. 編成賦體：《六書賦》分爲八十五部，每部之字都編成韻語，四字一句，每兩句一韻，如卷一水部：「水源渾沸，涓湊汪洋。河汾洛汭，濟漯湖湘。…」並以全部所收之字編爲〈六書賦序〉，具有檢字的作用。

#### （三）據筆劃編次

　　〔金〕邢準《新修絫音引證群籍玉篇》〔註46〕，序於大定戊申（公元1188年），全書分爲五百七十九部，書中已見字數較多的部首，部中屬字依筆劃數多寡排序，卷首附〈重修增廣類玉篇海序〉（序於大定甲申，公元1164年），序云：

　　　　集成一書，号曰《增廣類玉篇海》，大要傲顧野王《玉篇》分部，又於每部以下字畫分爲二十段，每段內列八家，明頭假，如尖厶之字，立

---

〔註44〕詳見蔡信發《說文答問》頁52，台北國文天地，民國82年。

〔註45〕參見馬舒怡《說文解字列字次第研究》頁151，中央大學中研所碩士論文，民國85年。

〔註46〕〔金〕邢準《新修絫音引證群籍玉篇》（序於大定戊申，公元1188年），本書乃據《增廣類玉篇海》增修，所分五百七十九部，亦即金韓孝彥《五音篇》所本。《續修四庫全書》據北京圖書館藏金刻本影印。《增廣類玉篇海》今未見。

　　　爲二畫，四角口字立爲三畫，舉此二字以爲其例，可從而推之以類附字，

　　　以畫分段，有若菓之從條，珠之在貫，粲粲然使覽者無昧於字，而音義

　　　俱明矣。

則洨陽王太《增廣類玉篇海》應爲以筆劃編輯部中屬字的創始者，序中又云：

　　　　篇中每部立二十段，例先除本部偏傍，如箇仏字，除了人字是二畫，

　　　訏字除了言字係三畫，佛字除了人字是四畫，娲字除了女字係六畫，餘皆

　　　倣此。

更舉例說明了筆畫計算須扣除部首的筆劃，爾後各字書依筆劃編排字次，都按照這
種方式，〔金〕韓孝彥《五音篇》，韓道昭《四聲篇海》以下，〈難字直音〉、《類纂
古文字考》、《字學集篇》、《正韻彙編》、《詳校篇海》等各書依筆劃數編排字次者都
採用這種方法。

　　上列各書，除《正韻彙編》外，筆劃編排都只用於字數多的部首，《類纂古文字
考》更訂定字數的下限：「凡字至五十以外，除偏旁不論，悉因畫之多寡序字之後先。」
以五十字爲界限，超過五十字以上便依筆劃數，低於五十字便隨意編排。不論部中
字數多少，一律依筆劃數編排者，則只有《正韻彙編》。

　　至於同筆劃數之字，各書都沒有再進一步建立排列的原則，都是隨意編排。

## 二、《字彙》之字次原則

　　《字彙》字次之編排，一如《正韻彙編》，不論部中字數多寡，一律依筆劃編排，
同筆劃之字，只有極少數字有規則：

　　1. 同筆劃之異體字編排在後，並於下字注曰「同上」，如：

　　（1）屳：同上（丘）。（子・三・一）

　　（2）姊：同上（姉）俗字。（丑・六八・女）

　　（3）朏：同上（朔）古文。（辰・十七・月）

　　（4）噇噇：並同上（嘆）。（丑・二六・口）

　　（5）蜖蛒：並同蚘。（申・六一・虫）

　　（6）攜携：竝俗攜字。（卯・六二・九）

　　（7）冄：同上（冉）俗字…。（子・五一・冂）

　　（8）匜：同上（匜）俗字…。（子・七八・匸）

　　（9）對：同上（對）古字…。（寅・十七・寸）

　　如上舉八字，前四組異體筆畫與正字相同，故編排在正字之後；（5）（6）兩組
則是異體部首筆劃相同，故兩個異體並列；（7）（8）（9）三組較特別，異體筆劃比

正字多一或二畫，故將正字排在該筆劃數的最後，異體排在該筆劃數的前面，因此，筆劃數不同，也可以稱「同上」。

2. 組成部件相同的二字，如果編排在同部首，不論是否為異體，大部分都編排在一起，如：

（1）濫：盧瞰切，藍去聲，汎濫也…。（巳・四一・水）

澉：古陷切，音鑑，沈物水中使冷也…。

（2）厲：力蓋切，音賴，毒蟲也…。（中・七九・虫）

蠣：落蓋切，音賴，蚌屬，附石而生o與上音同注異，想毒蟲亦蚌屬也。

（3）覹：無非切，音微，伺視。（酉・三・見）

覹：無匪切，音尾，身隨也o按此與上當是一字而注異，可疑。

（4）譇：湯何切，音拖，慧也，退言也。（酉・二七・見）

䜬：雖遂切，音粹，言相毀也o二字文同而音義異。

（5）鵨：陟隆切，音終，鳥名。（亥・四六・鳥）

鵨：德紅切，音冬，鳥名，好入水食似鳧而小o上二字文同以左右別而音異。

上述五組，都是部首位置組合不同而義異，《字彙》都將兩字並列。

3. 聯綿詞如果部首筆劃數相同，也多會並列，如：

琵：蒲糜切，音皮，注見下。（午・七・玉）

琶：蒲巴切，罷平聲，琵琶，胡琴…。

以上所列各組字例，所佔比率極小，《字彙》同部首而筆劃數也相同之字，絕大部分字次都沒有一定原則。

## 參、筆劃數之計算

如上所述，自王太《重修增廣類玉篇海》依筆劃數編排部中屬字，到萬曆年間筆劃數已是當時流行的字書編排方法，筆劃數之計算不同便影響部中屬字之安排，因此，依筆劃編排之各字書往往都會對筆劃數的計算提出看法，如：

| 書　　名 | 筆　劃　數　計　算　說　明 |
|---|---|
| 《類玉篇海》 | 如尖厶之字，立為二畫，四角口字，立為三畫，舉此二字，以為其例，可從而推之。 |
| 《類纂古文字考》 | 其計畫也，不以畫之轉折為數，而以筆之起落為數，如刀乚之類，俱作一畫，考字者得此法而存之，無待徧閱應捷于響矣。 |
| 《正韻彙編》 | 凡算畫數者，每畫從起筆處至住筆處算做一畫。 |

| 書　　名 | 筆　劃　數　計　算　說　明 |
|---|---|
| 《詳校篇海》 | 畫數仍舊本，分別以便檢閱，但舊本誤爲增減者，今俱改正，而未及移者有之，檢者有時未得，更於前後一檢可也，舊本於乚乛等俱作一畫筭，今仍之。 |
| 《字彙》 | 字畫以筆端起止論，如乚（音隱）乛（音及）止作一畫，至若阝（右者音邑，左者音阜）字則作三畫，所以別於卩（音節）也。 |

上述各書對筆劃的定義文字雖不同，都以「筆端起止」算一筆。即使算法相同，但是對各字的書寫習慣卻不盡相同，因此同一字，各字書的筆劃計算卻未必相同。以同樣都以筆劃數編排的《正韻彙編》與《字彙》比較，兩書的部首筆劃數計算也有不小差異，如：

表七：《正韻彙編》與《字彙》部首筆劃數差異表

| 部首 | 《正韻彙編》 | 《字　彙》 | 部首 | 《正韻彙編》 | 《字　彙》 |
|---|---|---|---|---|---|
| 夂 | 二畫 | 三畫 | 食 | 十畫 | 九畫 |
| 匸 | 三畫 | 二畫 | 鹿 | 十二畫 | 十一畫 |
| 舟 | 五畫 | 六畫 | 齊 | 十二畫 | 十四畫 |
| 爿 | 五畫 | 四畫 | 鼻 | 十三畫 | 十四畫 |
| 門 | 七畫 | 八畫 | 鼎 | 十五畫 | 十三畫 |
| 舛 | 七畫 | 六畫 | 龍 | 十七畫 | 十六畫 |
| 韋 | 十畫 | 九畫 | | | |

造成如此的差異，主要有兩個原因，一是書寫筆順，一是字形不同，《字彙》卷首的〈運筆〉一欄，也注意到這個問題：

## 一、筆順先後不同，影響筆劃數，如：

| 字例 | 運　筆　內　容 | 備　　註 |
|---|---|---|
| 厺 | 先一，次厶，音突，非云也，本三畫，今依俗先丿，次厷，如云字樣。 | 前種寫法三畫，後種則四畫，內文厺入厶部一畫，則是前種寫法。 |
| 充 | 從育省從㐬，非，若依古篆，先一次允，止五畫矣。 | 依前種俗寫，充在六畫，依古篆寫法則五畫，《字彙》內文充字在儿部四畫，則依俗寫，與厶部厺字寫法不同。 |
| 凸 | 先冂，次乛，次乛，次一；或先丨，次一，次乛，次凵 | 依前種爲六畫，後種則爲五畫。 |

| 字例 | 運　筆　內　容 | 備　　　　註 |
|---|---|---|
| 臣 | 先丆，次乚。若先丨，次亙，不侔於篆 | 依前種寫法，則六畫，後種寫法則七畫，梅氏依篆書寫法。 |
| 龍 | 先育，次一，次㔾。<br>今俗次卜，次㔾，則十七畫。 | 龍字《字彙》列出兩種寫法，依前種寫法則是十六畫，依後則是十七畫，內文各部从龍之字，都歸在十六畫，梅氏採前種寫法。《正韻彙編》則採後種筆順。 |

**二、字形不同，影響筆劃數，如：**

| 字例 | 運　筆　內　容 | 備　　　　註 |
|---|---|---|
| 止 | 先卜，次乚。按篆作㞢，本三畫，今俗作止。 | 止字《字彙》內文入四畫，依俗寫字形。 |
| 㸚 | 按篆宜五畫，虞世南如此書，若依俗作父，則六畫矣。 | 交字篆作「交」，虞世南〈孔子廟堂碑〉作「㸚」，《字彙》內文歸入亠部四畫，則依俗寫字形。 |
| 戠 | 此字該先音次戈，計十三畫，今依俗中畫連之作十二畫。 | 戠字篆作「戠」，依篆則十三畫，依俗則十二畫，《字彙》內文戠字入戈部九畫，含部首筆畫則爲十三畫；當作偏旁時則依俗作十二畫，如職字則入耳部十二畫，識字入言部十二畫。 |
| 戠 | 先昌，次戈今俗中橫連之。 | 戠字入戈部九畫，㵦字入水部十三畫，兩者《字彙》皆不從俗寫。 |

　　因此，要正確掌握《字彙》對筆劃數的計算，對〈運筆〉一欄，也須先做一番瞭解。

## 肆、《字彙》部次字次之檢討

　　《字彙》與《正韻彙編》一樣，都採筆劃數做爲部次與字次的編排依據，在當時實居於開創地位，但是同樣對同筆劃的部首或字都沒有進一步的排序，爲其美中不足之處。就當時字書編排方式，《直音篇》採用的依四聲編排，不失爲一可行的方法，但是兩書編輯之目的似乎正是改善對字音編排的不便，因此，都沒有將字音納入編排系統；〈難字直音〉雜部依書成終筆爲分類依據，首創依筆形歸部的先例，《正韻彙編》與《字彙》兩書都沒有受到影響。不過，依筆形編次的方式，在現代卻是改進部次、字次的流行方式，就蔡信發《兩岸字典部首字序之比較研究》〔註47〕來看：

<hr>

〔註47〕蔡信發《兩岸字典部首字序之比較研究》，國科會專題研究報告，民國83年。

　　一、依筆形編輯同筆劃之部首：大陸之《漢語大字典》、《漢語字典新編》、等字典，部首都按筆畫數由少到多的順序排列，筆畫數相同的按起筆「橫、豎、撇、點、折」的順序排列。

　　二、同部首同筆劃數之字，也依起筆的筆形編排，而筆形之順序兩岸兩所不同：臺灣如《中文大辭典》、《大辭典》、《辭源》、《辭海》等書，同部首同筆劃數之字，都以起筆筆形「點、橫、直、撇」為序；大陸之字典，如前項，都以「橫、豎、撇、點、折」為序。

　　從〔漢〕《說文》建立部首編排原則，到〔金〕《類玉篇海》將筆劃數納入部中字次編排，到〔明〕《正韻彙編》、《字彙》將筆畫數應用於部次編排系統，再到今日字典再將筆形筆順納入同筆劃的部次或字次編排，建構「部首、筆劃數、筆順筆形」三個層次的據形編輯系統，歷時近兩千年才初具面貌，實在是一條漫長的演進歷程。但這套系統仍未完成，不論就立部原則、歸字方法、字形規範、筆順規定，學界都還有歧見，因此，也還有一段艱辛的演化進程待克服。

# 第五章　結　論

## 壹、《字彙》編輯理論之創說

明代萬曆年間，依部首編輯之字書蠭起，《字彙》能在眾多字書書脫穎而出，普受歡迎，成功的關鍵便在《字彙》的編輯理念，如前各章所述，《字彙》編輯特色主要展現在以下幾方面：

### 一、就版式來說

字書最重要的功用便是提供識字查檢的需求，因此，如何快速的讓讀者迅速找到想查的字，便是編輯者最應費心的。梅膺祚不僅在分部歸字上下功夫，更將版式與部首編排結合，讓讀者能在最快的時間內找到想查的字，在今日中英文的字典，是普遍的安排，但在三百八十幾年前，無疑是一大創舉。依《字彙》在當時流行的盛況，這種版式結合檢索的方法應該會普遍被應用，可惜事實剛好相反，似乎當時對這種版式沒有多大興趣，因此，只有少數如佟世男的《篆字彙》依循此法，可見當時仍不被認同。

### 二、就設立各項附錄來說

《字彙》卷首有〈運筆〉、〈從古〉、〈遵時〉、〈古今通用〉、〈檢字〉五項，卷末〈辨似〉、〈醒誤〉、〈韻法直圖〉、〈韻法橫圖〉等四項。字書設立附錄，在明代是普遍現象，但是要像《字彙》如此豐富多樣則少有〔註1〕。各個附錄各有其功用：〈從古〉、〈遵時〉、〈古今通用〉是內文正字原則的範例，《檢字》是部首編輯法的補充，〈辨似〉、〈醒誤〉是字形分析的歸納，〈韻法直圖〉、〈韻法橫圖〉是內文釋音的參考，可惜的是沒有將〈運筆〉一項納入檢字體系中，建立依筆順編排的檢字方法，這個

---

〔註 1〕詳見第一章第二節。

工作，則有待後來的字書編輯者完成。

## 三、就收字量與收字標準來說

　　一本字書到底收字多少才算合理，並沒有絕對的標準。《字彙》收字三萬三千一百七十九字，從《正韻》收字一萬兩千六百八十字來說，《字彙》已增加近兩倍，一般的通俗用字大部分都已收入；從《篇海》五萬五千一百一十六字來說，《字彙》已刪去約五分之二，罕見怪僻的字大部分也已刪去。《字彙》一出，即造成風行，顯然三萬餘字的收字量頗爲當時所接受，也說明《字彙》在認定通俗與怪僻的標準是相當符合當時的用字概況。

## 四、就異體的分析來說

　　《字彙》全書釋異體共有十二種稱語，其間仍可做區隔，凡稱「古文、本字、正字、籀文、篆文」都屬字範圍，凡稱「俗字、隸文、省、譌」等則爲今字俗字，稱「同、即」即包含兩者之間。而各類型之稱類，往往有成組之趨勢，可以建立異體字例，做爲異體判斷之推擴：凡稱古文、本字者，則作古字之推擴；稱俗字、省文、譌字者，則作俗字之推擴。

　　但是並不是所有的異體字例都可以推擴，《字彙》也清楚這一點，因此口部口字下云：「按口與欠相通，如嗛歉、噴歕、嘯歗、嘆歎、唉欸、喘歂、嗑歃、呿欪、呴欨之類皆相通者也。然亦多不通者，如嘔爲歌，而歐爲吐，呦爲鳴而欻爲愁，喻爲譬而歈爲歌，嚛爲咮而歞爲怒，各自爲義，至於吹之一字，則兩用矣，古人制字未可執一論也。」亦即兩部相通之例，它的推擴有所限制。

　　又如《字彙》卷末所附〈辨似〉，辨兩字之相似，也都有成組的趨勢，如褚褚、褆褆、禊褉、禕禕」等組，強調「示衤」之別；又如「塲塲、惕惕、暘暘、揚揚、踼踼、錫錫」等組，則強調「易易」之別。因此，如果說異體字例具有推擴作用，那麼辨似字例便是異體字例的節制。

## 五、就正字的原則來說

　　《字彙》收字三萬餘字，不可能每個都是正字，因此如何確立正字便是字書編輯的重要工作。《字彙》卷首建立「從古、遵時、古今通用」的正字三原則，既不泥古，也不媚俗，就當時的用字情況作爲判斷依據，《字彙》立爲正字者，後來字書則多所依據。以「卑、鬼」二字爲例，從《玉篇》、《廣韻》、《集韻》、《類篇》、《韻會》、《正韻》、乃至萬曆年間之字書《類纂古文字考》、《字學集篇》、《直音篇》、《韻會小補》等，都以「甲、鬼」爲正，《詳校篇海》則以「甲、鬼」爲正。改以「卑、鬼」爲正字，始見於《正韻彙編》，《字彙》承之，爾後《正字通》、《康熙字典》也都以

「卑、鬼」為正字。《字彙》凡例稱「字宗《正韻》」，但是對《正韻》的字形並不拘泥。對《正韻彙編》的調整也不是全盤接受，如「兩、叫」二字，《正韻彙編》改以「兩、叫」為正，《字彙》仍以「兩、叫」為正，也不盲從《正韻彙編》。

## 六、就圈號應用而言

《字彙》以圈號區隔異音、說明四聲別義、說明制字之旨、辨析字形、說明假借、說明異體、辨正俗字、區隔按語等各項內容，是集《新修絫音引證群籍玉篇》、《古今韻會舉要》、《古今韻韻會小補》、《六書賦音義》等各書之特色而成。在未有標點符號以前，以圈號區隔各項內容，條目清晰，對讀者參閱有相當的助益。嗣後張自烈《正字通》只以圈號區隔字形辨析部分，又音部分則不作區隔，因此，眉目不如《字彙》清楚；《康熙字典》則以圈號區隔按語，以空格區隔又音又義，則是《字彙》圈號進一步區分。

## 七、就注音方式而言

字書採取反切與直音並陳的注音方式，是萬曆年間才興起的方法，如《六書賦音義》、《正韻彙編》、《詳校篇海》都以這種方式注音，但是呈現的形式各有不同，《字彙》採取《詳校篇海》的形式，並進一步將體例規律化，也顯示梅氏在注音的方式上的用心。《正字通》延用這種方法，《康熙字典》則更進一步在切語之前注出來源，更有助於讀者對字音的掌握。

## 八、就釋義方面來說

就方式來說，《字彙》主要採取以詞釋字、以句釋字、直接引用書證三種方式，其間則包含互訓、推因、義界三種訓詁的方式，力求通俗易懂。書中也廣收複音詞，並予以詮釋，已略具辭典的作用。

就所釋內容來看，《字彙》所釋包括本義、引申義與假借義，列為首義者，大部分都是常用義，並不一定是本義，有些字本義已不再使用，則不列本義。顯然，該字的本義是什麼並不是《字彙》關注的焦點，反而是該字在實際運用中所記錄的意義，才是《字彙》詮釋的重心。因此，就字義與詞義的角度來看，《字彙》所釋的內容，詞義所佔的成分比較大。這與《說文》以來強調字書應以本義為主的詮釋體系並不相符，以豫字為例：

| 《韻　會》 | 《字　彙》 | 《正　字　通》 |
|---|---|---|
| 豫：羊茹切，《說文》：「象之大者，不害於物，从象予聲。」一曰逸也，敘也。《廣韻》：「安也，厭也。」《增韻》：「遊也，悅樂也。」又卦名；又猶豫，獸名，性多疑，居山中，忽聞有聲則豫上樹下止不，一故不決者言猶豫…（去聲御韻） | 豫：羊遇切，音裕，悅也，逸也，安也，厭也，怠也；又早也，先也；又猶豫，獸名，性多疑；又卦名；又姓○《六書正譌》：「豫，象之大者，不害於物，餘皆假借，別作預，非。」（酉‧三七‧豕） | 豫：余據切，音裕，《說文》：「象之大者，性仁愛，不害於物。」又卦名，又悅豫，和樂也；又逸豫，怠玩也；又備豫，先事盡謀也…又猶豫，言臨事遲疑不決也，猶豫，二獸名，皆多疑，故借爲喻…舊註：「猶豫，獸名。」合爲一，誤（酉中‧十四‧豕） |

　　《字彙》多所引用的《韻會》，與修正《字彙》爲目的的《正字通》，都以「《說文》象之大者」列爲首義。但是「豫」的本義只見於《說文》，而當時通行的意義是「悅、逸、早、先」等義，因此《字彙》列爲首義，卻不把「象之大者」列入義項，只在最後引《六書正譌》補充說明而已，可見《字彙》以實用爲主的編輯態度。

### 九、就字形分析而言

　　自《玉篇》以降，楷書字書分析字形者不多，《字彙》往往在字末加注《說文》制字之旨，則屬對字形分析著墨較多者。而其所分析之內容包括單字構形分析、建立凡例說明字組、說明文字孳乳演化、訂正錯字、辨似字形等各方面，對初學者有相當之助益。

### 十、就部首增刪而言

　　《字彙》二百一十四部乃刪併《篇海》四百四十四部爲二百一十三部，再增加艮部而成。《篇海》刪併《五音篇》五百七十九部爲四百四十四部，主要是受限於三百八十四爻加六十甲子的四百四十四之數，從李登《詳校篇海》屢屢對《篇海》的部首不滿，即可知《篇海》的部首仍有調整的空間。《字彙》並沒有部數的限制，因此，可以在《篇海》的基礎上繼續進行部首的刪併工作。從兩者的刪併原則差異不大來看，《字彙》二百一十四部就是將《篇海》刪併原則徹底實施的成果。

### 十一、就歸部的原則來看

　　《字彙》大量合併部首，又刪去雜部，因此，每一個字都必須要有適切的部首可以歸入，也就造成部首與屬字的關係必須多樣，《說文》所建立據意符歸部的原則便須調整：主要原則有四：（一）若意符立爲部首，據意符歸部。（二）若意符不是部首，聲符才是部首，從聲符歸部。（三）意符、聲符都不是部首，以二級部件歸部。（四）前三項都找不到適切的部首，依形近歸部。凌駕在四個原則之上的則是部首的位置，只要位置明顯的部件，便可以作爲歸部的依據，不用計較該部件的性質是意符或聲符，也由於《字彙》靈活運用這項原則，才能將三萬三千一百七十九字納

入二百一十四部中，讓大部分的字部首都居於明顯的部位，部首的作用也從說明字原轉爲方便檢索。

即使這樣的安排，仍有部分字的部首位置不明顯，難於檢尋，《字彙》爲補救這個缺失，在卷首編列〈檢字〉，將難以判斷歸部的字，依筆劃編排，透過〈檢字〉，也能很快找到想查的字。由於〈檢字〉的設立，彌補了部首大量刪併後所造成的部首隱晦問題，也確立了兩百一十四部在當時的優越性。

## 十二、就部序與字次來說

以今所見字書資料，同時將筆劃數應用於部序與字序的編排，始於萬曆十五年李登的《難字直音》，惟該書字數少之部首仍隨意編輯不按筆劃。改正這個缺點的，則是萬曆三十年周家棟的《正韻彙編》，將部中屬字不論字數多寡，都依筆劃數編排，惟最後雜部，字次仍是雜亂無章。《字彙》最大的貢獻便是取消雜部，使全書部次、字次都依筆劃編排。也就是李登開創依筆劃數編排部次與字次的方法，周家棟修正，到梅膺祚完成整個架構。雖不是創始者，卻是體系的完成者，仍功不可沒。

總結《字彙》以上十二項特色，與當時各字書比較，無出其右者。《類纂古文字考》、《六書賦音義》、《正韻彙編》雖然也大力調整部首，但是收字都侷限於《正韻》，無法做到正俗兼收；《字學集篇》雖然分部兩百，與《字彙》相當，收字則比《字彙》爲多，但是文字詮解簡略，部次雜亂無序，遠不如《字彙》詳細規律；同樣刪併《篇海》，也是正俗兼收的《詳校篇海》，部首、部次又受限於《篇海》，據聲編次終究不如據筆劃編排查檢方便，而字數較少的部首，屬字也沒有依筆劃編排，再者文字的詮解方式，《字彙》也是在《詳校篇海》的基礎上進行修正，體例遠較《詳校篇海》規整。因此，《字彙》相對於《詳校篇海》，是青出於藍而甚於藍。即使《字彙》稍後屠隆訂正的《篇海類編》，將《詳校篇海》的部次重新據義編排，終究不及《字彙》。再就版式結合檢索，圈號的充分運用，使用的方便上也不是其他字書可以比擬的，因此，《字彙》在當時眾多字書中能脫穎而出，實是在編輯理念上，集各書的優點於一身，在當時的確是一本最適合初學者使用的實用字書。

## 貳、《字彙》編輯理論之侷限

《字彙》雖然集當時各字書的優點於一身，但是從以上各章的論述中，可以發現《字彙》的編輯理論，往往是在對立中求平衡，卻不一定能找到平衡點，因此，形成體例前後不一的矛盾情形，則是《字彙》編輯理論美中不足之處。約有如下數端：

## 一、從收字與刪字的標準來看

　　《字彙》所謂收入「經史通俗用者」與刪去「怪僻之字」兩者之間，雖然普獲當時接受，但是這兩條原則都是概念性的，並不是客觀的判分標準，將兩原則落實在編輯上，真正取決的仍是作者的看法。因此，標準寬於《字彙》者，便可再予增補，如《字彙補》；標準嚴於《字彙》者，便予以刪削駁斥，如《正字通》。因此，要客觀評論《字彙》收字之恰當與否，便應從其自身的標準來檢視整體的收字是否一致。

　　從第二章的討論中，可以發現《字彙》的標準也有不一致的地方，如大量刪去異體，卻也大量收入異體，且超過總字數的百分之二十；不錄有音無義之字，卻又收錄少數音闕或義闕之字；刪去釋藏中字，卻仍收入近百個釋藏用字；刪去罕用字，書中所收也有不少是罕用字。因此，整體的收字與刪字就是在對立中求平衡，取決的標準便是編者的識見。就《字彙》的收字標準來說，的確還有可增補之字，如卷首〈古今通用〉所錄「召鬼懺石朵帀」等字，都應收入。

## 二、從通行正字的個數來看

　　凡例云：「畫異而音義同者」則稱「同」，內文槃字下也云：「即穀字，《篇海》分注非。」對於異體，《字彙》仍然認為應該注明清楚，不宜各注音義，全書也收入入六千餘字的異體，但是仍有明是異體卻各有音切者依然不少。因此對於正異體字的注解，是要立一字為正字，其餘都釋為異體，還是可以兩字都立為正字，《字彙》在這方面也是兩可。也就是注為異體者，可以直接判分為異體，注為正字者，卻不一定是唯一的正字，它可能也是其它字的異體，如「叜更、尋尋、髊騰、翰朝」之類，《字彙》都釋為正字，但前者都是篆文楷化，後者則是隸變之字，字義都相同，按全書詮釋之例，前者可釋為「本字」，後者才是通行正字。

## 三、就異體注中所稱正字來看

　　按理，在各異體字下注為某字之異體，該字即應為正字，如「叶」字下云：「同協。」則「協」字即為正字，《字彙》六千餘字的異體，卻未必都是如此，如「晦：古畝字。」，而「畝」字下云：「同上（畂）。」也是異體的說解形式。《字彙》全書也是兩種方法並陳，就使用者之方便來說，欲識一「晦」字、須先透過「畝」字，再由「畂」字下得知其義，似乎多此一舉，應該改為「晦：古畂字。」才是正例。

## 四、就卷首正字三原來看

　　《字彙》卷首建立「從古、遵時、古今通用」的正字原則，其中「從古」與「遵時」也是一組對立的標準。何字該「從古」？何字該「遵時」？何字該「古今通用」？

其間並沒有客觀的標準，卷首之例與內文也不盡相符。即使根據異體的分類，稱「古或古文、本字、正字、篆文、籀文」部分，可以列入「遵時」一項，稱「俗字、譌、省」之類，可以納入「從古」一項，但是字數眾多的稱「同」之例，卻需進一步判分何者是古字，何者是今字，顯然不利於讀者學習。

## 五、就字形詮釋來說

字書編輯之目的，即在說字，必然包括字形分析，但是據以分析的構形理論，則必須全文理路一貫，不能前後矛盾。《字彙》對字形分析的重視已勝於當時的各字書，但是仍有美中不足之處。

就六書定義來說，《字彙》在書字下節錄張位《問奇集》的〈六書大義〉，作為詮釋六書的內容，就其定義本身而言，六書界域仍有模糊不清的地方，嚴格說並不是一個好的定義。

就內文的字形分析來說，六書內涵包括整字的構形與部件的作用，彼此也有矛盾的地方。主要原因是各字的構形分析來源不同，當各家說法衝突時，《字彙》在整合的工作上有所疏失，因此，內文各字所分析的內容也很難建構一套完整的六書理論。

若再將內文的六書分析與書字下的六書內容比對，彼此也不盡相符。因此一本楷書字書的編輯，如何訂定體例完整的六書理論，再將理論逐一落實在每一個例字中，讓讀者能夠透過各字的字形分析，進而獲得完整的六書知識，《字彙》書中所呈現的，還有相當大的調整空間。

## 六、就部首的刪併來說

依凡例所稱「論其形，不論其義」，大量將《篇海》四百四十四部刪併為二百一十三部，再增立囗部，而成為二百一十四部。而兩百一十四部中，仍有少數字形相近之部首，如「入人、匚匸、土士、夊夂、攴支、日曰」之類，《字彙》不僅未予以合併，還併排在一起，提醒讀者注意其間的差別。因此，以形近併部與強調形近部首的差別也是一組對立的標準。就整體的原則來說，這些部首是可以合併的。

## 七、就部首的作用來說

依《說文》建立的據形歸部的原則，部首與屬字間都有緊密的形義孳乳關係；但是以形近關係歸部後，部首與屬字則只剩形的關係。部首的內涵便有兩種：一是具有說明文字孳乳作用的字原部首，一是檢索方便的字形部首，《字彙》書中兩種部首同時存在，也是一組對立的標準。即使大部分仍是字原部首，這些字原部首大部分也都具備字形部件的作用，但是體例不一卻是不爭的事實。

## 八、廢除雜部，替代方案不夠完善

　　《說文》、《玉篇》不需要雜部，是因為部首眾多，但是部首大量刪併後，有些字便有無部可歸的迴況，《龍龕手鑑》創立雜部，目的就在收錄這些無部可歸之字，因此後來的字書，從《篇海》以降，乃至《難字直音》、《類纂古文字考》、《正韻彙編》、《六書賦》、《字學集篇》等，大量刪併部首，因此設立雜部都是不可避免的補救措施。《字彙》刪去雜部，的確讓每字都有部可歸，體例也更為完整。相對的，依形近歸部的原則便須加以充分運用，卻也造成部首與屬字的關係往往隱晦不明（如「之」入丿部、「年」入千部等），就查檢的方便性來說，並沒有多大助益。但是仔細分析《字彙》一畫部首，與《難字直音》的雜部相類，但是《難字直音》的雜部是依各字的末筆筆形分類，《字彙》卷首已列有〈運筆〉一項，可見梅氏對筆順的重視，卻沒有把它納入歸部編輯系統中，殊為可惜。今日字典之編輯，大陸《漢語大字典》已將筆形筆順納入部次與字次的編排系統中，李登在四百年前即已嘗試將筆形筆順納入編排系統，其眼光令人佩服。

## 九、就歸部原則來說，依《說文》建立的據形歸部的原則，部首與屬字間都有緊密的形義孳乳關係，但是打破形義孳乳關係後，部首與屬字的關係變成多種選擇

　　可以據意符歸部，也可以據聲歸部；可以據一級部件歸部，也可以據二級部件歸部；可以據孳乳關係歸部，也可以據形近關係歸部；部首可以往左調整，也可以往右調整。每一組也都是對立的標準：據意符歸部與據聲符歸部是一組、一級部件與二級部件是一組、孳乳與形近是一組、部首位置往左調整與往右調整也是一組。《字彙》四種對立關係也都同時存在，如：「牂、狀、䍩、獁」依意符歸入「手、犬、角、馬」等部，「牀、牂、牒」等字卻依聲符入爿部；「條、絛、𠊟、鰷」依一級關係歸入「木、糸、足、魚」等部，「候、倏、修、儵」卻依二級關係入人部；「勝、腠、朕、騰」等字以意符歸入「力、女、木、馬」等部，「腃」卻以形近歸入月部；同樣以聲歸部，兩個組成部件也都是部首，「孜、所、碩、役」等字部首往左調整，分別歸入「子、戶、石、示」等部，「到、校、殍、騘」等字部首卻往右調整，分入「刀、爻、羊、風」等部。這種歸部的兩可原則，也都有調整的必要。

## 十、就部次字次來說

　　《字彙》採取與《正韻彙編》相同的方式，都依筆劃數編排，有其開創性，但是同筆劃之部分，卻沒有進一步處理。李登《難字直音》已運用筆形歸部，《字彙》卷首列有〈運筆〉，也注意到筆順的重要，《字彙》沒能將兩者運用到部次字次的編

排，殊爲可惜。

## 參、《字彙》編纂理論之影響

　　《字彙》編纂理論對後來字典辭典的編纂影響很大，具要展現在以下幾方面：

　　一、《字彙》建立的二百一十四部，成爲部首編排方式的主流，主要具有三種作用：

　　　　1、在《字彙》部首與部次的架構上，作爲編輯各式字典、辭典的編輯依據：從〔清〕張自烈《正字通》、〔清〕顧景星《黃公說字》、傅世垚《六書分類》、佟世男《篆字彙》、張玉書等《康熙字典》、沙青巖《說文大字典》，到民國以來的《中華大字典》、《中文大辭典》、《國語日報辭典》，都以二百一十四部爲分部依據。

　　　　2、直接把《字彙》改編爲索引，如：〔清〕虞咸熙、虞德升的《字彙數求聲》，把《字彙》改爲《諧聲品字箋》的索引；陳薑謨則將《字彙》改編爲〈類音〉，做爲《元音統韻》的索引。

　　　　3、作爲索引之編排方式：二百一十四部檢索的方便性，做爲其他編排方式的字典、辭典的索引，如《重編國語辭典》〔註2〕，內文依字音編排，再將收字依二百一十四部編製索引；又如黎明、洪葉等公司所出版之《說文解字注》，也是將《說文》收字依二百一十四部編製索引。

　　自《字彙》建立二百一十四部，清初《字彙數求聲》、《元音統韻》、《黃公說字》、《六書分類》、《篆字彙》、《正字通》、《康熙字典》等書相繼採用，可見二百一十四部在當時頗爲流行，實已居於主流地位。而《康熙字典》爲御定字書，採用之後，更讓二百一十四部定於一尊。加上王錫侯《字貫》一案〔註3〕，終清一代，不再有新的分部編次出現。即使民國以後，《中文大字典》、《辭源》、《辭海》、《中文大辭典》等，也都採用二百一十四部，可見二百一十四部的優越性是無與倫比的。

　　二、二百一十四部並非十全十美，仍有調整的空間，但是要完全擺脫二百一十四部的框架也不容易，因此後來的字書，即使不採用二百一十四部，也多在二百一十四部的基礎上進行調整，如《正中形音義大字典》的一百八十九部，其凡例云：「本字典雖按部首法編排，但對梅膺祚氏所創之二百一十四部首，則酌加調整，刪去無

---

〔註2〕《重編國語辭典》，教育部重編國語辭典編輯委員會編，臺灣商務印書館，民國70年。

〔註3〕《字貫》一案，李淑萍《康熙字典及其引用說文與歸部之探究》，頁42，論之甚詳，本文不再贅述。

分部首之必要者廿四部，增罒、夊、尚、卓四部。」、大陸《漢語大字典》的二百部，其〈部首排檢法說明〉云：「本字典按部首分部編排，部首以傳統的《康熙字典》二一四部爲基礎，酌情刪併，刪去丨、二、爻、玄、用、內、舛、鬯八部，將匸、入、士、攴、曰、行六部，分別併入匚、人、土、攵、日、彳部，共立二百部。」二書都是在二百一十四部的基礎上進行增刪的。

三、《字彙》承襲《詳校篇海》，採用反切加直音的注音方式，時至今日改以注音符號注音，《字彙》所採用的方法仍然適用，如《學典》〔註4〕凡例云：「每字先注國語注音符號第一式，再用括號注出同音（又稱直音）字，同音字以今通行國音爲根據，如：仁ㄖㄣˊ（人）。」又如《標準字體國語辭典》〔註5〕，也是採用注音符號加直音的方式。

四、《字彙》以常用義爲主要闡釋內容的編輯理念，在今日的字典、辭典也廣爲採用，仍以第三章所論豫字爲例，《重編國語辭典》列有「安樂、古九州之一、河南省的別稱、卦名、姓、遊、喜悅、欺騙、事先」〔註6〕等義項；大陸《新華字典》則列有「歡喜、快樂、同預、安閑、舒適、河南省的別稱」〔註7〕，兩書都以常用義列爲義項，不將豫之本義「象之大者」列入，與《字彙》釋義理念相同。

五、將字形分析納入楷書字典，《字彙》雖未逐字分析，所詮釋的份量也不算少，這種選擇性詮釋的方法，在今日字典、辭典的編輯上，也偶有採用，如《漢語大字典》、《中文大辭典》等，也往往收入字形分析。所不同的是兩書幾乎都以《說文》說解爲依據，與《字彙》廣採各家之說，不以《說文》爲限不同。

六、卷首列有〈檢字〉一項，將難檢字依筆劃數編排，同筆劃數者再依部首編排，與內文先依部首再按筆劃數的編排方法相反，以作爲歸部隱晦的補救措施。這種建立字書附有不同編次的檢索方法，在後來的字典、辭典中都廣爲應用。據部首編次，附有筆劃索引者，如《中文大辭典》、《漢語大字典》，卷末都附有筆劃檢字總表，所差只是《字彙》所列是難檢字，兩書則是全部的收字；據音編次者，以部首編排爲索引，如前述之《諧聲品字箋》、《元音統韻》、《重編國語辭典》、《新華字典》等都是；據部首編次者，則據音編次作爲索引，如《國語日報辭典》、《標準字體國語辭典》等都是。

《字彙》之編纂理論是在萬曆年間各字書的基礎上完成的，經過《字彙》改進

---

〔註4〕《學典》，學典編輯委員會編，台北三民書局，民國80年。

〔註5〕《標準字體國語辭典》，羅雲潘主編，台北文翔圖書公司，民國73年。

〔註6〕同註2第六冊頁5616。

〔註7〕《新華字典》頁571，北京：商務印書館，1993年。

後的各項編纂措施，在後來的字典、辭典編纂上，或多或少，都被納入編纂體系中。因此《字彙》的編纂理論，不僅集明代字書之大成，也奠定現代字典、辭典的基礎，其影響是非常深遠的。

# 附表一：〈從古〉與內文分析一覽表

## 凡　例

「編號」即本文編號，「原次」即《字彙·從古》之字次。

「出處」註明卷次頁次與部首，空白即表示該字《字彙》未收。

「注解」僅錄相關原文，空白即表示該字僅釋音義，無與俗字相關內容。

| 編號 | 原次 | 古字 | 出　處 | 注　解 | 俗字 | 出　處 | 注　解 | 備　註 |
|---|---|---|---|---|---|---|---|---|
| 〇〇一 | 〇二〇 | 岡 | 寅·二八·山 | ○毛氏曰：「《說文》本從山，俗又加山于上，非。」 | 崗 | 寅·三三·山 | 俗岡字 | 《韻會·陽》岡：「○毛氏曰：說文本從山，俗又加山作崗，非。」 |
| 〇〇二 | 〇二六 | 兔 | 子·四八·儿 | ○歐陽氏曰：「兔從兔字加一點，俗作兎，非也。」 | 兎 | 子·四七·儿 | 俗兔字。 | 《韻會·遇》兔：「歐陽氏曰：兔從兔字加一點，俗作兎，非。」 |
| 〇〇三 | 〇三一 | 函 | 子·五八·凵 | ○《通俗文》：口上曰臄，口下曰函。俗作凾，皆因圅字而誤也。 | 凾 | 子·五八·凵 | 俗函字。 | 《韻會·覃》臄：「通俗文云：口上曰臄，口下曰函。」 |
| 〇〇四 | 〇三八 | 俎 | 子·二八·人 | ○從半肉在且上，俗作爼，非。 | 爼 | 巳·六六·爻 | 俗俎字。 | 《韻會·語》俎：「毛氏曰：當作俎，俗從爻，非。」 |
| 〇〇五 | 〇四一 | 很 | 寅·七九·彳 | ○《六書正譌》：「俗從犬，非。」 | 狠 | 巳·七九·犬 | 俗很字。 | |
| 〇〇六 | 〇五九 | 祕 | 午·八四·示 | ○俗從禾誤。 | 秘 | 午·九三·禾 | 俗祕字。 | 《六書正譌》祕：「別作秘，非。」 |
| 〇〇七 | 〇七六 | 敘 | 卯·七十·攴 | ○從余從攴，俗從又誤。 | 叙 | 子·九一·又 | 俗字從又。敘本字，從文。 | 《韻會·語》敍：「毛氏曰：從余從攴，今作叙，從又，誤。」 |
| 〇〇八 | 〇七八 | 戛 | 卯·三一·戈 | ○《六書正譌》：「從戈立百下，百即首字，會意，俗作戞，非。」 | 戞 | 卯·三一·戈 | 俗戛字。 | |

| 編號 | 原次 | 古字 | 出　處 | 注　解 | 俗字 | 出　處 | 注　解 | 備　註 |
|---|---|---|---|---|---|---|---|---|
| ○○九 | ○八九 | 卨 | 午·九一·内 | ○《六書正譌》:「通用契偰，別作卨，非竊字。」 | 禼 | 午·九一·内 | 俗卨字。 | |
| ○一○ | ○九○ | 甯 | 午·二三·用 | ○《六書正譌》:「从用寧省聲，俗作寗，非。」 | 寗 | 寅·十二·宀 | 俗甯字。 | |
| ○一一 | ○九三 | 飧 | 戌·八三·食 | ○夕食故从夕，俗作飱，非。毛氏曰:「按:《說文》夕隸作歹，竝午達切，飧當从夕，非从歹。」 | 飱 | 戌·八三·食 | 俗飧字，夕食也;又熟食… | 《韻會·元》飧　:「毛氏曰:按:說文夕隸作歹，飧當从夕，非从歹。然今文皆用之矣。」 |
| ○一二 | ○九四 | 壻 | 丑·五四·士 | ○《六書正譌》:「俗作婿，非。」 | 婿 | 丑·七六·女 | 俗壻字 | |
| ○一三 | 一四九 | 蕊 | 申·三七·艸 | 與蘂同，又草木叢生，又聚也○俗作蕋，非。 | 蕋 | 申·三七·艸 | 同上俗字。 | 《詳校篇海·三·艸》蕊:「俗作蕋。」蕋:「詳蕊，俗作蕋。」《字彙》增一「非」字。 |
| ○一四 | 一五五 | 燮 | 巳·六一·火 | ○从言从炎从又，下从火誤。 | 爕 | 巳·六二·火 | 俗燮字。又周夷王名。 | 《韻會·葉》燮:「毛氏曰:下从又，从火，非。」 |
| ○一五 | 一六二 | 黏 | 亥·六九·黍 | ○《六書正譌》:「俗作粘，非。」 | 粘 | 未·二一·米 | 俗黏字。 | |
| ○一六 | 一六六 | 雙 | 戌·四三·隹 | ○从右手持二隹，又，古右手手也，俗从夊，誤。歐陽氏曰:「作双，非。」《復古編》:「別作㕠、雙，竝非。」 | 双 | 子·九十·又 | 俗雙字 | 《韻會·江》雙:「毛氏曰:从又。監本从夊，誤○歐陽氏曰:作双非，《復古編》:別作㕠雙竝非。」又見○七七條。 |
| ○一七 | 一七四 | 霸 | 戌·五二·雨 | ○从月䩰聲，歐陽曰:「俗从西，非」《六書正譌》:「今俗以爲王霸字，而月霸乃用魄字，非本義矣，王霸只當借用伯字，而月魄當用霸字，其義始正。」 | 覇 | 申·一百·西 | 本从雨，俗从西。 | 《韻會·禡》霸:「歐陽曰:俗从西作覇，非。」 |
| ○一八 | 一七○ | 鹹 | 亥·六十·鹵 | ○俗作醎，非是。 | 醎 | 酉·一一二·酉 | 同鹹。 | 《韻會·咸》鹹:「俗作醎，非是。」 |
| ○一九 | ○八二 | 挼 | 卯·四七·手 | ○徐鉉曰:「今人俗作按，非。」 | 按 | 卯·四五·手 | 即挼字。又蘇回切，音綏，繫也。 | |
| ○二○ | ○六○ | 恥 | 卯·八·心 | ○俗作耻。 | 耻 | 未·七十·耳 | 俗恥字。 | 《韻會·紙》恥:「俗作耻，非。」《字彙》去「非」字。 |
| ○二一 | ○一九 | 乖 | 子·八·丿 | | 垂 | 子·八·一 | 俗乖字。 | |

| 編號 | 原次 | 古字 | 出　處 | 注　解 | 俗字 | 出　處 | 注　解 | 備　註 |
|---|---|---|---|---|---|---|---|---|
| 〇二二 | 〇四二 | 胤 | 未・八十・肉 | | 𦙄 | 子・三十・人 | 俗胤字。 | |
| 〇二三 | 〇四五 | 珍 | 午・三・玉 | | 珎 | 午・四・玉 | 同上俗字。 | |
| 〇二四 | 〇六四 | 耽 | 未・七十・耳 | | 軩 | 酉・身・七十 | 俗耽字。 | |
| 〇二五 | 〇八八 | 莽 | 申・十六・艸 | | 莽 | 申・十六・艸 | 同上俗字。 | |
| 〇二六 | 〇九一 | 游 | 巳・二三・水 | | 游 | 巳・十九・水 | 俗游字。 | |
| 〇二七 | 一〇〇 | 溫 | 巳・二七・水 | | 温 | 巳・二二・水 | 俗溫字。 | |
| 〇二八 | 一〇一 | 廄 | 寅・六四・广 | | 厩 | 子・八七・厂 | 俗廄字。 | |
| 〇二九 | 一〇四 | 鉤 | 戌・四金 | | 鈎 | 戌・二・金 | 俗鉤字。 | |
| 〇三〇 | 一二二 | 遊 | 酉・九二・辵 | | 遊 | 酉・九一、辵 | 俗遊字。 | |
| 〇三一 | 一二五 | 圖 | 丑・三六・囗 | | 圗 | 丑・三七・囗 | 俗圖字。 | |
| 〇三二 | 一二六 | 嘗 | 丑・二六・口 | | 甞 | 丑・二二・口 | 俗嘗字。 | |
| 〇三三 | 一二九 | 盡 | 午・五一、皿 | | 盡 | 午・五十・皿 | 盡字省文。 | |
| 〇三四 | 一三二 | 澀 | 巳・三六・水 | | 澁 | 巳・三六・水 | 俗澀字。 | |
| 〇三五 | 一四〇 | 鄰 | 酉・一〇七・邑 | | 隣 | 戌・三七・阜 | 俗鄰字。 | |
| 〇三六 | 一五四 | 館 | 戌・八七・食 | | 舘 | 未・九九・舌 | 俗館字。 | |
| 〇三七 | 一五六 | 戲 | 卯・三二・戈 | | 戱 | 卯・三二・戈 | 俗戲字。 | |

| 編號 | 原次 | 古字 | 出 處 | 注 解 | 俗字 | 出 處 | 注 解 | 備 註 |
|---|---|---|---|---|---|---|---|---|
| ○三八八 | 一六八 | 獻 | 未・七三・耳 | | 献 | 巳・八三・犬 | 俗獻字。 | |
| ○三九 | 一七五 | 鯾 | 亥・三八・魚 | o从横目从水，象簪形魚目不閉，會意，俗作鯾，从水，非。 | 鰾 | 亥・四十・魚 | 同鯾。 | 注中所斥與卷首俗字不同。 |
| ○四○ | 一一五 | 羣 | 未・五七・羊 | | 群 | 未・五七・羊 | 同上（羣）。 | |
| ○四一 | 一七六 | 竊 | 午・一○七・穴 | o从米从禼。 | 窃 | 午・一○七・穴 | 俗竊字。 | 又見一一四條。 |
| ○四二 | 一七九 | 羈 | 未・五五・网 | | 羈 | 申・一百・酉 | 俗羈字。 | |
| ○四三 | ○七五 | 參 | 子・八八・厶 | 倉含切，音驂，趨承也，覲也，謁也⋯⋯ | 叅 | 子・八九・厶 | 倉含切，音驂，《荀子》：「功叅天地。」《揚子》：「聖人有以擬天地而叅諸身。」 | 兩者說解皆屬正字形式，惟叅字僅引《荀子》、揚子，應為古籍異文，故仍視為異體。 |
| ○四四 | ○四一 | 凡 | 子・五六・几 | o俗作凢，非。 | 凢 | | | 《六書正譌》凡：「俗作凢，非。」 |
| ○四五 | ○四三 | 幺 | 寅・五七・幺 | o《說文》：「象子初生之形。」俗幺，非。 | 么 | | | 《六書正譌》幺：「象子初生之形，俗作么，非。」 |
| ○四六 | ○六 | 出 | 子・五八・凵 | o象屮木益滋上出之形，歐陽氏曰：「俗从兩山者，非。」 | 出 | | | 《韻會・質》出：「歐陽氏曰：俗从兩山者，非。」 |
| ○四七 | ○八 | 幼 | 寅・五八・幺 | o从力俗从刀誤。 | 㓜 | | | 《韻會・宥》幼：「从力，从刀誤。」 |
| ○四八 | 一○ | 旨 | 辰・一・日 | o从匕从甘，俗作吉，非。 | 吉 | | | 《六書正譌》旨：「俗作吉，非。」又見○八三條。 |
| ○四九 | 一八 | 佞 | 子・二三・人 | o《六書正譌》：「从人从女从二，二古上字，以女子之道事上，佞之道也。俗作侫，非。」 | 侫 | | | |
| ○五○ | ○二九 | 屆 | 寅・二二・尸 | o俗作届，从由，非。 | 届 | | | 《六書正譌》：「俗作届，非。」 |
| ○五一 | ○三二 | 羌 | 未・五六・羊 | o俗作羗，非。 | 羗 | | | 《六書正譌》：「俗作羗，非。」 |
| ○五二 | ○三四 | 昃 | 辰・二・日 | o从日仄聲，俗作吳，非。 | 吳 | | | 《六書正譌》昃：「別作吳，非。」 |

| 編號 | 原次 | 古字 | 出　處 | 注　解 | 俗字 | 出　處 | 注　解 | 備　註 |
|---|---|---|---|---|---|---|---|---|
| 〇五三 | 〇三六 | 面 | 戌・五五・面 | o俗从口，作靣，非。 | 靣 | | | 《六書正譌》面：「俗作靣，非。」 |
| 〇五四 | 〇三七 | 迥 | 酉・八七・辵 | o《六書正譌》：「从辵冋聲，冋音坰，俗作逈，非。」 | 逈 | | | |
| 〇五五 | 〇三九 | 韋 | 戌・六三・韋 | o从口从舛，口音圍，俗作帏，非。 | 帏 | | | 《韻會・微》韋：「俗作帏，非。」 |
| 〇五六 | 〇四四 | 看 | 午・五五・目 | o《說文》：「从手下目。」徐曰：「以手翳目而望也。」俗作看，非。 | 看 | | | 《六書正譌》：「俗作看，非。」 |
| 〇五七 | 〇五五 | 鬲 | 亥・二四・鬲 | o毛氏曰：俗作鬲，非是。 | 鬲 | | | 《韻會・陌》鬲：「毛氏曰：…俗作鬲，非是。」 |
| 〇五八 | 〇六二 | 隻 | 戌・三九・隹 | o从又持隹，又古右手也，俗从攴誤。 | 隻 | | | 《韻會・陌》隻：「毛氏曰：又左右手也，俗从攴誤。」 |
| 〇五九 | 〇六七 | 虓 | 申・五四・虍 | o《六書正譌》：「俗作虙，非。」 | 虙 | | | |
| 〇六〇 | 〇七一 | 爽 | 巳・六六・爻 | o从㸚从大，《六書正譌》：「俗作爽，从四人，非；別作爽，非。」 | 爽 | | | |
| 〇六一 | 〇七二 | 密 | 寅・十一・宀 | o《說文》：「山形如堂者，从山宓聲。」俗作密，非。 | 密 | | | 《韻會・質》密：「俗作密，非是。」 |
| 〇六二 | 〇七四 | 處 | 申・五四・虍 | o俗作處，非。 | 處 | | | 《韻會・御》處：「俗作處，非。」 |
| 〇六三 | 〇八一 | 兜 | 子・四八・儿 | o《說文》：「从兜从兒省，兒象人頭也。」俗作兜，非。 | 兜 | | | 《六書正譌》兜：「俗作兜，非。」 |
| 〇六四 | 〇九六 | 庚 | 寅・六三・广 | o俗作庚，誤。 | 庚 | | | 《增韻・襄》庚：「俗作庚，誤。」 |
| 〇六五 | 一〇五 | 歲 | 辰・七一・止 | o《六書正譌》：「別作歲、歲，並非。」 | 歲 | | | |
| 〇六六 | 一一一 | 腦 | 未・八六・肉 | o巛象髮，囟音迅，頂門也，俗从囟，非。 | 腦 | | | 《六書正譌》：「俗作腦璐並非。」 |
| 〇六七 | 一一三 | 著 | 申・二四・艸 | o又職略切，音灼，被服也，又置也，古作箸，俗作着，非o | 着 | | | |
| 〇六八 | 一二〇 | 麼 | 亥・麻・六七 | o下从幺，俗作么誤。 | 麼 | | | 《增韻・戈》麼：「下从幺，俗作么誤。」 |

| 編號 | 原次 | 古字 | 出　處 | 注　解 | 俗字 | 出　處 | 注　解 | 備　註 |
|---|---|---|---|---|---|---|---|---|
| ○六九 | 一二四 | 衡 | 戌・六・金 | ○俗作銜，非。 | 衡 | | | 《六書正譌》:「俗作銜，非。」又見○九二條。 |
| ○七○ | 一三七 | 廚 | 寅・六四・广 | ○毛氏曰:「从广从壴从寸，俗作厨，誤。」 | 厨 | | | 《韻會・虞》廚:「○毛氏曰:从广从壴从寸，俗作厨，誤。」 |
| ○七一 | 一三八 | 廛 | 寅・六五・广 | ○从广从里从八从土，俗从黑，非。 | 廛 | | | 《增韻・先》廛:「从广从里从八从土，俗作黑，非。凡从廛者皆然。」 |
| ○七二 | 一四二 | 賴 | 酉・四七・貝 | ○从貝从剌，俗作頼，非。 | 頼 | | | 《六書正譌》:「从貝剌聲…俗作頼，非。」 |
| ○七三 | 一四五 | 衡 | 申・八五・行 | ○《說文》:「牛觸橫大木，从角从大，行聲。」俗从魚，非。 | 衡 | | | 《六書正譌》:「牛角橫大木，从角从大，行聲…俗从魚，非。」 |
| ○七四 | 一四七 | 奮 | 丑・六四・大 | ○从奞在田上，俗作奮，非. | 奮 | | | 《六書正譌》:「从奞在田上…俗作奮，非。」 |
| ○七五 | 一六四 | 覷 | 酉・三・見 | ○《六書正譌》:「俗作覰，非。」 | 覰 | | | |
| ○七六 | 一六五 | 鎖 | 戌・十二・金 | ○从小，从貝，俗从巛，非;別作鏁，亦非。 | 鎖 | | | 《韻會・哿》鎖:「毛氏曰:《从小，从貝，俗从巛，非。六書正譌》鎖:「別作鏁，非。」 |
| ○七七 | 一六六 | 雙 | 戌・四三・隹 | ○从右手持二隹，又古右手字也，俗从又，誤。歐陽氏曰:「作双，非。《復古編》:「別作雙、雙，竝非。」 | 雙 | | | 《增韻・江》雙:「从右手持二隹，又，古右手字也，監本誤从又，今正。」《韻會・江》雙:「毛氏曰:从又。監本从又，誤○歐陽氏曰:作双，非。《復古編》:別作雙、雙，竝非。」又見○一六條。 |
| ○七八 | 一七三 | 瓊 | 午・十三・玉 | ○俗作瓊，非。 | 瓊 | | | 《六書正譌》:「俗作瓊，非。」;又見○九六條。 |
| ○七九 | ○五七 | 笑 | 未・二・竹 | ○徐鉉曰:「案孫愐《唐韻》引《說文》云:喜也，从竹从大而不述其義，今俗从犬，又案李陽氷刊定《說文》，从竹从夭，云:『竹得風其體夭屈如人之笑』，未知其審。」 | 笑 | | | |
| ○八○ | ○六五 | 荔 | 申・九・艸 | ○本从力，《正韻》从刀。 | 荔 | | | |

| 編號 | 原次 | 古字 | 出　處 | 注　解 | 俗字 | 出　處 | 注　解 | 備　註 |
|---|---|---|---|---|---|---|---|---|
| ○八一 | 一○二 | 鼠 | 亥·七八·鼠 | ○上象齒，下象腹爪尾，俗省作鼠。 | 鼡 |  |  |  |
| ○八二 | 一○○ | 旨 | 辰·一·日 | ○从匕从甘，俗作旨，非。 | 旨 |  |  | 又見○四八條 |
| ○八三 | 二二 | 兒 | 子·四七·儿 | ○《六書正譌》：「幼弱曰兒，稚齒曰兒，皆此字，別作倪、靦，並非。」 | 児 |  |  |  |
| ○八四 | 二三 | 亞 | 子·十三·二 | ○《六書正譌》：「本涂飾字，餘皆借義，既為借義所專，小篆遂从土作堊字，又从心作惡字以別之，要之亞、堊、惡本一字也，《秦詛楚文石刻》：以亞駝代漫沱，則因聲借用明矣。」 | 亜 |  |  |  |
| ○八五 | 二四 | 制 | 子·六二·刀 | ○《六書正譌》：「制裁衣也，从刀未聲，與初字同意，別用製，非。」 | 制 |  |  | 卷首云：从朱，俗作制。」各本兩者幾乎無別 |
| ○八六 | 四三 | 娿 | 丑·五六·女 | ○《六書正譌》：「从女兒聲，俗作嬲，非。」 | 娿 |  |  |  |
| ○八七 | 五一 | 葉 | 辰·二六·木 | ○《六書正譌》以此字為艸木之葉，而以葉字為非，與《說文》背矣。 | 枼 |  |  |  |
| ○八八 | 七九 | 婁 | 丑·七四·女 | ○《六書正譌》：「从母从中…別作屢、嘍，並非。」 | 娄 |  |  |  |
| ○八九 | 八五 | 畢 | 午·二七·田 | ○《六書正譌》：「別作畢、罼，並非。」 | 畢 |  |  |  |
| ○九○ | 一二三 | 睿 | 午·六二·目 | ○《六書正譌》：「从卢从目谷省，卢取其穿，目取其明，谷取響應不窮也，別作叡，非。」張睿父曰：「目擊道存之謂睿，故其字从目，聲入心通之謂聖，故其字从耳。」 | 壡 |  |  |  |
| ○九一 | 一二四 | 銜 | 戌·六·金 | ○俗作銜，非。 | 啣 |  |  | 又見○六九條。 |
| ○九二 | 一三三 | 潛 | 巳·三六·水 | ○从兩木、木，匹刃切，俗从林，誤。 | 潜 |  |  |  |
| ○九三 | 一五一 | 盧 | 午·五一·皿 | ○从虍从由，非从田，由音甾。 | 盧 |  |  |  |
| ○九四 | 一六一 | 嬰 | 丑·八三·女 | ○《六書正譌》：「別作瓔、攖，並非。」 | 娶 |  |  |  |

| 編號 | 原次 | 古字 | 出　處 | 注　解 | 俗字 | 出　處 | 注　解 | 備　註 |
|---|---|---|---|---|---|---|---|---|
| ○九五 | 一七三 | 瓊 | 午・十三・玉 | ○俗作瓗，非。 | 瓗 | | | 又見○七八條 |
| ○九六 | 一一三 | 灰 | 巳・四八・火 | ○从火从又，又，手也，火既滅，手可以執持。 | 灰 | | | |
| ○九七 | 一一四 | 夾 | 丑・六一・大 | ○《六書正譌》：「从二人从大省，二人對輔於肘大之下，夾之意也。」 | 夹 | | | |
| ○九八 | 一一六 | 禿 | 午・九一・禾 | ○从人，上象禾黍之形，徐鍇曰：「言禿人髮不纖長，若禾稼也，又王育說，倉頡出見禿人伏禾中，因以制字。」 | 禿 | | | |
| ○九九 | ○三三 | 舍 | 未・九八・舌 | ○从亼从古。 | 舍 | | | |
| 一○○ | ○四七 | 盈 | 午・四九・皿 | ○从皿夃，徐鉉曰：「夃古乎切，益多之義，古者以買物多得爲夃，故从夃。」 | 盈 | | | |
| 一○一 | ○五五 | 甌 | 子・十三・二 | ○从人从口从又从二，二，天地也。 | 甌 | | | |
| 一○二 | ○六八 | 兼 | 子・五十・八 | ○从又持秝，兼持二禾，秉持一禾。 | 兼 | | | |
| 一○三 | ○八○ | 庶 | 寅・六二・广 | O《說文》：「从芡，芡古文光字。」 | 庶 | | | |
| 一○四 | ○九五 | 堯 | 丑・四六・土 | O《說文》：「从垚在兀上，高遠也。」 | 堯 | | | |
| 一○五 | ○九七 | 肅 | 未・七五・聿 | ○《說文》：「从聿在㶚上，戰戰兢兢也。」 | 肅 | | | |
| 一○六 | ○九七 | 肅 | 未・七五・聿 | ○《說文》：「从聿在㶚上，戰戰兢兢也。」 | 肅 | | | |
| 一○七 | 一○七 | 亂 | 子・十・乙 | O《示兒編》：《古文尙書》治字作亂，與亂相類，後人不識古亂字，訛以亂訓治耳。又詞之卒章曰亂，亂者，理也，所以發理詞意撮其要旨也…从爪从幺从冂从又从乙。 | 亂 | | | |
| 一○八 | 一一○ | 達 | 酉・九三・辵 | ○从土从羊。 | 達 | | | |

| 編號 | 原次 | 古字 | 出　處 | 注　解 | 俗字 | 出　處 | 注　解 | 備　註 |
|---|---|---|---|---|---|---|---|---|
| 一〇九 | 一一九 | 鳳 | 亥·四三·鳥 | ○上從凡。 | 鳳 | | | |
| 一一〇 | 一三一 | 憂 | 卯·二二·心 | ○從心從頁，徐鍇曰：「憂形於顏面，故從頁。」 | 憂 | | | |
| 一一一 | 一三五 | 鴇 | 亥·四四·鳥 | …陸佃云：鴇性羣居如鴈，自然而有行列，故從早，早相次也。 | 鴇 | | | |
| 一一二 | 一四八 | 廩 | 寅·六六·广 | ○從广從㐭從禾，毛氏曰：「古作㐭，後世加广以別之。」 | 廩 | | | |
| 一一三 | 一五九 | 雖 | 戌·四三·隹 | ○從虫唯聲。 | 雖 | | | |
| 一一四 | 一七六 | 竊 | 午·一〇七·穴 | ○從米從离。 | 竊 | | | 又見〇四一條。 |
| 一一五 | 〇六三 | 哥 | 丑·十三·口 | 古歌字，《漢·藝文志》：「哥永言…又今呼兄爲哥…從二可，長引其聲以誦之也，隸用歌、謌。」 | 哥 | | | 哥另有他義，故仍視爲正字。 |
| 一一六 | 〇一一 | 兆 | 子·四六·儿 | 與㲋同。又與垗同。…又十億曰兆，又灼龜爲兆，又吉也… | 垗 | | | 兆另有他義，故仍視爲正字。 |
| 一一七 | 〇一二 | 匈 | 子·七四·勹 | 許容切，音胸，與胸同。司馬長卿賦…。 | 匈 | | | 匈另有他義，故仍視爲正字。 |
| 一一八 | 一四一 | 爾 | 巳·六六·爻 | 如此切，音耳，汝也，與尒同，又近也，與邇同，《詩·大雅》：「戚戚兄弟，莫遠具爾。」又語辭，與耳同，《說文》：「爾本作爾，麗爾猶靡麗也。」○從冂其孔爻爻，從尒聲。 | 尒 | | | 爾另有他義，故仍視爲正字。 |
| 一一九 | 〇〇二 | 土 | 丑·三七·土 | | 圡 | | | |
| 一二〇 | 〇〇四 | 內 | 子·四八·入 | | 內 | | | |
| 一二一 | 〇〇五 | 氐 | 辰·八四·氏 | | 玄 | | | |
| 一二二 | 〇〇七 | 外 | 丑·五七·夕 | | 外 | | | |
| 一二三 | 〇〇九 | 色 | 未·一〇五·色 | | 色 | | | |

| 編號 | 原次 | 古字 | 出　處 | 注　　解 | 俗字 | 出　　處 | 注　　解 | 備　　註 |
|---|---|---|---|---|---|---|---|---|
| 一二四 | 〇一七 | 私 | 午・九二・禾 | | 私 | | | |
| 一二五 | 〇二一 | 亨 | 子・十四・亠 | | 享 | | | |
| 一二六 | 〇二七 | 邶 | 酉・一百・邑 | | 邶 | | | |
| 一二七 | 〇二八 | 來 | 子・二五・人 | | 来 | | | |
| 一二八 | 〇四六 | 若 | 申・六・艸 | | 若 | | | |
| 一二九 | 〇四八 | 眇 | 午・五五・目 | | 耺 | | | |
| 一三〇 | 〇五八 | 溼 | 巳・二八・水 | | 濕 | | | 又見一七五條。 |
| 一三一 | 〇六六 | 衂 | 申・八二・血 | | 衄 | | | |
| 一三二 | 〇六九 | 叟 | 子・九一・又 | | 叟 | | | |
| 一三三 | 〇七〇 | 健 | 子・三四・人 | | 健 | | | |
| 一三四 | 〇七三 | 翏 | 未・六一・羽 | | 翏 | | | |
| 一三五 | 〇七七 | 偃 | 子・三三・人 | | 偃 | | | |
| 一三六 | 〇八三 | 淵 | 巳・二一・水 | | 渊 | | | |
| 一三七 | 〇八七 | 辜 | 酉・八三・辛 | | 辠 | | | |
| 一三八 | 〇九二 | 菌 | 申・十七・艸 | | 菌 | | | |
| 一三九 | 〇九八 | 喪 | 丑・二一・口 | | 喪 | | | |

| 編號 | 原次 | 古字 | 出　　處 | 注　解 | 俗字 | 出　處 | 注　解 | 備　　註 |
|---|---|---|---|---|---|---|---|---|
| 一四〇 | 〇九九 | 奧 | 丑・六四・大 | | 奥 | | | |
| 一四一 | 一〇三 | 隙 | 戌・三六・阜 | | 隙 | | | |
| 一四二 | 一〇六 | 解 | 酉・六・角 | | 觧 | | | |
| 一四三 | 一〇八 | 漾 | 巳・三四・水 | | 㳽 | | | |
| 一四四 | 一〇九 | 毀 | 辰・七七・殳 | | 毁 | | | |
| 一四五 | 一一四 | 嗇 | 丑・二二・口 | | 啬 | | | |
| 一四六 | 一一七 | 廉 | 寅・六四・广 | | 㢘 | | | |
| 一四七 | 一一八 | 鄙 | 酉・一〇五・邑 | | 鄙 | | | |
| 一四八 | 一二一 | 粼 | 未・二三・米 | | 粦 | | | |
| 一四九 | 一二七 | 凳 | 子・五七・几 | | 凳 | | | |
| 一五〇 | 一二八 | 蒙 | 申・二七・艸 | | 蒙 | | | |
| 一五一 | 一三〇 | 奭 | 丑・六四・大 | | 奭 | | | |
| 一五二 | 一三四 | 厥 | 寅・六五・广 | | 厥 | | | |
| 一五三 | 一三六 | 羹 | 未・五八・羊 | | 羮 | | | |
| 一五四 | 一三九 | 牖 | 巳・六九・片 | | 牖 | | | |
| 一五五 | 一四三 | 嬴 | 丑・八二・女 | | 嬴 | | | |

| 編號 | 原次 | 古字 | 出處 | 注解 | 俗字 | 出處 | 注解 | 備註 |
|---|---|---|---|---|---|---|---|---|
| 一五六 | 一四四 | 隨 | 戌·三八·阜 | | 随 | | | |
| 一五七 | 一四六 | 隸 | 戌·三九·隶 | | 隷 | | | |
| 一五八 | 一五〇 | 龜 | 亥·八七·龜 | | 亀 | | | |
| 一五九 | 一五二 | 歸 | 辰·七一·止 | | 歸 | | | |
| 一六〇 | 一五三 | 懷 | 卯·二八·心 | | 懐 | | | |
| 一六一 | 一五七 | 隱 | 戌·三八·阜 | | 隐 | | | |
| 一六二 | 一五八 | 襄 | 申·九六·衣 | | 襄 | | | |
| 一六三 | 一六七 | 夔 | 丑·五六·夂 | | 夒 | | | |
| 一六四 | 一七二 | 囂 | 丑·三二·口 | | 囂 | | | |
| 一六五 | 〇一五 | 妒 | 丑·六六·女 | 都故切,都去聲,妒忌…〇俗作妬,非。 | 妬 | 丑·六七·女 | 常隻切,音石,女無子曰妬,俗誤作妒。 | 《六書正譌》妒:「俗作妬,非。」 |
| 一六六 | 〇四九 | 派 | 巳·十四·水 | 普夬切,音湃,水分流也…〇俗作泒,非。 | 泒 | 巳·九·水 | 古胡切,音孤,水起鴈門葰人戌夫山東北入海〇俗以爲宗派字,非。 | 《韻會·卦》派:「毛氏曰:或作泒,非。」 |
| 一六七 | 〇八四 | 船 | 未·一〇一·舟 | 重圓切,音椽,舟也…〇《六書正譌》:「从舟㕣聲,㕣即兖字,俗作舡,非。」 | 舡 | 未·一〇一·舟 | 許江切,音香,艀舡,吳船名〇俗以爲船字,誤,《佩觿集》:「艀舡之舡爲舟船,其順非有如此者。」 | |
| 一六八 | 一六〇 | 斂 | 卯·七五·攵 | 力冉切,廉上聲,《說文》:「收也。」…〇从攵,俗作歛,非,歛音酣。 | 歛 | 辰·六八·欠 | 呼含切,音酣,欲也,戲乞曰歛,又姓〇俗誤爲斂字,聚斂从攵轉作欠。 | |
| 一六九 | 一七八 | 蠶 | 申·八十·虫 | 徂含切,雜平聲,吐絲蟲…〇从䖵朁聲,俗作蚕,非。 | 蚕 | 申·五八·虫 | 他典切,天上聲,蜿蟺即寒蚓也〇俗用爲蠶字,非。 | 《韻會·覃韻》蠶字下云:「《集韻》:俗作蚕非〇案:《爾雅》:蝳蜍蚕,蚕音他切,今俗以爲蠶字,非也。」 |
| 一七〇 | 〇三五 | 虯 | 申·五六·虫 | 渠尤切,音求,龍無角者…〇歐陽氏曰:「从丩,相糾繚也,作虬,非。虬音斗,是蝌虬字。」 | 虬 | 申·五九·虫 | 當口切,音斗蝌虬… | |

| 編號 | 原次 | 古字 | 出　　處 | 注　　解 | 俗字 | 出　　處 | 注　　解 | 備　　註 |
|---|---|---|---|---|---|---|---|---|
| 一七一 | ○五六 | 芻 | 申·四·艸 | 楚徂切，音初，荄草，又刈草…○《說文》：「包束草之形。」中本从屮，俗又加艸作蒭，非。 | 蒭 | 申·二九·艸 | 楚俱切，音初，梵語，謂僧也。 | |
| 一七二 | 一一六 | 廈 | 寅·六四·广 | 亥雅切，遐上聲，大屋○从广，俗作厂，誤。 | 厦 | 子·八六·厂 | 所嫁切，沙去聲，側屋。 | |
| 一七三 | 一七七 | 鼇 | 亥·七五·黽 | 牛刀切，音敖，海中大鼇○俗作鰲，非。 | 鰲 | 亥·三八·魚 | 牛刀切，音敖，魚名。 | |
| 一七四 | ○五三 | 姦 | 丑·七十·女 | 居顏切，音艱，私也，詐也，偽也，…○ | 奸 | 丑·六五·女 | 居寒切，音干，《說文》：「犯淫也。」《增韻》：「犯非禮也。」又求也…○又居閑切，音艱義同○又叶經天切，音堅… | 各有本義 |
| 一七五 | ○五八 | 溼 | 巳·二八·水 | 失入切，音室，陂下者曰溼。 | 濕 | 巳·四十·水 | 託合切，音沓，水名，又姓○後省作漯，遂以濕爲乾溼之溼，《佩觿集》：「有以水名之濕爲下溼，其順非有如此者。」 | 又見一三五條。 |
| 一七六 | ○六一 | 紙 | 未·二八·糸 | 諸氏切，音只…○古人書於帛，故字从糸。 | 紙 | 未·二九·糸 | 都兮切，音低，絲滓也○與楮紙字不同，楮紙字下少一畫。 | 俗字注中說明二字之別 |
| 一七七 | 一二二 | 睽 | 午·六二·目 | 枯回切，音奎，《說文》：「目不相視也。」《玉篇》：「目少精也。」又異也，乖也，外也，又卦名。 | 暌 | 辰·九·日 | 枯回切，音奎，日入也，《玉篇》：「違也，日月相違。」 | 兩字不同。 |
| 一七八 | 一六三 | 磬 | 未·七三·耳 | ○〈通論〉：「八音中惟石聲精詣入於耳，故於文耳殸爲聲，殸，古磬字也。」 | 声 | 丑·五四·士 | 声：同上（殸）本音慶，俗作聲字。 聲：丘正切，音慶，石樂。 | |
| 一七九 | ○八六 | 菴 | 申·二十·艸 | 古庵字。又姓○又…。 | 庵 | 寅·六二·广 | 烏含切，暗平聲，圓屋，一曰草舍○王氏曰：「古作菴，隋唐以來作庵。」 | 內文以卷首俗字爲正。《韻會·覃》庵：「王氏曰：古作菴，隋唐以來俗作庵。」 |
| 一八○ | ○五二 | 卻 | 子·八四·卩 | 古却字，《孟子》：「卻之爲不恭，此本字也，从谷，谷音其虐切，非山谷字也，後人變爲却，又轉爲郤。」 | 却 | 子·八三·卩 | 乞約切…○本作卻，俗作却。○ | 內文以卷首俗字爲正。 |
| 一八一 | ○五四 | 荅 | 申·十一、艸 | 與答同，宋劉穆之〈目覽詞〉：「訟手荷牋書。」又小豆也，又渠荷鐵蒺藜。《前漢·晁錯傳》：「布渠荅。」 | 答 | 未·五·竹 | 得合切耽入聲，竹笚也，又也報也，…。 | 內文以卷首俗字爲正。 |
| 一八二 | ○三○ | 宛 | | | 宛 | 寅·七·宀 | | |

| 編號 | 原次 | 古字 | 出　處 | 注　　解 | 俗字 | 出　　處 | 注　　解 | 備　　註 |
|---|---|---|---|---|---|---|---|---|
| 一八三 | 〇二五 | 卒 | 申·八五·衣 | 臧沒切，尊入聲，兵卒，卒衣有題識，故从衣。《六書正譌》：「別作卒，非。」然今悉作卒，故注詳於卒字下，見十部。 | 卆 | 子·七九·十 | 俗卒字。 | 內文以卒為正字，卒為古字，卆為俗字。 |
| 一八四 | 一七一 | 欙 | 辰·六一·木 | 與不同，斫過樹根傍復生嫩條也，又姓。下从不，非木也。 | 藥 | 申·五十·艸 | 木欙字，有屮無艸，今加艸去屮似誤。 | 《字彙》不下云：「牙葛切，岸入聲，木斡中折而復生支旁達者…」（辰·十九·木） |
| 一八五 | 〇四〇 | 徇 | 寅·七九·彳 | 詳倫切，音循，與循同，《漢·高祖紀》…。 | 狥 | 巳·七九·犭 | 俗徇字。 |  |
| 一八六 | 一六九 | 鷏 | 亥·五二·鳥 | 鷏：同鸏。 | 鷉 | 亥·五五·鳥 | 同鸏。 |  |

# 附表二：〈遵時〉與內文對照一覽表

## 凡　例

「編號」即本文編號，「原次」即原書字次。

「出處」註明卷次頁次與部首，空白即表示該字《字彙》未收。

「注解」僅錄相關原文，空白即表示該字僅釋音義，無與今字或古字相關內容。

| 編號 | 原次 | 今字 | 出　處 | 注　解 | 古字 | 出　處 | 注　解 | 備　註 |
|---|---|---|---|---|---|---|---|---|
| 〇〇一 | 〇一九 | 夙 | 丑・五七・夕 | | 夙 | 丑・五七・夕 | 古夙字，《說文》：「从丮，（丮音戟），持也，持事雖夕不休。」夕者，持明日之事也。 | |
| 〇〇二 | 〇六四 | 栗 | 辰・二九・木 | | 㮚 | 辰・四五・木 | 古栗字。《周禮》：「饋食之籩實㮚。」 | |
| 〇〇三 | 〇七三 | 脊 | 未・八二・肉 | | 膌 | 未・八九・肉 | 古脊字。《六書正譌》：「俗作脊，非。」然今通用脊矣。 | |
| 〇〇四 | 〇七四 | 原 | 子・八六・厂 | . | 邍 | 酉・九七・辵 | 古原字，廣平之野，《周禮》：「有邍師。」。《六書正譌》：「从辵从夊，辵，登也，夊，止也，从田會意，象義缺。」 | |
| 〇〇五 | 〇七六 | 雪 | 戌・四六・雨 | 〇中畫長 | 䨮 | 戌・五一・雨 | 古雪字，从雨从彗，蓋雪雨之可掃者，亦能淨紛穢若彗也。 | |
| 〇〇六 | 〇七七 | 淵 | 巳・二一・水 | | 囦 | 丑・三四・囗 | 古淵字，郭景純〈江賦〉：「潢洸囦泫。」 | |
| 〇〇七 | 〇七八 | 巢 | 寅・四三・巛 | | 巢 | 寅・四三・巛 | 古巢字。 | |
| 〇〇八 | 〇八九 | 寅 | 寅・十一・宀 | | 寅 | 寅・十二・宀 | 古寅字。 | |

| 編號 | 原次 | 今字 | 出　處 | 注　解 | 古字 | 出　處 | 注　解 | 備　註 |
|---|---|---|---|---|---|---|---|---|
| 〇九九 | 一〇〇 | 對 | 寅・十七・寸 | o《說文》：「从一上从丵。」 | 對 | 寅・十七・寸 | 同上古字，漢文帝：責對者以為言多非誠，故去其口而从土，徐曰：「士，事也，取事實也。」 | |
| 一〇〇 | 一一一 | 天 | 丑・五九・大 | | 苂 | 申・十・艸 | 古文天字。 | |
| 一一一 | 一一二 | 牙 | 巳・六九・牙 | | 𤘈 | 巳・七十・牙 | 古文牙字。 | |
| 一一二 | 一一三 | 仁 | 子・十六・人 | o从人从二，徐鍇曰：「仁者兼愛故从二。」《六書正譌》：「元从二从人，仁則从人从二，在天為元，在人為仁，人所以靈於萬物者仁也。」 | 忎 | 卯・一、心 | 古文仁字，唯仁者能服眾心，故千心為仁。 | |
| 一一三 | 一三一 | 妻 | 丑・六八・女 | | 娑 | 丑・七一、女 | 古文妻字。 | |
| 一一四 | 一四五 | 明 | 辰・三・日 | o〈通論〉：「在天者莫明於日月，故於文日月為明。」 | 朙 | 辰・十八・月 | 古文明字。 | |
| 一一五 | 一五〇 | 則 | 子・六三・刀 | | 𠛝 | 子・六七・刀 | 古文則字。 | |
| 一一六 | 一五八 | 拜 | 卯・四三・手 | o从兩手从下。 | 撐 | 卯・六二・手 | 古文拜字。 | |
| 一一七 | 一五九 | 施 | 卯・八一・方 | | 㐌 | 子・二十・人 | 古文施字。 | |
| 一一八 | 一六一 | 倉 | 子・三一、人 | | 仺 | 子・十八・人 | 古文倉字。 | |
| 一一九 | 一八〇 | 責 | 酉・四三・貝 | | 𧵨 | 酉・四五・貝 | 古文責字。 | |
| 一二〇 | 一八四 | 婁 | 丑・七四・女 | | 娿 | 丑・七四・女 | 古文婁字。 | **按：從古以婁為正，遵時亦以婁為正。** |
| 一二一 | 一九七 | 道 | 酉・九三・辵 | | 衜 | 申・八五・行 | 古文道字。 | |
| 一二二 | 二二五 | 車 | 酉・七二・車 | | 轣 | 酉・八二・車 | 籀文車字。 | |
| 一二三 | 二五〇 | 則 | 子・六三・刀 | | 𠞀 | 子・六七・刀 | 籀文則字。 | |
| 一二四 | 二六〇 | 城 | 丑・四二・土 | | 𩫨 | 亥・十七・高 | 籀文城字。 | |

| 編號 | 原次 | 今字 | 出處 | 注解 | 古字 | 出處 | 注解 | 備註 |
|---|---|---|---|---|---|---|---|---|
| ○二五 | ○七○ | 書 | 辰·十四·日 | | 書 | 未·七五·聿 | 籀文書字。 | |
| ○二六 | ○九○ | 晝 | 辰·七·日 | | 晝 | 未·七五·聿 | 籀文晝字。 | |
| ○二七 | ○一五 | 付 | 子·十七·人 | o从寸持物對人，徐鉉曰：「寸，手也。」 | 仅 | 子·十六·人 | 付本字。《六書正譌》：「又，手也。从手持物以對人曰仅，俗从寸，非。」 | |
| ○二八 | ○二三 | 兵 | 子·五十·八 | o《說文》：「从廾持斤。」 | 兵 | 子·九一、又 | 兵本字。 | |
| ○二九 | ○二八 | 志 | 卯·三·心 | o上从之。 | 志 | 卯·三·心 | 志本字，俗通从士。 | |
| ○三○ | ○三七 | 奄 | 丑·六一、大 | | 奄 | 丑·六三·大 | 奄本字，《六書正譌》：「从大从电，电，展也，會意，俗作奄，非。」 | |
| ○三一 | ○六五 | 素 | 未·二九·糸 | | 素 | 未·四十·糸 | 素本字o《六書正譌》：「从糸从𠂢，取其澤也，會意，又質之始也，空也，誠也，器未飾也，皆假借，別作素、愫、榡、塑、愫，竝非。」 | |
| ○三二 | ○六八 | 徑 | 寅·七九·彳 | | 徑 | 寅·八十·彳 | 徑本字，《六書正譌》：「別作逕，非。」 | |
| ○三三 | ○六九 | 晉 | 辰·六·日 | o毛氏曰：「凡船、袞、沿从口，亦省作厶，晉字上从兩至，今省作晋　，亦省作亚　，非□□也。」 | 晉 | 辰·十一、日 | 晉本字，从兩至。 | |
| ○三四 | ○七九 | 敖 | 卯·七一、攵 | O从出从放。 | 敖 | 卯·七三·攵 | 敖本字，此篆體也，隸作敖。 | |
| ○三五 | ○八三 | 曹 | 辰·十五·日 | o篆从兩東。 | 曹 | 辰·十六·日 | 曹本字，《六書正譌》：「獄兩曹也，棘在廷東也，从曰，治事者也，俗作曹，非。」然今皆用曹，故注詳於曹。 | |
| ○三六 | ○八六 | 覃 | 申·一五○·襾 | | 覃 | 亥·六一、鹵 | 覃本字，从鬲，古厚字，覃字从鹵，鹵之味鬲則長也，會意。 | |
| ○三七 | ○九二 | 尊 | 寅·十七·寸 | | 尊 | 寅·六八·廾 | 尊本字，《六書正譌》：「从酋，酋，酒也，廾盛酒具也，俗作尊，从大，非。」然今皆从大，故注詳於大部。 | |
| ○三八 | ○九五 | 電 | 戌·四七·雨 | | 電 | 戌·四八·雨 | 電本字。 | |
| ○三九 | 一○六 | 糟 | 未·二四·米 | 則刀切，音遭，酒滓也。 | 醩 | 酉·一一五·酉 | 糟本字o从𣎆聲，𣎆音曹，酉即酒字，會意，《說文》作糟，俗作醩，非。 | |

| 編號 | 原次 | 今字 | 出處 | 注解 | 古字 | 出處 | 注解 | 備註 |
|---|---|---|---|---|---|---|---|---|
| ○四○ | ○一六 | 之 | 子·七·丿 | ○毛氏曰：「反止爲之，故之云往也。」周伯溫曰：「古人因物制字，如之本芝草，乎本呼氣，焉本鳶也，後人借爲助語，助語之用既多，反爲所奪，又制字以別之，乃有芝字、吁字、鳶字。」 | 屮 | 寅·二六·屮 | 篆文之字，象芝草形。 | |
| ○四一 | ○二二 | 西 | 申·九九·西 | ...又古作栖字，鳥在巢上，日在西方，故以爲東西之西，又姓○... | 卥 | 寅·七二·弓 | 即西字，象鳥在巢上，日在卥方而鳥棲，故因以爲東卥之卥。 | |
| ○四二 | ○三五 | 卷 | 子·八三·卩 | | 罢 | 子·八四·卩 | 即卷字，《六書正譌》：「罢曲也，借爲舒罢字，本平聲，俗用捲，非。」 | |
| ○四三 | ○三二 | 巷 | 寅·四六·己 | ○从共从邑。 | 鄉 | 酉·一○四·邑 | 同巷。 | |
| ○四四 | ○五一 | 前 | 子·六三·刀 | ○本作歬，前即剪也，今以前爲歬字，又从刀作剪，非。 | 歬 | 辰·七○·止 | 同歬。 | 歬：才先切，音錢...从止在舟上，與从肉不同。《說文》：「歬，不行而進也。」徐曰：「坐而至者舟也。」《六書正譌》：「俗用前，从刀，乃剪刀字。」 |
| ○四五 | ○五二 | 活 | 巳·十三·水 | | 湉 | 巳·十四·水 | 同活。 | |
| ○四六 | ○五三 | 畏 | 午·二六·田 | ○从由虎省，由頭虎爪可畏也，今通从田。 | 㽾 | 午·二六·田 | 同上○从由，鬼頭也，下从反爪可畏，會意，隸作畏。 | 同 |
| ○四七 | ○八五 | 集 | 戌·四十·隹 | ○《說文》：「鳥在木上。」故从隹从木。 | 雧 | 戌·四五·隹 | 同集。 | |
| ○四八 | ○九一 | 復 | 寅·八一·彳 | | 復 | 寅·八一·彳 | 同復。 | |
| ○四九 | ○四九 | 春 | 辰·四·日 | | 旾 | 辰·二·日 | 與春同，从日屯聲。 | |
| ○五○ | ○○五 | 爿 | 巳·六六·爿 | ○又慈良切，音牆，李陽冰言：水木右爲片，左爲爿，音牆，《說文》無爿字。 | 丬 | | | |
| ○五一 | ○○六 | 及 | 子·八九·又 | ○从人从又。 | 弖 | | | |
| ○五二 | ○○七 | 冄 | 子·五一·冂 | ○《六書正譌》：「毛冄冄也，象形。凡那、髯字从此，俗作冉，非。」 | 枏 | | | 冉：同上俗字。 |
| ○五三 | ○○八 | 支 | 卯·六六·支 | ○从十从又，與支異，《六書正譌》：「本爲體四支之支，借爲木條字，別作肢、胑、枝，竝非。」 | 夊 | | | |
| ○五四 | ○○ | 五 | 子·十二·二 | ○从二，陰陽在天地間交午也... | 㐅 | | | |

| 編號 | 原次 | 今字 | 出　　處 | 注　　　解 | 古字 | 出　　處 | 注　　解 | 備　　註 |
|---|---|---|---|---|---|---|---|---|
| 四九 | 九 | | | 午也。 | | | | |
| ○五五 | ○一○ | 柰 | 辰・十九・木 | ○上从㞢下象其根，木性上枝旁引一尺，下根亦引一尺，故於文上下均也，直从丨，一古本切，非从丨，｜衢月切，俗从丨者，任筆勢也，相沿日久，不能復改矣。 | 木 | | | |
| ○五六 | ○一四 | 申 | 午・二四・田 | ○《說文》：「申，神也，七月陰氣成體自申束，从臼，自持也。」《六書正譌》：「象七月陰氣自屈而申也，又吏以餔時聽事，申旦政也，又借爲屈申字，別作伸，非。」毛氏曰：「當作申，今省作申，後放此。」 | 申 | | | |
| ○五七 | ○一八 | 竹 | 未・一・竹 | ○字書从倒艸，竹，艸也，而冬不死故从倒艸。 | ↑↑ | | | |
| ○五八 | ○二○ | 於 | 卯・八十・方 | ○《六書正譌》：「於，古烏字，孝鳥也，借爲烏呼字，嘆詞，又借爲語詞，衣虛切于於，既爲借義所專，後世復作烏以別之，別作鳴，非。」 | 於 | | | |
| ○五九 | ○三○ | 易 | 辰・三・日 | …从日月，象陰陽也… | 昜 | | | |
| ○六○ | ○三四 | 服 | 辰・十七・月 | ○从舟，車服所以舟旋，故从舟。 | 艒 | | | |
| ○六一 | ○四二 | 夜 | 丑・五七・夕 | ○从亦从夕。 | 疢 | | | |
| ○六二 | ○四四 | 兪 | 子・四九・入 | ○毛氏曰：「从入从舟，今作月，从巜，巜音畎，當作刂，不从刀，凡从兪者皆然。」 | 兪 | | | |
| ○六三 | ○五五 | 眔 | 午・五六・目 | ○从目从隶省，凡鰥、懷等字从此。 | 眔 | | | |
| ○六四 | ○六三 | 秦 | 午・九四・禾 | ○周伯溫曰：「秦地宜禾，故从禾。」 | 螽 | | | |
| ○六五 | ○六七 | 夏 | 丑・五六・夂 | ○按：篆作夏，从夂，象兩足，从臼，兩手，頁，頭也。 | 夓 | | | |
| ○六六 | ○七二 | 黃 | 亥・六八・黃 | ○从日从茨聲，日初出則光高，則黃。 | 黃 | | | |
| ○六七 | ○九四 | 齒 | 亥・八二・齒 | ○止諧聲，中从日上下从灷，象形，非四人也。 | 齒 | | | |

| 編號 | 原次 | 今字 | 出　處 | 注　　解 | 古字 | 出　處 | 注　解 | 備　註 |
|---|---|---|---|---|---|---|---|---|
| ○六八 | 一○一 | 嚴 | 丑・三二・口 | ○从𠱠从厰聲。 | 嚴 | | | |
| ○六九 | 一○七 | 力 | 子・六八・力 | | 𠚎 | | | |
| ○七○ | ○○一 | 方 | 卯・八十・方 | | 方 | | | |
| ○七一 | ○○三 | 不 | 子・二・一 | | 𣎴 | | | |
| ○七二 | ○○四 | 多 | 子・五四・夕 | | 𡖇 | | | |
| ○七三 | 一一七 | 吟 | 丑・五・口 | | 訡 | | | |
| ○七四 | 二二六 | 求 | 巳・一、水 | | 𣱳 | | | |
| ○七五 | 二二七 | 甹 | 午・二五・田 | | 甹 | | | |
| ○七六 | 二二九 | 金 | 戊・一、金 | | 𠉻 | | | |
| ○七七 | ○三六 | 屈 | 寅・二二・尸 | | 屈 | | | |
| ○七八 | ○三九 | 其 | 子・五八・八 | | 其 | | | |
| ○七九 | ○四○ | 府 | 寅・六十・广 | | 𢈟 | | | |
| ○八○ | ○四一 | 庚 | 寅・六十・广 | | 康 | | | |
| ○八一 | ○四三 | 珍 | 午・三・玉 | | 鉁 | | | |
| ○八二 | ○四八 | 哉 | 丑・十三・口 | | 𢦤 | | | |
| ○八三 | ○五四 | 胃 | 未・七八・肉 | | 𦞸 | | | |
| ○八四 | ○五七 | 逃 | 酉・八九・辵 | | 𨔽 | | | |
| ○八五 | ○六二 | 淩 | 子・五五・夕 | | 𡣖 | | | |

| 編號 | 原次 | 今字 | 出處 | 注解 | 古字 | 出處 | 注解 | 備註 |
|---|---|---|---|---|---|---|---|---|
| 〇八六 | 〇七一 | 埶 | 寅·三·子 | | 蓺 | | | |
| 〇八七 | 〇七五 | 魚 | 亥·二九·魚 | | 臾 | | | |
| 〇八八 | 〇八一 | 脩 | 未·八三·攵 | | 脩 | | | |
| 〇八九 | 〇八二 | 然 | 巳·五四·火 | | 然 | | | |
| 〇九〇 | 〇八八 | 隆 | 戌·三五·阜 | | 隆 | | | |
| 〇九一 | 〇九三 | 雷 | 戌·四七·雨 | | 䨓 | | | |
| 〇九二 | 〇九六 | 萬 | 申·二二·屮 | | 萬 | | | |
| 〇九三 | 〇九九 | 皺 | 午·四八·皮 | | 皺 | | | |
| 〇九四 | 一〇二 | 應 | 卯·二六·心 | | 應 | | | |
| 〇九五 | 一〇四 | 膺 | 未·九一·肉 | | 臕 | | | |
| 〇九六 | 一〇五 | 罍 | 未·五一·缶 | | 罍 | | | |
| 〇九七 | 一〇八 | 囊 | 丑·三二·口 | | 橐 | | | |
| 〇九八 | 一〇九 | 私 | 午·九二·禾 | 相咨切，音司，不公也，又女子謂姊妹爲私…《說文》：「禾也。」北道謂禾主人曰私主人。 | ム | 子·八八·ム | 息夷切，音思，自營爲ム，背ム爲公，隸作私。又莫口切，音某，與某同。 | |
| 〇九九 | 二四 | 冰 | 子·五四·冫 | 補明切，音兵，《韓詩傳》：「窮谷陰氣所聚，不洩則結爲冰…」。又魚稜切，音凝，與凝同，古文冰作仌，凝作冰，後人以冰代仌，以凝代冰。歐陽氏曰：「作氷，非，氷，省筆也。」 | 仌 | 子·十七·人 | 悲陵切，音兵，水凍爲仌。《六書正譌》：「象水凝之形，水初凝文理如此，俗用冰，乃凝字。」 | |
| 一〇〇 | 〇三三 | 幸 | 寅·五七·干 | 下耿切，音倖，非所常得而得…。 | 㚔 | 丑·六一·大 | 魚怯切，音業，所以驚人也…。今作幸，圉、睪、報、執之類从此，《六書正譌》：「俗以此爲徼倖字，非，倖字从夅，又達字，旁夅字从羊，音達，奎、㚔、夅三字義不同，混用，非。」 | |

| 編號 | 原次 | 今字 | 出　處 | 注　解 | 古字 | 出　處 | 注　解 | 備　註 |
|---|---|---|---|---|---|---|---|---|
| 一〇一 | 〇四五 | 明 | 辰·三·日 | 眉兵切，音名，光也…o〈通論〉:「在天者莫明於日月，故於文日月爲明。」 | 朙 | 午·五五·目 | 眉兵切，音名，視也，俗以爲明暗之明。 | |
| 一〇二 | 〇六六 | 氣 | 辰·八五·气 | 去冀切，音器，元氣也…O又許意切，音戲，饋客之芻米也，《六書正譌》:「俗作餼，非。」 | 气 | 辰·八五·气 | 去冀切，音氣，《說文》:「雲氣也。」…o徐曰:「象雲起之貌。」《六書正譌》:「俗用氣，从米，乃稟氣之氣。」 | |
| 一〇三 | 〇八八 | 然 | 巳·五四·火 | 如延切，音禪，燒也…《六書正譌》:「別作燃，非…」 | 肰 | 未·七八·肉 | 如延切，音然，犬肉。《六書正譌》:「借爲語助，俗用然。」 | |
| 一〇四 | 〇九八 | 意 | 卯·十六·心 | 於戲切，衣去聲，志也…o又叶伊昔切，音益… | 㖧 | 丑·十八·口 | 伊昔切，音益，快也，或曰古文意字。 | |
| 一〇五 | 一〇三 | 器 | 丑·二八·口 | 去冀切，音氣，器皿，又姓o又叶欺訖切，音乞，曹子建〈黃帝三鼎贊〉:「鼎質文精古之神器，黃帝是鑄，以像太乙。」o中从犬，《說文》:「犬所以守器。」 | 㽑 | 未·五十·缶 | 去冀切，音氣，皿也o《六書正譌》:「古者㽑多用陶，故从缶，隸作器。」 | |
| 一〇六 | 〇四六 | 炒 | 巳·四九·火 | 同熮。 | 鬻 | 亥·二六·鬲 | 楚絞切，鈔上聲，乾熬也o《六書正譌》:「从弼叕聲，俗作炒、熮，竝非。」 | 熮下云:楚絞切，鈔上聲，乾熬也。 |
| 一〇七 | 〇四七 | 虱 | 申·五六·虫 | 同蝨。 | 蝨 | 申·六九·虫 | 色櫛切，音瑟，蟣蝨，《漢書項籍傳》:「搏牛之蝨，不可以破蝨。」 | 内文以蝨爲正字，以虱爲異體。蝨則未收入。 |
| 一〇八 | 〇四七 | 虱 | 申·五六·虫 | 同蝨。 | 蝨 | | | |
| 一〇九 | 〇八七 | 裙 | 申·九一·衣 | 俗帬字。 | 帬 | | | 帬:渠云切，音群，下裳也。o俗作裙，非。(寅·五十·巾) |
| 一一〇 | 〇二一 | 舌 | | | 昏 | 丑·五·口 | 古活切，音郭，塞口也o《六書正譌》:「隸作舌，凡㖞、遁等字从此。」 | 舌字未收，而舌下字云:「活括等字从舌，非舌。」 |
| 一一一 | 〇三八 | 彔 | | | 彔 | 寅·七五·彐 | 《六書正譌》:古穋字，禾麥之采下收彔彔也，象形，凡祿、錄等字从此，俗作彔，非。 | 稑:盧谷切，音六，穜稑，先種後熟曰穜，後種先熟曰稑。 |
| 一一二 | 〇二二 | 才 | | | 手 | | | |
| 一一三 | 〇五六 | 茍 | | | 蒭 | | | 《字彙》茍:上从艸，與敬茍茍字不同，敬傏茍字从丫。《說文》茍:自急敕也，从羊省，从勹口。蒭:古文不省。(九上·茍部) |

# 附表三：〈古今通用〉與內文對照一覽表

## 凡　例

「編號」即本文編號，「原次」即原書字次。

「出處」註明卷次頁次與部首，空白即表示該字《字彙》未收。

「注解」僅錄相關原文，空白即表示該字僅釋音義，無與今字或古字相關內容。

| 編號 | 原次 | 古字 | 出　處 | 注　解 | 今字 | 出　處 | 注　解 |
|---|---|---|---|---|---|---|---|
| 〇〇一 | 〇一一 | 凷 | 子·五七·凵 | 苦潰切，魁去聲，墣也，《說文》：「出謂之之墣。」…o从土一屈，象形，《六書正譌》：「俗作塊，非。」 | 塊 | 丑·四七·土 | 苦夬切，音快，土塊，又大塊，天地也o又窺睡切，恢去聲，義同。 |
| 〇〇二 | 〇二一 | 邨 | 酉·九九·邑 | 倉尊切，寸平聲，聚落也o徐鉉曰：「今俗作村，非是。」 | 村 | 辰·二二·木 | 倉尊切，寸平聲，聚落也…o本作邨，《字通》云：「經史無村字」《復古編》：「从邑从屯，別作村，非。」然今村字通用之矣。 |
| 〇〇三 | 〇五三 | 巺 | 寅·七二·弓 | 蘇困切，孫去聲，具也，又入也順也o《六書正譌》：「通用孫，別作異，非。」 | 巽 | 寅·四六·己 | 蘇困切，孫去聲，卦名，入也，順也…又具也o徐鉉曰：「庶物皆具丌以薦之，故篆从丌从丌。」 |
| 〇〇四 | 〇七七 | 椉 | 辰·四十·木 | 時證切，成去聲，車也o《六書正譌》：「象輪轊軦輹之形…隸作乘。」 | 乘 | 子·八·丿 | 時征切，音成，御也…o又去聲時正切，車乘也…。 |
| 〇〇五 | 〇九八 | 渧 | 巳·二九·水 | 式針切，沈平聲，水聚而邃，淺之對也…o《六書正譌》：「俗作深，非。」 | 深 | 巳·二十·水 | 式針切，審平聲，淺之對也…。 |
| 〇〇六 | 〇九九 | 厀 | 子·八四·卩 | 息七切，音悉，《方言》：「凡矛散細如鴈脛者，謂之鶴厀」…o徐鉉曰：「今俗作膝，非是。」 | 膝 | 未·八九·肉 | 息七切，音悉，脛骨節也，又牛膝，藥名。 |
| 〇〇七 | 一〇九 | 蜨 | 申·六五·虫 | 徒叶切，音耋，蛺蜨o徐鉉曰：「今俗作蝶，非是。」 | 蝶 | 申·七十·虫 | 徒協切，音牒，蛺蝶…。 |
| 〇〇八 | 一一一 | 瞏 | 午·六三·目 | 葵營切，音瓊，《說文》：「目驚貌。」 | 睘 | 午·六十·目 | 渠營切，音瓊，目驚貌…o俗作罭，非。 |

| 編號 | 原次 | 古字 | 出處 | 注解 | 今字 | 出處 | 注解 |
|---|---|---|---|---|---|---|---|
| ○○九 | 一二四 | 譌 | 酉·二六·言 | 五禾切，音囮，傳繆也。○俗作譌，非。 | 訛 | 酉·十·言 | 吾禾切，音囮，謬也。○按：《說文》以「譌」字為正。 |
| ○一○ | ○二六 | 邪*01 | 酉·九九·邑 | 徐嗟切，音斜，不正也，姦思也，佞也，又辟邪，獸名。又于遮切，音耶，莫邪，吳大夫也…○又多年切，音顛，《漢書》邪龍，地名，孫恤讀○又叶祥於切，音徐○《六書正譌》：「俗謂父曰邪，別作爺，非。」此說似誤。 | 耶 | 未·七十·耳 | 于遮切夜平聲，吳大夫莫耶作寶劍，因謂劍為莫耶。又疑辭…○又徐嗟切，音邪，與邪同○ |
| ○一一 | ○四五 | 易*02 | 辰·四·日 | 余章切，音羊，气之輕清天者也○《六書正譌》：「从日从一，勿日為太易之精，一者，地也，日出地上，易气舒展物象气壹易之狀，後人用陽从阜，乃山南水北也，俗作暘，非。」 | 陽 | 戌·三四·阜 | 移章切，音羊，陰陽．陰氣流行則為陽，陽氣凝聚則為陰，總是一氣分而為，二而造化五行萬物終始無不管于是矣。又日為太陽，山之東為朝陽，山之西為夕陽，又十月為陽月…。 |
| ○一二 | ○四六 | 炤*03 | 巳·五十·火 | 之遙切，音昭，明也○又職略切，音灼，義同○又之笑切，音照，與照同。 | 照 | 巳·五六·火 | 之笑切，音詔，明所燭也○《六書正譌》：「別作炤，非。」 |
| ○一三 | ○八○ | 咢*03 | 丑·十九·口 | 五各切，音咢，譁訟也○《六書正譌》：俗作咢、噩、諤，竝非。 | 咢 | 丑·十·口 | 逆各切，音諤，徒擊鼓曰咢，《詩·大雅》：「或砍或咢。又驚也。」 |
| ○一四 | 一二三 | 顓*03 | 戌·七五·頁 | 朱緣切，音專，顓制，顓顓，謹貌… | 專 | 寅·十七·寸 | 諸延切，戰平聲，壹也，誠也…《六書正譌》：「折茅卜也，俗作篿，非。」 |
| ○一五 | ○二四 | 武 | 辰·七十·止 | ○从戈从止，義取止戈為武，周伯溫从㐄，非。 | 武 | 寅·六九·弋 | 同武。 |
| ○一六 | ○六九 | 陰 | 戌·三三·阜 | ○古金易字，單作侌，後加阜，周伯溫曰：「俗以陰字為侌易字，非。」然今時皆作陰矣。 | 隂 | 戌·三四·阜 | 同陰。 |
| ○一七 | ○七六 | 旡 | 卯·八四·无 |  | 旡 | 卯·八四·无 | 同上。 |
| ○一八 | ○八七 | 棃 | 辰·三七·木 | ○《六書正譌》：「从木利聲，俗作梨，非。」 | 梨 | 辰·三六·木 | 同棃。 |
| ○一九 | 一○六 | 需 | 戌·四八·雨 |  | 需 | 未·六七·而 | 同需。 |
| ○二○ | 一一○ | 巂 | 戌·四四·隹 |  | 巂 | 戌·四二·隹 | 同巂。 |
| ○二一 | 一三四 | 鬱 | 亥·二四·鬯 | ○《六書正譌》：「別作欝，非。」 | 欝 | 辰·六四·木 | 同鬱，今文多用此字。 |
| ○二二 | ○五九 | 紙 | 未·二八·糸 | ○古人書於帛故字从糸。 | 帋 | 寅·四七·巾 | 與紙同，《初學記》：古者以縑帛依書長短隨事截之，名曰幡紙，故字从糸，後漢和帝元興中常侍蔡倫，剉故布擣抄作紙，其字又从巾，又魏人河間張揖上《古今字詁》，其巾部云：紙今帋，則其字从巾之謂也。 |

| 編號 | 原次 | 古字 | 出　處 | 注　解 | 今字 | 出　處 | 注　解 |
|---|---|---|---|---|---|---|---|
| 〇二三 | 〇七五 | 悤 | 卯·十一·心 | 倉紅切，音聰，悤悤，急遽也，俗作匆匆，非o內从兩丿、丶，非从夕。 | 忽 | 卯·六·心 | 與聰同，漢匡衡張譚奏議：「陛下聖德，忽明上通。」又與悤同o《說文》：「从心囪聲。」隸作忽，俗作匆，非。 |
| 〇二四 | 一二九 | 醻 | 酉·一一五·酉 | | 酬 | 酉·一一一·酉 | 與醻同，又周也，厚也，勸也。 |
| 〇二五 | 〇〇三 | 久 | 子·七·丿 | o《六書正譌》：「象人兩脛後有距也，因聲借為長久字。」 | 久 | 子·七·丿 | 俗久字。 |
| 〇二六 | 〇一六 | 艸 | 申·一·艸 | 倉老切，操上聲，百卉之總名o按：《六書正譌》：「俗用草，非。」《說文》於草字注云：「斗櫟實。」自保切，徐鉉曰：「櫟實可以染帛為黑色，故曰草，今俗以此為艸木之艸，別作皁為黑色之皁，皆無意義。」愚謂艸草二字，經史通用之久矣，不可改也。 | 草 | 申·十二·艸 | 俗艸字，百卉總名，又草創，又…o按：《說文》自保切，音皁，斗櫟實也，今俗用為艸木之艸，其譌久矣。 |
| 〇二七 | 〇二七 | 囪 | 丑·三四·口 | 倉紅切，音聰，竈突也，又在牆曰牖，在屋曰囪…又初江切，音悤，義同，《六書正譌》：「俗作窗、牕，竝非。」 | 窗 | 午·一〇五·穴 | 俗囪字。 |
| 〇二八 | 〇四〇 | 卑 | 子·八一·十 | o从广甲，徐鍇曰：「右重而左卑，右在甲之下，卑也，會意。」俗作甲。 | 甲 | 午·二五·田 | 俗卑字。 |
| 〇二九 | 〇四七 | 舂 | 未·九六·臼 | o从干犯之干，杵臼之臼，周伯溫以干字非而从午，誤矣。 | 舂 | 寅·五六·干 | 俗舂字。 |
| 〇三〇 | 〇四九 | 臾 | 未·九六·臼 | o从申从乙，俗作史，非。 | 吏 | 辰·十三·曰 | 俗臾字。 |
| 〇三一 | 〇五一 | 卽 | 子·八四·卩 | o从皀，皀音偪。 | 即 | 子·八三·卩 | 俗卽字。 |
| 〇三二 | 〇五二 | 昦 | 辰·四·日 | o《六書正譌》：「通用暤，俗作昊，非。」 | 昊 | 辰·二·日 | 俗昦字。又姓。 |
| 〇三三 | 〇六五 | 眞 | 午·五六·目 | o《六書正譌》：「人受氣以生目最先，神之所聚無非實也，故从目从匕，化也，从八，气之狀也，會意。」o孫季昭曰：「六經之中無眞字。」 | 真 | 午·五六·目 | 同上俗字。 |
| 〇三四 | 〇八二 | 款 | 辰·六六·欠 | o毛氏曰：「从出，省作土，俗从匕誤，下示。」 | 欵 | 辰·六六·欠 | 俗款字。 |
| 〇三五 | 〇八三 | 罶 | 午·二八·田 | o从丣，即酉字，今作卯，則从卯矣，訛甚。 | 留 | 午·二六·田 | 俗罶字。 |
| 〇三六 | 一〇四 | 葢 | 申·三一·艸 | | 盖 | 午·五十·皿 | 俗葢字。 |
| 〇三七 | 一〇五 | 賓 | 酉·四五·貝 | o从貝宀聲。 | 賔 | 酉·四六·貝 | 俗賓字。 |

| 編號 | 原次 | 古字 | 出　處 | 注　　解 | 今字 | 出　處 | 注　　解 |
|---|---|---|---|---|---|---|---|
| ○三八 | 一一二 | 巤 | 寅·四三·巛 | o《六書正譌》:「中从囟,象髮在囟上而巤巤之形,別作鬣、儠,竝非。」 | 巤 | 寅·四三·巛 | 同上俗字。 |
| ○三九 | 一一七 | 韱 | 戌·六六·韭 | 思廉切,音纖,《說文》:「山韭也。」又細也。《六書正譌》:「別作纖,非。」o从兩人持戈,《韻會》云:《集韻》韱纖韱字皆从韱,然今書傳皆省作韱,相承久矣。」 | 韱 | 戌·六六·韭 | 俗韱字。 |
| ○四○ | 一二五 | 贊 | 酉·四九·貝 | o徐鉉曰:「兟音詵,進也,執贄而進有司贊相之也。」o《六書正譌》:「俗作賛、賛、讚,竝非。」 | 賛 | 酉·四六·貝 | 俗贊字。 |
| ○四一 | 一三○ | 攜 | 卯·六五·手 | o《六書正譌》:「俗作攜、携,竝非。」 | 携 | 卯·六二·手 | 俗攜字。 |
| ○四二 | 一三○ | 攜 | 卯·六五·手 | o《六書正譌》:「俗作攜、携,竝非。」 | 携 | 卯·五五·手 | 俗攜字。 |
| ○四三 | ○九七 | 皋 | 酉·八三·辛 | o从自从辛,自者鼻也,辛者,苦辛,秦以皋似皇字,改為辠,不知辠乃捕魚器也。 | 辠 | 未·五三·网 | 即皋字,秦始皇以辠字似皇,乃改為辠。 |
| ○四四 | ○○四 | 内 | 午·九一·内 | o古文作内,又作内,今時凡从内者,通作内。《六書正譌》:「俗作踩,非,禹字从此。」 | 内 |  |  |
| ○四五 | ○○六 | 吕 | 丑·二·口 |  | 召 |  |  |
| ○四六 | 二○ | 冃 | 未·七六·肉 | o囗即古圍字,涓、睸等字从此,俗作冃,非。 | 冃 |  |  |
| ○四七 | ○三 | 朋 | 辰·十六·月 | o又古作鳳字,鳳飛群鳥从以萬數,故借為朋黨字,本作朋,象鳳飛之形隸變作朋,非月、非冃、非冃,故斜書之。 | 朋 |  |  |
| ○四八 | 三一 | 并 | 寅·五六·干 | o从二人竝立會意,并聲,別作併,非。 | 并 |  |  |
| ○四九 | 六一 | 鬼 | 亥·二六·鬼 |  | 鬼 |  |  |
| ○五○ | 七三 | 殺 | 辰·七七·殳 | o《六書正譌》:「从殳柔聲,柔音察,別作煞、𣪠,竝非。」 | 殺 |  |  |
| ○五一 | 七六 | 旣 | 卯·八四·无 |  | 既 |  |  |
| ○五二 | 七九 | 幾 | 寅·五八·幺 | o《說文》:「从絲从戍,戍兵守也,絲而兵守者,危也。」《六書正譌》:「戍守者,當察於物色幽微之間也,會意。」 | 幾 |  |  |
| ○五三 | 七九 | 幾 | 寅·五八·幺 | o《說文》:「从絲从戍,戍兵守也,絲而兵守者,危也。」《六書正譌》:「戍守者,當察於物色幽微之間也,會意。」 | 幾 |  |  |

| 編號 | 原次 | 古字 | 出　處 | 注　解 | 今字 | 出　處 | 注　解 |
|---|---|---|---|---|---|---|---|
| ○五四 | ○八四 | 單 | 丑・二一・口 | ○周氏曰：「从車省。」毛氏曰：「單从吅，俗作丷，蓋丷與吅同，船叀說鋭兊沿字从口亦作厶，句當之句，亦作厶，惟文句之句，从口無作勾者，罖字上从吅，俗作罘，晉字上从兩至，非从吅，俗作晉，俱非。」 | 单 | | |
| ○五五 | ○八五 | 華 | 申・十九・艸 | | 華 | | |
| ○五六 | ○九五 | 焉 | 末・九七・臼 | ○《六書正譌》：「俗作鵲，非。」 | 焉 | | |
| ○五七 | ○九八 | 㴱 | 巳・二九・水 | ○《六書正譌》：「俗作深，非。」 | 深 | | |
| ○五八 | 一二 | 巤 | 寅・四三・巛 | ○《六書正譌》：「中从囟，象髮在囟上而巤巤之形，別作鬣、儠，竝非。」 | 巤 | | |
| ○五九 | 一一九 | 毚 | 辰・八十一、比 | ○凡讒、纔等字，从此，俗作毚，从二兔，非。 | 毚 | | |
| ○六○ | 一二六 | 懺 | 卯・二八・心 | | 懺 | | |
| ○六一 | ○○二 | 从 | 子・十七・人 | 古從字，陸佃云：「二人向揚爲从，向陰爲北，士之趨嚮不可不愼也。」 | 從 | 寅・八十・彳 | |
| ○六二 | ○二九 | 姓 | 丑・五七・夕 | 古晴字，《說文》：「雨而夜除星見也，故从夕生聲。」徐鉉曰：「今俗別作晴，非是。」 | 晴 | 辰・八・日 | |
| ○六三 | ○三八 | 秊 | 午・九二・禾 | 古年字，《六書正譌》：「从禾千聲，俗作年，非。」 | 年 | 寅・五六・干 | |
| ○六四 | ○四三 | 旹 | 辰・二・日 | 古時字。 | 時 | 辰・六・日 | |
| ○六五 | ○五六 | 眘 | 午・五六・目 | 古愼字，一曰與腎同，象形。 | 愼 | 卯・十八・心 | ○從心從眞，心眞爲愼。 |
| ○六六 | ○八六 | 昔 | 辰・八・日 | 古昔字。 | 昔 | 辰・四・日 | ○《六書正譌》：「昔，乾肉也，从殘肉，日以晞之，會意，借爲古昔字，別作腊，非。」 |
| ○六七 | ○九一 | 畮 | 午・二八・田 | 古畝字，《周禮》：「易之地家百畮。」 | 畝 | 午・二七・田 | 莫厚切，謀上聲，六尺爲步，步百爲畝，…○徐鉉曰：「十，四方也，久聲…。」《六書正譌》：「通作畮，俗作𤱔，非。」 |
| ○六八 | 一○○ | 壼 | 丑・四七・土 | 古臺字。 | 臺 | 末・九六・至 | |
| ○六九 | 一一六 | 貇 | 戌・七三・頁 | 古貌字，《漢・刑法志》：「人肖天地之貇。」 | 貌 | 酉・四十・豸 | |

| 編號 | 原次 | 古字 | 出　處 | 注　　解 | 今字 | 出　處 | 注　　解 |
|---|---|---|---|---|---|---|---|
| ○七○ | 一三一 | 灋 | 巳・四六・水 | 古法字，《說文》：「平之如水，故從水廌，所以觸不直者去之，故從廌从去。」 | 法 | 巳・九・水 | |
| ○七一 | 一二八 | 叓 | 子・九十・又 | 古文事字。 | 事 | 子・十一、丨 | ○从史省聲。 |
| ○七二 | 三二 | 剙 | 子・六二・刀 | 古文列字。 | 列 | 子・六十・刀 | |
| ○七三 | 三三 | 昰 | 辰・五・日 | 古文是字，日中爲正，昰，一直不移也。 | 是 | 辰・五・日 | |
| ○七四 | 一二八 | 穐 | 亥・八八・龜 | 古文秋字。 | 秋 | 午・九二・禾 | |
| ○七五 | ○七四 | 叝 | 子・九一・又 | 籀文敢字，从受古聲。 | 敢 | 卯・七二・攴 | |
| ○七六 | 三六 | 歨 | 酉・五一・走 | 篆文走字○《說文》：「从夭止，夭止者，屈也。」徐鍇曰：「夭則足屈，故从夭。」《六書正譌》：「止即趾字，會意，俗作走，非。」然今時通用走矣。 | 走 | 酉・五一、走 | |
| ○七七 | 一○ | 厺 | 子・八八・厶 | 去本字。 | 去 | 子・八八・厶 | |
| ○七八 | 一五 | 灮 | 巳・四八・火 | 光本字，从火在人上，明之意也，俗作光。 | 光 | 子・四七・儿 | |
| ○七九 | 一九 | 羋 | 未・五六・羊 | 羊本字，像兩角四足一尾，今通作羊。 | 羊 | 未・五五・羊 | |
| ○八○ | 四一 | 旁 | 卯・八十・方 | 旁本字，《六書正譌》：「从二，古上字，方聲，丨ㄟ切旁達之形，自上而爭四方也，意兼聲，別作徬，非。」 | 旁 | 卯・八一・方 | |
| ○八一 | 五○ | 甾 | 午・二五・田 | 甾本字。 | 甾 | 午・二五・田 | |
| ○八二 | 五四 | 匀 | 子・七四・勹 | 軍本字。 | 軍 | 酉・七二・車 | ○从勹从車，車，軍所需也。 |
| ○八三 | 五五 | 亼 | 戌・八二・食 | 食本字，从皀，古香字，米之氣味也，亼聲，《六書正譌》：「又借爲侵食字，別作蝕，非。」 | 食 | 戌・八二・食 | |
| ○八四 | ○六二*04 | 垂 | 丑・四二，土 | 垂本字。 | 垂 | 丑・四十・土 | |
| ○八五 | 六八 | 僾 | 子・三四・人 | 便本字。 | 便 | 子・二七・人 | ○从更从人，人有不善更之善安，故曰便。 |

| 編號 | 原次 | 古字 | 出處 | 注解 | 今字 | 出處 | 注解 |
|---|---|---|---|---|---|---|---|
| 〇八六 | 一一三 | 差 | 寅・四五・工 | 差本字，从左意，𠂹聲。今俗皆作差，故注詳於上。 | 差 | 寅・四四・工 | |
| 〇八七 | 一〇二 | 俻 | 子・三八・人 | 即備字。《說文》：「从用苟省。」隸作備。毛氏曰：「今俗作俻。」 | 備 | 子・三七・人 | |
| 〇八八 | 〇二三 | 宐 | 寅・六・宀 | 即宜字，宀之下一之上，多省聲。 | 宜 | 寅・七・宀 | o《說文》：「从宀之下一之上，多省聲。」徐曰：「一，地也，宀，深屋也，既得其地，蔭深屋爲宜也。」隸作宜，俗从冖，非。 |
| 〇八九 | 〇三五 | 別 | 子・六二・刀 | 即別字。 | 別 | 子・六一、刀 | |
| 〇九〇 | 〇〇五 | 歺 | 辰・七一、歹 | 同上（歹）。 | 歹 | 辰・七一、歹 | |
| 〇九一 | 〇〇八 | 丠 | 子・三・一 | 同上（丘）。 | 丘 | 子・三・一 | |
| 〇九二 | 〇〇九 | 𠬪 | 子・八九・又 | 同上（友）。 | 友 | 子・八九・又 | o《說文》：「从二又。」又，手也。徐曰：「二手相順也。」友有相佐佑之義，故从二手。 |
| 〇九三 | 〇二二 | 沈 | 巳・五・水 | 同上（沉）。又弋枕切，音審，姓也。…。《六書正譌》：「俗作沉，从几，非。」 | 沉 | 巳・五・水 | o从人非从几。 |
| 〇九四 | 〇三九 | 㑰 | 子・二五・人 | 同上（侃）。 | 侃 | 子・二五・人 | o从㐰，古信字，从川。 |
| 〇九五 | 〇五七 | 眎 | 午・五五・目 | 同視。 | 視 | 酉・一、見 | |
| 〇九六 | 〇五八 | 㷉 | 子・九一、又 | 同尉。 | 尉 | 寅・十七・寸 | 尉：o楊升菴曰：字从𡰥，𡰥音夷，平也，後世軍官曰校尉，刑官曰廷尉，皆取从上按下使平之義，尉斗申繒亦使之平，俗加火作熨，贅矣。 |
| 〇九七 | 〇六六 | 埜 | 丑・四三・土 | 同野。 | 野 | 酉・一一七・里 | 《六書正譌》：「別作墅，非。」 |
| 〇九八 | 〇七〇 | 𡕥 | 子・九一、又 | 同上（叡：才正切，音淨，坑叡穿地擄獸也，亦作穽o） | 穽 | 午・一〇三・穴 | 疾正切，音淨，也，坑也，《周書》：「敜乃穽。」一曰穿地陷獸o |
| 〇九九 | 〇七一 | 埶 | 丑・六三・大 | 同執。 | 執 | 丑・四四・土 | |
| 一〇〇 | 〇七八 | 報 | 丑・六四・大 | 同報。 | 報 | 丑・四六・土 | |
| 一〇一 | 〇八一 | 睂 | 午・五八・目 | 同眉。 | 眉 | 午・五五・目 | |

| 編號 | 原次 | 古字 | 出處 | 注解 | 今字 | 出處 | 注解 |
|---|---|---|---|---|---|---|---|
| 一〇二 | 〇八九 | 寓 | 寅·十二·宀 | 同字。 | 字 | 寅·五·宀 | 弋渚切，音與，宇宙天地… |
| 一〇三 | 〇九〇 | 犇 | 巳·七四·牛 | 同奔。 | 奔 | 丑·六三·大 | ○《說文》：「从夭賁省聲。」徐曰：「夭曲也，走則夭其趾，故奔走俱作夭，」俗作犇。 |
| 一〇四 | 〇九三 | 詧 | 酉·十四·言 | 同察。 | 察 | 寅·十二·宀 | ○《說文》：「覆審也，从宀祭聲。」徐曰：「宀，覆也，會意，祭祀必質明明察也，故从祭。」 |
| 一〇五 | 〇九四 | 象 | 酉·三六·豕 | 同上（象）。 | 象 | 酉·三六·豕 | |
| 一〇六 | 一〇三 | 峹 | 寅·三六·山 | 同舍。 | 塗 | 丑·四七·土 | 同都切，音徒，泥也，禹貢：厥土惟塗泥，又圬抹也…。 |
| 一〇七 | 一一七 | 睹 | 午·六一·目 | 同覩。 | 覩 | 酉·二·見 | 董五切，都上聲，見也 |
| 一〇八 | 〇八八 | 思 | 卯·十八·心 | 同懼。 | 懼 | 卯·二八·心 | 忌遇切，音具，恐也，怖也。 |
| 一〇九 | 一一五 | 賌 | 酉·四七·貝 | 同貴。 | 貴 | 酉·四五·貝 | |
| 一一〇 | 〇四二 | 甽 | 午·二五·田 | 與畎同，漢趙過能爲代田一畮三甽。 | 畎 | 午·二六·田 | ○亦作く。 |
| 一一一 | 〇六七 | 馗 | 戌·九一·首 | 渠爲切，音逵，與馗同，九交之道也。 | 逵 | 酉·九一·辵 | |
| 一一二 | 一一四 | 僕 | 子·四二·人 | 與僕同，又姓。 | 僕 | 子·三九·人 | |
| 一一三 | 一二一 | 藂 | 申·四四·艸 | 與叢同，《前漢息夫躬傳》：「藂棘棧棧。」又灌木曰藂。 | 叢 | 子·九一·又 | 毛氏曰：「丵上从四直兩長，兩短，从艸非，《六書正譌》：「別作藂，非。」 |
| 一一四 | 一二二 | 曓 | 辰·十二·日 | 與暴同，《六書正譌》：「从日出而廾米會意，別作曝，非。」 | 暴 | 辰·十一·日 | |
| 一一五 | 一二七 | 圝 | 丑·三七·口 | 與囮同○又于求切，音由，義同。 | 囮 | 丑·三四·口 | 吾禾切，音訛，《說文》：譯也… |
| 一一六 | 一三二 | 龡 | 亥·八八·龠 | 與吹同，《周禮·籥師》：「掌教國子舞羽龡籥。」○隸作吹。 | 吹 | 丑·六·口 | 昌垂切，音炊，吹嘘○又去聲昌瑞切，風也，又鼓吹，凡吹笛籥成音者皆謂之吹。 |
| 一一七 | 一三三 | 龢 *05 | 亥·八八·龠 | 與和同，《左傳》：「如樂之龢。」一曰徒吹曰龢。 | 和 | 丑·九·口 | |
| 一一八 | 〇〇一 | 氻 *06 | | | 求 | 巳·一·水 | |

| 編號 | 原次 | 古字 | 出　處 | 注　解 | 今字 | 出　處 | 注　解 |
|---|---|---|---|---|---|---|---|
| 一一九 | ○○七 | 亼 | | | 今 | 子・十六・人 | ○从亼从丁，丁，古文及字。 |
| 一二○ | ○一二 | 石 | | | 石 | 午・七三・石 | |
| 一二一 | ○一三 | 伧 | | | 作 | 子・二三・人 | |
| 一二二 | ○一四 | 丽 | | | 麗 | 亥・六三・鹿 | ○从丽，俗从兩日，非，《六書正譌》：「丽，古作麗字，相附之形，借爲伉麗字，俗別作儷，乃呂支切，琴儷，林木繁蔚貌。」 |
| 一二三 | ○一七 | 亥 | | | 亥 | 子・十四・亠 | ○从二，古上字，十月純陰，陽無終絕之理，剝上復下之義也。从乙孕也，二人男女也，生生之義也。 |
| 一二四 | ○一八 | 耳 | | | 耳 | 未・七十・耳 | |
| 一二五 | ○二五 | 叞 | | | 孝 | 寅・二・子 | ○《說文》：「从老省从子，子承老也。」 |
| 一二六 | ○三四 | 季 | | | 災 | 巳・四八・火 | ○篆火巛中加一，巛與川同，川壅爲災。 |
| 一二七 | ○三七 | 故 | | | 故 | 卯・六九・攵 | ○按：此字从久不从攴。《六書正譌》：「从久古聲，古文通用久。《秦詛楚文石刻》故湫作久湫是也，借爲果五切，音古，訓古今語也，俗作故，从攴，非；別作詁，亦非。」 |
| 一二八 | ○四四 | 表 | | | 表 | 申・八六・衣 | |
| 一二九 | ○四八 | 形 | | | 形 | 寅・七五・帉 | |
| 一三○ | ○六三 | 辻 | | | 徒 | 寅・十九・彳 | |
| 一三一 | ○七二 | 異 | | | 異 | 午・二八・田 | |
| 一三二 | ○八八 | 叄 | | | 聞 | 未・七二・耳 | |
| 一三三 | ○九六 | 迿 | | | 運 | 酉・九二・辵 | |
| 一三四 | 一○一 | 歖 | | | 資 | 酉・四五・貝 | |

| 編號 | 原次 | 古字 | 出 處 | 注 解 | 今字 | 出 處 | 注 解 |
|---|---|---|---|---|---|---|---|
| 一三五 | 一一〇 | 翦 *07 | | | 翦 | 未‧六二‧羽 | 子淺切，箋上聲，齊斷也，又殺也…。《六書正譌》：「从羽弐聲，隸作翦。」 |
| 一三六 | 一一八 | 蔿 | | | 華 | 申‧十九‧艸 | |
| 一三七 | 〇九一 *08 | 畮 | 午‧二八‧田 | 古畝字，《周禮》：「易之地家百畮。」 | 畞 | 午‧二五‧田 | 俗畝字。 |
| 一三八 | 〇九二 *09 | 器 | 丑‧二一‧口 | 同上（褻）。 | 喪 | | |
| 一三九 | 〇六〇 *10 | 兹 | | | 荒 | | |
| 一四〇 | 〇六四 *11 | 疏 | | | 疏 | | |

*01：兩者部分字義相同。
*02：兩者古今字義不同。
*03：兩者字義不同。
*04：兩者幾乎無別
*05：咊：同上，呆：同戶戈切，音禾，小兒啼也。
*06：永：同永。
*07：翦：即淺切，音剪，截也，齊也，殺也，勒也。
*08：內文以「畮」為正。
*09：內文以「喪」為正。
*10：內文以「荒」為正。
*11：內文以「疏」為正。

# 附表四：分部表格

## 凡　例

### 一、聲符之判斷有三

1. 就《字彙》所注形構視之，如：

尋：o 從工口亂也，從又寸分理之也，皆會意，彡聲。（歸彡部）

參：o《六書正譌》：從人諧聲，從彡髮貌。（歸人部）

冥：o《說文》：從日從六冖聲。（歸冖部）

2. 《字彙》未引，從《說文》等其他字書得知，如：

碩：《說文》：從頁石聲。（歸石部）

3. 就反切判斷，如：

龓：魯紅切，音龍。（歸龍部）

### 二、二級關係之判斷

1. 就《字彙》所釋形構判斷，如：

㫃：o 從方從人，凡旌旂之類從㫃。（歸方部）

畟：o 從又從畀省聲，稷字從此。（歸田部）

康：o《說文》：從米庚聲。（歸广部）

2. 《字彙》未做分析，則依《說文》，如：

瘦：《說文》：從土㾕聲。（歸广部）

### 三、形近關係之判斷

1. 就《字彙》所釋形構判斷，如：

畏：o 從甶虎省，甶頭虎爪可畏也，今通從田。（歸田部）

仌：o《六書正譌》：象水凝之形，水初凝文理如此，俗用冰乃凝字。（歸人部）

2. 《字彙》未做分析，則依《說文》，如：

覃：《說文》：從早鹹省聲。（歸西部）

| 部首 | a 以聲歸部 | b 二 級 關 係 | c 形 近 |
|---|---|---|---|
| 一 | | | 丁𠄌万丈上下开不丏丐丑且丘北丙丞丞亟亞亙並<br>囲噩 |
| 丨 | | | 丩丫个丰丮丯丯卌串弗夅举 |
| 丶 | | | 丷丸丹丼 |
| 丿 | | | 厂𠂆乃久久毛之乍乎禾乏氐氶月臾垂乖𠂹乘 |
| 乙 | | | 七九屯乞也乚乄乳 |
| 亅 | | | 了刂屯予矛事 |
| 二 | | | 二亐于亏云互井亓三丞垚亞亟 |
| 亠 | | | 亡亢交亥亦亨享京㐬亭亮㐭肉亳㐬亶亹 |
| 人 | 参 | 尥侃傯𠈌候候修儵 | 亼今仌令亼以仝仺仓余余佥金來亼侖侖俎俞𠊯<br>僉㐺 |
| 儿 | | 元𠑒虬虓虓虢 | 兆光克免兎兒兜兟 |
| 入 | | 兩兩兪 | |
| 八 | | | 兮共尖兵其具典𤲃兮兼冀冀顛顛 |
| 冂 | | | 門門冄冉冊冊耳再冏丹冓呆冑冐冑冒冢㝷晟冕㒼<br>㝆𡩂冕羆𡩂羆 |
| 冖 | 冝冥 | 冢 | 冗尤富冡 |
| 冫 | | | |
| 几 | | | 几凡鳳凰 |
| 凵 | | | 凵凶𠙹凸凹出凾由㘣圍凾畾兩 |
| 刀 | 到 | 刅剏剙契壽劒劒 | |
| 力 | | 勎勅勰勳 | |
| 勹 | | 笥匏 | 勺勾勿匃匀 |
| 匕 | | 査 | 匕化北 |
| 匚 | | | |
| 匸 | | | |
| 十 | | | 卂升午卉半尢卑䔺卓迁南�卆卒�� |
| 卜 | | | 卝卞卣鹵卣泉鹵鹵鹵 |
| 卩 | 卲 | 厄卿御 | 卯卵 |
| 厂 | 厎厄 | 厤厲 | 厈 |
| 厶 | | | 厺厸厽㕈厺厺厼叀叀參㕛 |
| 又 | | 㕙㕙䞈叕叛叢 | �㕛㕛 |
| 口 | | 否音咢甼哭咒哿哭喪器寠㗊單單賈毀嚴單㘑㗊梟<br>壴器器唱唱噐器哥知嘉㕛咶嚚嚚咨咨㗊㔶㗊喃<br>喆嘉唘启嘗嘗㚣啇善商咢啇煱㘈哩夒卽啻㗊詔<br>㗊㗊 | 史吏呂晨員圖咼商晉喬𠲷㖦臺𠳼育牌 |
| 囗 | | | 同四囟目囧囮图图 |

| 部首 | a 以聲歸部 | b 二 級 關 係 | c 形 近 |
|---|---|---|---|
| 土 | | 叔弪埶堯匯 | 靑執報衋 |
| 士 | | 奠壹 | 壬声声壴壺壺壺壽壺壼齒 |
| 夂 | | | |
| 夊 | | 菠㚄 | 夐 |
| 夕 | | 夠够夥夢夠夗夘夝夗姑詻姟辣媚鍋鶿 | |
| 大 | | 夫夬奏界奮奪韇舊奲報執奓㚒 | 夬夬失奉奐奘奥奮奄奄敊歁獎吴 |
| 女 | | 姧媿 | |
| 子 | 孜 | 㐭孟屏屏奢㝈㝈孴 | 執斈 |
| 宀 | | 塞寨塞窯密宼寧寐寐寑寤寤病塺寐肬寐寐寐寤寤寤寤寐 | |
| 寸 | | 塼塼 | |
| 小 | | 尌尌尖尐尒尒尠尠尠尠尠尠尠 | 不尚兑尜尞絲 |
| 尢 | | | 尨尢尤就就就尷 |
| 尸 | | 局戲屬屁屐 | 尹戶 |
| 屮 | | 粍 | 屮斎 |
| 山 | | 盇 | 嵍 |
| 巛 | 巡 | 巤 | 〈巛州巢巤巢巢 |
| 工 | 項 | | 巫 |
| 己 | 配 | | 已巳巴巵㠯巷配巽巽㠯弰配配巹量巻犯罪豐 |
| 巾 | | 帕帶祀詔幫 | 市市市帝師 |
| 干 | | | 平年幸葊奸奸甹幷拜帗 |
| 幺 | | 幽幾兊麩 | 幻絡䌶䌶 |
| 广 | | 度 | 庚康庸鷹 |
| 廴 | | 延逪逪 | |
| 廾 | | 壽肅界 | 廿弊 |
| 弋 | 式 | 弒 | |
| 弓 | | 強强彌彌弸弸弼弸弸弼弡 | 弓弓弟弓弓弸弸弸弸弸弸 |
| 彑 | | 彙幂禀禀綀 | 归彗彜詔彔 |
| 彡 | 形 | 彧 | |
| 彳 | | 徒從微徵徵徹徹徹 | |
| 心 | | 憝腮慮悶繄懿憂愛 | 必 |
| 戈 | | 戍成戚戙絨䑸䑸戴戹戔我戚栽戲 | 戉 |
| 戶 | 所扈 | | 卯 |
| 手 | | | 才 |
| 支 | 攱攲 | | |

| 部首 | a 以聲歸部 | b 二級關係 | c 形近 |
|---|---|---|---|
| 攴 | | 夐嫳斅散 | |
| 文 | | | |
| 斗 | | | |
| 斤 | 虓 | | |
| 方 | �","旁 | 斺旐施斿旂牐旎旅斺斾旋斿斿旇旒旈旖旗旗旛旙旛旜旛旚斾斺斾旇斾斾旇斻斾旐旍斻旃旈旄旗旗旆旚斾斾斾斾旗旔旗旗旗 | |
| 无 | 既 | | 旡旡旣旣旤旡㱛既 |
| 曰 | | 暢暨疊疊旲參曑曑曶 | 旨曹智智昜 |
| 日 | | 曷曾會 | 叓曲曳皀更皀書曼㬢曨 |
| 月 | | 望萠 | 朋服朕朝朝朕膌䐡腏腏 |
| 木 | | 棗棘梵夢梵棥棽棼棼楚棥禁喬槳栬蘆㯭櫱檗檠柴棽棼熬蘄槷橤蘭㮤柴橥橐橐橐橐橐橐束柬 | 不朮林朮柔麥 |
| 欠 | | 欼 | |
| 止 | | 蹟癹歨 | |
| 歹 | | | |
| 殳 | | 殼穀穀殷毄磬馨瞽瞽罄瞽瞽 | |
| 毋 | | 毒 | 毌母每毓毐毑 |
| 比 | 毗 | | 皀毚魯臾毚蟲 |
| 毛 | | | |
| 气 | 氣 | | |
| 氏 | | 昏鸭 | 民氓 |
| 水 | | 鬵繁蟲溢滏云漱㶟㶟㶟㶟淫滟游漱 | 求卅 |
| 火 | | 熒𤋲熒營變變燮燮煉燄煭黏桑赳爇爦燎燎㷇㷳燊㷳粘紹勞燬燮爨爩燿鼃炗憂熏 | 烏焉烏燕無烏焉 |
| 爪 | | 爰受受觴爾 | |
| 父 | | | |
| 爻 | 校 | 爽爾婆 | 臾 |
| 爿 | 牂牀牒牆牆 | 牋 | |
| 片 | | | |
| 牙 | 犴 | | |
| 牛 | | 牋 | |
| 犬 | 雅 | 猷 | |
| 玉 | | 奭琴琵琶瑟瑟班班 | 王 |
| 玄 | | | 率 |
| 瓜 | | | |
| 瓦 | | | |

| 部首 | a 以聲歸部 | b 二 級 關 係 | c 形 近 |
|---|---|---|---|
| 甘 | | | |
| 生 | 甥 | | |
| 用 | 甫 | 庸蒱 | |
| 田 | | 黇璠鑾奰齀嬲疂疄疊甍皨翼 | 甐甐齻奞衁疀疈疄由甲申由甹甹甲番畢畏奞甹 |
| 疋 | | | |
| 疒 | | 瘂瘲瘒 | 瘭 |
| 癶 | | 聋發 | |
| 白 | | | 白部說文分爲二部 |
| 皮 | | | |
| 皿 | | 鹽盇盙監 | |
| 目 | | 夐界瞿矕蠱戲奭瞏奰奭莒瞂墨萬夥瞁 | 睪 |
| 矛 | | 矠耞 | |
| 矢 | | 桀 | |
| 石 | 磔碩 | 桱磑矹 | |
| 示 | 役祁 | 禜 | |
| 禸 | | | |
| 禾 | | 黎稽穯耰矮穚耆穛耆 | 禾 |
| 穴 | | 窪窡 | |
| 立 | | | 亍童競竟章龖 |
| 竹 | 篖竺篤 | 蠂蘇簸築簒範籥箇 | |
| 米 | | 難耀 | 囷甹舝粼粜 |
| 糸 | 絲縣麋縣絲繭縣檠紒蘂縶縶縣絲檠絲檠蟸彔 | | |
| 缶 | | | |
| 网 | | | |
| 羊 | 羴羏羏羕 | 羮羃義羑羧羑 | |
| 羽 | | 翫耀翼 | |
| 老 | | | |
| 而 | | 彭 | 耑耑耑 |
| 耒 | | | |
| 耳 | | 取聚聽 | |
| 聿 | | 颭肇 | |
| 肉 | | 嬴嬴豠 | |
| 臣 | | 臩臨 | |
| 自 | 息 | 魶龕戗魖鶍 | |
| 至 | | 臵 | |
| 臼 | 舊舅 | 舀毇 | 臼臾舁导爲睿與興舉舋絫興 |

| 部首 | a 以聲歸部 | b 二級關係 | c 形近 |
|---|---|---|---|
| 舌 | | 舒舘 | |
| 舛 | 舜 | 䑚 | |
| 舟 | 翰 | | |
| 艮 | 䭿䩼䩞 | | |
| 色 | | | |
| 艸 | | 薯薐薺薨蔓蓳蔂蘁蓨萍蘂 | 丫芈茾芋茶苞莧萑萬 |
| 虍 | 虛虘 | 虒虓號虦虪虓虙帖虓虓虡虣虓虓虡虓虓虓虩虓虓虓虓虓虓虓虓虓虓虓虓虓虓虓虓虓虓虓虓虓虓虓虓虓虓虓虓<br>虓 | |
| 虫 | | 蟁茵彌氐蟲蟗蚕蟊蟘蟲蟁蟲蟲蟲蟲蟲蟲蟲蟲蟲蟲蟲蟲蟲蟲蟲氐自我虫虫蟈蟲蟲蟲蟲蟲蟲蟲蟲蟲蟲蟲蟲蟲蟲蟲蟲蟲蟲蟲蟲蟲蟲蟲蟲蟲蟲蟲蟲蟲蟲蟲蟲蟲蟲蟲蟲蟲蟲蟲蟲蟲蟲蟲蟲蟲蟲蟲蟲蟲蟲蟲蟲蟲蟲蟲蟲蟲<br>蟲蟲 | |
| 血 | | | |
| 行 | 衡 | | |
| 衣 | | | |
| 襾 | | | 西覀要覂覅覆覇覉覊 |
| 見 | | | |
| 角 | | | |
| 言 | | 詿讄譱警縊雔詤 | |
| 谷 | | | |
| 豆 | 豎 | 豑豔酊鼗豐豔豒 | |
| 豕 | | 豁燹豳豵殺彖 | 象象豫 |
| 豸 | | | |
| 貝 | | 貶蹟賴餥賾蹟贜鼻贛販賣敗賊餥 | |
| 赤 | 赦 | | |
| 走 | | | |
| 足 | | | |
| 身 | | | |
| 車 | | 輝轂贏 | |
| 辛 | | 辦辯辨辯辦辮辭辯辭辤辤辥辤 | |
| 辰 | | 殤煇 | |
| 辵 | | | |
| 邑 | | 邲邕來邕邑臭邑邑 | |
| 酉 | 酒醜 | 醆 | |
| 釆 | | | |
| 里 | 奎釐 | | |

| 部首 | a 以聲歸部 | b 二級關係 | c 形近 |
| --- | --- | --- | --- |
| 金 | 鈙釿帛 | | |
| 長 | 镹 | | |
| 門 | 闤閪 | 䋄闟闍 | |
| 阜 | | 隮隆隆陸隋陸 | |
| 隶 | 隸隸 | | |
| 隹 | 雌 | 巂雘雙巂讙雖霍雧[illegible] | |
| 雨 | | 黔黗[illegible] | |
| 青 | 彭靖䴖靖靘靘靚靘 | 瀞瀞 | |
| 非 | 琶靟靟啡靡犂靟輩琶輩[illegible] | | |
| 面 | | | |
| 革 | | | |
| 韋 | 韙韡韙韎 | | |
| 韭 | 韰韮殲 | 韱𡄵 | |
| 音 | 䪨 | | |
| 頁 | | 穎頮穎頿穎穎類頟𦑝𩒬頣顮頟𩕄 | |
| 風 | 飃 | | |
| 飛 | 犿飝 | | |
| 食 | 飾 | | |
| 首 | | | |
| 香 | 瘖 | | |
| 馬 | | 驫[illegible] | |
| 骨 | 骸 | | |
| 高 | 䯧 | | 亭[illegible] |
| 髟 | 鬃 | | |
| 鬥 | | | |
| 鬯 | | 鬱 | |
| 鬲 | 鬷 | [illegible] | |
| 鬼 | 魋魁 | | |
| 魚 | 魯 | 瀂 | |
| 鳥 | | | |
| 鹵 | 壆 | 鹽 | |
| 鹿 | 麓 | 麈 | |
| 麥 | | | |

| 部首 | a 以聲歸部 | b 二 級 關 係 | c 形 近 |
|---|---|---|---|
| 麻 | 㢆麿㢉𪎶㢌㢋麿麿 | | |
| 黃 | 黇 | | |
| 黍 | | 黐 | |
| 黑 | 默 | | |
| 黹 | | | |
| 黽 | 鼃 | | |
| 鼎 | | | |
| 鼓 | | | |
| 鼠 | | | |
| 鼻 | | | |
| 齊 | 齌齏麿齍齎齏齏齏齏齏齏齏 | 廥 | |
| 齒 | | | |
| 龍 | 龏龓龔龍龐龒龍龍龐龍 | | |
| 龜 | | | |
| 龠 | | 籲龢 | |
| 合計 | 一四三 | 八一〇 | 五三四 |

# 附表五：各部部首位置統計表

| 部首 | 部中屬字 | 左 | 右 | 上 | 下 | 內 | 外 | 角 | 其他 |
|---|---|---|---|---|---|---|---|---|---|
| 一 | 三○ | 二○ | 一○ | | | | | | |
| 丨 | 一三 | 五 | 六 | | | | | | 二 |
| 、 | 五 | 二 | 三 | | | | | | |
| 丿 | 二一 | 一九 | | | | | | | 二 |
| 乙 | 一九 | | 一七 | | | | | | 二 |
| 亅 | 七 | | 六 | | | | | | 一 |
| 二 | 一九 | 一 | | 五 | 二 | | 七 | | 四 |
| 亠 | 一八 | | | 一七 | | | | 一 | |
| 人 | 七二八 | 六九二 | 三 | 二三 | 三 | | | 四 | 三 |
| 儿 | 三一 | | | | 二○ | | | 四 | 七 |
| 入 | 一一 | 一 | | 七 | | | | | 三 |
| 八 | 一七 | | | 八 | 七 | | | 二 | |
| 冂 | 二八 | | | | | | 四 | | 二四 |
| 冖 | 二○ | | | 一九 | | | | | 一 |
| 冫 | 八三 | 八三 | | | | | | | |
| 几 | 一五 | | 四 | | 五 | | 五 | | 一 |
| 凵 | 一三 | | | | | | 八 | | 五 |
| 刀 | 三○八 | 二 | 二八一 | 一 | 一五 | | | 一 | 八 |
| 力 | 一三一 | 三 | 一○二 | | 一八 | 一 | | 七 | |
| 勹 | 四六 | | | | | | 四二 | | 四 |
| 匕 | 一二 | 四 | 四 | 二 | 一 | | | | 一 |
| 匚 | 五二 | | | | | | 五二 | | |
| 匸 | 一二 | | | | | | 一二 | | |

| 部首 | 部中屬字 | 左 | 右 | 上 | 下 | 內 | 外 | 角 | 其他 |
|---|---|---|---|---|---|---|---|---|---|
| 十 | 三〇 | 六 | 二 | 七 | 一〇 | | | | 五 |
| 卜 | 一五 | | 六 | 八 | 一 | | | | |
| 卩 | 三二 | | 二一 | | 六 | | | 一 | 四 |
| 厂 | 九五 | | | 九二 | 二 | | | | 一 |
| 厶 | 一六 | 一 | 一 | 四 | 五 | 一 | | 三 | 一 |
| 又 | 五五 | 二 | 一三 | 三 | 二三 | | | 一二 | 二 |
| 口 | 九八二 | 八一二 | 一 | 二五 | 六七 | 一八 | | 四八 | 一一 |
| 囗 | 八七 | | | | | | 八二 | | 五 |
| 土 | 四六二 | 三四四 | 三 | 六 | 九六 | 一 | | 八 | 四 |
| 士 | 一七 | 二 | 一 | 一二 | 一 | | | 一 | |
| 夂 | 六 | | | 四 | | | | 一 | 一 |
| 夊 | 一七 | | | | 一五 | | | 二 | |
| 夕 | 二八 | 五 | | 三 | 四 | 一 | | 一五 | |
| 大 | 一〇三 | 一 | 一 | 五六 | 一九 | | | 三 | 二三 |
| 女 | 六三三 | 五三三 | 九 | 一 | 八二 | 三 | | 五 | |
| 子 | 六四 | 二三 | 一 | 三 | 二四 | | | 一一 | 四 |
| 宀 | 一九二 | | | 一九二 | | | | | |
| 寸 | 三一 | | 一五 | | 一二 | | | 四 | |
| 小 | 三〇 | | | 一一 | 九 | | | 一〇 | |
| 尢 | 五五 | 四三 | 五 | | | | | | 七 |
| 尸 | 一一七 | | | 一一一 | 二 | | | 三 | 一 |
| 屮 | 一六 | | | 一三 | 二 | | | | |
| 山 | 五六八 | 三五〇 | 一 | 一七一 | 三五 | 二 | | 五 | 四 |
| 巛 | 二一 | 一 | 一 | 七 | 四 | 一 | | 一 | 六 |
| 工 | 一〇 | 三 | 一 | | 三 | | | | 二 |
| 己 | 一八 | | 四 | 四 | 一 | | | 二 | 七 |
| 巾 | 二四六 | 一七七 | 一 | | 六〇 | 一 | | 三 | 四 |
| 干 | 一四 | | 一 | 二 | 二 | | | 三 | 六 |
| 幺 | 一四 | 五 | | | 二 | | | 六 | 一 |
| 广 | 二二四 | | | 二二四 | | | | | |
| 廴 | 九 | 九 | | | | | | | |
| 廾 | 三〇 | | | | 二九 | | | | 一 |
| 弋 | 一二 | | 六 | 六 | | | | | |

| 部首 | 部中屬字 | 左 | 右 | 上 | 下 | 內 | 外 | 角 | 其他 |
|---|---|---|---|---|---|---|---|---|---|
| 弓 | 一四〇 | 一一四 |  | 二 | 一三 |  |  | 二 | 九 |
| 彐 | 一六 |  | 一 | 八 | 一 |  |  | 四 | 二 |
| 彡 | 三八 | 四 | 二八 | 一 | 三 | 一 |  |  | 二 |
| 彳 | 一七一 | 一七一 |  |  |  |  |  |  |  |
| 心 | 九五五 | 六七一 | 一 | 一 | 二六九 | 七 |  | 四 | 二 |
| 戈 | 八六 | 一 | 四六 | 一 | 四 |  |  | 二 | 三二 |
| 戶 | 三七 |  | 二 | 三四 |  |  |  |  | 一 |
| 手 | 一〇一一 | 九四三 |  | 一 | 六二 |  |  | 一 | 四 |
| 支 | 二〇 | 一 | 一七 | 一 | 一 |  |  |  |  |
| 攴 | 二四〇 | 一 | 二二八 |  | 七 |  |  | 三 | 一 |
| 文 | 一八 | 四 |  | 五 | 三 | 四 |  | 一 | 一 |
| 斗 | 二六 |  | 二二 |  | 三 |  |  | 一 |  |
| 斤 | 四四 | 三 | 三九 |  |  |  |  |  | 一 |
| 方 | 六七 | 六四 |  |  | 三 |  |  |  |  |
| 无 | 八 |  | 一 | 五 | 一 |  |  |  | 一 |
| 日 | 三八〇 | 二四八 | 三 | 七四 | 四八 | 三 |  | 四 |  |
| 曰 | 二二 |  |  | 三 | 一〇 |  |  | 二 | 七 |
| 月 | 五七 | 四二 | 五 |  | 六 |  |  | 四 |  |
| 木 | 一二三一 | 一〇四九 |  | 七 | 一二六 |  |  | 三一 | 一八 |
| 欠 | 一九五 |  | 一九二 |  | 三 |  |  |  |  |
| 止 | 四八 | 一九 | 二 | 一三 | 九 |  |  | 四 | 一 |
| 歹 | 一八九 | 一八二 |  |  | 四 |  |  |  | 三 |
| 殳 | 五七 |  | 五〇 |  |  |  |  | 七 |  |
| 毋 | 九 | 一 |  |  | 五 |  |  | 一 | 二 |
| 比 | 一三 |  | 二 | 二 | 四 | 五 |  |  |  |
| 毛 | 一五四 | 四一 | 九三 |  | 一七 |  |  | 二 | 一 |
| 气 | 八 |  |  | 八 |  |  |  |  |  |
| 氏 | 六 |  | 一 | 一 |  |  |  | 二 | 二 |
| 水 | 一三三二 | 一二九〇 | 二 | 五 | 二三 | 一 |  | 五 | 六 |
| 火 | 五四四 | 三七四 | 一 | 八 | 一二四 | 二 |  | 三三 | 二 |
| 爪 | 二二 |  | 六 |  | 一二 |  |  |  | 二 |
| 父 | 九 |  |  | 八 | 一 |  |  |  |  |
| 爻 | 一一 |  | 五 | 一 |  |  |  | 二 | 三 |

| 部首 | 部中屬字 | 左 | 右 | 上 | 下 | 內 | 外 | 角 | 其他 |
|---|---|---|---|---|---|---|---|---|---|
| 爿 | 三七 | 三七 | | | | | | | |
| 片 | 七四 | 七三 | | | | 一 | | | |
| 牙 | 八 | 五 | | 一 | 一 | | | | 一 |
| 牛 | 二一〇 | 一七六 | 二 | | 二九 | 一 | | 二 | |
| 犬 | 四一一 | 三八四 | 一六 | | 八 | | | 二 | 一 |
| 玉 | 四一七 | 三七八 | | 一 | 二五 | | | 九 | 四 |
| 玄 | 五 | 四 | | | | | | | 一 |
| 瓜 | 四九 | 一七 | 二七 | | 二 | 一 | | 二 | |
| 瓦 | 一五九 | 三 | 一一九 | 三七 | | | | | |
| 甘 | 一八 | 九 | 一 | 一 | 六 | | | | 一 |
| 生 | 一六 | 五 | 六 | | 四 | | | | 一 |
| 用 | 九 | | | | 八 | | | 一 | |
| 田 | 一四八 | 八二 | | 一一 | 二一 | 五 | | 一九 | 一〇 |
| 疋 | 一一 | 三 | | 二 | 五 | | | 一 | 一 |
| 广 | 四六九 | | | 四六九 | | | | | |
| 癶 | 一一 | | | 一一 | | | | | |
| 白 | 八五 | 六二 | | 一四 | 五 | | | 四 | |
| 皮 | 七五 | 一二 | 五四 | | 八 | | | 一 | |
| 皿 | 一〇一 | 一 | | 一 | 九八 | | | 一 | |
| 目 | 五五三 | 四五六 | 一 | 一五 | 五五 | 五 | | 一八 | 三 |
| 矛 | 四七 | 四四 | | 一 | | | | 二 | |
| 矢 | 五四 | 四二 | 三 | | 五 | | | 三 | |
| 石 | 四四六 | 四〇四 | | 一 | 三七 | | | 三 | 一 |
| 示 | 一七八 | 一六四 | | | 一二 | | | 三 | |
| 禸 | 一〇 | | | | 一〇 | | | | |
| 禾 | 三四五 | 三一七 | 三 | 三 | 一一 | 一 | | 七 | 三 |
| 穴 | 一四一 | | | 一三九 | | | | | |
| 立 | 七二 | 五九 | | 五 | 五 | 一 | | 二 | |
| 竹 | 六七一 | | | 六七〇 | | | | | |
| 米 | 二〇四 | 一七一 | | 三 | 二一 | 三 | | 六 | |
| 糸 | 六二六 | 五四八 | 一 | | 五二 | 二 | | 二二 | 一 |
| 缶 | 六〇 | 四二 | 一 | | | 一六 | | | 一 |
| 网 | 一一九 | | | 一一六 | | | 三 | | |

| 部首 | 部中屬字 | 左 | 右 | 上 | 下 | 內 | 外 | 角 | 其他 |
|---|---|---|---|---|---|---|---|---|---|
| 羊 | 一〇七 | 七三 | 四 | 一三 | 一一 | 二 | | 三 | 一 |
| 羽 | 一五六 | 四九 | 六五 | 二〇 | 一七 | | | 五 | |
| 老 | 一三 | 一 | | 一〇 | 一 | | | 一 | |
| 而 | 一六 | 三 | 五 | 四 | 一 | | | 三 | |
| 耒 | 七五 | 七五 | | | | | | | |
| 耳 | 一三六 | 一〇九 | 二 | 一 | 一九 | 一 | | 四 | |
| 聿 | 一四 | 一 | 四 | 五 | 三 | | | 一 | |
| 肉 | 五七六 | 五一一 | 一 | 五四 | | | 二 | 八 | |
| 臣 | 八 | 四 | | 一 | | | 一 | 一 | 一 |
| 自 | 二〇 | 二 | | 一二 | 一 | | | 五 | |
| 至 | 一六 | 七 | 一 | 一 | 五 | | | 二 | |
| 臼 | 三九 | 一二 | | 六 | 一〇 | | | 一 | 一〇 |
| 舌 | 三三 | 二五 | 三 | 一 | 二 | | | 二 | |
| 舛 | 七 | | | | 五 | | 一 | 一 | |
| 舟 | 一六五 | 一六二 | 一 | | | | | 一 | |
| 艮 | 四 | | 三 | | 一 | | | | |
| 色 | 一九 | | 一八 | | 一 | | | | |
| 艸 | 一四二二 | | | 一四一八 | | | | 一 | 三 |
| 虍 | 六八 | | | 二六 | | | | 三八 | 四 |
| 虫 | 八〇三 | 五九九 | 六 | 三 | 一二一 | 三 | | 六九 | 二 |
| 血 | 三七 | 二三 | | 二 | 一一 | | | 一 | |
| 行 | 三四 | | | | | | 三四 | | |
| 衣 | 四六五 | 三九四 | | 四 | 三一 | 二 | 三三 | 一 | |
| 襾 | 一九 | | | 一九 | | | | | |
| 見 | 一三二 | 六 | 一〇八 | 一 | 一六 | | | 一 | |
| 角 | 一三六 | 一二二 | 三 | 一 | 八 | 一 | | 一 | |
| 言 | 七三三 | 六六三 | 四 | 一 | 五二 | 四 | | 九 | |
| 谷 | 四六 | 三八 | 四 | | 一 | 一 | | 一 | 一 |
| 豆 | 四八 | 二四 | | | 一四 | | | 一〇 | |
| 豕 | 一一八 | 八七 | 四 | | 一四 | | | 四 | 九 |
| 豸 | 一三 | 一三 | | | | | | | |
| 貝 | 二一五 | 一二四 | | 二 | 七四 | 一 | | 一四 | |
| 赤 | 二八 | 二六 | | | | | | 二 | |

| 部首 | 部中屬字 | 左 | 右 | 上 | 下 | 內 | 外 | 角 | 其他 |
|---|---|---|---|---|---|---|---|---|---|
| 走 | 二三九 | 二三四 | | 四 | | | | | 一 |
| 足 | 五〇三 | 四六五 | 二 | 二 | 三二 | | | 二 | |
| 身 | 六六 | 六六 | | | | | | | |
| 車 | 三三九 | 三〇四 | | 三 | 二三 | 四 | | 四 | 一 |
| 辛 | 三一 | 一三 | 一二 | | 二 | | | 三 | 一 |
| 辰 | 一二 | | 一 | 三 | 五 | | | 二 | 一 |
| 辵 | 三二二 | 三二二 | | | | | | | |
| 邑 | 三四四 | | 三三二 | | 八 | | | 四 | |
| 酉 | 二四八 | 二一八 | 四 | | 二一 | 一 | | 四 | |
| 釆 | 九 | 四 | | 二 | 一 | | | 一 | 一 |
| 里 | 六 | 一 | 一 | | 四 | | | | |
| 金 | 七一八 | 六六二 | | | 五三 | 二 | | | 一 |
| 長 | 四六 | 四三 | | | | | | | 三 |
| 門 | 二一二 | | | | 一 | | 二〇九 | | 二 |
| 阜 | 二七八 | 二七五 | | | | | | 二 | 一 |
| 隶 | 一〇 | | 九 | 一 | | | | | |
| 隹 | 二〇一 | 四 | 一五〇 | 七 | 二九 | 四 | | 七 | |
| 雨 | 二三五 | 二 | | 二一八 | 一 | | | 一四 | |
| 青 | 一六 | 一一 | 三 | | | 二 | | | |
| 非 | 一六 | | 二 | 八 | 五 | 一 | | | |
| 面 | 六三 | 五五 | 一 | 一 | 六 | | | | |
| 革 | 二八九 | 二七九 | | | 七 | | | 二 | 一 |
| 韋 | 九二 | 八三 | 四 | | 二二 | 一 | | 二二 | |
| 韭 | 一四 | 一 | 一 | | 六 | | | 六 | |
| 音 | 三三 | 二八 | 二 | | 三 | | | | |
| 頁 | 三二三 | 二 | 三一五 | | 三 | | | 三 | |
| 風 | 一五三 | 一二八 | 二二 | 一 | 一 | | | | 一 |
| 飛 | 九 | | 四 | 一 | 二 | | | 二 | |
| 食 | 三四二 | 二九七 | 五 | 一 | 三六 | | | | 二 |
| 首 | 一六 | 七 | 六 | | 三 | | | | 一 |
| 香 | 三一 | 二七 | 一 | | 三 | | | | |
| 馬 | 四〇九 | 三五二 | 一八 | 八 | 二七 | 一 | | 三 | |
| 骨 | 一六一 | 一四九 | 三 | | 八 | | | 一 | |

| 部首 | 部中屬字 | 左 | 右 | 上 | 下 | 內 | 外 | 角 | 其他 |
|---|---|---|---|---|---|---|---|---|---|
| 高 | 二六 | 九 | 二 | 八 | | | | 七 | |
| 髟 | 二二二 | | | 二一九 | 一 | | | | 二 |
| 鬥 | 一七 | | | | | | 一七 | | |
| 鬯 | 六 | 二 | | | 一 | | | 三 | |
| 鬲 | 五三 | 二三 | | | 二八 | 二 | | | |
| 鬼 | 一一九 | 七八 | 二七 | 一 | 一三 | | | | |
| 魚 | 四九〇 | 四五〇 | 二 | 一 | 二五 | 三 | | 八 | 一 |
| 鳥 | 六一六 | 六九 | 四四七 | 三 | 九〇 | 二 | | 五 | |
| 鹵 | 三七 | 二九 | 一 | 五 | | 一 | | 一 | |
| 鹿 | 八二 | 一〇 | 六五 | 七 | | | | | |
| 麥 | 一一六 | 一〇六 | | | 九 | | | | 一 |
| 麻 | 二九 | 四 | 一 | 二〇 | 四 | | | | |
| 黃 | 三四 | 二七 | 五 | | 一 | | | 一 | |
| 黍 | 四三 | 三九 | | 一 | 二 | | | | 一 |
| 黑 | 一四五 | 一二五 | 一 | | 一四 | 一 | | 四 | |
| 黹 | 八 | 七 | | | 一 | | | | |
| 黽 | 三四 | 二四 | 九 | | | | | | 一 |
| 鼎 | 一二 | 一 | 一 | | 八 | | | 一 | |
| 鼓 | 四〇 | | | 三三 | 六 | | | | 一 |
| 鼠 | 七八 | 七四 | 一 | | 二 | | | | |
| 鼻 | 四六 | 四三 | 三 | | | | | | |
| 齊 | 一五 | | 二 | 一 | 一 | | 一〇 | | |
| 齒 | 一四四 | 一二四 | 二 | | 一八 | | | | |
| 龍 | 一八 | | 七 | 五 | 六 | | | | |
| 龜 | 二一 | 四 | 八 | 一 | 六 | | | | 二 |
| 龠 | 一六 | 一二 | | | 二 | | | 二 | |
| | 三二九六五 | 二〇四四九 | 三二一一 | 四九〇三 | 二七三四 | 一一六 | 五一六 | 六八〇 | 三五九 |
| | 三二八七〇 | 二〇四〇三 | 三一六九 | 四九〇三 | 二七三四 | 一一六 | 五一六 | 六八〇 | 三五二 |

# 附表六：兩體皆部首的組合位置統計表

| 部首 | 與該部首組合的其他部首在該字中的位置 | | | | | | |
|---|---|---|---|---|---|---|---|
| | 左 | 右 | 上 | 下 | 內 | 外 | 其他 |
| 人 | 夂 | 十二力又卜八士子口寸工山干大弋欠比气月牛方殳心支犬戈木玄白瓜田甘皮立臣老羊耳艮舌至米血聿耒而舟衣身辰豆足邑見谷里言非長門隹青韋音風頁面鬼馬高鳥黃黽齊龍 | 厂 | 彡山工止足 | | | |
| 儿 | | | 厶二口臼 | | | | |
| 入 | | | | 工小攴 | | | |
| 八 | | | 亠 | 厶豕臼 | | | |
| 冂 | | | | | 口 | | |
| 冖 | | | | 几入米 | | | |
| 冫 | | 水石舌血隹青鼎 | 女 | | | | |
| 几 | 女 | | 尸 | 彡貝 | | | |
| 凵 | | | 土 | | | | |
| 刀 | 二卜工干寸气殳戈牙支歹月礻皮玄瓜禾舌耒糸至缶耳豆貝車角非麻鼎齊鼻 | 厶 | 八麻 | | | | |
| 力 | 工干斤气支羊革面 | 口 | | | | 口 | |
| 勹 | | | | | 二人厶舟米缶車言鹵 | | |
| 匕 | 亻 | 矢 | | 十 | | | |
| 匚 | | | | | 巾斤玉缶非韋 | | |
| 匸 | | | | 矢 | | | |
| 十 | | 力 | | | | | |
| 卜 | 口 | | | 口 | | | |
| 卩 | 工比血谷 | | | | | | |

| 部首 | 與該部首組合的其他部首在該字中的位置 | | | | | | |
| --- | --- | --- | --- | --- | --- | --- | --- |
| | 左 | 右 | 上 | 下 | 內 | 外 | 其他 |
| 厂 | | | | 匕巳干牙立衣至缶辛里車酉金非隹食 | | | |
| 厶 | | | 大土 | 几 | | | |
| 又 | 耳 | | 厂爫 | 糸 | | | |
| 口 | 禾 | 刀卩八十工幺子寸尸土火犬方比心气日斤戶父支欠夊牛毛牙玄白立示瓜甘禾而耳至聿羊米自舌老秉貝豆赤里身足見臼言角谷邑金隹音革頁面韋風高骨鬲黑齒鼻齊龍 | 十八厶巳夊士夕文心氏斤戶牛立辰隹龍 | 力刀八巾巛禾耳貝 | | 勹冂門 | |
| 囗 | | | | | 又人入八子口大水木禾石米至言豕青韋馬 | | |
| 土 | | 十力卜己斤止氏夊攵方比欠皮石甘瓜穴示矢自聿艮羊至辛見貝角里阜青長隶隹風高鹿黑龍 | 又日先比西非高鹿麻黑龍 | | | | |
| 士 | 爿 | | | | | | |
| 夂 | | | | | | | |
| 夊 | | | | | | | |
| 夕 | | 卜巳尸生 | | | | | |
| 大 | | | 幺白非 | 小力廾弓木瓜示長隹 | | | 弓 |
| 女 | 亻巳爿歹 | 匕又干弋山子口己文毛尸支氏斤比夊方石玄禾甘生舌皮老衣至臣耳色缶見里豆足邑辛辰身酉隹非青首頁面音馬鬼黃黑鹿 | 日宀立禾羊非 | | | | |
| 子 | | 攵瓜 | 宀巛宀攵禾 | 皿 | | | |
| 宀 | | | | 儿匕弓寸女犬木方瓦石示疋至臣言赤辛豕釆辰谷龍 | | | |
| 寸 | 禾身首 | | 土宀 | | | | |
| 小 | | | 入小 | 日 | | | |
| 尢 | | 斗木水日穴舌艮頁骨 | | | | | |
| 尸 | | | | 匕二又人口毛水支比穴立田矢肉自至糸米辰貝辛雨非 | | | |
| 屮 | | | | 黑 | | | |
| 山 | | 儿巳工子干月斗戶牙父氏牛支斤穴皮石白甘羊至而老谷車見青頁高鬼麻 | 人彐网麻 | 人入力丁日火文立石艮老辛隹金高鬼龍 | | | |
| 巛 | 辶 | 隹 | 日 | | | | |
| 工 | | | | | | | |
| 己 | | | | | | | |
| 巾 | | 儿匕大彡欠比爪皮白辰長隹面頁鬼鳥 | 氏爻尸穴白日 | | | | |
| 干 | | | | | | | |

| 部首 | 與該部首組合的其他部首在該字中的位置 | | | | | | |
|---|---|---|---|---|---|---|---|
| | 左 | 右 | 上 | 下 | 內 | 外 | 其他 |
| 幺 | | 力 | | | | | |
| 广 | | | | 匕弋干女比木欠水支牙斤氏戈立禾皮田羊艮聿缶衣至豆車酉隹雨阜音鬼馬黃 | | | |
| 廴 | | | 止聿 | | | | |
| 廾 | | | 厶已夕 | | | | |
| 弋 | 刂 | | | 二工月至 | | | |
| 弓 | | 人又厶干方欠玄玄皮瓜臣耳羊角長黃 | 羽 | | | | |
| 彐 | | | | | | | |
| 彡 | 工文 | | | | | | |
| 彳 | | 巳弋方止癶立皮西羊艮聿辛非龍 | | | | | |
| 心 | 耳 | 力刀匕巳已干大女寸工弓小弋文方支氏夊久斤气爻甘白生玄皮舌聿行虫老米至西血艮豆邑見里赤非長門隶青金隹革韋面音鬼骨高鹵鹿黑齊龍 | 二刀弋女工土文气旡巳矛田米羊血而自言非辰音頁麻龍 | | | 門 | |
| 戈 | 刂矛辰音 | | | 爪用 | | | |
| 戶 | | 斤已 | | 十土大巳木斗犬方立田艮耳衣羽邑非 | | | |
| 手 | 刂 | 凵匕力卜八巾寸弋土工干口气止片比犬氏欠戈支毛方文日月牙旡爪夊斗斤皮疋穴瓜目立白甘石西艮舌聿肉至行臣而辰見邑身赤足豆角金門隶辰青音韋革高骨鬲鹵鹿鳥麻黃齊鼻龍 | 麻龍 | | | | |
| 支 | 匕比立缶音 | | | 巾 | | | |
| 攴 | 己工干比方白矛耒舌臣米谷辰貝隹韋高鹿 | | | | | | |
| 文 | | | 非 | 耳言 | | | |
| 斗 | 舌米豆角黃 | | | | | | |
| 斤 | 刂片石車 | | 父 | | | | |
| 方 | | 入 | | | | | |
| 旡 | | | | 口 | | | |
| 日 | | 十刀文戶方月气斤玄至舟見非青隶頁韋音鬲黃龍 | 匕干大廾日比氏辰 | 匕十日文比生立米赤辰高 | | 勹 | |
| 曰 | | | 聿 | | | | |
| 月 | | 肉黑龍 | | | | | |

| 部首 | 與該部首組合的其他部首在該字中的位置 | | | | | | |
| --- | --- | --- | --- | --- | --- | --- | --- |
| | 左 | 右 | 上 | 下 | 內 | 外 | 其他 |
| 木 | | 人八卜刀力几匕干彡小幺川子寸大弋弓土已工止欠心手气毛比方氏斤矛牙斗攵片支皮立禾血白甘矛石瓜瓦臣西舌羽而耳羊老艮行至辰角西豕辛貝見里豆青非長隶隹韋面風革馬骨高鬲鬼鹵鹿鳥黃鼎齊龍 | 几口尸止日比甘矛西艮非高龍 | 子口灬日示 | | | 日 |
| 欠 | 二尸幺已止气斤氏日瓜甘虫后血辰谷豆金音高黑 | | 尸 | | | | |
| 止 | 立 | 支皮艮 | | 斤舟巾 | | | |
| 歹 | | 匕力又人大土斤欠戈月支止立生皮米血耳肉艮言角隶高鬼鹿 | 巛 | | | | |
| 殳 | 豆辰韋高 | | | | | | |
| 毋 | | | 士 | | | | |
| 比 | 田 | | | | | | |
| 毛 | 片生耳辛豆貝辰 | 巾皮西羽耳隹 | 巛比羽 | 儿 | | | |
| 氏 | | | | | | | |
| 气 | | | | 刀日月米 | | | |
| 水 | 亻 | 力卜巳十八彡川大夕女子山干已女工支氏日目犬戈文父牛气心斤木欠比止片石示田白瓜甘皮立生目玄穴艮舟衣羊自而行西米聿血缶耳舌至足豆邑里辰谷赤貝見長金隹青首風音韋食面頁革馬高骨鹵魚麻鹿鬼鬲黃黍黑黽鼎齊鼻龍龠 | 人工白 | 人日石日 | | | |
| 火 | | 刀工土文攵支殳戶欠木斗斤玄血行羊虫谷赤隹革風頁高鹿黃黑龍龠 | 厶干土大巛宀无日隹夕 | 儿廾長 | | 門 | |
| 爪 | | | 麻 | | | | |
| 父 | | | | 邑 | | | |
| 爻 | 木 | 支足 | | | | | |
| 爿 | | 又水木羊采黃 | | | | | |
| 片 | | 女殳欠禾足非 | | | | | |
| 牙 | 臼 | 子艮 | | | | | |
| 牛 | | 匕力川土方毛斤攵斗比生虫邑貝辛隹骨高麻 | 厶宀比非 | | | | |
| 犬 | 爿 | 巳力几卩干爪欠牙比氏斤火玄田示生瓜皮穴白艮舌自聿豕谷豆言里貝非隹青音風骨馬高黃 | | 目非 | | | |
| 玉 | | 厶力卜八工土子已爪文牙月攵比甘玄皮白瓦生聿舟羊羽艮缶耳行貝見足言里隶隹非韋鬼馬鬲黃齊龍 | | | | | |

| 部首 | 與該部首組合的其他部首在該字中的位置 | | | | | | |
|---|---|---|---|---|---|---|---|
| | 左 | 右 | 上 | 下 | 內 | 外 | 其他 |
| 玄 | | | | | | | |
| 瓜 | 耒 | 舌 | | | | | |
| 瓦 | 山工巾土火方用白谷镸車阜革鹿黃 | | 弋龍 | | | | |
| 甘 | | 干瓦舌 | 弋氏麻 | | | | |
| 生 | 豕 | 女 | | | | | |
| 用 | | | | | | | |
| 田 | | 巛干攵犬皮瓜疋臣辰長 | 巛戈玄 | 力干廾 | | 勹 | |
| 疋 | | | | | | | |
| 广 | | | | 匕又工寸山木火水气犬欠斤旡氏牙止支心比夊牛甘皮瓜生矢目玄虫而至羊老艮豆辛里言邑車酉長風金非阜隹釆朋骨韋食音高馬鬼黃鼠鼻齊龍 | | | |
| 癶 | | | | 夊支矢足豆廾 | | | |
| 白 | | 比毛缶青隹高麻 | 比 | 匕十儿川火 | | | |
| 皮 | 比斤月鹿 | 干 | 比 | | | | |
| 皿 | | | 工干水牙禾用足豕麻 | | | | |
| 目 | 木 | 卜乡干川爪戶斤手支月氏方毛示穴矢瓜玄米至而耳耒血羊艮谷角豕豆貝辰見隹青長頁面骨鬲馬鬼鹿鳥魚龠 | 人廾宀氏艹生非麻 | 匕寸攴文 | | 勹 | |
| 矛 | | 夊白虫豸 | | | | | |
| 矢 | 弓舟身 | 口夊至舟豆 | 厶止 | | | | |
| 石 | | 巳八刂卜子干工水文夊止欠牙比玉矢立皮耒衣聿艮足車角見豕長青隶金隹高馬頁鬲骨鬼鹿鹵黃 | 麻龍 | | | | |
| 示 | | 匕土阝支止氏斤比方夊石羽羊至酉豆豕辰韋高馬鹿龠 | | | | | |
| 禸 | | | | | | | |
| 禾 | 火革魚 | 厶子干山弋巳火毛斗攴牙方比氏皮石西舌至見非隹韋頁音骨高黃齊龍 | 月高麻 | 儿 | | | |
| 穴 | | | | 夕弓工木牙犬目皿瓜血缶至豆音馬鳥鼠龍 | | | |
| 立 | | 几巳戈夊足隶頁 | | | | | |
| 竹 | | | | 二力弋子巳干爻爪方牙比毛甘生瓜立至老聿行舌角豆見貝邑酉言青韋高鬲鬼馬鹿黃龍龠 | | | |

| 部首 | 與該部首組合的其他部首在該字中的位置 | | | | | | |
| --- | --- | --- | --- | --- | --- | --- | --- |
| | 左 | 右 | 上 | 下 | 內 | 外 | 其他 |
| 米 | | 工女氏支比立甘白西見非長青面鬲麻黃 | 西臼 | 舛 | | | |
| 糸 | 力己寸川工文欠犬斗爻支止方毛木氏比穴田皮甘聿赤 | 文戶田甘玄舟臣耒耳羽西米舌至見辛豸邑酉谷里青金隹非革頁面韋鬼骨鬲高鳥鹿黑黃 | 麻鹿 | | | | |
| 缶 | | 工火瓦 | 夕 | | | | |
| 网 | | | | 土干木比牙示瓜矛衣米豕隹非音馬鹿齊 | | | |
| 羊 | 牛歹 | 彡殳豸韋骨黑 | 大土 | 儿大灬火 | | | |
| 羽 | 支立白舟羊革鬲 | 弋干工戈支氏立皮足辛青 | 大工日非 | 廾弓立白隹高 | | | |
| 老 | | | | 毛日至 | | | |
| 而 | 女火瓦 | 刂寸彡 | | 女大火 | | | |
| 耒 | | 卩子毛皮巳 | | | | | |
| 耳 | | 阝幺工月支止火甘矢而舌里青音頁骨鹿黑 | 八大麻龍 | | | 門 | |
| 聿 | 氵歹長 | 力 | 戶 | | | | |
| 肉 | 力八几女川寸土工彡干片殳支方戶氏犬气斤比欠辵白穴立瓜示皮玄生舌至臣而行血艮耳缶赤辰辛邑豆長隹青非韋音頁鬼鬲高鹿麻魚黃齊龍 | 八一小口戶止田辰高 | | | | | |
| 臣 | | 人又 | | | | | |
| 自 | | 鼻 | | 木犬 | | | |
| 至 | 瓜 | 夂 | | | | | |
| 臼 | | 欠 | 爪爫 | 寸廾 | | | |
| 舌 | 自 | 氏支攵辛 | 人 | | | | |
| 舛 | | | | | | | |
| 舟 | | 刀人刂工彡支日犬方戈殳白玄舌聿行里非青首風鹿黃齊龍 | | | | | |
| 艮 | 耒 | | | | | | |
| 色 | 耒 | | 夕 | | | | |

| 部首 | 與該部首組合的其他部首在該字中的位置 | | | | | | |
|---|---|---|---|---|---|---|---|
| | 左 | 右 | 上 | 下 | 內 | 外 | 其他 |
| 艸 | | | | 力小弋巾干口弓土子巳比殳文牛气欠爪爻戈戶氏心支方止斤毛牙田立用目白甘生瓜禾矛玄艮西臣聿羽羊舌舟耳血耒臼糸行舛而至貝豆里言邑辰赤辛車足酉見青皁門非金長隹音韋風鬼鬲高骨鹵鹿鳥鼎齊鼻齒龍龠 | | | |
| 虍 | | | 儿匕心文豆 | | | | |
| 虫 | 工允赤食鬲 | 几刀子寸工方文比殳日月片支止氏斤毛木爪父斗甘穴玉玄皮石聿羊舟艮舌耳羽网缶至豕豸谷貝車辰見里赤長青隹面頁韋風鬲骨高鬼馬鹿魚麻黑黃黍鼠齊龠 | 小弋工文气矛辰非雨龍 | 火 | | 行 | |
| 血 | | 阝耳鼻 | | | | | |
| 行 | | | | | | 彳氵玄言韋首音 | |
| 衣 | | 巾干 工弓弋彡斗日殳氏支立穴白瓜石玄而豆身谷辰金非青隹韋鬲黃鼻齊龍 | 比非龍 | 十门几 | 牙矛邑非鬼馬 | 齊 | |
| 襾 | | | | 土女玉 | | | |
| 見 | 毛火舟至赤豆龠 | 子寸爻言 | 小爫 | 寸 | | | |
| 角 | 牛爿 | 力工巾弓氏旡支甘石瓜玄艮辰足辛隹革鬲黃 | | 牛 | | 行 | |
| 言 | 辶臣 | 刂卜匕十小工口寸干尸川山已支月牙斗比斤爻攵止日方欠毛心气牛禾玄矢甘皮而艮糸自西羊血舟臼耒豆貝見足赤長隹非青面頁音風革鬼高鬲鹵龠 | 大巛山夕罒麻龍 | | | 勹門 | |
| 谷 | | 工牙龍 | | | | | |
| 豆 | | 工支殳足音 | | | | | |
| 豕 | 干月 | 彡殳皮聿艮 | 虍 | | | | |
| 豸 | | 力干爪牛比日瓜穴白聿虫艮舟角里隶隹骨 | | | | | |
| 貝 | | 卜寸皮甘生示玄辰青 | 卜厶力小日工弋罒 | | | | |
| 赤 | | 工支欠攵皮虫色 | | | | | |
| 走 | | 力刂卜弋子干日气欠止殳支斤玉白玄石立舌舟羽足里赤谷金隹骨鹿黃龠 | | | | | |
| 足 | | 卜干氏方止殳月支矛玉石瓜皮虎舌羊聿至耒辛辰走豆見長隶非頁高鹿齊龍龠 | 入尸 | | | | |
| 身 | | 弓小支殳比立矢舌龍 | | | | | |

| 部首 | 與該部首組合的其他部首在該字中的位置 | | | | | | |
|---|---|---|---|---|---|---|---|
| | 左 | 右 | 上 | 下 | 內 | 外 | 其他 |
| 車 | | 巳工大干川攵支心殳爻欠月毛止氏支瓜石玉田而艮舟至谷酉身豕辛青非隹音鬼鹿黃龍 | 一非 | 瓦 | | 行 | |
| 辛 | 舌 | | 自 | | | | |
| 辰 | | | 臼 | 寸缶 | | | |
| 走 | | 士大山子干已支方日月斤止牙白米而辛酉至艮舌聿貝酉豕豆言身車隶隹頁首韋龠 | | | | | |
| 邑 | 十几已口山干土女寸工方斤火牙甘瓦臣耒至羽自里豆辰赤谷青韋鬲馬鬼高鹿黃 | | 巛非 | | | | |
| 酉 | 氵戈爿火 | 弋寸干比毛殳支氏瓜甘禾耳舌隹音面鬼鬲黃齊 | | | | | |
| 釆 | | | | | | | |
| 里 | | | | | | | |
| 金 | | 匕刀刂卜力十八入乡小口川子干工大己弋爪气牙斤方斗手月心支比戈牛瓜皮玉田矢玄矛禾生石白甘立虫耳艮耒秉至舌身豆辛貝谷足辰見長青隹非韋鬲高鹿黃齊齒龍龠 | 臼 | | | 行 | |
| 長 | | 殳攵支矛赤隹龍 | | | | | |
| 門 | | | | | 人土攵斤方手毛木月日文牙石立田甘而血屮艮至虫赤臼隹非香音頁韋馬黑黃 | | |
| 阜 | | 十刀力工子干水火斗气殳止比氏方玄田瓜皮虫艮而衣里辰見豆走谷車邑非隹風音高馬鬲鬼鳥齊龍 | | | | | |
| 隶 | 镸 | | | | | | |
| 隹 | 十干弋工止戈方支牙氏矛矢至貝臼青骨 | | 尸戶虍麻 | 又十木 | | | |
| 雨 | | | | 乡女文方心立田矛舟羽見辰言隹非青革麥鹿鼎齊龍 | | | |
| 青 | 口立 | 乡見 | | | | | |
| 非 | 口 | | 大广麻 | 己巾子火手毛 | | | |
| 面 | | 寸干比皮舌足見音麻 | | | | | |
| 革 | | 干土弓欠斤殳殳支攵毛比玄瓜皮白禾羊耳艮豆長非面鬼鬲鹿龍 | | | | | |

| 部首 | 與該部首組合的其他部首在該字中的位置 | | | | | | |
|---|---|---|---|---|---|---|---|
| | 左 | 右 | 上 | 下 | 內 | 外 | 其他 |
| 韋 | | 犬支艮非長鬼 | | | | | |
| 韭 | 歹 | | 麗 | | | | |
| 音 | | 工瓦 | | | | | |
| 頁 | 又工川乡夋疚支斤疋玄白皮耒至艮自舌臣羽米辰豆赤多非青金面鬼骨鹿麻鼎鼻 | | | | | | |
| 風 | 文立金馬 | 刀工日牙毛火皮舌貝豕韋音高黃 | | | | | |
| 飛 | 牛 | | 雨 | | | | |
| 食 | 冫夕歹立 | 又刀几人干殳欠示甘缶舌艮羊耳邑豆隶長鬼高黃齊龍 | 非麻鹿 | 卅尸弋 | | | |
| 首 | | 寸頁 | 髟 | | | | |
| 香 | | 非 | 钯 | | | | |
| 馬 | 十冫爿羽面 | 又八干大川口支斤气日毛文父戶夋瓜皮玄至聿舟臼耳辛佳非飛鬼高骨魚鹿麥齊龍 | 十大犬高龍 | 卅 | | | |
| 骨 | 尤 | 力干己弋支牙殳欠爪方玄舌行肉食鬼高麻鹿齒 | 麻 | | | | |
| 高 | | 毛頁 | | 大豕 | | | |
| 髟 | | | | 儿又几巾山方氏疋毛甘目皮矛而耳肉聿舌里豕赤酉隶音長頁高 | | | |
| 鬥 | | | | | 戈斗龜 | | |
| 鬯 | | 疋 | | | | | |
| 鬲 | | 支文瓦而 | 虍 | | | | |
| 鬼 | 兀方示白多 | 山乡夕支毛斤牛斗皮虍行至里長佳韋頁 | 雨麻 | 耳 | | | |
| 魚 | | 刀人又匕工凵小已牛欠戈殳犬木斤夊旡文斗戶方甘矢瓜白玄皮生示羽舟臼而虫肉至米血羊豆辛邑酉里青非飛音高鬼鬲馬骨鹿黃黽齊 | | 日 | | | |
| 鳥 | 卜匕干土工已尸口弋氏文戈气木疚父巾毛爿牙甘玄生石立矢白虫而臼羊羽舟阜赤谷豆金佳青音革骨鬲高麥黃龠 | 卪力干大氏心方犬穴至邑非佳 | 小弋戶麻龍 | 几 | | | |
| 鹵 | 矛 | 殳鬼齊 | | | | | |
| 鹿 | | 几 | 米 | 几匕已犬月灬禾生辰言隹香齊 | | | |
| 麥 | | 匕弋山气斗戈禾穴目皮見面黃 | 臼龍 | | | | |

| 部首 | 與該部首組合的其他部首在該字中的位置 | | | | | | |
| --- | --- | --- | --- | --- | --- | --- | --- |
| | 左 | 右 | 上 | 下 | 內 | 外 | 其他 |
| 麻 | 彳 | 攵 | | 刀幺火毛日香黍 | | | |
| 黃 | | 斗頁 | | | | | |
| 黍 | | 女刀日斤麻龍 | | | | | |
| 黑 | 黍 | 卜刂干大旡弋犬旡甘色見谷金音鹿黽龍 | | | | | |
| 黹 | | 米 | | | | | |
| 黽 | 面 | | 皮辰麻 | | | | |
| 鼎 | | 土女 | 宀冂卜口土 | | | | |
| 鼓 | | | | 土石缶虫長音革龍 | | | |
| 鼠 | | 支攴方犬文生石穴耳足隹青頁 | | | | | |
| 鼻 | 牙至 | 干斗攵欠瓦隶 | | | | | |
| 齊 | 山巾 | | 广 | | 又示女火月皿禾衣貝韭 | | |
| 齒 | 足 | 八匕干牙立斤禾至虫舌艮臼言足齊 | | | | | |
| 龍 | 干犭歺 | 干犭歺片 | 广雨 | 巾廾 | | | |
| 龜 | 火禾 | 毛 | 火皮 | 灬 | | | |
| 龠 | | 欠斤殳禾音頁鹿龜 | | | | | |
| 合計 | 三八二 | 二一〇九 | 三三五 | 五五八 | 九三 | 十五 | 二 |

# 徵引及參考資料

## 一、字彙類

1. 《字彙》,〔明〕梅膺祚編,〔明〕萬曆乙卯江東梅氏原刊本,國家圖書館善本書室藏。

2. 《字彙》,〔明〕梅膺祚編,〔清〕康熙戊辰靈隱寺本,上海辭書出版社影印出版,1991 年。

3. 《字彙》,〔明〕梅膺祚編,〔清〕雍正十一年(公元 1733 年)金陵槐蔭堂梓行,劉永懋重訂,韓國成均館大學學校中央圖書館藏。

4. 《字彙》,〔明〕梅膺祚編,寶綸堂重鐫本,上海古籍出版社,續修四庫全書據華東師範大學藏本影印。

5. 《字彙》,〔明〕梅膺祚編,崇文堂重訂本。

6. 《字彙》,存利貞兩集,傅斯年圖書館藏。

7. 《字彙補》,〔清〕吳任臣撰,上海辭書出版社影印 1991 年。

8. 《改正玉堂字彙》,民國 4 年上海錦章圖書局有石印本。

9. 《考正字彙》,民國 4 年上海廣益書局發行,文華書局石印本。

10. 《字彙數求聲》,〔清〕虞德升撰,傅斯年圖書館藏。

11. 《篆字彙》,〔清〕佟世男撰,台南莊嚴出版社,四庫存目叢書所收。

12. 《同音字彙》,香港長城文化公司,罕見韻書叢編所收。

## 二、其他字書韻書類

1. 《大明同文集》,〔明〕田藝蘅,四庫存目叢書所收。

2. 《大廣益會玉篇附原本玉篇零卷》,〔梁〕顧野王撰、〔宋〕陳彭年等增補,台北,國字整理小組。

3. 《中文大辭典》,中文大辭典編纂委員會,中國文化大學印行,民國 79 年。

4. 《五侯鯖字海》,〔明〕湯顯祖訂正,台南,莊嚴出版社,四庫存目叢書所收。

5. 《元音統韻》，〔清〕陳藎謨等，台南，莊嚴出版社，四庫存目叢書所收。

6. 《六書正譌》，〔元〕周伯琦，台灣商務印書館，四庫全書所收。

7. 《六書略》，〔宋〕，鄭樵，台灣商務印書館，四庫全書所收。

8. 《六書統溯源十三卷》，〔元〕楊桓，台灣商務印書館，四庫全書所收。

9. 《六書賦音義》，〔明〕張士佩，台南，莊嚴出版社，四庫存目叢書所收。

10. 《古今韻分注撮要》，〔明〕甘雨，台南，莊嚴出版社，四庫存目叢書所收。

11. 《古今韻會舉要》，〔元〕熊忠，北京，中華書局，2000 年。

12. 《古今韻會舉要小補》，〔明〕方日升，台南，莊嚴出版社，四庫存目叢書所收。

13. 《古俗字略》，〔明〕陳士元，台南，莊嚴出版社，四庫存目叢書所收。

14. 《四庫全書總目提要》，〔清〕紀昀等，台灣商務印書，四庫全書所收。

15. 《四聲篇海》，〔金〕韓道昭，元刊本，國家圖書館善本書室藏。

16. 《四聲篇海》，〔金〕韓道昭，明刊本，國家圖書館善本書室藏。

17. 《正中形音義綜合大字典》，高樹藩，台北，正中書局，民國 68 年。

18. 《正字通》，〔明〕張自烈編，北京，國際文化出版公司，1996 年。

19. 《玉堂鰲正字義韻律海篇心鏡》，〔明〕朱之蕃，明萬曆壬寅（三十年）博古堂刊本，國家圖書館藏。

20. 《合併字學集篇》，〔明〕徐孝，台南，莊嚴出版社，四庫存目叢書所收。

21. 《字考啓蒙》，〔明〕周宇，台南，莊嚴出版社，四庫存目叢書所收。

22. 《字鑑》，〔元〕李文仲，台灣商務印書館，四庫全書所收。

23. 《宋本廣韻》，〔宋〕陳彭年等，台北，黎明文化公司，民國 78 年。

24. 《俗書刊誤》，〔明〕焦竑，台灣商務印書館，四庫全書所收。

25. 《洪武正韻》，〔明〕樂韶鳳等，台灣商務印書館，四庫全書所收。

26. 《洪武正韻彙編》，〔明〕周家棟，台南，莊嚴出版社，四庫存目叢書所收。

27. 《重刊詳校篇海》，〔明〕李登，上海古籍出版社，續修四庫全書所收。

28. 《重訂直音篇》，〔明〕章黼，吳道長重訂，上海古籍出版社，續修四庫全書所收。

29. 《重編國語辭典》，教育部重編國語辭典編輯委員會編，臺灣商務印書館，民國 70 年。

30. 《書文音義便考私編附難字直音》，〔明〕李登，台南，莊嚴出版社，四庫存目叢書所收。

31. 《國語日報辭典》，何容主編，台北，國語日報社，民國 63 年。

32. 《從古正文五卷字原釋義》，〔明〕黃鍊，台南，莊嚴出版社，四庫存目叢書所收。

33. 《復古編》，〔宋〕張有，台灣商務印書館，四庫全書所收。

34. 《新修絫音引證群籍玉篇》，〔金〕邢準，上海古籍出版社，續修四庫全書所收。

35. 《新華字典》，北京商務印書館，1993 年。

36. 《漢語大字典》，湖北辭書出版社，1986 年。

37. 《說文解字》，〔漢〕許慎撰，〔宋〕徐鉉校，台北，華世出版社，民國 71 年。

38. 《說文繫傳》，〔宋〕徐鍇，台北，華文書局。

39. 《說文解字五音韻譜》，〔宋〕李燾，台南，莊嚴出版社，四庫存目叢書所收。

40. 《說文解字注》，〔清〕段玉裁注，台北，洪葉出版社，民國 88 年。

41. 《說文大字典》，〔清〕沙青巖，台南，大孚書局，1993 年。

42. 《增修互註禮部韻略》，〔宋〕毛晃，臺灣商務印書館，四庫全書所收。

43. 《增修校正押韻釋疑》，〔宋〕歐陽德隆，臺灣商務印書館，四庫全書所收。

44. 《增修復古編四卷》，〔宋〕張有撰，元吳均增補，上海古籍出版社，續修四庫全書所收。

45. 《標準字體國語辭典》，羅雲潘主編，台北，文翔圖書公司，民國 73 年。

46. 《篇海類編》，題〔明〕宋濂撰，屠隆訂正，台南，莊嚴出版社，四庫存目叢書所收。

47. 《學典》，學典編輯委員會編，台北，三民書局，民國 80 年。

48. 《歷代鐘鼎彝器款識法帖》，〔宋〕薛尚功，臺灣商務印館，四庫全書所收。

49. 《諧聲品字箋》，〔清〕虞咸熙撰，虞德升編，台南，莊嚴出版社，四庫存目叢書所收。

50. 《龍龕手鑑》，〔遼〕行均，臺灣商務印書館，四庫全書所收。

51. 《隸辨》，〔清〕顧靄吉，北京，中國書店，1982 年。

52. 《轉注古音略》，〔明〕楊慎，台灣商務印書館，四庫全書所收。

53. 《韻補》，〔宋〕吳棫，北京，中華書局，1987 年。

54. 《韻譜本義》，〔明〕茅溱，台南，莊嚴出版社，四庫存目叢書所收。

55. 《類篇》，〔宋〕司馬光等，上海古籍出版社，1987 年。

56. 《類纂古文字考》，〔明〕都俞，台南，莊嚴出版社，四庫存目叢書所收。

57. 《讀易韻考》，〔明〕張獻翼，台南，莊嚴出版社，四庫存目叢書所收。

## 三、專著類

1. 《八千卷樓藏書目》，〔清〕丁仁，台北，廣文書局，書目四編所收。

2. 《千頃堂書目》，〔清〕黃虞稷撰，杭世駿補，台北，廣文書局，書目叢編所收。

3. 《小學考》，〔清〕謝啟昆，上海漢語大詞典出版社，1997 年。

4. 《中國文字結構析論》，王師初慶，台北，文史哲出版社，民國 78 年。

5. 《中國文字學》，潘重規，台北，東大圖書公司，民國 79 年。

6. 《中國文字學史》，張其昀，江蘇教育出版社，1994 年。

7. 《中國文字學叢談》，蘇尚耀，台北，文史哲出版社，民國 65 年。

8. 《中國古代印刷術》，李万健，河南，大象出版社，1997 年 4 月。

9. 《中國古代字典詞典》，張明華，臺灣商務印書館，1995 年。

10. 《中國古代語言學史》，何九盈，廣東教育出版社，1995 年。

11. 《中國現代語法》，王力，山東教育出版社，王力文集，第二卷，1984 年。

12. 《中國傳統語言文字學》，徐超，山東大學出社，1996 年。

13. 《中國傳統語言學要籍述論》，姜聿華，北京，書目文獻出版社，1992 年 12 月。

14. 《中國漢字學史》，孫鈞錫，北京，學苑出版社，1991 年。

15. 《中國語言文字學通史》，班弨，廣東高等教育出版社，1998 年。

16. 《中國語言學史》，朱星，洪葉文化公司，1995 年。

17. 《中國語言學要籍解題》，錢曾怡劉聿鑫，齊魯書社，1991 年。

18. 《中國語法理論》，王力，山東教育出版社，王力文集，第一卷，1984 年。

19. 《中國學術名著提要—語言文字卷》，胡裕樹主編，上海復旦大學出版社，1992 年。

20. 《中國辭書編纂史略》，林玉山，中古籍出版社，1992 年。

21. 《六書長箋》，〔明〕趙宦光撰，台南，莊嚴出版社，四庫全書存目叢書經部第一九七冊。

22. 《文字學概要》，裘錫圭，台北，萬卷樓圖書公司，民國 84 年。

23. 《文字學概說》，林尹，台北，正中書局，民國 83 年。

24. 《字彙俗字研究》，曾榮汾，國科會專題研究成果報告，民國 85 年 12 月。

25. 《字學指南》，〔明〕朱光家撰，台南，莊嚴出版社，四庫存目叢書所收。

26. 《石鼓通考》，那志良，中華叢書委員會。

27. 《正字通俗字研究》，黃沛榮，八六年國科會專題研究報告。

28. 《宋史》，〔元〕脫脫等，台北，世界書局。

29. 《兩岸字典部首、部序之比較研究》，蔡信發，83 年國科會專題研究成果報告。

30. 《周禮注疏》，〔唐〕賈公彥疏，十三經注疏第三冊，藍燈出版社。

31. 《明史》，〔清〕張廷玉等，台北，世界書局。

32. 《隋書》，〔唐〕魏徵等，台北，世界書局。

33. 《直齋書錄解題》，陳振孫，臺灣商務印書館，人人文庫特五八一。

34. 《記號學導論》，何秀煌，台北，水牛出版社，民國 81 年 11 月。

35. 《康熙字典俗字研究》，蔡信發，86 年國科會專題研究報告。

36. 《問奇集》，〔明〕張位，上海古籍出版社，續修四庫全書所收。

37. 《現代漢字學綱要》，蘇培成，北京大學出版社，1994 年。

38. 《詞典學概論》，胡明揚等，中國人民大學出版社，1982 年。

39. 《漢文字學要籍概述》，羅君惕，北京，中華書局，1984 年。

40. 《漢字字形學和表形符符號編碼》，陳愛文等，北京，光明日報，1987 年。

41. 《漢字與漢字排檢方法》，黃俊賢，北京，書目文獻，1990 年。

42. 《漢字寫法規範字典》，費錦昌等，上海辭書出版社，1992 年。

43. 《漢語文字學史》，黃德寬等，安徽教育出版社，1990 年。

44. 《語文常識》，呂叔湘，呂淑湘文集第五卷，北京商務印書館，1993 年。

45. 《說文商兌》，蔡信發，台北，萬卷樓圖書公司，民國 88 年。

46. 《說文答問》，蔡信發，台北，國文天地雜誌社，民國 82 年。

47. 《篇韻貫珠集》，〔明〕釋眞空，國家圖書館善本書室藏。

48. 《聲韻訓詁筆記》，黃焯，台北，木鐸出版社，民國 72 年。

49. 《禮記》，《十三經注疏本》，台北，藍燈出版社。

50. 《顏氏家訓》，〔北齊〕顏之推撰，〔清〕趙曦明註，台北，漢京文化公司，民國 70 年。

51. 《曝書亭全集》，〔清〕朱彝尊，臺灣中華書局，四部備要所收。

52. 《辭書編輯學研究》，曾榮汾，台北，世界文物出版社，民國 78 年。

53. 《辭書編纂經驗薈萃》，上海辭書學會辭書研究編輯部，上海辭書出版社，1992 年。

54. 《辭書編纂學概論》，陳炳迢，上海復旦大學出版社，1991 年。

55. 《類篇字義析論》，孔仲溫，台北，學生書局，民國 83 年。

56. 《類篇研究》，孔仲溫，台北，學生書局，民國 76 初版。

## 四、期刊論文

1. 〈中文字典第二第三層的排序方法〉，洪固，《國教之聲》，第二八卷第三期。

2. 〈引用注疏三注意〉，夏蔚文，辭書研究，1982 年第四期。

3. 〈文字形義學的新發展——關於漢語大字典字形部分的初步評估〉，《辭書研究》，199 年，第五期。

4. 〈正字通及其相關問題〉，黃沛榮，《第九屆中國文字學全國學術研討會論文集》，民國 87 年 3 月。

5. 〈由部件分析談漢字教學的策略〉，黃沛榮，《華文世界》，民國 88 年 12 月。

6. 〈再論非形聲字的歸部〉，薛克謬，《河北大學學報》，1991 年第四期。

7. 〈字形義與詞義—詞典編纂隨筆〉，張聯榮，《辭書研究》，1995 年第四期。

8. 〈字典中部首歸屬問題探析〉，曾榮汾，《孔孟月刊》，76 年第五卷第五期。

9. 〈字典史上的一塊豐碑—四聲篇海〉，忌浮，《辭書研究》，1987 年第一期。

10. 〈字典部首應重新排序〉，洪固，《東師語文學刊》第十一期，民國 87 年 6 月。

11. 〈字典部首檢字法的改進研究〉,《第三屆中國文字學國際學術研討會論文集》,民國 81 年 3 月。

12. 〈字典論稿〉,趙振鐸,《辭書研究》,1991 年第三期。

13. 〈字彙檢字收字原則探析〉,巫俊勳,《林炯陽先生六秩壽慶論文集》,台北洪葉文化公司,1999 年。

14. 〈字義的類型〉,趙振鐸,《辭書研究》,1990 年第六期。

15. 〈形聲字聲符的位置結構和標音〉,溫知本,《曲靖師專學報社科版》,1990 年第四期。

16. 〈析論龍龕手鑑對近代通用字典部首的影響〉,李淑萍,《第四屆近代中國學術研究會論文集》,民國 87 年 3 月。

17. 〈康熙字典解義釋例〉,李淑萍,《第十屆中國文字學全國學術研討會論文集》,民國 88 年 4 月。

18. 〈康熙字典編纂理論初探〉,丰逢奉,《辭書研究》,1998 年第二期。

19. 〈康熙字典關於處理異體通假字術語的運用〉,胡錦賢,《湖北大學哲社版》,1993 年 3 月。

20. 〈從康熙字典字的歸部看漢字的歸部原則〉,李青梅,《語文建設》,1997 年第二期。

21. 〈從康熙字典到漢語大字典〉,黃孝德,《辭書研究》,1990 年,第五期。

22. 〈淺議漢語辭書排檢法的標準化〉,陸嘉琦,《辭書研究》,1998 年第六期。

23. 〈現代漢字筆畫規範當議〉,費錦昌,《世界漢語教學》,1997 年第二期。

24. 〈略談形近字〉,王火,《遼寧大學學報‧哲社報》,1994 年第六期。

25. 〈眾裡尋他千百度——談漢字的部首與歸部問題〉,《國文天地》,第七十九期,民國 80 年 12 月。

26. 〈統一漢文辭書檢索與編排體例探究〉,龔平如,《辭書研究》,1990 年,第六期。

27. 〈部首字母檢字新法的脈絡與成功的關鍵〉,范培正,《中國語文》,第三五八期。

28. 〈部首改革三論〉,劉蘊璇,《內蒙古大學學報‧哲社版》,1996 年第四期。

29. 〈部首改革的趨勢〉,范崇俊,《辭書研究》,1986 年第五期。

30. 〈部首和單字歸部問題〉,趙恩柱,《辭書研究》,1995 年第五期。

31. 〈部首意義三論〉,《辭書研究》,1998 年第二期。

32. 〈部首檢字法的革新之道〉,金貞觀,《華文世界》,第三五期。

33. 〈筆畫索引泛論〉,包楠生,《辭書研究》,1994 年第一期。

34. 〈詞典評價標準十題〉,陳楚祥,《辭書研究》,1994 年第一期。

35. 〈詞義單位的劃分和義項〉,符淮青,《辭書研究》,1995 年第一期。

36. 〈黃侃的字書編制法設想〉,鄒酆,《辭書研究》,1988 年第三期。

37. 〈新部首檢字法〉,石萬壽,《幼獅》,第三十八卷第一期,民國 62 年 7 月。

38. 〈會意字歸部辨析〉,高一勇,《河北大學學報哲社版》,1990 年 4 月。

39. 〈試論臺灣地區之字書整理〉,黃沛榮,《兩岸古籍整理研討會》,民國 85 年 4 月。

40. 〈漢字字序法研究〉,羅偉達,《辭書研究》,1995 年第五期。

41. 〈漢字形位原理〉,柏舟,《語文建設》第五三期。

42. 〈漢字形體的演變與整埋規範〉,李運富,《語文建設》1997 年第三期。

43. 〈漢字系統形成過程中的民俗俗因素〉,陳五云,《上海師範大學學報社科版》,1998 年第四期。

44. 〈漢字的方向位置和筆順〉,徐山,《古漢語研究》,1998 年第一期。

45. 〈漢字的部件拆分〉,蘇培成,《語文建設》,1997 年第三期。

46. 〈漢字偏旁部位系統的形成與完善〉,李蓬勃,《語文建設》,1997 年第一期。

47. 〈漢字部首的創立和改革〉,王平,《山東師大學報哲社版》,1985 年第五期。

48. 〈漢字部首排檢法規範化試探─論切分定位(定序)歸部法〉,蘇寶榮,《辭書研究》,1995 年第五期。

49. 〈漢字部首略論〉,馬國權,《中山大學學報》第二期,1979 年。

50. 〈漢字筆畫筆形檢字法應該規範化〉,夏允中,《辭書研究》。

51. 〈漢字結構暫擬體系─識字教學的科學化與規範化探討〉,達世平,《上海師範大學學報社科版》,1998 年第四期。

52. 〈漢字構形系統及其發展階段〉,王貴元,《中國人民大學學報》,1999 年第一期。

53. 〈漢字構形理據與現代漢字部件拆分〉,王寧,《語文建設》,199 年第三期。

54. 〈漢語大字典的字頭編排〉,馮書華,《辭書研究》,1987 年第一期。

55. 〈漢語大字典的收字問題〉,左大成,《辭書研究》,1987 年第一期。

56. 〈漢語大字典的義項理論與實論〉,當邑,《辭書研究》,1990 年第五期。

57. 〈漢語大字典部首法試評〉,夏南強,《辭書研究》,1995 年第五期。

58. 〈說文部首增補之商兌〉,蔡信發,《第四屆近代中國學術研討會論文》,民國 87 年 3 月。

59. 〈說文解字與康熙字典部首比較研究〉,薛惠琪,《康寧學報》,民國 88 年第二期。

60. 〈說文對辭書編纂法的貢獻〉,洪篤仁,《說文解字研究》,河南大學出版社,1991 年。

61. 〈說文與字彙分部淺探〉,謝美齡,《興大中文學報》第八期。

62. 〈說文編纂條例討索──兼斟「瑛」「璆」二篆訓釋之訛舛〉,《許慎與說文研究論集》。

63. 〈說文从某不成文例試探〉,柯雅藍,《東吳中文研究集刊》,第六期,民國 88

年 5 月。

64. 〈談字典部首檢字法的革新〉，周燕謀，《中華文化復興月刊》，八卷八期。

65. 〈論玉篇增刪說文部首——漢字新分部法初探〉，李孝定，《大陸雜誌》，七十卷三期，1985 年。

66. 〈論字義的分類及本義的特質〉，孔仲溫，《中山人文學報》第一期，民國 82 年 4 月。

67. 〈論非形聲字的歸部及說文解字部首的形成〉，薛克謬，河北大學學報哲社版，1987 年 3 月。

68. 〈論漢字偏旁部首的規律〉，高世平，《辭書研究》，1983 年一期。

69. 〈論漢語字典的書證〉，趙伯義，《辭書研究》，2000 年第二期。

70. 〈據形系聯，以義部居〉，王海根，《說文解字研究》，河南大學出版社，1991 年。

71. 〈應改進國字部首檢字法〉，溫德文，《國文天地》，民國 76 年 5 月。

72. 〈關於漢字檢字去研究的思考〉，涂建國，《辭書研究》，1990 年第六期。

73. 〈顧野王玉篇對許慎說文解字的繼承與發展〉，路廣正，《文史哲》，1990 年第四期。

## 五、學位論文

1. 《六書正譌綜合研究》，金憶燮，東吳大學中研所碩士論文，民國 86 年。

2. 《字典部首通考》，金允子，師大國文研究所碩士論文，民國 82 年。

3. 《字彙異體字研究》，呂瑞生，中國文化大學中文研究所博士論文，民國 89 年。

4. 《書文音義便考私編音系研究》，權淑榮，臺大中研所碩士論文，民國 88 年。

5. 《康熙字典及其引用說文與歸部之探究》，李淑萍，中央大學中研所博士論文，民國 89 年。

6. 《漢字形體演變之研究》，陳菽玲，中興大學中研所碩士論文民國 86 年。

7. 《說文解字分部法研究》，巫俊勳，輔仁大學中研所碩士論文，民國 83 年。

8. 《說文解字列字次第之探究》，馬舒怡，中央大學中研所碩士論文，民國 85 年。

9. 《說文解字與玉篇部首比較研究》，吳憶蘭撰，東海大學中研所碩士論文，民國 79 年。

10. 《說文解字釋義析論》，柯明傑，中央大學中研所碩士論文，民國 81 年。

11. 《歷代字書重要部首觀念演變研究》，呂瑞生，中國文化大學學中國文學研究所碩士論文，民國 83 年。

12. 《韻法直圖與韻法橫圖音系研究》，宋韻珊，高雄師範大學國研所碩士論文，民國 82 年。

書影一：〔明〕朱之蕃《玉堂釐正字義韻律海篇心鏡》，國家圖書館藏。

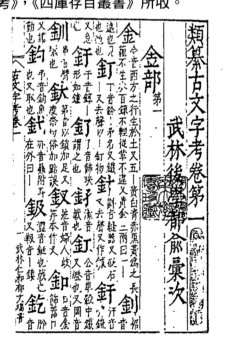

書影二：〔明〕李登《重刊詳校篇海》，《續修四庫全書》所收。

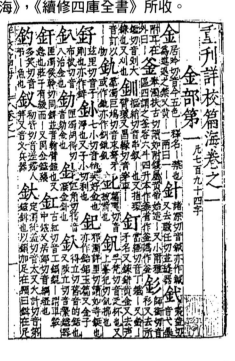

書影三：〔明〕都俞《類纂古文字考》，《四庫存目叢書》所收。

書影四：〔明〕周家棟《洪武正韻彙編》，《四庫存目叢書》所收。

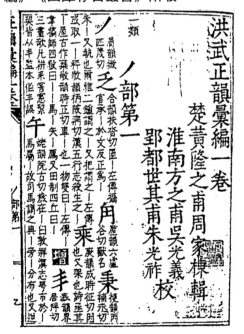

書影五：〔明〕張士佩《六書賦音義》，《四庫存目叢書》所收。

書影六：〔明〕田藝蘅《大明同文集》，《四庫存目叢書》所收。

書影七：〔明〕李登〈難字直音〉，《續修四庫全書》所收。

書影八：〔明〕徐孝《合併字學集篇》，《四庫存目叢書》所收。

書影九：〔明〕章黼《重訂直音篇》，《續修四庫全書》所收。

書影十：〔明〕湯顯祖《五侯鯖字海》，《四庫存目叢書》所收。

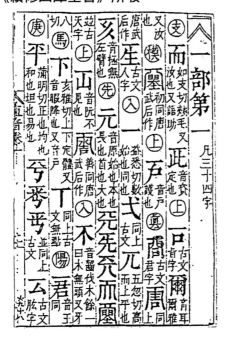

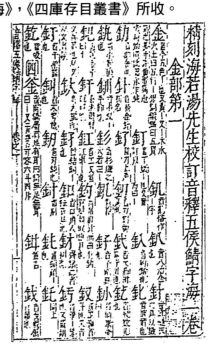

書影十一：《字彙》江東梅氏原刊本，國家圖書館善本書室藏。

書影十二：《字彙》，上海辭書影康熙十年靈隱寺刊本。

書影十三：《字彙》韓成均館大學學校中央圖書館。

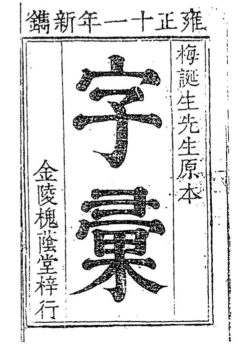

書影十四：《字彙》，寶綸堂重鐫本，《續修四庫全書》所收。

書影十五：崇文堂重訂本。

書影十六：〔清〕吳任臣《字彙補》，上海辭書影彙賢齋本。

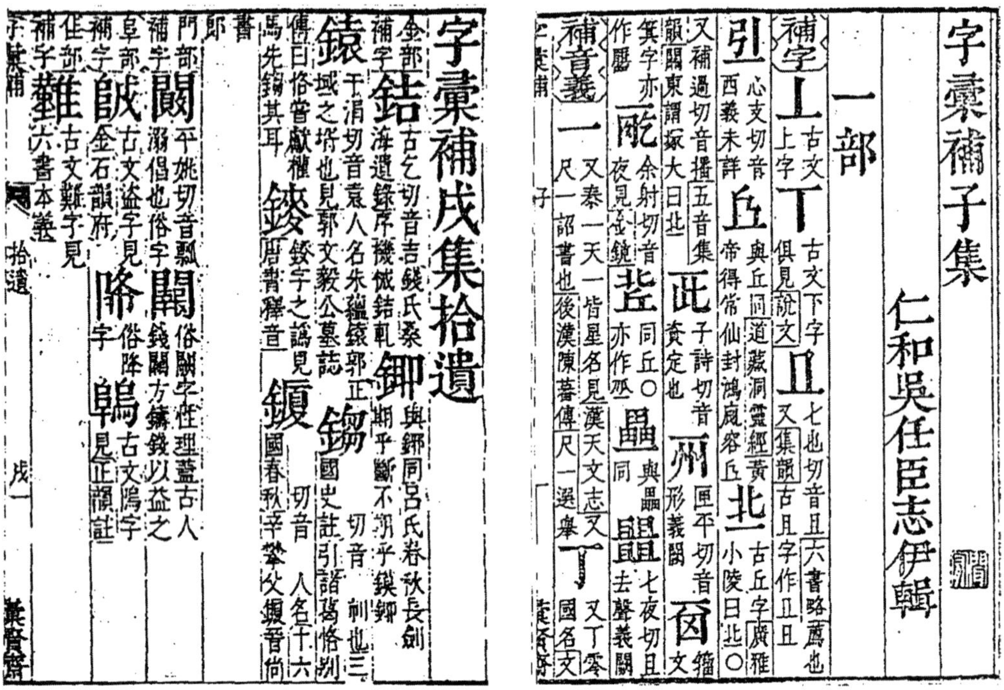

字彙補子集
仁和吳任臣志伊輯
一部
補字 丄 古文上字 丅 古文下字 俱見說文 丒 七也切音且 六書略鬳也 又集韻古且字作丒且
引 心支切音西 義未詳 丘 與丘同 道藏洞靈經 黃帝得常仙封鴻扆容丘 北 古丘字 廣雅 小陵曰北 ○ 又補遺切音播 五音集韻 關東謂冢大曰北

字彙補戌集拾遺
金部
補字 鈷 古乞切音吉 錢氏桼海遺錄序 機械鈷軋 鉚 與鉚同 呂氏春秋 長劍期乎斷不期乎鏌鋣
鍄 千涓切音袁 人名 朱飆鍄 郭正域之將也 見郭文毅公墓誌 鍚 切音 制也 三國史註引諸葛恪別傳曰 恪嘗獻權馬先鍚其耳 鋑 鋑字之譌 見唐書釋音 鍑 切音 人名 十六國春秋 辛攀父鍑 晉尚書郎
門部
補字 閬 平姚切音瓢 溺倡也 俗字 闗 俗闗字 性理蓋古人鋳闗方鑄錢以益之
阜部
補字 䧅 古文谿字 見金石韻府 降 俗降字 鴼 古文鴻字 見正韻註
隹部
補字 雖 古文難字 見六書本義

書影十七：〔清〕吳任臣《字彙補》，《元音統韻》附慎思堂本。

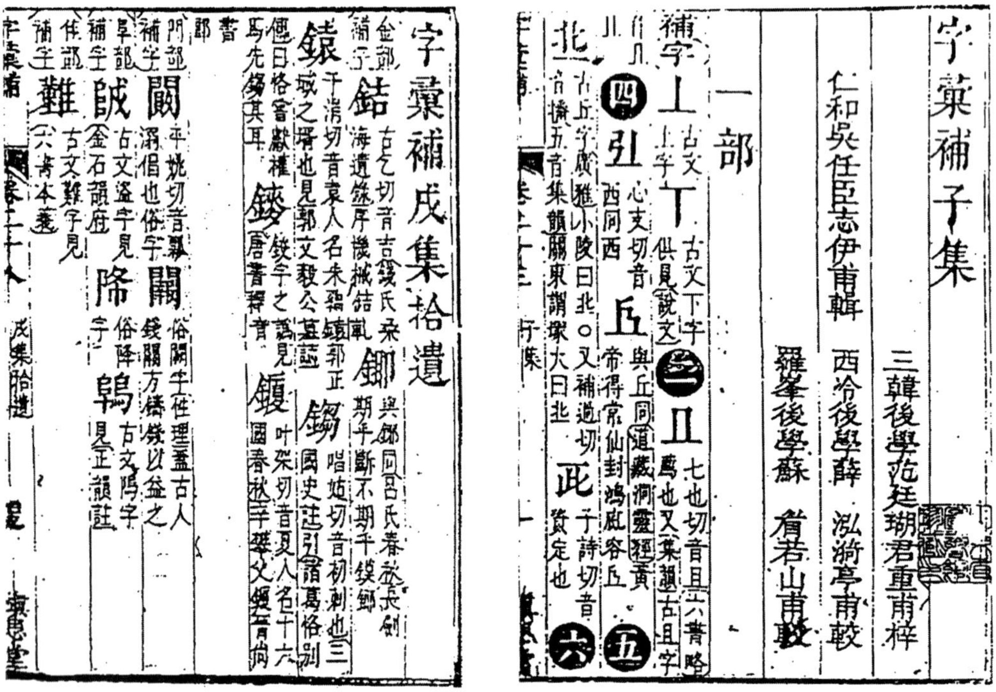

字彙補子集
仁和吳任臣志伊甫輯
三韓後學范廷瑚君重甫梓
西冷後學薛泓漪亭甫較
羅峯後學蘇肩君山甫較
一部
補字 丄 古文上字 丅 古文下字 俱見說文 丒 七也切音且 六書略鬳也 又集韻古且字
引 心支切音西 義未詳 丘 與丘同 道藏洞靈經 黃帝得常仙封鴻扆容丘 北 古丘字 廣雅 小陵曰北 ○ 又補遺切音播 五音集韻 關東謂冢大曰北 此 子詩切音貲 定也

字彙補戌集拾遺
金部
補字 鈷 古乞切音吉 錢氏桼海遺錄序 機械鈷軋 鉚 與鉚同 呂氏春秋 長劍期乎斷不期乎鏌鋣
鍄 千涓切音袁 人名 朱飆鍄 郭正域之將也 見郭文毅公墓誌 鍚 咁姑切音胡 制也 三國史註引諸葛恪別傳曰 恪嘗獻權馬先鍚其耳 鋑 鋑字之譌 見唐書釋音 鍑 叶朶切音 人名 十六國春秋 辛攀父鍑 晉尚書郎
門部
補字 閬 平姚切音瓢 溺倡也 俗字 闗 俗闗字 性理蓋古人鋳闗方鑄錢以益之
阜部
補字 䧅 古文谿字 見金石韻府 降 俗降字 鴼 古文鴻字 見正韻註
隹部
補字 雖 古文難字 見六書本義

書影十八：〔清〕張自烈《正字通》，國際文化影清畏堂本。

正字通卷一

南昌張自烈爾公輯
連陽廖文英百子梓

一部

書影十九：〔清〕顧景星《黃公說字》，《四庫存目叢書》所收。

黃公說字子集

蘄州顧景星黃公父著

男昌校錄

書影廿：《改正玉堂字彙》，民國四年
上海錦章圖書局石印本。

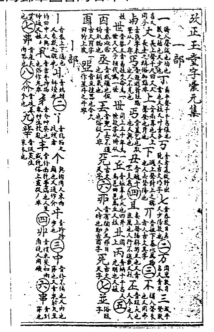

書影廿一：《字彙》，存利貞兩集，中研
院傅斯年圖書館藏。

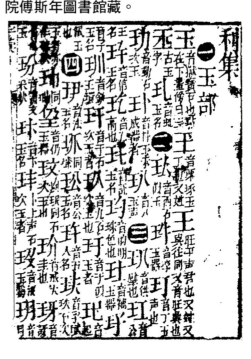

書影廿二：《考正字彙》，民國四年上
海文華書局石印本。

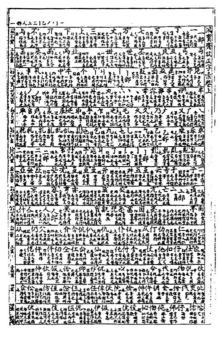

書影廿三：〔清〕虞德熙《字彙數求
聲》，中研院傅斯年圖書館。

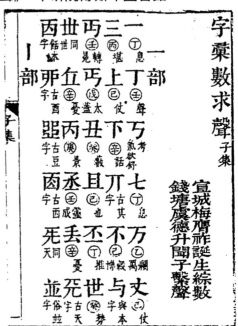

書影廿四：〔清〕陳藎謨《元音統韻·類音》，《四庫存目叢書》所收。

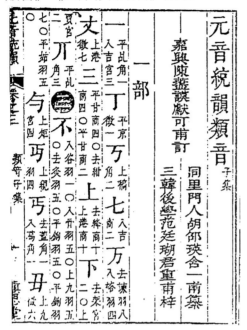

書影廿五：〔清〕佟世男《篆字彙》，《四庫存目叢書》所收。

書影廿六：〔清〕傅世垚《六書分類》，《四庫存目叢書》所收。

書影廿七：《同音字彙》，《罕見韻書叢書》所收。